36歳のナサニエル・ホーソーン

（C.オズグッドによる肖像、1840年）

ホーソーンの母方の叔父ロバート・マニング

（エセックス・インスティテュート所蔵の細密画）

グロリア・C・アーリッヒ

ラトガーズ大学出版局
（ニュー・ジャージー州ニュー・ブランズウィック）

# 蜘蛛の呪縛

## ――ホーソーンとその親族――

丹羽隆昭／大場厚志／中村栄造　共訳

開文社出版刊

*Family Themes and Hawthorne's Fiction*
*The Tenacious Web*
by GLORIA C. ERLICH

私の家族の者たち――ブランチ・シャッソン、ダニエル・M・シャッソン、フィリップ・アーリッヒ、ジュリー・アーリッヒ、オースティン・アーリッヒ――に、また私の先生方――オラ・エリザベス・ウィンスロウとイヴァー・ウィンターズ――に、この本を捧げる。

「君が私について何か知っていることがあるとすれば、それはこういうことだ。つまり、いかにしてこの私がはっきりした媒介者もなく比類なき神秘から、すなわち諸元素の抽出物として突如として生まれ出て来たのか——少年時代は初めから終わりまでいかに孤独であったか、根なし草として育ったものの、いかに根というものを絶えず求め続けていたか——誰かと繋がっていたいと願いつつも——いかに何かと繋がっているという感じを抱くことがなかったかということだ。……自分で自分の足場を作り、自分が自分の過去となることによって、私はこれまで絶えずこの願望を押し殺し、抑え付け、根絶しようと努めてきたが、自分が何物にも属せず、空中を漂う生き物だという、この生来の恐怖を克服できないでいる。また同様に、かくも何物にも繋がっていない人間の、良いにせよ悪いにせよ、人生と運命には何らの現実性もないというこの感覚も克服できていない。私が自分との繋がりを主張できる手段となる墓石さえもないし、ひと盛りの遺骨もなく、ひとつまみの塵もない。当地で見つからなければ、そういうものはないのだ。」

——『グリムショウ博士の秘密』のネッド・エサレッジ——

# 目次

◆
蜘蛛の呪縛——ホーソーンとその親族——

ホーソーン年表 …… ix
序のことば …… xiii
謝辞 …… xxv
第一章　力の獲得 …… 1
人生の途中から《イン・メディーアス・レース》 ／ 交替 ／ 旧牧師館――収穫なき秋
喪失と復旧
第二章　マニング一家に囲まれたホーソーン一家 …… 61
母方の家系 ／ 二家族の混合 ／ 叔父ロバート
子供たちの目から見たマニング家の人々 ／ 敬虔さと用心深さ
マニング家の感受性
第三章　内なる環――ホーソーンの女性たち …… 107
母親 ／ 母親の喪失――レイモンド対セイラム ／ 再会
ルイーザとエベ――従順な妹と尊大な姉 ／ 母と結婚

第四章　父親たち、叔(伯)父たち、そして叔父をモデルとする登場人物たち……181
幽霊のような遺産　／　叔父ロバートと叔父的人物たち
置き換えられた中心　／　物質対精神　／　多破風の家
第五章　グリムショウ博士及びその他の秘密……251
アーキメイゴの蜘蛛の巣　／　墓地の片隅で過ごした子供時代
情熱の巡礼　／　巡礼者兼恩給受給者　／　入れ子式の箱
死の接吻　／　秘密の囚われ人
訳者解説……309
訳者紹介……314
索　引……330

# ホーソーン年表



一七七五　ホーソーンの父、ナサニエル・ホーソーン生まれる。(一八〇八死去)
一七八〇　ホーソーンの母、エリザベス・クラーク・マニング生まれる。(一八四九死去)
一八〇一　八月二日、ホーソーンの両親結婚。
一八〇二　ホーソーンの姉エリザベス(エベ)生まれる。(一八八三死去)
一八〇四　ナサニエル・ホーソーン、七月四日、マサチューセッツ州セイラムのユニオン・ストリートの家で生まれる。
一八〇八　父のナサニエル・ホーソーン船長、オランダ領ギアナのスリナムへの途上で死去。作家の妹マリア・ルイーザ生まれる。(一八五二死去)
一八〇九　ホーソーン一家、セイラムのハーバート・ストリートのマニング家へ移る。
一八一一　ジョウゼフ・ウスターの学校へ通い、同じ年頃の少年たちと交わる。
一八一三　片足に怪我をし、影響が数年に及ぶ。学校へ行けず、家庭教師を付けられ、一人で読書をしたと思われる。

「一八一二年戦争」に出征した叔父のジョン・マニングから最後の便り。

一八一六　祖父マニング、メイン州レイモンドの所領へ赴く途上で死去。
叔父リチャード・マニング、所領の売却に立ち会うためレイモンドに出掛け、二度とセイラムに戻らず。

一八一八　この夏、ホーソーンの母、子供たちとレイモンドに住む。
母と三人の子供たち、セイラムの家を訪問するも、レイモンドに戻る。
作家は勉学のためセイラムに戻され、母と姉、妹はレイモンドに留まる。

一八二〇　ベンジャミン・リンド・オリヴァーに就いて大学入学への準備。

一八二一〜二五　メイン州ブランズウィックのボウドン大学へ通う。

一八二三　母、レイモンドでの生活を断念し、セイラムのハーバート・ストリートの家へ戻る。

一八二四　叔父のロバート・マニング、エリザベス・ダッジ・バーナムと結婚。

一八二五〜三七　母の家の屋根裏部屋での「長き隠遁」

一八二八　『ファンショウ――ある物語』を匿名で自費出版。

一八二八〜三二　一家の者たち、ノース・セイラムのディアボン・ストリート十六番地に住む。これはロバート・マニングがホーソーンの母のために隣に建てた家。

一八三〇〜三七　多くの短編やスケッチの類を匿名あるいは偽名で定期刊行物に発表。

一八三六　『アメリカ実用面白知識誌』の編集担当。

一八三七　サミュエル・グッドリッチが子供向けの『ピーター・パーレー』シリーズのひとつとして企画した『万国史』を担当出版。
『トワイス・トールド・テイルズ』出版。
一八三八　ソファイア・ピーボディーと婚約。
一八三九〜四〇　ボストン税関にて石炭と塩の測量官を務める。
一八四一　『お祖父さんの椅子』出版。
一八四一　四月から十一月まで、ブルック・ファーム共同体の一員となる。
一八四二　七月九日、ボストンでソファイア・ピーボディーと結婚。
十月十日、叔父ロバート・マニング死去。
『トワイス・トールド・テイルズ』第二版（増補版）出版。
一八四二〜四五　マサチューセッツ州コンコードの「旧牧師館」に住む。
一八四四　娘のユーナ誕生。
一八四五　ホレイショ・ブリッジの『アフリカ航海日記』を編集。
一八四六　長男ジュリアン誕生。
短編集『旧牧師館の苔』出版。
一八四六〜四九　セイラム港税関輸入品検査官を務める。
一八四九　母死す。

一八五〇　長編『緋文字』出版
一八五〇〜五一　マサチューセッツ州レノックスに住む。ハーマン・メルヴィルと知己を得る。
一八五一　次女ローズ誕生。
長編『七破風の家』、短編集『雪人形』および『歴史と伝記からの真実の物語』を出版。
一八五一〜五二　マサチューセッツ州ウェスト・ニュートンに住む。
一八五二　友人フランクリン・ピアス、合衆国大統領となる。ハドソン川の蒸気船爆発事故で妹マリア・ルイーザ死去。『フランクリン・ピアス伝』、長編『ブライズデイル・ロマンス』、短編集『少年少女向けのワンダーブック』を出版。
一八五二〜五三　マサチューセッツ州コンコードの「ウェイサイド」に住む。
一八五三　『少年少女向けのタングルウッド物語』を出版。
一八五三〜五七　フランクリン・ピアスの命を受け、駐英(リヴァプール)米国領事となる。
一八五七〜五九　ローマとフィレンツェに住む。長女ユーナ病に伏す。
一八五九　英国に戻り、『大理石の牧神』を完成、翌年出版。
一八六三　『懐かしの故国』を出版、フランクリン・ピアスに捧げられる。
一八六四　フランクリン・ピアスと旅行中、ニュー・ハンプシャー州プリマスにて、五月十九日に死去。二十三日、マサチューセッツ州コンコードに埋葬。
未完の長編四つの原稿を残す。

# 序のことば

本書のジャンル、つまり、本書がどういうものであり、どういうものでないかについて少々述べておかねばならない。これは文学的伝記（literary biography）ではないし、精神分析的伝記（psycho-biography）でもなく、また文芸批評（literary criticism）でもない。もっとも本書はこれら三つの要素をすべて持ち合わせているにはいる。本書は、ホーソーンの人生と芸術とがどう繋がるのか、彼の小説の心理的ソースが実体験的ソースとどう繋がるのか、についてのテーマ研究と呼ぶのがよいであろう。取り扱う資料は伝記と小説の両極を自由に往復するが、これも時間の経過順序に従うというよりは、実体験から発して想像力による表現へ至る動きに従っている。本書の説明は、ホーソーンの想像力の自然な進展を記述するものとして、順序には注意を払うが、叙述は主題に従属するものとする。

ホーソーンに関する伝記は事実に基づく傾向にあり、彼の作品の研究は解釈的で、歴史的事実にあまり注意を払わぬ傾向にある。私は努めて解釈を事実に基づかせようと、つまり、伝記的研究調査をつとめて作品理解に役立てようとした。これゆえ、議論の焦点をホーソーンの性格形成期の主要ないくつかの局面に限定し、第一次資料からこれらを再構築し、これらがひとりの人間としての、またひとりの芸術家としてのホーソーンの人生にどう表れたのかを辿りつつ私の所見を示した。

その結果、事実的基盤に支えられた、作品解釈的なある構造物が出来上がった。なるほどここには推測が入り込むが、それは情報を与えられた上での推測であるから、読者はそれを容易に事実と区別し、自分たちで秤にかけ、それが筋の通ったものか、説明的な価値があるかどうかを試すことができよう。冒頭でのこの断り書きは、本書の推測的部分にはいつも当てはまるものと受け取って頂きたい。推測的部分が現れるたびごとにいちいち断っていると、そういう語句によって記述の文のリズムが滞ってしまいがちなのでこうするのである。

本書は、標準的な文学の伝記とは異なり、誕生から死へとおだやかに移行するものではない。つまり文学作品を作家の人生の諸々の出来事から生じたものとして取り扱うことはしない。秩序だった記述を行うそうした伝記も確かに必要であって、一九八〇年代に入って今日までに二つの大部な伝記が出版された。アーリン・ターナーの『ナサニエル・ホーソーン伝』とジェイムズ・R・メロウの『ホーソーンとその時代』がそれであり、これら二つは社会の一員としてのホーソーンに関する知識を大いに拡大してくれている。(1)

私の目的はこうした書物と同じことをするのではなく、ホーソーンの内面生活を描くことであり、そうした内面生活の構成原理をはっきり抽出するために、必要ならば、実務家――つまり市民、政治屋、あるいは賃金労働者――としての彼の描写は切り詰めることもする。このため、大抵の伝記作家たちが詳しく吟味するには平凡すぎると考えている幼年期、つまり「彼の魂の揺籃期」を再創造する必要が私にはあった。一九四八年出版のランダル・スチュアートの伝記は少年期および先祖を十二頁で済ませてしまっている。[2] 先に述べた最近の二人の伝記作家たちはホーソーンの母方の親戚たちの特徴を何とか述べようとはしているが、両人のいずれもこうした家族群像が、実の父親がおらず、母親は受け身的で、強力な代父(父親代理)を持つ幼い少年の個性や想像力にいかなる影響を及ぼしたのか、その可能性を検討しようとはしていない。

幼い時期のホーソーンを取り囲んでいた家族を驚くほど無視した一例には、すべてのホーソーン研究書中最も徹底して精神分析的立場に立つフレデリック・C・クルーズによる研究『父祖たちの罪』がある。この書は「ホーソーンの歴史への関心は、父と息子、罪と報復、本能と抑圧への彼の関心の特例にすぎない」と言明し、そして彼の「過去についての感覚は大袈裟に表明された象徴的な家族の意見対立の感覚[3]」に他ならないとする。クルーズは「親に対する子供の攻撃」を強調し、ホーソーンがしばしば代父的人物に父親の役割をさせていることや、自分より年上の男性の記述が両義的で往々にして敵意に満ちていることに強度の心配りを示しつつも、こうした心理パターンがなぜ見られるのか、その伝記的な説明を求めようとはしない。そうしたパターンは未解決のエディプス的葛藤に由来するとクルーズは考えるのだが、ホーソーンが彼の小説に見られる種類の怨念を生じさせ得た実の父親を持っていなかったという事実に、彼は何の考慮も払っていない。ホーソーンが繰り返し示す、若い男たちを支配し、隷属させさえする専制的な年長の男性群像は、子供が僅か四歳の時に姿を消した父親というよりも、実の代父によって生み出された可能性が強いのである。

父親役を叔父が果たすというこの代理劇こそは、ホーソーンのエディプス的経験の特性、特徴に影響を及ぼすとともに、年長の男性に対する彼の態度を形作ったものである。クルーズはホーソーンの神経症の証拠を作品から引き出すのだが、その際にホーソーンの幼年時代の実際的な生活状態を吟味することをせず、また母方の叔父ロバート・マニングと作家との厄介な関係の意義に気づいてもいない。クルーズの画期的研究の前にも後にも、批評家たちはホーソーンの作品にエディプス的主題があることを認めてはいるのだが、それに伝記的な原因があることには触れずじまいだったのである。

この研究において私が試みたのはこれらの主題の起源とその特有の性質がどのようなものかを確認することである。フロイトが考えたように近親相姦願望やエディプス的敵意なるものが普遍的であれば、想像力の産物たる文学作品の中にそれらを確認したところで大した意味はない。これらの原型的経験を理解しようとする場合、我々はそれらをある特定の家族状況における特定個人の経験として、またある特定の文学作品において表現されたものとして理解せねばなるまい。ただ単に心理的な主題を確認するだけでなく、それらが関わり合う情緒の特質やエネルギー、その関わり合いの寿命、そして、回りくどいものであれ単刀直入のものであれ、それらの主題が表現される方法を再構成すべく努力せねばならないだろう。

個別の特質を他と区別して扱わず、ありふれた心理的主題を確認するだけでは、様々な点で類似の主題で際立つ作家たちに関する我々の印象を均質化させることになる。例えば私の頭に浮かぶのは、エリック・J・サンドキストの『故国発見』という、四人のアメリカ作家――クーパー、ソロー、ホーソーン、メルヴィル――についての瞠目すべき研究のことである。サンドキストはホーソーンの歴史感覚が「個人的な生涯と歴史的伝統の両方に等しく属する」[4]と言明してはいるが、個人的生涯を無視し自分の論拠には小説を持って来る点ではクルーズと変わるところがない。サンドキストはこれらの作家たちに共通する一群の心理的主題――主要な場面での瞑想、起源の探索、家系、家庭、近親相姦、父親の儀式的殺戮の繰り返しとそれへの償い――に集中的に関心を払い、これらの主題を処女地アメリカの風景と関連づけているが、それらを作家の経験上の起源には関連づけていない。このような取り扱いでは作家と作品とがどれもみな同じようなものに見えてくる。メルヴィルとホーソーンとは、驚くほどよく似た特徴を持つ両者の家族構成も含めて共通項が多いが、その類似点と同じぐらい、人間経験の処理法において重要な相違点をもまた見せている。共通した自伝的動機から筆を起こしながらも、この二人の作家は自分が好んで表現しようとした個性や感情のレベルでお互いに異なっていたのである。

例えば近親相姦への拘泥を確認するにしても、どういう特徴を持つ囚われ方なのか、継続性はどのくらいなのか、作家はこの主題にどう抵抗あるいは連繫し、その昇華能力はどのくらいなのか――換言すれば、近親相姦という主題に自我のいかなる層が関わっているのか――を、この主題をどれほどの緊急性をもって伝えたがっているのか、どういう伝達法（直接、間接を問わず）を取ればこの欲求が満たされるのか、に加えて決定しなければならない。私がこれらすべてをホーソーンに関して行ったなどと言うつもりはない。しかしこうした類の疑問を我々は問わねばならないと私は考えている。我々は主題が表面近くにあるのかそれとも深く埋もれているのかを問うだけでなく、主題がどの程度の変形あるいは変貌を作家の個性によって遂げているのかも問わねば十分とは言えないのである。

心理的主題は、それがはっきりしたものか曖昧なものか、隠されたものか明白なものかによって、作品の特性を様々に異なって語ることになる。ホーソーンが自伝的素材を小説中でどの程度意識的に用いたのか私は確信を持てないが、私が調査した限り、彼は伝記的素材を随分と変形させてしまっているため、批評家たちは繰り返し現れるプロットや登場人物の類型に通じてはいるものの、これまでのところ作家の人格形成期の体験に大きな好奇心をそそられてはいない。

作家の人格形成期への無関心ぶりを修復するため、私はこれまで家族が書いた文書を用い、家族内でのいろいろな役割を帯びた人間の個性について、彼が最初に抱いたイメージを再現してみた。世の中での彼の諸々の経験のみならず、彼の創造的な想像力もまた、彼が家族の人々について抱いた、必ずしも事実とは符合しない、子供っぽい認識によって影響を受けていた。可能な限り、私はホーソーン一族の歴史的現実と、彼が神話化した彼の一族とを区別した。そうすることで、私は過去一世紀に亘り伝記作家たちが作り上げてきた多くの家族神話——例えば、ホーソーンとその母親それぞれの隠遁生活を取り扱う神話——を、現存する文献に照らして吟味することができた。疑うべくもなく、私は私でいくつかの独自の神話を作り上げたわけなのだが、これらはいずれ他の批評家によってこきおろされることになろう。

ホーソーンの幼年時代の研究における誤謬の源泉のひとつは、伝記作家たちが「最初の日記」と称されるものに頼ってきたことだが、この「日記」はホーソーンの幼年時代の知己が譲り渡したと言われ、サミュエル・T・ピッカードが編集し、いろいろな版で作家の死後十年にもならぬ一八七〇年から出回ったものである。ホーソーンの幼年期については何かと証拠が乏しいために、この日記の出所が怪しげなことを承知している伝記作家たちでさえ、少年期の自伝的記録らしきものを切り捨ててしまいたくはなかった。私はこの日記は贋作と考えるので、ホーソーンの幼年時代を再構築するに当たってこれを用いなかった。私の結論を支える証拠、その日記の詳細な経歴、ピッカードのそれについての書簡は、「ホーソーンの最初の日記を書いたのは誰か?」と題した論文に纏められ、『ナサニエル・ホーソーン・ジャーナル』誌一九七七年号上で公表されている。[5]

ホーソーンの内面生活に焦点を当てるのと歩調を合わせ、私はこの作家の作品を、文学界の事件としてというよりむしろ作家の生涯における事件として取り扱うことを選んだ。もちろんそれらの作品は、気が滅入るほど小さいものながら一応文学的事件ではあったのだが、それらの評価についてはドナルド・クロウリーの『ホーソーン――批評的遺産』その他が見事に網羅している。[6]私はホーソーンの作品を、彼の作家経歴の成長に伴って生まれた所産として扱うが、それはその経歴の変遷こそ、彼に自分とは何なのかについての感覚を形成させたものだからである。ホーソーンの作品は作家の私的イメージを実在する文学的常套と接合するものだが、その限りにおいて、それらの作品は作家の内面生活と外的生活、私的生活と文化との間にうまく継続関係を作り上げ、彼と世間との関係を強固なものとするのに役立った。かくてホーソーンの小説は、作家の内面生活のプロセスから生み出され、彼が作家を職業に選んだのが正解だったと確認するのに役立つものだが、それらは彼の自己認識の進化の中で主観化されていったのである。このことはこの新たな結合を反映するもっと別の作品となって登場する。内面と外面との間の継続的な流動は微妙なプロセスで、私がこれまで捉えようと試みて来たものに他ならない。

私が跡を辿ろうとしている継続性が増大を伴った反復であるがゆえに、この本の構成は主題と変奏という少々音楽的なパターンに従う。従って、ホーソーンの生涯の主要な主題を提示する序曲……母親を奪われ、父親に死なれ、叔父が支配するという構図……から始めたい。これらの要因は、四十五歳になって二つの大きな喪失を体験することで創造的な躍進が急に訪れるに至るまで、ホーソーンの芸術的成長を遅らせた。第一章の「力の獲得」はホーソーンの創作力のピーク時、つまり『緋文字』を書いた時期から始まる。

第二章は逆戻りしてホーソーンの幼年時代の状況や、ホーソーンが父の死後共に暮らした彼の母方の親戚、マニング家の人々の個性を再構築する。ホーソーンは、絞首刑好きのいかめしい清教徒の判事たちこそ自分が生み出そうとした成人像だと我々に思ってもらいたかったようだが、その願いに反し、それは怠惰な芸術家肌の少年に商業主義的価値観を注ぎ込もうとした物分かりのよい、活力溢れる実業家たちであった。自分では抵抗したものの、ホーソーンは彼らの価値観を徹底的に心に植え付けたため、常に自分で選んだ芸術家という職業に不信を抱き、芸術家と商売人との間の対立緊張を彼の小説に組み込んでゆくこととなった。家族構成の大枠が出来上がったので、次の二章分は彼の最も幼い時期の経験を作り上げた男女の中心的人物に焦点を当てる。この家族の経験が、後に彼がその神話作りの想像力によって文学作品へと変形させることになる素材を提供したのである。私の探求は単純あるいは皮相的な意味で登場人物の「モデル」を探そうとするものではなく、想像力による変形の素材および変形プロセスを探そうとするものである。人生と文学との、比較的深いレベルでの連続性を求めるうち、私はこの作家の「自己同一化《アイデンティティー》の主題」*が生涯に亘って変奏されていることに気づいた。ホーソーン文学の主要な配役や人物関係は、彼の人生行路全体に亘って途絶えることなく展開し、彼の想像力が小説という形態で徹底的に演じ尽くさせた神話的な拡大表現を生み出したのである。

これらの原型的な人物関係がホーソーンにとって持っていた意味を我々が理解すると、それらの内面的作用が登場人物の型のみならず物語の構造をもまた作り上げているのに気がつく。経験を理解し、その経験を文学的常套に当てはめ、物語を切り出し、工夫し、終わらせるホーソーンなりの手法は、彼の人物レパートリーと全く同様、これら家族関係特有の痕跡によって密度濃く影響を受けている。この形成上の影響力は、彼の人生における成功と失敗とを対比することでも分かるように、決して一様に有益だったわけではない。『緋文字』を書いた時点で、彼は家族のまとまりと力を肌身に感じていたが、その時に、ほとんど完璧な調和を見せる物語構造を持つ家族のドラマが世に出た。また彼の老齢期、家族がバラバラになっていった時期には、同じ力が事実上彼の物語管理能力を奪ったのだった。

この書物の最終章、つまり第五章は、一群の主題のすべてを改めて纏めるものだが、それらが最ものっぴきならざる形で現れる作家晩年の未完のロマンス『グリムショウ博士の秘密』において行われる。私がこのような断片的でめったに読まれもしない作品に長々と章を割くことについては少々弁明しておかねばなるまい。この魅惑的な失敗作は、ひどく未整理な心理的抗争を具体的に描くべく、必死に物語を書き上げようとする作家について、他では得られない視点を提供してくれる。この苦闘の記録の中に、我々は個人的神話が文学に入り込んで行く変形のプロセスを垣間見る。自分の人生の主題を小説形式に具体化しようとするホーソーンの苦労を眺めていると、彼の幼年期の家族ドラマが人生の最終ステージまで姿を留めているのみならず、むしろそのドラマは一段と活動的かつ破壊的となっていることに我々は気付く。『グリムショウ博士の秘密』の中心主題はすべてを取り込んで行く蜘蛛の巣であり、この作品はこうした絹の罠のしつこさを証言するものなのである。

*私が「自己同一化の主題」という語を用いるのはノーマン・N・ホランドが *5 Readers Reading* (New Haven and London: Yale University Press, 1975, pp.56-62) で行った定義の意味に基づく。ホランドのこの定義は、さらにハインツ・リヒテンシュタインとシャルル・モウロンの理論と関連する。つまり、ホランドの言う「自己同一化の主題」とは、「人間個人の生活のありとあらゆる側面に浸透しているひとつの主題もしくは様式のことである。その意味では我々は変わることのない自己を持っていることになるが、しか

（xxiii）

しそれにも拘らず、現実や自分の内的衝動が自己に、新しい経験を求めて手を伸ばせと要求する。すると自己はこうした経験をこの変わることのない中心主題の新しい変種として付け加えながら成長する。いわゆる『自己同一化の主題』は過去の出来事によって決定されるとはいえ、逆説的に言えば、未来の成長や、それゆえ自由のための唯一の基盤でもある。それは、恋に落ちることであれ、ただ単に本を読むことであれ、新しい経験を個人的に、人間的に統合するための基盤なのである。」（六十一頁）

# 謝辞

この研究が大いにはかどったのは、ナサニエル・ホーソーンの曾孫に当たるマニング・ホーソーン氏が一九七五年と一九七六年にマサチューセッツ州セイラムのエセックス・インスティテュートとメイン州ブランズウィックのボウドン大学にそれぞれ寄贈された家族書簡を使わせて頂いたことによる。ホーソーン氏が寛大かつ有益な手紙を私に寄せられ、文献の所在や出所についてご教示下さったこと、また氏がホーソーン、マニング両家の家族書簡や記録文書から引用する許可を与えて下さったことに私は謝意を表したい。これらの書簡は、綴りや句読法をそのまま残し、書き込みは最小に留めて、できるだけ書かれた通り忠実に再現することとした。元の文書で文の最後のピリオドがなかったり、文の初めが大文字になっていないところは、やや大きめのスペースを設けて文と文の境目を示してある。

ホーソーンは一八二〇年代に自分の家族名に〝W〟を復活させたが、私はW付きのホーソーンの名(Hawthorne)は作家の全生涯と彼の母親と姉妹に用い、Wなしのホーソーン(Hathorne)は作家の父親とその他の父方の先祖に用いた。

エセックス・インスティテュートが、この上なく貴重なホーソーン・マニング・コレクションを私に使用、引用させて下さったことを有り難く思う。同所のアイリーン・ノートン氏は個人的資格で関心を示され、私が文献を探したり、セイラムでくつろいで過ごす手助けをして下さったが、そのことに対し、私は特に感謝の意を表したい。

ボウドン大学図書館は、その膨大なナサニエル・ホーソーン・コレクションから私が引用する許可を与えて下さった。特にメアリー・ヒューズ氏の御助力により、自分がホーソーンの通った大学で過した時間を楽しく実り多いものにすることができた。

イェール大学図書館のバイネッケ希覯図書室のアメリカ文学コレクションの学芸員、デイヴィッド・E・スクーノヴァー氏には、このコレクションからの引用を許可して下さったことに対し、また前学芸員ドナルド・ギャラップ氏には、故ノーマン・ホームズ・ピアスン教授のホーソーン・ファイル閲覧を、それが同氏にも大学図書館にも不都合だった時期に許可して下さったことに対し、感謝申し上げたい。ピアスン教授によるマニング家の書簡の転写は本書の注解部で「ピアスン転写」として引用しておいた。エリザベス・M・ホーソーンがモントセラト島から書き送った書簡の写真複写は二つ現存する。一つはピアスン・コレクションの中にあり、またもうひとつはエセックス・インスティテュートとボウドン大学図書館とに分割されている。これらの転写はリチャード・クラーク・マニングの手によるものゆえ、引用に際しては「マニング転写」としておいた。

ホーソーンの作品からの引用は、ウィリアム・シャーヴァット、ロイ・ハーヴィー・ピアス、クロード・M・シンプソンなどが編集した『ナサニエル・ホーソーン没後百年記念作品全集（センテナリ版）』(Columbus: Ohio State University Press, 1962－) からのものである。この版からの引用は括弧内に巻数と頁数を印して行ってある。ホーソーンの書簡からの引用は、本書と同時に出版されるセンテナリ版にできるだけ正確に合わせてある。トマス・ウッドソン教授は寛大にも私の転写が正確かどうか、センテナリ版のそれと照合し、忍耐強く私の多くの質問に答えて下さった。センテナリ版十五巻『書簡、一八一三～一八五三』からの引用は書簡番号で示した。近刊の第十六巻『書簡、一八五三～一八六四』からの引用は、注解部で日付のみを示すことにより照合してあるが、この理由は書簡番号と頁番号がまだ知らされていないからである。センテナリ版テキストによらぬ少数のホーソーンの書簡については、他の引証法を用いた。*

『アメリカン・ルネサンス研究』一九八〇年号上に私は「ホーソーンとマニング家の人々」と題する論文を発表したのだが、本書の第二章にそれを転載する許可を下さったジョエル・マイヤーソン氏に御礼申し上げる。本書第五章「グリムショウ博士及びその他の秘密」の短縮版は一九八二年一月、『エセックス・インスティテュート・ヒストリカル・コレクションズ』に発表したもので、同誌の編集者の許可を得て本書に掲載した。

本書がまだ草稿の形を取っていた初期の段階で、ウィリアム・L・ハワース、リチャード・M・ルートヴィッヒ、カーロス・ベイカーの三氏から多くの建設的提案を頂いた。いずれもプリンストン大学関係者のこれら三氏に御礼を申し上げたい。中期の段階ではアネット・コロドニー氏から進んで激励を頂戴したが、もしこの励ましがなければ本書の出版は途中で放棄されていたかもしれない。第一章について鋭い批評をして下さったライダー大学のキャスリン・ノイヤー氏とメアリー・オーツ氏、それにプリンストン研究フォーラムのワーク・イン・プログレス・セミナーの会員諸氏に御礼申し上げる。最終段階ではスザンヌ・K・ハイマン氏から大変有り難い援助を頂戴した。また私はアイリーン・ウォード氏とニューヨーク人文科学研究所の伝記セミナーの会員諸氏には特別の恩義に預かっている。この方々は伝記という芸術に関して啓発的な意見を提供し、この困難な企てに私と一緒に取り組んでいるような感覚を与えて下さったからである。

ニューヨーク州立大学ジェネシオ校のリタ・ゴリン氏とラトガーズ大学のデイヴィッド・レヴァレンツ氏からも素晴らしい忠告を頂いた。ラトガーズ大学のリー・カールソン氏と同大学名誉教授のシルヴァン・S・トムキンズ氏からは激励を受け、また寛大にもいろいろと相談に乗って頂いて感謝している。

ラトガーズ大学出版局のエミリー・ホイーラー氏の、直観的で才覚溢れる校正作業に対しても謝意を表する。タイピストにしてコンピュータ技術者、科学技術の人間的な使用法に通じたキャロリン・カップス氏には、誠実なプロの仕事ぶりで何年にも亘って本書の完成にご尽力下さり、有り難く思っている。

本書が完成するまで何年にも亘って辛抱してきた私の家族の面々も、自分たちの犠牲が報われたと感じてくれることを願う。他の方法では手に入れがたい重要な援助を提供してくれたオースティン・リード・アーリッヒと、いろいろな面でこの仕事を支援してくれたフィリップ・アーリッヒには、格別の謝意を表するものである。

＊一九二、二〇八－九、二一三、および二一四頁に、Volume Ⅷ, *The American Notebooks* へ言及した引用があるが、これらは Barbara S. Mouffe が *Hawthorne's Lost Notebook: 1835-1841*（University Park: Pennsylvania State University Press, 1978）で行っている転写に合わせるために変更が施されてある。

## 注

（1） Arlin Turner, *Nathaniel Hawthorne: A Biography*（New York: Oxford University Press, 1980）, and James R. Mellow, *Nathaniel Hawthorne in His Time*（Boston: Houghton Mifflin, 1980）.

（2） Randall Stewart, *Nathaniel Hawthorne: A Biography*（New Haven: Yale University Press, 1948）.

（3） Frederick C. Crews, *The Sins of the Fathers: Hawthorne's Psychological Themes*（New York: Oxford University Press, 1966）.

（4） Eric J. Sundquist, *Home as Found: Authority and Genealogy in Nineteenth-Century American Literature*（Baltimore and London: Johns Hopkins University Press, 1979）.

（5） Gloria C. Erlich, "Who Wrote Hawthorne's First Diary?" *Nathaniel Hawthorne Journal*（1977）: 37-70.

（6） J. Donald Crowley, ed., *Hawthorne: The Critical Heritage*（London: Routledge & Kegan Paul, 1970）.

# 第一章　力の獲得

「しかし自分の運命《さだめ》をまっとうするまで、私は死ねない。運命さえまっとうできれば、その時は、死よいつでもやって来るがよい！　自分の記念碑は築いておいてやるからな！」

――『大望の客』――

## 人生の途中から《イン・メディーアス・レース》

ホーソーンの人生はその作家経歴の概略――すなわち、長く遅々とした上昇期、短い円熟期、そして上昇期よりはるかに速く進行した苦痛に満ちた衰退期――によって形づくられている。人生と作家経歴の両方を理解する方法のひとつは途中――つまり、人間としてまた作家として彼が到達した絶頂期――から始めることである。困難を乗り越えて最初の大作を発表した時期、つまり絶頂期からホーソーンの人生に入ることは、その前後の彼の人生を知る上での参考になるし、芸術家としての彼の成長を阻害した諸要因の正体も、彼が一時的ながら陽気にそれらを克服した時点から眺めるならば明らかになる。ホーソーンの創作力の秘密を説明しようと言うつもりはないが、少なくとも我々は、彼の創作力の開花を遅らせた状況が何だったのか、また突然彼を拘束から解き放ち、創作力の獲得に至らしめた内面的および外面的事件が何だったのか、その両方を確認する試みは可能である。(1)近年、成人の発達に関する研究が盛んで、人生と職業との相互関係を明らかにしてくれているが、こうした研究がホーソーンの人生で極めて驚くべき時期に爆発的創造エネルギーが目覚ましく開花した理由を説明するのに役立つ。

『緋文字』を発表した前年の一八四九年、ホーソーンは四十五歳、結婚後七年の歳月が流れており、二人の幼な子の父親として、何点かの短編およびスケッチ集と数冊の子供向け物語本を公にしていた。しかしながらその時、彼はまだ作家として自分のアイデンティティーを確認できるような作品を書き上げてはいなかった。

旧牧師館での結婚生活の初期に、彼は、物書きから得られる収入が家族を養うにはあまりに乏しく不安定なことを悟り、職探しをして、一八四六年にセイラム税関で官職に就いた。彼は、家族を養うためこの閑職に頼り、そこに長く留まれることを望んでいたが、一八四九年六月八日、新たに政権の座に就いたホイッグ党が彼の首をすげ替えようとしているのを知った。この痛撃をまともに喰らったのは、彼が死に瀕した母の病状を日毎眺めていた時期でもあった。翌月もずっと母はセイラムの家の二階の部屋で臨終の床にあり、七月三十一日に亡くなり、八月二日に埋葬された。

ところがそれから一ヶ月も経たぬうちに、またその間一時「髄膜炎《ブレイン・フィーバー》」を患ったにも拘らず、普段は仕事が遅くて怠惰なこの作家は、通常の二倍以上の仕事量に当たる、一日九時間の執筆を行っていた。彼の集中力の凄まじさには妻ソファイアが大いに驚き、九月二日に「夫の書きっぷりは物凄い」[2]と実母に宛てて書き送っているほどである。一八五〇年二月三日までには、『緋文字』とその序論『税関』を彼は書き上げていた。作品はすぐに印刷され、三月十六日には発売されている。

身も心もぼろぼろになるような二つの喪失事件から六ヶ月以内に、ホーソーンは最初の長編で紛れもなき傑作を生み出したのだった。職を失い、母を失うという、世間によくあることながら注目すべきこの一続きの出来事は、それらがただ連続して起こったという以上のものである。ホーソーンが突然円熟した作品を生み出すに至ったのは、こうした損失そのものと思いがけない関係があった。彼が死と直面したこと、つまり直接的には母の喪失という形で死と直面し、また象徴的には税関生活の淀んだ「生きながらの死」の中で首を斬られて死と直面したことによって、明らかに突然彼の能力開花は促進されたのだった。死の伝えるメッセージにホーソーンが特別敏感になっていた年齢、すなわち、現在中年の危機として知られている生得の転機に、本物の死と象徴的な死という二つの形の死が、彼を襲ったことになる。

　これら二つの出来事はホーソーンの人生におけるセイラム時代の幕引きに貢献した。『税関』という序論には、彼個人にとってセイラムという「誕生の地（natal soil）」がどう重要なのか、またなぜ自分がそれとの物理的関係を絶つのか、その理由が論じてある。しかしこの『税関』は読者に誤解を与える自伝の見本のようなもので、事実を明らかにするのと同じくらい事実を隠匿してもいる。ホーソーンは「読者との真の関係」を確立しようと言い、次には自分が『緋文字』の編者《エディター》に過ぎないというふりをする。自分のセイラムとの絆を明らかにする中で、彼は巧妙にそうした絆の一部だけを選択している。換言すれば、自分の父方の、ピューリタンの先祖たちとの、絵になる絆だけを選択したということなのだ。自分でもさえない場所と感じていた町に留まろうとして彼が挙げている主たる理由は、父方の先祖の遺骨との繋がり、すなわち「塵と塵との感覚的共感」である。これからすれば、家族の墓地に一番最近加わったもの、つまり母の墓は、彼を解放してセイラムの町を離れさせるというより、むしろ彼を町に縛りつけると考えられよう。

ところが彼は母の死には一切言及を行っていないし、税関を舞台とする序論を、自分の新たな門出を告げる一文としてのみならず、彼にとってセイラムが意味したすべてに対する告別の辞としても、世に示している。序論全体は移行、すなわち過去や現在から未来への移動、および過去との離別を見据えての、過去への愛着ならびに過去への信義の要約を話題とする。長期に及んだ作家修業時代への、不確実で準備のための人生への、そして自分が取るに足らぬ男らしくない存在だと彼に感じせしめた諸々の影響力への決別は、同時にまた自分が円熟に達したという新たなる感覚への敬意を込めたあいさつでもあった。自分の「誕生の地」にかくもしっかりと縛り付けられた作家にとって、この先触れ付きの転地こそは彼の身分地位が変わる予告であった。

セイラムは彼にとって先祖の墓所であるとともに、「誕生の地」でもあった。父方ならびに母方のこうした影響力は解決できずに残っていたが、これらを統一し、乗り越えぬ限り、彼が円熟した作品を完成することはできなかった。セイラムを去ることで、彼は文字通り息子の父への関係に終止符を印し、自分が子供の時に幾たびとなく別れて過ごした母親に、そして確かに自分を威嚇している父方の先祖たちの墓に別れを告げようとした。なかんづく彼は、自分が大人になるための障害となる依存心を知らず知らずに植えつけてきた父親代わりの人々から離れようとしていた。町を発つと公言することで、彼は人間として、また芸術家としての自分の成熟を遅らせてきたすべてのもの――自分を圧倒する先祖たち、いろいろな種類の家父長的人間たち、それに「アンクル・サムのお金」への依存――を放棄しようとしたのである。

この門出から二年で、彼は『七破風の家』、『ブライズデイル・ロマンス』、『雪人形』、『歴史と伝記からの真実の物語』、『少年少女向けのワンダー・ブック』、それにフランクリン・ピアスの伝記を出版したが、これは彼の完成した作品の大部分を成すものである。換言すれば、一八四九年の後半に『緋文字』を手掛け始めてから、一八五二年四月に『ブライズデイル・ロマンス』を完成させるまでの間に、ホーソーンは四つの長編のうち三つを書き上げ、短編集をもうひとつ、伝記をひとつ、子供向けの作品集数編を準備していたのであった。子供向けの作品中で最も人気の高い『タングルウッド物語』は一八五三年に出版されている。

この爆発的創作活動を突然のごとくもたらしたのは、職を失い、母を失うという一八四九年の二つの喪失であったが、これは長い修行時代の最中に大きくなってきていた危機がついに頂点に達した出来事だったように思われる。さらにその修業時代が終わった後には、作家としてうまく自立を果たすという夢が挫折してもいた。なかなか想像力が湧いて来ず、作家として身を立てることもできないという問題とのホーソーンの苦闘は、エリク・エリクソンの著作や、ダニエル・J・レヴィンソンなどが最近発表した成人の発達の研究『人生の四季』によって説明可能となる。これらの研究は、人の一生が形成される上で仕事の果たす役割に鋭く焦点を当て、特に時の心理的意味に注目する。エリクソンの伝記的研究は、創造的な仕事に当たる人々が、専門的分野で円熟に達するまでの準備期間のさなか、長きに亘って待たねばならぬ場合に体験する特有のストレスを強調している。しかし、人間の生活環《ライフサイクル》を八段階に分けるエリクソンでは思春期と青年期が強調されるのに対し、レヴィンソンが考え出した四つの少しづつ重複する主要時期（幼・青年期、成人初期、成人中期、成人末期）の図式では、成人の発達により多くの関心が向けられている。成人の発達の時期をはっきり定義し、綿密な調査を施し、その上で人生半ばの変転が持つ重大な機能に焦点を当てることで、レヴィンソンはこの時期が持つ創造的な可能性を示しているが、それは、ホーソーンの芸術的開花を研究する上で有用な概念である。

　レヴィンソンの研究は、変化と成長のメカニズムを説明するものだが、彼はそれらをライフ・ストラクチャー、つまり彼が「特定の時期における、ある人の人生の基本的形態や意匠」と定義するもの、を形成したり修正したりする継続的なプロセスとして考える手法によって、明らかにしようとする。この「ストラクチャー」の構成要素は職業、恋愛、家族、人の「自分との関係、孤独の利用、いろいろな社会状況の中での自分の役割——自分にとって重要性を帯びた個人、団体、機関との関係のすべて[3]」である。いかなる特定の時期においても、一貫性のある要素のみが「ストラクチャー」に収まり得る。一貫性のために従属させられたり、抑圧させられたりすることになる要素のうち、重要ゆえにいつも除外されてばかりはいられないものが最終的には認知を要求するのである。

　ライフ・ストラクチャーの成否は、それが全体として調和の取れた機能を維持しつつ、同時に自己の重要な側面をできる限り多く保持し、それを正しく評価できるかどうかによって測定し得る。それはそれを作り出した当該人物と同じくらいに複雑あるいは才覚溢れるものたり得よう。ホーソーンのごとく、「幸福の最良の定義とは（人間の）能力や感受性の限界いっぱいに生きること」（I、四〇）だと感じる人々は、彼が税関で経験したような「生きながらの死」のいかなる兆候をも消し去ろうと、誰よりも懸命に戦うものである。生活上の強制力が強くなればなるほど、緊急性を帯びた自我の諸側面の停滞や抑圧に対して起り得る反応はそれだけ創造的になる。重要なのに疎んぜられている自我の側面を、再定義して主要素と調和させようとする能力もまた創造的なのである。*

*例えば、人生の状況では学問を職業として選ぶ方が好ましいのに、可能性としては画家にも学者にもなり得る人がいるかもしれない。学問を取るために絵画の道をあきらめるとすると、この才能の全面的な否定によって挫折感もしくは不満が生じる可能性がある。それが強力な場合は、押さえつけられた画家への願望がそれを満足させてくれといろいろな形で要求することもあり得る。願望は縮小されて趣味という形に収まるかもしれないし、ひょっとすると最初の選択を放棄して、絵画を巡る新たなストラクチャーを構築するほどに性急な形を取るかもしれない。あるいはまた意識の中に潜伏して二つの可能性を再定義するような仕方で学問の方向に影響を与えるかもしれない。例えばの話だが、もともと肖像画に興味を持っていたとすると、学問の道を選んでも関心は伝記に向かうかもしれないのである。

レヴィンソンがそう言っているわけではないが、このライフ・ストラクチャーという概念はいつも適応のための改造を必要としており、自我の一生は成長を続ける芸術創造のようなものかもしれぬことを示唆している。人は、様々な仮定的能力の中から、納得のゆく構造物としてまとまるような要素を選び出し、そうならない要素を従属させることで自我を作り上げてゆく。殆ど美的とも言ってよい適合感が構築の過程を支配し、その部分の選択、調整、調和を指導するかもしれない。その上、ライフ・ストラクチャーにできるだけ多くのものを包含しようとして自我の構成要素を作り替える適応能力は、芸術家が物を作り上げる才能と似ている。

理論上、成熟してエリクソンが無欠《インテグリティー》と呼ぶ段階に到達した者は自分の完結した人生周期をまったく満足すべき工芸品、つまりその部分部分が「美的」と呼び得る必然的存在として凝縮した工芸品、と見ることができるかもしれない。エリクソンの定義によれば、無欠とは、先行するすべてのものを要約する交響楽の最終和音《ファイナル・コード》にも比較可能であるように思われる。「その無欠は、自我が、秩序や意味を求めようとする己の性癖に、当然の結果としての保証を与えることである。……無欠とは、人の唯一の生活環《ライフサイクル》や、それにとって重要な意味を持つに至った人々を、本来そうあるべき何か、従って必然的にいかなる代替物をも容認しない何かとして受け入れることである。」Erik H. Erikson, *Identity: Youth and Crisis* (New York: Norton, 1968), p.139.

大人の人生行路がどのようなものか、その概念によれば、人の人生は、ある内面的な時刻表を持った旅、つまり、人がある年齢に達した時にその人はどのような地点にいるはずかというパターン化された感覚を持った旅だとされる。その時刻表は、それと自分が実際にやり遂げたこととが時間的に一致すると必然的に感じることになる基準のごとくに、我々の内部で作用する。もし仮に我々が、予期された時刻かっきりかその近辺に、結婚、職業上の地位、「生活の安定」[4]、そして先輩としての認知などの一里塚を通り損なった場合、我々は人生にも自分自身にも不満を感じる。通常の場合、我々は、時の目盛り上での自分の位置が、そうした時刻表の予定あるいは基準と合致しているかどうかによって、自分が時流に乗っているとか、出遅れたとか感じているのである。我々が通過する一里塚はみな、我々が目的地、すなわち人生の終着駅へ向かって近づいていることを示す。

死に対する意識は、生命有機体の成長と相呼応して大きくなる。ロバート・ジェイ・リフトンを一例とする多くの心理学者が明らかにしているように、幼児でさえも別離の体験を通して死を予測する知識を有している。その別離の体験とは誕生そのものによって引き起こされる別離に始まり、その後に起こる母親からの様々な程度の別離によって拡大される。個性獲得のためのあらゆる行為、子供っぽい物事や役に立たなくなった関係を断ち切るあらゆる行動、そしてありとあらゆる前進が、それに付随する喪失を含んでおり、その喪失が自我の最終的な喪失を予期するのである。

満たされぬ運命が自らのうちにふくらんでゆくのを感じる才能ある人々は、とりわけこの内面時計の鼓動に敏感である。自ら特命と考える仕事を成し遂げるまで生きられないかもしれないと恐れる彼らは、年よりも老けていると感じたり、早死にするかもしれないと思う。エリク・エリクソンはかくて、ジークムント・フロイトを引き合いに出し、早すぎる死の恐怖と連動した彼の鉄道嫌いは、「『やって来るのが遅すぎて』……『汽車に乗り遅れる』という、どこかの約束の地……（か）創造的な目的地にたどり着く前に自分が悲惨な死を迎えるのではないかという恐れ[5]」だと解釈する。同様に、準備期間がやはり長すぎたホーソーンもまた、時ばかり流れ、計画の実現が阻まれていることで焦りを感じた。盛んに活躍する同世代の仲間たちに加わるのが遅れてしまったことで、彼は自分が最盛期に到達する前に死んでしまうのではないかと恐れたのであった。

若い頃、ホーソーンは姉のエベに早死にするかもしれないと打ち明け、これを単なるロマンティッ

ク な気取りとは片づけないでほしいと付け加えた。後に彼は早過ぎる死や満たされぬ運命を、自己言及的な特性とともに登場人物たちの多くに与えているが、これらの人物たちはこの宿命的小説家が描く他の人物たちとははっきり区分されるものである。処女作ではファンショウが創造されたが、これは天賦の才能を開花させることなく死んでゆく詩人肌の理想主義者であり、その後には、作家が二十代後半の修業時代の短編『大望の客』の若い旅人が続いている。自宅に宛てた手紙[6]に詳しく述べられている作家のニュー・ハンプシャー紀行に基づくこの作品には、手法的にはどれほど拙いものであれ、ホーソンその人の実存的主題が提示されている。冬の山間の峠と死の脅威を背景に、作家は路傍の旅籠の赤々と燃える炉端を置き、そこへ孤独な旅人を避難させる。この大望を抱く孤独な客を迎えるのは、祖父母から両親を経て子供たちへと何世代もうらやましいほど見事に揃った、満ち足りて愛すべき家族である。ある共通の危険を互いに感じ取ることで、貴族的な青年とこの控え目な一家との間にはすぐさまひとつの絆が芽生える。

死ぬ前に自分の人生を印す何らかの記念碑を作り上げたいという青年の願いによって、一家の者たちの究極の願いが思いがけなくも呼び覚まされる。父親は自分の存在を子孫に印すためにスレート作りの共通の墓石ひとつで手を打とうと言う。祖母の願いは死んだ自分の姿を点検するために棺の上に鏡を一枚架けてほしいというものである。死後もなお人生が続いてゆくことを望むこのような願いに関して、旅人は次のように結論する。「ほらご覧なさい!……スレート製であれ、大理石製であれ、一本の花崗岩の柱であれ、一個の記念碑を、あるいはまた栄光の形見を人類普遍の心の中に欲しがる

のが我々の本性なんですよ。」（Ⅸ、三二九）
その晩雪崩が起こり、大望の客も控え目な一家の者たちも、すべてが滅ぶ。旅籠のあとに残された個人個人の形見が謙遜な一家を思い出させて涙を誘うが、大望の客は生死も含め何の痕跡も残さない。残るのはただ、もちろんこのホーソーンの物語なのであるが、そこには皮肉にも旅行者の次の言葉がある。「未だに私は何も成し遂げていない。……自分の運命《さだめ》をまっとうするまで、私は死ねない。運命さえまっとうできれば、その時は、死よいつでもやって来るがよい！　自分の記念碑は築いておいてやるからな！」（Ⅸ、三二八）ホーソーンのこの言葉は、青年の大望の記念碑となり、究極的には作家自身のそれだと考えられよう。早過ぎる死への恐れは、周期的に襲って来る憂鬱と同様、停滞状況を絶えず感じることから生じたものであった。(7)

自分が出遅れた人間だという、ホーソーンの生涯に亘る意識は、二十年から三十年の期間に亘って繰り返し繰り返し彼の夢の中に現れたが、これは彼が作家として国際的評価を獲得してからも続いた。一八五四年［訳者注・一八五七年が正しい］のクリスマスが済んだ後の、思索と安らぎのとりわけ甘美な時期に、彼は創作ノートに次のように記している。「もうずっと昔から続いているのだが、私は時折奇妙な夢に襲われる。そしてその夢を自分は英国に来て以来ずっと見続けているという印象なのだ。つまり、自分が今でも大学にいる――いや時には、まだ自分が小学校にいる――というもので、自分は非良心的なまでに長くそこにおり、同窓生たちとは違って人生で先に進むということをまったくしていないという感じがするのだ。私は恥ずかしく気が重い気分で何人かの同窓生たちに会っているらしい。そんな憂鬱な気分が今この瞬間でも、それを心に思い浮かべるだけで私をすっぽりと包み込んでしまう。……自分を有名で成功した人間！幸せな人間！とさえ呼んでもよい今となってもなお、あの夢が――自分の人生がどうしようもない失敗だ！というあの例の夢が――今なお自分を襲うとは何と奇妙なことであろうか。」成功という現実を超えて、また成功という現実にも拘らず、しつこく自分に付きまとうこの失敗という感覚を、ホーソーンは、「大学卒業後の、みんながどんどん先に進んで行き、自分だけが取り残されてしまった、十二年に亘り自分を閉じ込めたあの気の重い幽閉期間」[8]のせいだとしている。他の者たちが身を立ててゆく中を文学修業に費やした十二年の歳月は、彼の体内時計の刻みをことさら巨大化したため、彼は後にいつもそれに付きまとわれることとなったのであった。

偶然で幸運な状況にあっては、出遅れたという差し迫った意識が、それまで眠っていた創造力に鞭を入れることもあり得る。特に人生の半ばにおいて、自分の生涯は既に生きてしまった分の方が残っている分よりも多いと、今が際立った活躍をする最後の機会かも知れぬと悟ることは、何が最重要事項なのか、何に体力を費やすべきかをすっかり考え直すことにもなろう。人生の中間点近くのどこかでの抜本的な方向転換を基軸とする、人の年齢に関する概念は、単なる近代的現象あるいは認識に留まらない。人類学的、神話的、そして異文化交流的な調査から既にお馴染みのこの考え方は、聖書などの知恵文書ほどにも古いものである。

中年期は、人生のすべての時期の中でも恐らく最も均整の取れた時期であり、経験によって活力が程良く押さえ込まれる。この時期には、レヴィンソンによれば、ごく平均的な人間でも「より強固なストラクチャー」を持ち、「それを道具に自分の相当な活力、想像力、自己変革能力を活用する」[9]という。自分の中で胎動しているものを生み出すのが遅れていると感じるとともに、果たしてそれが生きて生まれ出るのかどうかを疑い始めたホーソーンのような芸術家にとって、人生の重大な局面で発生した特定の喪失は、必要とされていた刺激を彼に提供したのだった。

## 交替

ホーソーンが四十五歳になった一八四九年の出来事が、この仕事の遅い短編作家を、『緋文字』の猛り狂ったような作者へと、どう変身させたのか、そのいきさつを理解するためには、彼の職業、経歴の展開を改めて辿る必要がある。[10]彼が作家になろうと心に決めたのは、ボウドン大学の学生時代のことであった。共に暮らした一家が彼に何らかの障害となったことはまったくなかったにも拘らず、どう見ても商業主義的なこの一族の価値観が彼の精神にしっかりと宿り、それが絶えず彼にあっては作家稼業の本気さ、男らしさを切り崩した。父である「船長ホーソーン」が死んだ後、ホーソーン家の者たちを引き取ったマニング家は商売繁盛で、勤勉な、企業精神の旺盛な一家であった。自分たちの価値観に自信を持っていたマニング一族はお金と勤勉の大切さを、行方定まらぬ若い芸術家に教え込んだのだった。作家は自分流の優先順位に拘泥したのだが、その優先順位には絶えず両面価値的《アンビヴァレント》な感情を抱くこととなった。彼の芸術的能力の全面開花は、自分が役立たず者だという意識、つまり責任ある男性的性格は「実業家」のものだという確信、によって遅れることとなった。その「実業家」のモデルで、彼に最も身近な存在が、母方の叔父ロバート・マニングだったのである。

ホーソーンは若い頃「自分は詩人と帳簿係に同時になることはできない」と述べたが、これは彼の人生を支配した二つの価値観の合体併存が無理なことを表明したものである。どちらか一方を捨て去ることもできなければ、相対立する二つを調和させることもできず、彼は生涯を通してこの二つの役割の間を行き来する傾向を見せた。(11) スタートが早かったにも拘らず、彼の才能がなかなか成熟を迎えなかったのは、この揺れのせいである。自分に対する疑念と、揺れ動く傾向とは、どちらも彼の家族状況から発したものなのである。

大学を卒業してすぐ、ホーソーンは自分を芸術家として鍛錬し始め、十年以上にも亘る隠遁の歳月を技巧の錬磨に費やした。彼の出発は、小説家になるという、究極のゴールを目指して一目散に、また恐らくは時期尚早に行われた。一八二八年、彼はこっそりとゴシック小説『ファンショウ』を出版し、それから回収した。この時期、彼は短い文学形式、すなわち短編やスケッチへと逆戻りし、これらのジャンルでは自分でも二度と超えることができなかったレベルへと到達している。これら初期の作品の中にはそれだけで彼に永続的名声を確立するほどのものも含まれていたのだが、短編作品は純文学作家としての彼自身の基準を満足させるものではなかった。彼はこれら初期の作品のいくつかを定期刊行物や年刊の類に発表していたが、それはいつも匿名あるいは偽名によるものであった。

『ファンショウ』以後の彼は本名を、それが単行本のタイトルページに掲載出来る時まで、公衆の前に現すことはなかった。三十四歳に手が届く頃、大学時代の友人ホレイショ・ブリッジに説得されて隠遁生活を脱することにしたが、この時彼は『トワイス・トールド・テイルズ』という単行本を構成できるだけの数の短編作品を書き上げていた。その時、一八三七年、彼は実名を単行本に掲載した。しかしそれは分厚い、複雑な長編作品の単行本ではなかったのである。

『トワイス・トールド・テイルズ』出版を間近にした報われぬ時期にほんのしばらく、ホーソーンは『アメリカ実用面白知識誌』の編集人をしたり、その他の文学がらみのやっつけ仕事をして、作家と実業家とを両立させようとしたことがあった。ソファイア・ピーボディーと恋に落ち、結婚しようと決めた後、ボストン税関で働くことで、彼の本性のうちの「商売人」あるいは「実業家」的側面へと振り子を大きく振ることとなった。暇な時間には物書きも可能だろうと思ったのである。二年間このような自活の努力を不満足なままに続けた後、ソファイアと結婚して家庭を築くことができるようにと、ブルック・ファームのユートピア共同体に参加するという、かなり破れかぶれの賭けに彼は出た。しかしこれは理想と現実を結びつける手だてとはまったくならなかった。農作業は自分の性に合わず、しかも体力を消耗し過ぎて文筆活動ができないことが判明したのである。共同体の実験に加わることで、彼はユートピア的計画の類にすっかり幻滅することとなった。

一八四二年に三十八歳でソファイアと結婚すると、彼は花嫁とマサチューセッツ州コンコードの旧牧師館に移り、次の三年間をもっぱら著作に専念した。このまさしく幸福な（彼によれば「エデンの園を想わせる」）時期に、ホーソーンは再び「詩人」としての自分のアイデンティティーを試し、『旧牧師館の苔』と題する次の短編・スケッチ集を構成するだけの量の作品を書いた。三年間思い切り文筆に費やせたことで、以前よりも多くの短編やスケッチを書けたとはいえ、大作（major work）は書けなかった。いずれ後に触れることになるが、『苔』の序文には、自分がしっかりした作家としてのアイデンティティーを確立することも、家族を扶養する責任を文筆で立てることも共にできていないと彼が感じていたことがはっきり表れている。彼は牧師館の所有者に立ち退きを迫られ、貧窮した状況でそこを去った。セイラムに再び移り、セイラム港の輸入品検査官（Surveyor）という政治がらみの職を受け入れることで、男性的で「責任ある帳簿係」という身分に戻ったのである。検査官を務めていた間は殆ど作品は書いていない。検査官の「首を斬られた」ことで実業家である必要性が軽減されて初めて、想像力の手綱を完全に握ることが可能となり、「ある深遠な教訓を展開し、それだけで十分独り立ちできるだけの内容を持った小説を書き上げる」（X、五）ことができるようになったのだった。

初期の短編も紛れもなく優れた作品ではあったが、四十一歳から四十五歳にかけてのホーソーンは、自分のそれまでの仕事に評価を下し、それが内容不足だと感じていた。自己に対する彼の過小評価を批評家たちは一種のポーズ、つまり、序文の人為的に作られた仮面で、伝記的重要性を殆ど或いはまったく持たないものと考えようとする。しかしたとえ仮面であったにせよ、それは彼の自我と関わりを持つ――すなわちそれは、純粋な自己の特色からひとつ選び出されたもの、そしてひとつの誇張されたものなのである。気紛れに些細なことを誇張してみせる場合でさえ、ホーソーンは実のところ紛れもなき自分自身の関心事を語っているのである。その上、自分という作家が取るに足らぬ道化師だというのは序文だけに特有な考えなのではない。それは彼の小説に遍在する関心事を表すひとつの肖像でもある。自分が男らしくなく、作家として本格的な存在でなく、作家という職業も価値がないのではないかという懸念をホーソーンが文学的に表現するのは、彼の生活体験に根差すものなのである。

彼は小説家を社会の周縁に位置する者として描くが、それは少なくとも彼の二十代後半の作品である『物語作家』シリーズの頃から既に見られる。一定の枠を持ついくつかの物語を中途半端に寄せ集めたこの作品集は、ワシントン・アーヴィングに倣い、バラバラの物語を融合させて一個の内容のある文学作品を作り出そうというホーソーンの試みのひとつであった。そのような枠組みと物語をセットで出版してもらうことができず、そのことが長くて内容豊かな作品を書きたいという彼の野心を大いに阻害してしまった。その枠組み物語の現存部分にはある「物語作家」が登場するが、彼は他の裕福な実業家たちばかりか、後見役のサンプクッション牧師のより男性的で威圧的な姿とも比較されて、職業的に自分が見劣りすると感じている。

『破棄された作品の断章』という作品は、恐らく枠組み物語の序章として考えられたものであろうが、この中には、ある年若い親なし子の芸術家の人生に登場する、彼を非常に困惑させる人物に対して、何とか正当な評価を下そうという作家の誠実な試みが見られる。語り手が伝えるのは、サンプクッション牧師の断固たる個性と強圧的な存在のみならず、お互いが相手との間に経験する衝突は後見人と被保護者という関係の困難さゆえと考えようとする、ある種のバランス感覚を持った語り手の礼節、善意、寛容さである。若者にふさわしい職に関して牧師が抱く確固たる信念がその若き芸術家の意向に支配的影響を及ぼすわけではないのだが、牧師の信念は芸術家の自身の才能評価を切り崩すのに効果を発揮する。牧師は若者が「特定の職業に就く」ように強く薦めるのだが、未来の「物語作家」は「普通のまっとうな仕事には冷淡な態度を取ろう」と決意する。

「物語作家」は故郷を離れ流浪の人生に旅立つのだが、芸術家は役立たず者という牧師が示したイメージを払拭できない。この役立たず者という言葉は三文小説売りと結びつき、これは『税関』執筆時にまで及ぶ。自分は放蕩者や乞食と同等だ、「自作の七月四日の頌詩を売り歩く泥酔詩人と」(X、四九七)同等だ、と彼は感じた。彼の後見人によって植えつけられた否定的なイメージは、それから逃れようと故郷を逃げ出した若者の後をつけて来る。語り手の旅路における最初の友人は、彼の道連れで後に聴衆の注目を競い合う存在となる若い聖職者で、彼は「物語作家」の分身と牧師の若き化身とが合体した存在である。意気揚々と、自分の「役立たずの商売」には最高度の精神的、感情的能力が必要なのだという信念をみなぎらせる「物語作家」は、自分の最初の仕事が旅籠で客をもてなすイギリスの一座とのものになると知る。この解放された空気の中で、彼の共演者たちが「性別不明」であることが判明し、また「物語作家」は間違った理由で喜ばれ、怖じ気づくような成功を享受する。

この公演の後、「物語作家」はサンプクッション牧師から一通の手紙を受け取る。彼はそれを読むことなく焼いてしまうが、そのことでひどく心を悩ます。「ピューリタンの姿をした私の後見人が、安ぴかを着た劇場の観客の間に立って、役者たち――風変わりで弱々しい男どもや厚塗りの女ども、男児の服を着たしとやかでなく浮かれ騒ぐ軽薄な女児――を指弾しているのが見えるように思われた。彼はこれらの連中をしかつめらしい態度で嘲り、厳しい叱責の視線を私に送っていたのだった。その牧師のイメージは厳しい義務を記号化したものであり、役者たちは人生の空しさの記号化であった。」(X、四二二)言うまでもなく、作家とは神に選ばれた職業なのだとする「物語作家」の嗜好を台無しにしたのは、性的放縦な役者たちのイメージの方なのである。

『断章』は軽はずみな行為を試みたものだが、若い作家がそこで、厳しくも慈愛に満ちた代父への偽らざる気持ちと懸命に取り組んでいるのは明らかである。このような後見人がひとつの分身《ドッペルゲンガー》、つまり芸術的努力を堕落とは言わぬまでも無為へと変えてしまう記憶を持つ人間の内面の表象、となり得ることを示唆することで、ホーソーンは自分の私的体験を危うく露呈するところまで近づいていた。彼が作品を破棄したのはけだし当然であろう。

批評家ニナ・ベイムはその著『ホーソーンの作家経歴の形成』において次のように繰り返し主張している。すなわち、『緋文字』以前のホーソーンの作品の多くは、彼がこれぞ読者の期待するものと考えるところを卑屈に表現しており、それゆえ、想像力を軽んじて通常の人間のありふれた運命を賞賛している、と。『断章』には伝記的な重要性があるとする者たちとは対照的に、彼女はそれがホーソーンの性格のさ細な側面以上のことを表し得ていないと言って重要性を否定する。しかし『トワイス・トールド・テイルズ』執筆時期を論じるに当たり、彼女は「ホーソーンのスケッチが描出しているのは驚くほどつむじの曲がった強烈な才能が意図的に抑圧された状況だ。いかなる読者も彼が前もって行った譲歩を彼に要求することはなかっただろうに。……彼がいつも読者を頭に置いて書いたのは驚くに足らぬことだ。だが彼が頭に描くその読者の厳しさには驚かざるを得ない」と明言している。彼女はホーソーンが自分の読者を不完全にしか理解していないのは世の中の経験が不十分なせいだとし、その上で彼の想像力抑圧を説明すべく、自分の真の読者を知らないために彼は「合理的な教師たちと厳格な牧師たちから成る読者層――つまり大勢のサンプクッション牧師という読者層！」を勝手に作り上げたのだと言っている。(12)

ホーソーン文学で我々がお目にかかるこのような想像力の抑圧は、読者の期待への譲歩のせいというよりも無意識の力のせいである可能性が高い。実際のところ、小説作家に自分は卑小な存在と感じさせる抑圧的な彼のピューリタンたちは、不正確にしか把握されていない読者というよりも、彼自身の後見人ロバート・マニングの形を変えたイメージなのであろう。実際のところロバート・マニングは非想像的でもなければ想像力を敵視するわけでさえなかったが、芸術好きな甥に対しては厳しく、ピューリタン的な方針で対処していた。

いずれ後の章で示すことになるが、マニング家の人々は商売上の眼力だけでなく、彼らの「感受性」でも知られ、ロバート・マニングはそれら両方を体現していた。彼は非常に有能で慎重な商売人であったが、同時にお金と活力の両方を果樹栽培に捧げてもいた。迅速かつ自然に責任を引き受ける人物だった彼は、彼の父の死後、マニング家の事業を指揮し、長男ではなかったにも拘らず、ホーソーン船長の死後は姉のまだ幼い子供たちの人生を預かる身となった。ロバート・マニングはホーソーン家の子供たちの人生で重要な決断を下し、ホーソーンを大学へやった叔父としてよく知られている。彼がまたホーソーンの初期の教育に責任を持ち、しばしば少年と母親の間に介入したことについては後述する。ロバート・マニングはホーソーン家の姪たちに対しては概して陽気で優しく振る舞ったが、幼いナサニエルに対しては極めて厳格であった。

ホーソーンは叔父ロバートの行動動機には敬意を払ったものの、叔父の専横的なやり口や価値観からは逃れたいとしばしば思った。ホーソーンのような夢見がちな少年にとって、自分をいつも試練にかけ続ける叔父は、極めてピューリタン的存在に映ったに相違あるまい。幼いホーソーンは、自分と歳もずっと近く、酒場、物語のやりとり、それに流浪の生活を好んだ変節者の叔父サミュエルの方に親しみを覚えた。事実マニング家の者たちは絶えずサミュエルを一族の者たちと同化させようと謀りごとを巡らした。彼らはサミュエルをメイン州に落ち着かせようと、同地の叔父リチャードの雑貨屋で雇ってもらおうとしたのだが無駄であった。

幼いナサニエルは、サミュエルが馬を調達する旅にしばしば同行し、彼と強い絆を作って、勤勉、節制、宗教に関するマニング家の厳しい家訓に反発した。風来坊の物語作家になろうという夢はこうした楽しいお付き合いから発生したものだが、サミュエルの早死によってそれは潰えた。サミュエルはマニング家の価値観で骨抜きにされることは決してなく、それとは関わりなく生活する代償を支払うまで生きることもなかったのである。風来坊の無責任さを体現する陽気な人物として内面化されたこの叔父は、根無し草への衝動としてその後も彼の甥の精神の一部となった。絶えず住む場所を変えたホーソーンは、生涯唯一所有した家を「路傍（The Wayside）」と呼び、最後には路傍の宿で死ぬこととなった。『物語作家』は中産階級的理想からの気楽な逸脱がピューリタン的良心を表す者たちによって暗雲を投げかけられるという形で、二人の叔父の影響をドラマ化したものなのである。

また『物語作家』シリーズの一部を成す『七人の風来坊』は、同じ対立を別の形で描いたものである。語り手は「今（彼の）人生の春、一年のうちでは夏」にある若者で、三つの方向への分岐点に立つ。彼は幌馬車、つまり車の付いた家の方に引かれてゆく。馬車はともに旅回りの芸人と本屋が操り、すぐその後では詐欺師、ヴァイオリン弾き、覗き箱操作者が合流するが、みなこれらは芸術家の諸相である。彼らの陽気で、のびのびした暮らしぶりと、家に車を付けるという考え方に魅了され、彼はこの気楽な一団に加わりたいと願う。老いたる興行師は語り手の、流浪の芸人としての適性に疑問を抱く。彼は語り手が単に「放浪の紳士」に過ぎぬと思うが、これは「正直者は誰しも自分で生計を立てるべきだが、何らかのまともな手段でパンを」（IX、三六五）手に入れるしっかりした風来坊ではない、と見抜いてのことである。直ちに語り手はこの混成グループに自分のまっとうさを信用してもらおうと、旅回りの物語作家という職を作り出す。一行の中に支持者がひとり現れて初めて彼は野営集会に向かう一同に受け入れられる。社会のはみ出し者たちの一団に受け入れられて喜んだ語り手は彼らの世界に溶け込んだような感じを受けるが、その時、野営集会の方向から馬に乗った男が近づいて来るのが目に止まる。それは「背筋をまっすぐに伸ばして馬の背にまたがったメソディスト派の牧師で、背が高く痩せていて、色あせた黒い服を着ていたが、」(IX、三六八)この聖職者然とした不愉快な人物は集会が中止になったという知らせを告げる。陽気な一団は、メソディスト派牧師の気味の悪い顔にあてられて解散となる。

風来坊たちの中にあっても、「物語作家」は自分が取るに足らず、怪しげな存在だと感じる。自分は「まともな」生計手段を欠いており、風来坊たちのひとりにすら値しないように思えるのだ。人生の春に進路を選択する若者は、もうひとつの分裂した芸術家像、つまりトマス・マンのトニオ・クレーゲルを思い起こさせる。トニオは自分の誠実さを故郷の町を訪れた際にさえも疑われ、いつも緑色の荷馬車に乗ったジプシーと同一視されてしまう。他人だけでなく自分自身がそのまっとうさを完全には信用できない。この分裂した芸術家は中産階級と放浪者の双方の社会から退けられるのである。

マンは、自分および自分が創り出す主人公たちの芸術家という罪深い実体が、市民階級の父方と放浪者出身の母方から受け継いだ分裂のせいだとする。ホーソーンも類似の精神構造を獲得しているが、父を持たぬこの少年の場合、それは二人の影響力の強い叔父から来ていると考えるべきだろう。つまり、のんきなサミュエルと目立って立派なロバートである。これは十分推定できるのだが、もし叔父サミュエルが根無し草の風来坊的精神を醸成したとするならば、叔父ロバートは、マニング家全体の価値観を背負って、口やかましいピューリタン的人物像へと化身し、いろいろと姿を——多くの場合牧師に——変えつつ、一文無しの芸術家に自分が役立たずで、ただの「ヴァイオリン弾き」に過ぎず、取るに足らぬ者で、男として当てにならぬ人間だと感じせしめたのであろう。

ある意味でホーソーンは、彼の二人の叔父をアーキタイプ的対立、つまり、ディオニソス的なものとアポロ的なもの、原始と文明、自我と社会という対立の精神世界における象徴へと変形しようとしていたことになる。これら相対立する力は、別の初期の作品『メリーマウントの五月柱』で完全な形をとって出会う。陽気さと陰鬱さが帝国の領地争いを繰り広げるに際し、「陽気さ」の方は（機能本位と対照される）装飾的芸術、お祭り騒ぎ、仮装、奇想天外、なかんづく紛れもなく乱交を示唆する性的放縦などをひとつに合体させようとするものであることが言葉遣いで分かる。放縦は手がつけられぬ状態で、作家も拘束なき喜びに、抑制の実力行使が介入してそれが幕を閉じるまでは、自ら浮かれ騒ぐ。創意工夫をこらした大騒ぎが進行した後、ついにエンディコット総督が騒ぎの環に入ると、「奇想天外な愚挙はどれもみな総督の顔をまともに見られなかった。彼の様相から放たれる活力は実に過酷なもので、顔つき、体型、魂など、その人全体が鉄で作られ、生命と思考を与えられてはいるが、兜の部分も胴着の部分もまったく同じ材質でできているようであった。彼は全身これピューリタン中のピューリタンなのであった。」（IX、六三）

規律の勝利は不可避的であった。成人した後も人生が永遠に遊びだと思える人はあまりいないであろう。浮かれ騒ぎはいつか幕を閉じねばならない。子供たちは成長しなければならない。エデンのごとき楽園はいずれ没収され、真剣な労働の世界に取って代わられてゆくはずである。また、対立する両極は、どちらも全面的に否定し得ない人間性の二つの正真正銘の面を表すがゆえに、武装した知性と心情、それに鉄の魂を持つエンディコットでさえ、その非難の言辞を和らげて人間に耐えられる範囲に収めている。「最も過酷なピューリタン」でさえも、新婚の男女の頭を「五月柱の残骸から取ったバラの花」の花輪で飾ってやるだけの分別は持ち合わせていた。恐らくは、エンディコット総督やホーソーン、それにトマス・マンのような真の規律を持つ者たちだけが、鉄製の制御ベルトで抑制される性欲を評価する方法を心得ているのであろう。

　ホーソーンの初期の物語は、放縦、野心、想像力などの影響力を抑制して終結し、人間生活を社会規範の範囲内に正常な形で収めようとするが、これは想像力を欠く読者に追従しようとしたからではない。それどころか、彼はもっと放縦な登場人物たちに身代わりとして無制限な事を試させ、それが人生にはふさわしくないと悲しげに結論づけている。

　その上、我々大多数の者たちと同様、ホーソーンは自分の中に抑制と責任の化身を抱えており、それが『原稿の中の悪魔』の主人公オベロンという形で彼が擬人化したバイロン的衝動を放任することを許さなかった。ホーソーンはニューイングランド社会を建設した者たちの子孫であっただけではない。彼はまたマニング家という極めて中産階級的な家庭で育てられもしたのである。彼は自分が風来坊としての人生を過ごすという空想を安全に弄ぶことができたし、同様に宿命の詩人オベロン――早死にし、悲愴な形見の文章を残したために理解のない彼の家族も心を痛めるというオベロン――が自分だという空想を安全に弄ぶこともできた。彼は想像力を働かせ、こうした仮想の者たちになってみることを好んだが、その理由は、自分が中産階級の伝統にしっかり安全に錨を下ろしており、これら中産階級の稼ぎから受け継いだ「僅かだがなにがしかの生計手段」を持ち、そして必要なときには自分で自分の生計を立てられるよう、叔父ロバートから十分な教練を得ていたからであった。もっともロバートがホーソーンから感謝されることは少なかったのだが。

ホーソーンが『メリーマウントの五月柱』でエンディコットを過酷な者として描いたのは、このような鉄人こそが社会構造の基礎を形成しているという認識に促されてのことである。こうした規律厳しき者たちは、執拗な衝動に駆られる者たちにとって、最も鉄人的、最も抑圧的に映る。従って、エンディコット提督の描写――つまり、過酷さ、活力、鉄のような魂、そして鎧兜を纏ったようなその性格の一貫性――には注意が肝要となる。奇想天外な馬鹿騒ぎがまともに相対することのできないほど強力なこの性格こそ、いろいろな形を取りつつホーソーンの作品全体に登場する鉄人のプロトタイプなのである。商人であれ、鍛冶屋であれ、偏執狂的博愛主義者であれ、牧師であれ、はたまたピューリタンの父祖であれ、彼ら鉄人はいつも想像力を持った熟練工に自分が取るに足らぬ、価値のない、そして男らしくない者だと感じさせてしまうのである。

## 旧牧師館――収穫なき秋

ホーソーンが、より年輩でしっかりした後見人的人物像にこだわったことを視野に入れて『旧牧師館の苔』の序文を見てみると、この高い評価を得ている文章さえもが、自分はプロの作家として失格だという彼の意識を反映していることが分かる。やっと一人前になったという意識や、それに伴うプロの作家としての主体性などは、数年後『緋文字』執筆が進んだ時点まで、彼のものとはならなかった。『税関』は『旧牧師館』の自己中傷的陳述を認知した上、それに対して意識的に反応している。実際、『旧牧師館』の序文はホーソーン家の者たちが牧師館から追い出され、輸入品検査官に就くためにセイラムに戻って来た後で書かれた。『旧牧師館』の語り手は牧師館の先住者たちに恐れをなすが、それはちょうど『税関』の語り手が彼の過酷にして男性的なピューリタンの先祖たちに恐れをなすのと同じである。彼は自分が牧師館に入ることでそれが汚されたと言う。なんとなれば「聖職者がこれを建てたし、聖職者がここに住んだのだ。……どれだけ多くの説教がここで書かれたことかと思うと恐ろしかった」（X、四）からである。聖職者という職業が深遠で荘厳なものだとこのように言う状況の中で、語り手は自分の未熟さをこう表明する。「こんなに長期にわたって役にも立たぬ物語の作家だったとは自分で自分が恥ずかしく思われたので、何とか自分に知恵が湧いて来ないものか……そしてこの旧牧師館の知的財宝に出会えぬものかと大胆にも念じた。」建物のこのような厳かな影響力からすれば、深遠なる研究成果が生まれて然るべきであった。「一番控え目に言うと、ある深遠な教訓を展開し、それだけで十分独り立ちできるだけの内容を持った小説を書き上げようと少なくとも決意はした」（X、五）のである。

我々の隠遁所のような住居の中で見つかるといいなと思った知的な金銀財宝は一度も現れることはなかった。深遠な倫理学の論文も――哲学史も――また支えがなくとも何とか立っていられる小説も、である。文学者として私がお見せできるのは、もの静かな夏のような私の精神の中に花開いたこれら数編の物語と随筆だけであった。……これらの気紛れなスケッチはうわべの生命を殆ど持たず、深遠な目的も持ち合わせていない。……このようなつまらぬ作品が文学的評価を確立するための確かな基盤となることはまったくあり得ない、と実際私には感じられる。(X、三四)

聖職にあった館の前の住人たちが物語の作家に吹き込むのは哲学とか倫理学の主題ではなく、こうした影響力の強い人々の前に出た場合に感じられる未熟さの意識なのである。

『旧牧師館』の甘美な調子、新婚夫婦のエデン的幸福、住居の豊かな連想とその辺りの自然美などは、芸術家の苦い落胆をぼかしてしまう可能性もある。が、この一文に浸透しているのは想像力が役に立たぬという意識に他ならない。牧師館は夏の美しさと豊かさの中で想起されているものの、その住人はその秋、決意を実らせるに至ることなく立ち退きを迫られてしまった。彼は屋根裏部屋の書物や説教集に首を突っ込み「火のついた石炭のように燃えたり、白熱して、消すことのできぬ宝石のように輝く、何らかの生き生きとした思想を求める」(これは税関の屋根裏部屋で見つけられることとなる、生き生きした思想の発火剤としての緋文字を予兆するものでもある)のだが、牧師館では彼の想像力に本当には火がつくことはなかった。この広く評価されている序文でさえ、必死に想像力を燃え立たせようとする試みなのである。作家は読者を館の敷地内を一巡りさせ、屋根裏部屋に連れ込み、アサベス川を遡行させ、史跡になっている戦場に行かせたりして、先住民が居住していたり独立戦争が行われた過去への連想を呼び覚まし、それから教訓を引き出し、それを再構築しようとする。これらはみな連想に訴える手法で、ワシントン・アーヴィングのやり方に倣った芸術的著作を生み出すものではあるが、赤々と燃える石炭の火を生み出すものではなかった。

胸を焦がす緋文字の登場には、ホーソーンがエデンのごとき最初の結婚生活から追い立てられたこの牧師館退去の他にもうひとつ、別の追い立て事件を待たねばならなかった。三年に及ぶ牧歌的生活を長いひと夏、つまりやがて訪れる衰退期の前兆によって憂鬱なものと化した季節、と見ると、四十一歳のホーソーンは、彼が求めてやって来た果実――「文学的名声の堅固な基礎を提供する」ことになる著作――を味わうことなく楽園追放となったのだった。人間の一生の様々な段階を表す昔ながらの象徴である四季の比喩を使い、ホーソーンは、季節の変化を予知することがいかに現在を毒するかを以下のように表現している。「まだ夏も浅いのに、秋の予言もこれほど早くやって来るとは！」（X、二六）しかし秋の来ない夏は果実なき約束であって、語り手は人生半ばという時期を、夏の盛りから秋の末期へと至る変化へと、必然的に重ね合わせてみせる。「いや、我々が人生で力が充実しきった状態におり、時が今我々にすべての花を与えてくれたのに、時の休むことなき指が――次にはその花をひとつひとつ盗み取っていってしまうことになると感じるような瞬間には……半ば承知の憂鬱があるものだ。」（X、二六）

彼の果実は最終的には成熟することになるのだが、ホーソーンは、自分が創造的芸術家としては既に枯れてしまったと思った。彼は愛する妻と女の赤ん坊を連れて旧牧師館を後にしたが、一文無しで収入の当てもなかった。最悪だったのは、牧師館を出た時、その高い野心と合致して彼の身の証を立ててくれたり確認してくれたりするだけの、プロの作家としての達成を欠いていたことであった。

『旧牧師館』の終わりから二番目のパラグラフは、以下のように、一見苦々しさを見せず、落胆を優雅に表明している。

これら気紛れなスケッチはうわべの生命を殆ど持たず、深遠な目的も持ち合わせていない。……このようなつまらぬ作品が文学的評価を確立するための確かな基盤となることはまったくあり得ない、と実際私には感じられる。にも拘らず、読者大衆は……私が仮にも送り出そうとしているこのスケッチ集を、このような性質を帯びた最後の捧げ物、最後の集成たるがゆえに、それだけ親身に受け入れてくれるだろう。これ以上のことはできないにしても、この種のものとしては十分やりとげたのだから（X、三四）

この控えめな表現を単なる文学的ジェスチャーだとして片づけてしまう者がいるといけないので、我々はこれを、短編集『旧牧師館の苔』が出版される直前にホーソーンがエヴァート・ダイキンクに書き送った書簡と比較しなければなるまい。

どうも考えると悲しくなります――私がこの種のものをもうこれ以上書くことはないからではなく、そもそもこれは自分が書いたものだと堂々と胸を張れないからなのです。若い作家が初めて書いた随筆や試作品の類としてならばこれらは上出来でしょう――しかし、これらが文学的名声の確立に値すると見るのは馬鹿げているように思われます……それらがただ春の花であれば、これから先に見事な果実を求めることもあり得ましょう。しかしこの私は一夏ずっと花を開くことしかやってこなかった。恥ずかしい――もう終わりです。(13)

人生の四季の比喩を用いて、四十一歳のホーソーンは編集人に対して、若い作家の「試作品」としてなら上等だが「そもそもこれは自分が書いたものだと堂々と胸を張れ」るものにはなっていない作品であるがゆえに、恥ずかしいと認めている。今が熟れた果実を作り出す季節だと知っている彼は、自分が春の草花では恥ずかしいのである。

旧牧師館での三年に亘る著作への専心の後には税関での三年がやって来たが、これは一種の職業上の猶予期間《モラトリアム》で、この間ずっとホーソーンは自分の分裂した本性のもうひとつの側面――実業家――をしっかりと生きた。輸入品検査官という軽い仕事ならば著作のための時間も取れるだろうと彼は思っていたし、事実大して重要でない作品を数編書くには書いたが、最終的には彼は既に自分が知っていることでボストン税関で経験済みのこと、つまり、詩人と帳簿係を同時に兼ねることはできないということを再確認したのだった。『税関』に書いてあるように、彼の「想像力は曇った鏡となり」、生きながらにして死んだ者たちと共に生活していることから来る生命の活動停止によって、彼は「感受性をそっくり一揃え、それにそれらと結び合わされた才能」（I、三六）を奪われてしまった。輸入品検査官ピューー氏の指令も、月光も、また火の光も役には立たなかった。彼は想像力の眠りに、それが眠りではなくて生きながらの死だと思って、耐えたのである。

## 喪失と復旧

死のこのような予兆は黄泉の国への神秘的な訪問のようなもので、稀有な魂を持つ者たちに、死との接触によって彼らの仕事の運命的性格を認識できるようにし、生まれ変わって戻って来る特権を与えるものであった。ホーソーンの場合、黄金の枝は時の巫女の贈り物で、この最良の均衡の時期に、全生涯に亘る主題を二つの強力な形式へと融合させるため必要だった刺激を彼に与えた。すなわちその二つの形式とは、『税関』という神話化された自伝と『緋文字』における終生の主題の小説的投影に他ならない。

ホーソーンのような対照を好む作家を理解するには、ダニエル・レヴィンソンのごとくユングの「対立概念(polarities)」を用いるのは特に効果的である。レヴィンソンが人間の発育変化の全時期で最も重要と考えるユング的対立概念は、幼児対成年もしくは若年対老年という対立であり、その理由は、人生のあらゆる段階で我々は若くもあると同時に老いてもいるからなのである。若年が成長、活力、可能性を表す限り、それは希望に満ちた始まりのすべてに存在し、種子、花、あるいは春によって象徴される。老年が終着、別離、完結を表す限り、それは死を予期し、結実と冬によって象徴される(14)。若年と老年とが最良の均衡を見せる中年にあっては、主たる発育上の仕事は、こうした対立やその他の関連する諸対立の再統一である。

破壊と創造の対立は我々がこの書物でホーソーンの熟練期を研究するに当たって特に適切な若年と老年の対立の一変形である。レヴィンソン曰く、「自分の人生を中年変遷期に再評価しようとする時、他人が自分に与えた本物あるいは架空の損害ゆえに、他人への自分の不平不満を新たに理解するようになるに相違ない。……人は自分が他人及び自分自身に及ぼした破壊的な影響力ゆえに、自分の罪

——自分自身への不平不満——と折り合うことになるに相違ない……中でも複雑なのは、苦痛を伴う感情や経験の補正である。[15]」さらにレヴィンソンは、中年期の破壊の補正は「悲劇的感覚」の発達を結果として伴う、と付け加えている。彼はエリオット・ジェイクスの研究に言及しているが、そのジェイクスによる何百人という芸術家の生涯の精査が主張するところによれば、中年期の危機に芸術家は自分の限りある生と破壊主義的性格に直面し、それはしばしば際立って創造性を増大させるという。[16]

ホーソーンは、税関吏という公務の閑職を失って殆ど一ヶ月と経たないうちに母親をも失ったが、このことが、財政的にも職業的にも一人前になれないうちに自分の人生は過ぎ去って行ってしまうという感覚を増大させた。このような認識は、もしこうした喪失の積み重ねを創造的な効用へと転化させていなかったら、明らかに彼の気を滅入らせ、麻痺さえさせかねないものであったろう。時間の後先で見ると、検査官の職を失ったことの方が先なのだが、彼はそれを母親の死よりも後回しにして記述している。母親の死が彼の税関生活についての認識を懐古的に改変したのだと仮定して、まずは母の死について考えてみよう。

穏和なエリザベス・ホーソーンが齢六十八にして、モール・ストリートの家の二階の部屋で臨終の床にあった間、その息子は自分が人生の「埃まみれの真ん中」にあることを痛烈に意識していた。臨終の母に別れを告げた後、思いがけなく激しい感情に圧倒され、悲しみに打ちひしがれて母のいる部屋の窓辺に立つと、戸外で遊ぶ二人の子供たちの叫び声と笑い声とが聞こえたが、それは彼らが自分たちのお祖母さんの死を演じる声だった。ホーソーンは日記にこう記している。「さて今、カーテンの隙間から幼いユーナの姿が見える。彼女は金色の髪でとても美しく見え、元気いっぱいで生命力に溢れているので、まるで命そのもののように見える。それから私は気の毒な臨終の母を見たのだが、自分が人生の全体を、その埃まみれの真ん中に立って一度に見ているような気がした。」（XIII、四二九）

暗幕が下ろされた部屋にいる臨終の母と、夏の日光を浴びて下で祖母の死を演じている自分の子供たちとに文字通り挟まれて立ったホーソーンは、人生のサイクルの中での自分の立場がよく分かった。自分が息子でもあり父でもあるその最後の瞬間に、彼は自分が二つの世代の真ん中にあることを認識した。その真ん中できわどくバランスを取りながら、もはや息子ではない父親という剥き出しの危険な状況に今まさにはまりこもうかという状況、この一瞬の時を軸にして回転しながら、彼は中間的立場の意味を飲み込んだのである。中間期にある者として、彼は父親として深まる成熟を経験してきてはいたものの、自分と死との間に誰かがまだいる限りは、自分がいよいよ剥き出しになったその危うさを十分に経験してはいなかったのである。たったひとり生き残っていた親が死ぬことで、彼の前にはもはやいかなる緩衝物もなくなることになる。

その上、彼は子供たちを愛し、行動を共にしていたので、彼らがこの最初の喪失事件を芝居として演じることで何とか理解しようとした時に、人間とはいずれ死ぬものなのだという知識に目を開かれたその経験を共有せねばならなかった。彼らが新たに堕った剥き出しの状況は同時にまたホーソーンのものともなった。母と共に死を想像的に体験し、子供たちと共に死の知識を体験して、埃まみれの中年期に立った彼は、打ちひしがれた心で、人生行路の全体と、時なるものの真の意味とを悟ったのであった。

中年期は時についてそれなりのメッセージを伝えるが、このような感情移入の籠もった死についての経験はこの時期、すなわち「若年と老年が最良の状態で均衡を保っている」時期が有する創造的可能性を解き放つのに役立つはずである。時と死すべき運命に関するホーソーンの深刻な体験はまた破壊と創造の対立を再統一するのに、古くからの敵対を『税関』と『緋文字』との微妙な均衡へと再構成するのに役立ったかもしれない。『税関』という序文は、小説執筆がかなり進行した時点、つまり、ホーソーンが検査官の死は文学者を真に解放したと認識した時点で書かれた。かくて、彼の創作力の復興が時代遡及的に例の税関時代に再解釈を加え、再生に先立つ生きながらの死へと転じたのであった。

四十代にある多くの人間のごとく、検査官当時のホーソーンは、気づいてみると一見収入が保証されていてそれを破棄する勇気を持たなかったのだが、自分の個性の中でも最も価値ある部分、すなわち「隠しておいたら命取りとなるたったひとつの才能」を抑圧するような生活様式にはまり込んでいたのである。貧乏の何たるかを知る良心的な夫であり父親でもあった彼は、仮にも税関吏の職を辞したりはしそうになかった。そこで、最終的にはこの閑職を失ったことを天命の成せる業、「自殺しようかと思い詰めていたところ、まったく思いもかけぬことに、殺されるという幸運に出会った人間」（I、四二）に与えられたかのような皮肉な天命の成せる業、と考えるに至ったのは驚くに当たらない。

『旧牧師館』と『税関』という二つのエッセイの主たる違いは、自分が成熟した力を発揮できる時期に達したとホーソーン自らが認識したことで解放されるエネルギーの大きさに存する。円熟期に到達した彼は、もはや過去の色あせた絵画をお優しく復元するのではなく、現在とのダイナミックな関連で捉えられる過去に精通した大家となった。『税関』は、散文それ自体が力強いだけでなく、相対立する要因が力学上均衡を保っている点でまた力強くもあるのだ。

セイラムの町と港を案内人付きで気楽に廻る代わりに、読者は対立する矛盾点がいっぱいの図を一枚与えられる。町は退屈で醜く、「引っ掻き回された将棋盤ほどの」魅力しかないが、作家はそこに深い愛着を持っている。かつては盛んな交易の場であった波止場は、今では崩れかかり、雑草が生い茂っている。税関の入り口に覆い被さるように置かれた白頭鷲が、このエッセイそのものの中心的対立点を緊迫感をもって示すひとつの表象となっている。政治を象徴するこの鳥は荒々しく、凶暴で、相手を威嚇するのだが、その翼の下に身を置いて頼ろうとする者たちは多い。鷲の胸部は「ケワタガモの綿毛でできた枕のごとき柔らかさと心地よさをあますところなく」持っているように見えるのだが、その鷲が「爪で引っ掻いたり、嘴で突っついたり、鏃のついた矢でいつまでも疼く傷を負わせたりして、雛鳥を巣から放り投げる」(I、五)可能性は非常に高いのである。この頼り甲斐のない保護の象徴の問題にはいずれ触れることにしよう。その逆説はまだ言い尽くされてはいないのだから。

税関の建物それ自体の第一印象が、現在の衰退とは対照的な過去の活気を色鮮やかに想起させる以上の働きをしている。それどころか、作家は過去のいくつかの人物像、船長、船主、商人、そして若い事務員などを、お互いに、そして時と関連づけながら読者の前に供する。彼は若い事務員が主人の船荷の株を年若くして買うことで商人へと成長してゆく様や、出船入り船の船員たちを、絶えざる生命のサイクルの象徴として示している。

母親が、いつかホーソーンも父親同様航海中に死んでしまうかもしれないと恐れていることを伝えたために、彼は何代にも亘るホーソーン家の男性の中で初めて船乗りにはならなかった。船乗りでなく作家になったことで、彼は先祖の者たちを落胆させただけでなく、世代継続の鎖を断ち切りもした。「父の代から息子の代へと、百年以上も彼らは海に出た。どの世代も白髪頭の船長が後甲板から家庭へと退くと、十四歳の少年がマストの前の世襲の部署に就いて、父や祖父に対して猛り狂った海のしぶきや疾風と向かい合った。その男の子もまたやがて、前甲板からキャビンに移り、嵐の壮年期を過ごすと、彼の世界放浪から戻って年老い、この世を去り、その死体を自分を生んでくれた大地と一緒にしてしまうのである。」（I、一二）父の職業を継がなかったことで、ホーソーンは、その人生にあまり重要な痕跡を残さなかった父と自分を重ね合わせる機会を失った。船の指揮と一番近い、彼にできる仕事はと言えば、それはセイラムの港を探査することであった。父の人生の重要な一場面の統括役を務めるのが、恐らく、世代間の溝を埋めるのに役立ち、父の力の一部分を彼に戻すことになったのであろう。

彼は船長たちに対して権力を行使したのだが、ひょっとすると、それによって自分は父を追い越したのだという感覚を彼が少しばかり得たのかもしれない。確かに『税関』の語り手は、こうした「家父長的な古参兵の一団」を自分の指揮下に置いているという奇妙なプライドを表明している。剛健なピューリタンの先祖たちの嘲りを非常に恐れていた他ならぬこのナサニエル・ホーソーンが、「私の出現によるところの彼らの恐怖を眺めたり、半世紀の風雨に打たれて深いしわのできた頬が、私のような無害の人間を一瞥しただけで蒼白になるのを見て」（I、一四）面白がったのである。

　自分の父親にとてもよく似た家父長的人物たちに権威を振るうという行為は、自分は詰まらぬ存在だというホーソーンの意識を改善するのに役立つ。彼は権威の行使、大人になった、支配的世代の一員となったという感覚を楽しんでいる。『税関』は、過去のいくつかの自己を統合する過程、「アイデンティティーの断片」を纏める過程を辿り、人に恐れられる検査官と「無害な人間」の両方を安全に包含し得る、統合され、独立し、強力な自己なるものを少なくとも一時的に捏造したことを印すものである。

　家父長的古老たちの支配者としての検査官は慈愛深い温情主義的な態度を取る。彼は子供っぽい老人たちの価値を判定する者であるとともに彼らの保護者ともなる。彼は、年老いた父親的人物の弱点を覆い隠すことで自分が支配力ある大人であるという経験をする。監督官《インスペクター》や収税官《コレクター》が要約するように、いろいろな老化現象を認知し、記述しながら、語り手は自分自身の退化を予知し、彼らよりもましな老い方、ひどい老い方に注目を払う。老年期の人間に関するこうした綿密な観察は、中年の危険な頂にある人間にとっては大きな意味を持つ。彼はそこから時に関する警告のみならず、生きながらの死あるいは停滞の辛辣な図を引き出しており、それによって現在の刻一刻がそれだけ余計に貴重となるのである。無気力で依存心に溺れた老人像の数々は彼自身への警告であり、アンクル・サムへの同様の依存心を見せる自分にとって、恐怖に満ちた己の負の正体の数々に他ならない。今日を掴め！というわけである。

ホーソーンがこの経験を変形させたことは、停滞の経験は発展の必須条件であり、まったくマイナスというわけではないというレヴィンソンの見解を補強するものである。停滞は自分の弱みや破壊的衝動を理解することで再度方向付けが可能となる。

生産的になるために、人は、停滞するとどういう感じがするものか…責務で充ち充ちてはいるが自己達成が欠落した人生で、成長しない、静止して、何かにはまり込んでしまい、干涸びてゆき、身動きが取れないという意識を持つとどういう感じがするものか、を知らねばならない。人は死にかけているという経験、死の影の中で生きる経験をしなければならない。停滞を経験し、それに耐え、それと戦う能力こそが、中年期に生産力を求めようとする苦闘の本質的要素なのである[17]。

ホーソーンは食い道楽《グルマン》の監督官に対して破壊的衝動を感じたのかもしれないが、この怒りのエネルギーを創造行為に役立てている。それは相手の浪費生活を過酷な調子で描きながらも、それを自分が放縦へ誘惑される気持ちと巧妙に結びつけることによってであった。停滞を確かに描いた彼は自分を奮い立たせ、怒涛のような創造力を獲得した。彼は監督官の肖像を、自分自身が持つ怠惰な傾向を隠す方向へ向けて掲げた。もはや自己を信頼することのできぬ弱々しい公務員たちを戯画化することで、彼は自分自身が持つ、つい他人に頼ろうとする気持ちや、それを恐れる気持ちと戦った。絵画的な地方色を求めて人物をスケッチしたのでなく、彼は自分を語り手として元気づけるために人物描写を行っ

たのである。(18)

退屈な監督官の肖像とは対照的に、収税官の恭しい肖像は、物思いに耽る内面的なタイリーシアスのような人物として老年期を、どうやら観察に基づいてというより想像力による投影に基づいて、理想化したものである。自分の思い出に耽っているために既に他人には手の届かぬところにいるこの収税官は愛おしい思索や理想化に身を委ねている。語り手は、「若い娘が花などを愛でるような気持ち」(IX、二三)のみならず、理想的な男らしさ、勇敢さ、忍耐力、誠実さ、親切さ、優雅さなどをこの男のものとしている。この近づくことのできぬ、居眠りがちな老いたる偶像に帰属するとされるのは、仮に調和が取れれば、ひとりの完全な人間を作り上げることになるありとあらゆる相矛盾する特性である。軍人としての獰猛さが女性的な優雅さや花を愛でる気持ちと組み合わされているのは、成人の発達の研究家たちが中期および後期成人期に起こると考えている男性的特質と女性的特質の統合を示唆する。(19)観察に基づくのでなく、全面的にお仕着せの性格付けをこの収税官に施したために、このスケッチは『税関』というエッセイの写実的部分から浮き出ており、この後に来る語り手の精神的父親である輸入品検査官ピュー氏のスケッチの前触れとなっている。

監督官と収税官は二人とも過去を回想することで時間を費やす。前者は過去に味わった食事を振り返り、後者は過去の英雄的行為を振り返る。税関の屋根裏部屋には過去に関する侘びしい記録文書がいっぱい詰まっているのだが、作家はその過去に対し、セイラムの輝かしかった日々の「面影をこれらの白骨から作り上げようと、殆ど使わなかったために鈍くなった(彼の)空想力《ファンシー》を働かせ」ようとする。過去が使えそうに見えてくるという、まさに天の恵みは、ホーソーンが「職務上の先祖」として用いる歴史上の人物、彼の前任検査官ピュー氏の亡霊からやって来る。ハムレットの父親の亡霊を想起させるこの前任検査官の亡霊は後任に向かい、未だ語られぬヘスター・プリンの物語を完成させ、ピュー氏の面目をしっかり立たせるよう命ずる。検査官ホーソーンは子としての義務および敬意を示そうという意気込みでその任務を引き受ける。

検査官ピュー氏に対し子としての忠誠を誓うことで、ホーソーンは自分自身の父親を無視し、かつまた先祖たちや後見人を飛び越えて、自分が求める霊的な父親を作り出す。ヘスター・プリンの物語を評価し記録に留めることもできたこの税関の前任検査官は、作家自身のこれまで未解決の対立要項、つまり文学者でもある実業家、を具現化した人物である。自分で発案したこの父方の先祖を創造することで、ホーソーンは自分の才能に精通した大家、主要なライフワークをついに生み出し得る作家としての自己生成を行ったのである。

このエッセイは時の感覚、つまり、要約され停止状態に置かれた過去の感覚、自分の能力を完全に掌握した作家としてホーソーンが未来を待ち望む時に予兆となったすべてのものへの告別という感覚に満ちあふれており、またこれは、自分が好きでもなく楽しめもしないセイラムに自分を縛りつける諸々の事柄を自伝風に読者に語りかける文章でもあるのだが、自分の「誕生場所（natal spot）」とホーソーンとの一番正当な結びつきが何なのか、それについての言及がまったくなされていない。このところを見事な如才なさではぐらかし、彼は父親についても母親についても語らず、姉妹についても伯（叔）父たち、伯（叔）母たちについても語ることをしない。彼は、先祖たち、何世代もの父祖とその息子たち、税関の家父長的な古参役人たち、それに子としてのピュー氏への義務については語る。しかし、実際の自分の父親については何も語ることをしない。

彼はまた母親についてもまったく言及していない。母は少し前に亡くなってはいたがそれでも執筆作業には深刻な影響を与えていたはずだ。その代わり、彼の悲痛の残滓が「塵の、塵に対する感覚的な共感」、干凋らびた白骨、硬直した死体、首切り、殺人、亡霊といった言葉遣いに表れている。税関の屋根裏部屋で過去の残骸を渉猟する語り手が検査官ピュー氏の羊皮紙をまさに発見しようというその時、死と停滞の言語が凝縮を見せる。

……随分前に海で倒れたり波止場で朽ち果てた船の名前、また今では取引所で消息を聞くこともなく、苔むした墓石にその文字をたやすく読み取ることもできない商人たちの名前を読んだり、生命活動の失われた死骸に対して我々の与える寂しい疲れたような半分気の進まぬ興味関心をもって、こういうものを一瞥したりしながら…殆ど使わないので鈍くなった空想力を働かせて、これらの干凋らびた白骨から、この古い町のもっと輝かしい姿を呼び起こそうと……私は偶然両手をある小さな包みに置いたのだった。（I、二九）［傍点著者］

『税関』は死や亡霊に支配されているが、実の両親は注目すべきことながらテキストから欠落している。両親や子供たちは『緋文字』で象徴的に取り扱うため、作家は取って置いたのである。

ところがそれにも拘らず、実の親、代理の親が『税関』では間接的ながら強力にその痕跡を残している。ホーソーンの母親の存在は、例えば、「誕生場所」であるとか「まるで『誕生の地（natal soil）』

が地上の楽園であるかのような」という語句において「土地の（native）」よりも「誕生の（natal）」を好む姿勢に表れている。退屈きわまりないセイラムが彼にとっては「宇宙の不可避的中心（the inevitable center of the universe）」、いわば彼の情緒世界の「へそ（the navel）」だと言う彼は、自分が生まれた場所の「誕生的（natal）」側面と「土地にまつわる（native）」側面とを融合させている。かくしてセイラムからの離脱は彼が個性を身につけて行く後期の段階であり、重大な推移の完成を印すものとなる。

　ホーソーンが作品中で描くような母親たちは紛れもなく母親なのであるが、父親たちの方は拡散し断片的な形で描出される。ヘスター・プリンは早期にはっきりと孤独な母親として形を落ち着かせるが、小説『緋文字』が描くのは父親ではなく父親的人物像に他ならない。我々がお目にかかるのはロウジャー・チリングワースであり、ピューリタンの長老および神学者たちであり、多くの権威ある者たちである。パールはこうした人物たちの中から自分の本当の父親を捜すが、これが『緋文字』の重要なサブ・テクストとなっていると言ってよい。

　母親の存在と父親の欠落がこの歴史ロマンスを生み出す陽極と陰極なのである。ヘスターが晒し台の上に聖母マリア、あるいは語り手の言葉を借りれば「神聖なる母性（Divine Maternity）」の似姿を纏って立つと、父親の欠落が共同体、牧師、知事そして何よりもその子にとって、最有力の疑問となる。市の立つ広場で牧師が発する父親は誰だという質問に応えて、ヘスターはパールに地上の父親をあてがうことを拒み、その代わりにもっと偉大な父親に娘を委ねる。「私の子供は天上の父を求めねばなりません。娘には地上の父親など絶対に知ってほしくありません！」（I、六八）と。私生児の出生は神に基づくという逆説的な見解を示唆しつつ、ヘスターも語り手も共に父が誰かという具体的な問題を社会的、心理的、形而上的な次元にまで高めてしまうのである。

パールを「作った（made）」のは誰かという油断のならぬ疑問が三つすべてのレベルでしっかりと追求されている。第六章で「パールはどこから来たか」という、絶え間なく浴びせられる子供っぽい質問は、はぐらかしを決め込む母親が教義問答上の正しい答「天にいらっしゃるお前のお父様がお前をお送りになったのです！」（I、九八）を与えずに躊躇していると、深刻で難しいものとなる。ヘスターのはぐらかしは、パールに自分には天上の父親がいることを否定させ、彼女の村八分的現実をもっと満足に説明する答を要求させるのである。

ヘスターがパールを育てるに適任かどうか町の長老たちが判断すべく、娘が教義問答を知っているかどうかを試そうとすると、パールはその手に負えない扱いにくさを、自分には地上の父親がおらずに天上の父親がいるのだという説明を断固として拒むことで発揮する。第一の質問「お前は誰か？」に対してパールは意味ありげに「お母様の子供で……名前はパールよ」（I、一一〇）と答えるが、これは自分の経験の真実を具現化した応答で、自分が母親しか持たぬ子供で姓はない、というものである。「お前を作ったのは誰か？」というどんな子にとっても結構こたえ、特に私生児にとってはそうであるような質問に対しては、パールは、自分は作られたのではなく、牢獄の扉のそばに生えている野性のバラから摘み取られたのだと、頑強に主張する。パールを適切に教育していないということがこのように再確認されると、ヘスターは子供の養育権を失う危険に瀕することになる。これを恐れたヘスターは、ディムズデイルに向かって、母と娘とが切り離されないよう「心配りをしてくれ」るよう、生物学的父親に対して保護者として振る舞ってくれるよう、威嚇的に要求する。

地上の父親に認知されることなく天上の父親を認知することを頑強に拒むパールは、かくて、それまでずっと自分が求めてきたもの、つまり、父の反応を喚起する。パールの態度はまた彼女の生物学上の家族を活性化させ、母親と父親、父親と娘の間での強力な相互作用を強要する。ディムズデイルが保護的な行為に出ると、パールの聞き分けのなさは緩和され、頬を牧師の手にすり寄せたりすることとなる。こうした娘の優しさに応じる前に彼が示す躊躇は、神経の極めて鋭敏な娘だけでなく、いつも観察を怠らぬチリングワースも認めるところとなり、パールの父親が誰かという忘れていた疑問を即座に呼び覚ますことにもなる。

創造の秘密を父親の正体という未解決の問題と結びつけるこの章は意味の多義性で引き締まった感じを与える。市の立つ広場の場面から三年後に設定されたこの部分は、主要登場人物をみな寄せ集め、以前の出来事を再演させているのだが、違いはパールが今や赤ん坊でなく意識を持った動作主だということである。彼女の母親と父親は、彼らが最初に公の面前で相まみえた際の増強版とも言える場面において、世を欺く意図を持った二重の言語を用いて直接互いに交流する。パールは自分のものだと弁護してくれるよう牧師に強くせがむヘスターは、一パラグラフで三度「あなたはこの方々よりも私のことをよくご存じです。……あなたはご存じです……あなたはご存じです」（I、一一三）と繰り返すが、これは一見牧師と信徒の間柄に言及しているように見え、実は両者の肉体関係をも意味しているのである。

すべての皮肉は誰がパールを「作った（made）」のかという教義問答の問いから捻り出されているのだが、今やパールの無意識の要求が舞台監督を務め、両親を繋ぎ合わせ、新たな父親探しを促進させ、彼女の内奥の要求に対する反応を引き出そうとする。この気味の悪い幼児はここから先ずっと台本を操り、物語が父親による自分の認知によって終わるように出来事を運営してゆく。ヘスターは牧師といっしょに公の場に立とうなどとはまったく思わないし、最終的にあくまでいやいやながらそうするだけなのだが、その一方でパールは、物語を通してずっと執拗にこれを求め続け、最後に牧師が抱擁しようとするとその胸に飛び込むのである。大人の行動が作り出す表面的なプロットと、子供が監督役を務める裏のプロットの両方の大団円は、生物学的意味で本当の家族が真昼時に晒し台に立って公の面前で元に戻るところなのである。

パールの気味の悪い特質は、彼女が父親の認知を求めようとするその強烈さから直接発する。はっきりした手掛かりを持たぬため、彼女は不気味な本能的才能を発展させた。彼女は母親を通して父親を識別せざるを得なかった。つまり、ヘスターの男関係を篩い分けて研究し、母を取り巻く年長者たちの僅かばかりの身振りや振る舞いを観察せざるを得なかったのである。物を探索する本能の束とも言えるパールは、ヘスターやディムズデイル同様、作家が持ついろいろな側面の投影体である。

パールにとっての世間の印象は、父親を殆ど知らぬ幼な子ナサニエル・ホーソーンにとっての世間の印象と大差ないものであった。貞淑な未亡人だった彼の母親は彼にとっては、彼女だけで完結した未婚の母《ヴァージン・マザー》のように思えたに相違ない。最終的には、すべての子供同様に父親探しをしたものの、彼はパール同様、母親を通して行く方知れずの男親を捜さねばならなかった。そしてパール同様、議論の余地なく所有できるひとりの男性を見つけ出したのでなく、二人――つまり、ひとりは妻と子を求めることのなかった生物学上の父親であり、もうひとりは母と子に対してはっきりせぬ類の権威をもって母親となにがしかの関係を有する男性――であった。この公認されていない権威が、いずれ第三章で出てくることになるが、少年の教育のために母と子とを切り離すのに十分であった――これは教義問答にうまく答えられなかったためにベリンガム知事からパールが受ける母子切り離しの脅しと同じ類のものである。パールの場合には、本当の父親が割って中に入り、代父志願者たちの不当な干渉から母子関係を守る――が、これは幼いナサニエルが望んでも無駄であった類の展開であろう。パールの視点、つまりバラバラになった家族構成を元通りに繋ぎ合わせ、父親を探し出して疑わしい闖入者が何者かその説明を試みようとする子供の視点から『緋文字』を見れば、我々はパールの幼児期の「環境（*Umwelt*）」が彼女の創造者のそれと酷似しているのに気づく。

　父親が公の面前で自分を抱擁してくれたことでパールの探求が完遂するその時、彼女は父親を獲得するのだが、その結果はただ彼を失うのみであった。彼女が獲得したものは父親らしい心遣いでも配慮でもなく、ただ、自分の父親が誰であったかという知識のみであった。これは本質的にホーソーンが得たものと同じ、つまり、行方不明になった父親についての知識である。パールの性別や人間性が解放されるのは彼女の生物学上の父親から認知されるかどうかにかかる。しかし、彼女の物質的財産は、それと同じくらい確かなことに、彼女の母親の影ある前の夫ロウジャー・チリングワースが譲渡した遺産にかかる。チリングワースはパールに対して、母親ひとりでは与えられなかったような大きな運命に備える手段を与えたのであり、そうすることで父親の役割、すなわち養い人の役割を帯びているのである。

このように父親の生物学上の、また家族を養う者としての、幾つかの側面の断片化はホーソーンの子供時代の経験における重要な特徴のひとつであった。彼の父親が死ぬ前とその後の両方で、彼がどのように自分の家族構成を理解しようとしていたのか、我々は想像しなければならない。恐らく初めのうちは家族の中で唯一の男性ということに満足していたかもしれないが、突然自分がマニング家の縁者たちに取り囲まれているのが分かったはずである。自分の母親がその両親や姉妹や兄弟たちとどういう関係にあるのかをなおも識別しようとするうち、彼はそのうちの兄弟のひとり、ロバート・マニングがホーソーン家の人間すべての問題を引き継いでいるのを知った。ロバート・マニングは惜しみなく愛と関心と金銭面での恩恵を与えてくれたが、ナサニエルは次第に父以外の人間から供される、押しつけがましく彼には感じられた施し物が気に喰わなくなっていった。彼は自分がマニング家全般に、特に叔父ロバートに依存して生きていることに過度なまでに敏感となっていったのだった。

依存に対する敏感さが『税関』全体に行き亘る公務員への敵意に油を注ぐ。初めの部分で、頼りにならぬ親の守護者ぶりが、保護と羽毛の暖か味を約束するものの、遠からぬうちに「……鏃の付いた矢でいつまでも疼く傷……を負わせたりして雛鳥を巣から放り投げる」（I、五）」母親鷲によって象徴されている。ところが「首切り」に至る長く声高なパラグラフで、ホーソーンは連邦政府を男性で、しかも叔父として象徴する。公職という機構を利用して、アンクル・サム（アメリカ政府）は公務員の成人期の奥深くまで依存を奨励するので「その人自身が持つ適切な能力が出て行ってしまう」ことになる。衰弱したままいつまでも職に留まる公務員は、いつかは放り出され、「以後永遠に、自分の外側からの援助を求め、自分の周囲を物欲しげに眺め回す」（I、三九）人間になってしまうことだろう。この段階でその人が望み得るのはただ公職への復帰しかない。

ホーソーンは公務員の性格、男らしさ、生命力に対する政府丸抱えの影響力を非常にしつこいものと強調するがゆえに、読者は叔父による刺激がアンクル・サムよりも影響力が強く、また依存心が中年期よりもずっと早期に確立した特徴あるものと感じる。公務員とアンクル・サム間での「悪魔の取引」で、ホーソーンは依存心の誘惑的な魅力を次のように描いている。

何にも増してこの信念が、どのようなものであれ着手してみようかと思っている冒険的企画から気概と有用性を奪ってしまう。しばらくすればアンクルの強い腕が人を立ち上がらせ、支えてくれるのに、ぬかるみにはまった自分を大変な努力を払って自力で救出しようとする……者がどうしているだろうか？　アンクルの財布から光り輝く硬貨の小山を毎月一度は恵んでくれることで、直に幸福にしてくれるというのに、当地で生活のためにあくせく働いたり、カリフォルニアまで金を掘りに誰が出掛けるだろうか？　ほんの少しだけでも公職の味を覚えてしまうと、あわれにも人はこの奇妙な病に簡単に感染してしまうが、その様は見るだに悲しいまでに奇妙なものだ。アンクル・サムの金貨――老いたお偉方諸氏に無礼を働くつもりはないが

――には、この点で、悪魔の賃金のごとき一種人を魅惑する力がある。そのお金に触れた者は誰も、自分にとって見栄えがよくなったり、魂とは言わぬまでも魂の良い属性の多く、つまり、その頑強さ、勇気、貞節、真実、自己信頼、それに人間らしい性格を強調するすべての属性――を巻き込んだこの取引が自分にとって逆らいがたいことを知ることだろう。（I、三九）

こんなに強く公職を拒否しているにも拘らず、これから四年も経たぬうちに、ホーソーンは再び官職を求め、かつそれを受け入れることとなる。彼自身三度目で最後の官職となったそれはリヴァプールの領事というものだった。反抗的な別離を伴う依存の習慣は何度も繰り返して見られた。だがホーソーンが後にアンクル・サムの腕に支えてもらおうとする運命にあったとはいえ、彼は一八四九年、こうした支えをうまく振り切って自分の独立心と男らしさを失わずに済んだと感じて喜び勇み、税関を去った。罠の脅迫に対抗できる力ではずみを付けた彼は、政府やその息のかかった仲間たちに攻撃的な言辞を弄することで自分とセイラムとの絆を断ちきった。これは自分が生まれ変わったような感じを与えるものだったし、しばらくの間は実際にそうであった。

父親が死んでから（その死ゆえに、とフロイトは思っていたが）円熟期に入ったフロイト同様、ホーソーンは同じように受容力の大きな年頃に母親の死を通して人間の死に直面し、この喪失を創造的目的へと転じることができた。「死を忘るるなかれ《メメント・モリ》」という標語にふさわしく、『緋文字』は死と和解の音《コード》で幕を閉じる。最終的な空間上の配置が、税関の序曲部に見られた当初の雑然たる感覚――セイラムは「引っ掻き回された将棋盤」という見解――を修正する。登場人物たちへの作家の別離の辞は、調和の達成を象徴する空間に彼らを配列する。ヘスターは、以前自分に押しつけられていた運命を自発的に引き受けるべくセイラムに戻って来て、自分の過去を自由意志で受け入れるこの行為により、最終的な人生の完成を果たす。パールは、今や結婚して母親となり、広大な大西洋によってヘスターとは切り離されて生きる。遠隔の地にいる母親のところには物理的に訪れられないパールはその代わりに、ヘスターがもはや使えぬ支援の贈答品を送ってくるが、それは、母がいなくなってから作家が母に捧げた記念碑『緋文字』そのものと似通った贈答品なのである。

ひとたび社会と和解すると、ヘスターはいとも容易に死に至るが、それはまるで彼女が既に亡霊でもあったかのごときである。「そして、長い、長い年月の後、新しい墓が、古くて窪んだ別の墓のそばに掘られた……しかし二つの墓の間には距離があり、まるでその二つの墓に眠る者たちの塵は混じり合う権利がないかのようだった。しかしひとつの墓石が両者のために用をなしていた。」（I、二六四）パールの父親よりも多くの歳月を生き延びた彼女は、一個の共通の墓石の下に、隣り合わせに眠るのだが、ある象徴的な距離が二人を隔てる。慎重な記述の施された、パールの両親の間の距離は、生前二人を隔てると同時にそうした二人の人生に決定的な役割を果たした夫の霊のために取ってあるのだ。支えの石と空間の距離とはこのロマンスを生み出した家庭が「引っ掻き回されたこと（disarrangements)」に秩序を与えるのに役立っている。パールの両親は、作家の両親と異なり、死んでから共通の墓碑銘の下、隣り合わせに埋葬される。その墓碑銘には、「黒き地の上に、赤き文字Ａ」という説明文に翻訳可能な表象が彫り付けられている。生きているうちにバラバラにされてしまったものを、シンボリズムと言葉が再び結びつけたのである。

ヘスターとホーソーンにとって、緋文字は「その役割を果たした」のだった。一度は社会の疎外を受けたその女性は、指導者、相談役となり、自分の苦境から生じた知恵を社会へと還元してゆく。女予言者になろうという当初の壮大な夢を実現することはできないが、それでも彼女は、自分の知恵を来るべき世代の者と共有することで、自分の人生と苦悩が正しかったことを証明する遺産を後代に残すことができている。私的な経験の収穫を社会へとこうして還元するのは、立派な本を出版することと似たようなもので、自己と世間との間に満足すべき絆を築く。子孫ではなく意味を伝えることで、人類の鎖に加わるというのは、成人後期の生成形態である。

死との接触が人生を拡大する影響力を持つことに関して、現代の心理学者ロバート・ジェイ・リフトンは、詩人たちが昔から知っているあることについて次のように語っている。「『死と接触し』その後生者と再び交わるのは洞察力や力強さを得る源泉である。これはホロコースト、あるいは親や恋人や友人の死に直面した人々にとってのみならず、個人的であれ歴史的であれ、『ひとつの時代の終わり』をまともに経験せざるを得なかった人々にも当てはまる。[20]」既に言及した死の経験に、この「ひとつの時代の終わり」を加えられるとすれば、リフトンの見識は、ホーソーンの創作力の開花を促した諸々の影響力をさらに一段高い能力へと押し上げるものとなる。

もちろん、死への反応はいろいろな状況によって異なるが、重要なのは我々が人生のいかなる時期に死と向かい合うかということである。他の要素がすべて一定であるとしても、死との直面が我々に与える影響は年齢と生活状況が違えば異なってくる。ホーソーンが母親の死を体験した四十五歳当時、彼はまだ肉体面でも情緒面でも、この苦悩を乗り越えて成長し、自分をもう一度活性化することが可能であった。ところがそれから十年後、十五になる娘のユーナがローマでマラリアに罹って死に瀕した時、彼は自分でも健康が優れず、作家としても殆ど終わりという状況だった。事実彼は死を五年後に迎えることとなっていた。もう七年間小説ひとつ書いていなかったし、リヴァプールの領事をしていた時に彼が書いた文学的な仕事と言えば、創作ノートの記述とイギリスを舞台としたロマンスの概略だけだった。

ホーソーン一家は数ヶ月間ローマのアパートに閉じ籠もり、愛しい長子が死なないように必死の看病をして暮らしていたが、この間ホーソーンは毎日筆を執り、『大理石の牧神』の草稿を完成した。彼が規則的に執筆に当たったのは、領事職を解かれてお金が入り用だったためであり、また家に閉じ籠もった時間を有効に使えたためであった。また恐らく、死と接近することで以前の芸術家としての再生をもう一度体験しようと願ってもいただろう。ユーナは生き延びたが、完全には回復しなかった。ホーソーンは最後のロマンスを完成したが、これは偉大ではないにしても中味の濃いものとなった。

ユーナが死と小競り合いを演じたことで、その父親は「人生の埃まみれの真ん中」に置かれることになったのでなく、むしろ人生の終焉へぐっと近づけられることになってしまった。自分自身、父親がいないのをまだ嘆いていたこの男は、娘がいることで自分が世代の鎖へと繋ぎ戻されていたために、これを失うことを極度に恐れた。世代継続上、彼の足場は本来極めてもろいものだったので、当時子供を失うことは決して異常なことではなかったのだが、彼はこの恐怖からなかなか回復できなかった。

五十五歳のホーソーンは、かつて第一作を書いた頃のように自分の主体性《アイデンティティー》の断片を繋ぎ合わせようにも、もはやあまりに病気がちであり、疲れて身も心もバラバラであり、また恐怖に怯える状況であった。自分に鞭打ち、創作ノートを広範に駆使して、彼はイタリアを舞台とするロマンスを完成したが、これは以前のすべての主題を蒸し返してはみたものの、『緋文字』の無駄のなさと情熱を欠いていた。生命を与えられた大理石の牧神というのは寓話的着想としてのみ巧妙なものを表現したに過ぎないが、一方、命を与えられた緋文字としてのパールは、彼自身の生涯の主題を躍動させるものだった。また幼いパールにはユーナという原型が存在した。ユーナは、その観察に余念がなかった父親に、自分自身の子供の頃の記憶を呼び覚ましたのである。幼い頃の彼自身の自己を思い起こさせてくれるもの、自分が父親へと成熟した最初の証拠であるもの、そして子孫との鎖となるもの、その命を保証することも守ることもできず、ホーソーンは自分自身の生命の継続への強い脅威、ユーナが病気から回復してもなくならなかった脅威を経験したのだった。人間は死ぬものだという教訓は彼が自分の母親の臨終の床で経験したものと同じではなかったのである。

四十五歳の時にホーソーンが成し遂げて見せた凝縮能力は終生の所有物とはならなかったのだが、それが『緋文字』という充実した達成を可能ならしめ、またそれにより、作家としての彼の主体性をも確認させることになった。母の死というものは、もし母親との生が同じくらい影響力の強いものでなかったならば、これほど影響力を発揮することはあり得なかったはずである。初期の短編『三重の運命』では、ラルフ・クランフィールドが、自分の特別な運命を求めて世界を股にかけた探求を行うが、それは「掘れ！《エフォーデ》」という命令が書き付けてあるサインで終わる。このサインは、彼が長らく探し求めてきた財宝を見つけるには「母親の住居の近辺の土地を掘り起こし、そこに出来たものを刈り取らねばならない運命にあった」（IX、四八一）と彼に教える。ラルフ・クランフィールドの三重の運命、つまり、「乙女、財宝、そして広大な帝国という贈り物を持つ年老いた賢人」（IX、四七五）とは、エリク・エリクソンが記述した成人の発達における重要な諸段階と類似する。すなわち、女性との親密な関係、生計を維持できる能力、そして意味ある仕事を通しての主体性の確立である。実際、『三重の運命』はホーソーンが達成するのに目立って時間がかかった成人期の諸要素を表すと言えるかも知れない。それらは、結婚、当てになる収入、そして作家としての主体性であった。

当てになる収入はいつも彼にとって問題であったが、結婚と作家としての主体性は「誕生の地（natal soil）」から育った。ラルフ・クランフィールド同様、ホーソーン研究者たちは、ホーソーンの個人的な謎や、彼の小説に見られる偏見を外来的に説明しようと、あちこち探求を重ねてきた。ここで我々はもっと近く家庭へと目をやり、彼の母親の住居近くの「誕生の地」を深く掘り、そこから我々が長らく求めていた財宝が出てこないかどうかを調べようではないか。

# 注

（1）フランゾーサ（John Franzosa）は論文 "Hawthorne's Separation from Salem," *ESQ: Journal of the American Renaissance* 24 [1978]: 57-71. において、『緋文字』と、ホーソーンの母方の絆や町を離れる不安、それに貧窮による他人への依存との間には関連性があると言っている。パールの「母性的環境は母親の存在のみならず、父親の不在をも含むものだ」（p. 59）というフランゾーサの意見には賛同するが、ホーソーンの母親やヘスターが「男根的母親（phallic mother）」だという彼の見解には疑問を感じる。この章での問題と関連する他の論文としては、マクシェイン（Frank MacShane）の "The House of the Dead: The Hawthorne's 'Custom-House' and *The Scarlet Letter*," *New England Quarterly* 35（1962）: 93-101、マッコール（Dan McCall）の "The Design of Hawthorne's 'Custom-House,'" *Nineteenth-Century Fiction* 21（1967）: 349-358、ヴァン・デューセン（Marshall Van Deusen）の "Narrative Tone in 'The Custom-House' and *The Scarlet Letter*," *Nineteenth-Century Fiction* 21（1967）: 61-71、ウェスト（Harry C. West）の "Hawthorne's Editorial Pose," *American Literature* 44（1972）: 208-221、コックス（James M. Cox）の "*The Scarlet Letter*: Through the Old Manse and 'The Custom-House,'" *Virginia Quarterly Review* 51（1975）: 432-447、ポーリー（Thomas H. Pauly）の "Hawthorne's Houses of Fiction," *American Literature* 48（1976）: 271-291 などがある。またイーキン（Paul John Eakin）は論文 "Hawthorne's Imagination and the Structure of 'The Custom-House'"（*American Literature* 43 [1971]: 346-358）の中で、この序文の死と再生の主題を定義し、「死者たち、つまりヘスター・プリンと検査官ピュー氏の形見とのホーソーンの交わりの萌芽的瞬間は、小説創造過程の決定的出来事、つまり『緋文字』の創生を説明するものだ」（p. 358）と結論づけている。ベイム（Nina Baym）は、この本の草稿が完成した時に発表された論文（"Nathaniel Hawthorne and His Mother: A Biographical Speculation," *American Literature* 54 [1982]: 1-27）の中で、伝記作家たちがホーソーンの母親を軽視していることをたしなめ、『緋文字』の執筆と母親の死とを関連づけている。私がベイムに賛成するのは、ホーソーンが孤独な母親を

主要登場人物に選んだのはエリザベス・ホーソーンの死と、作家の精神生活における彼女の重要性とに関連するという点である。しかし賛成できないのは、マニング家の男たちがその損失を適切に埋め合わせをしたので「おそらくホーソーンは一度も死んだ父親を恋しがったりはしなかっただろう」（pp.11-12）と考えたり、「死んだ父親よりはむしろ死んだ母親を求める気持ちが円熟期の小説の物語構成の大部分の基礎を成している」（p. 13）と考えている点である。私は、ホーソーンの精神的要求を議論するに当たって、母親と父親とを、あるいは母系制と父長制とを対立させるのは不要だと考える。彼は自分の家族構成の中心として一組の完全な両親…両方が共に居り、互いに尊敬し合い、また彼自身をも尊敬してくれるような両親…を望んだのである。幼い頃のホーソーンが母親を余所に持って行かれて悲しんだというベイムの見方には全面的に賛成だが、「彼にとって楽園とは穏和な母系世界だ」（p. 12）という点には疑義を感じる。ホーソーンは、頑固な祖母と叔母メアリーがいて、子供たちはその支配から逃れようとし、かつまたその支配から自分らの母親を守らねばならなかったわけであるから、母系制にはうんざりだったのである。ホーソーンは支配的な女性を避けようとしたように私には思える。

（2）Julian Hawthorne, *Nathaniel Hawthorne and His Wife*, vols. 14 and 15 of *The Works of Nathaniel Hawthorne*（Boston: Houghton Mifflin, 1851-1884）, 14: 353-354. これより後は、vol. 14 は Julian I とし、vol. 15 は Julian II とする。

（3）Daniel J. Levinson, Charlotte N. Darrow, Edward B. Klein, Maira H. Levinson, and Braxton McKee, *The Seasons of a Man's Life*（New York: Ballantine, 1978）, p. 41. レヴィンソンの方法論はこれまで一部の批評家から疑義が提出されているが、彼の研究は成人の「生活環《ライフ・サイクル》」に関する膨大な文献に基づいており、生活史を築き上げるために役立つ枠組みを提供している。

（4）「生活の安定（settling down）」とは、仕事と愛情の複数の可能性を破棄し、ある特定の職業とある特定の生涯の伴侶を受け入れることを表すレヴィンソンの用語である。

（5）Erik H. Erikson, *Life History and the Historical Moment*（New York: Norton, 1975）, pp.72-73.

（6）一八三二年九月十六日、ナサニエル・ホーソーンがヴァーモント州バーリントンから母宛に書いた手紙。

（7） 生涯に亘り、ホーソーンは老いと死に心を奪われており、死後腐食に病的な好奇心を示し、不死の妙薬に関心を抱いていた。自分は二十五歳にならずに死ぬのではないかという彼の思いが、一八七〇年十二月にエベ・ホーソーンによってジェイムズ・T・フィールズに伝えられている。Randall Stewart, "Recollections of Hawthorne by His Sister Elizabeth," *American Literature* 16 (1945): 320. 彼は気分が落ち込む時期のことを創作ノートの記載事項に明けても暮れても書き付けていて、友人ホレイショ・ブリッジは手紙を何通も送って、自殺的とは言わぬまでも絶望的な気分にあった作家を何とかなだめすかそうとした。一八三八年七月二十七日の記載（*American Notebooks,* ed. Claude M. Simpson, VIII, 85）のごとく、墓を覗き込みたくなるという死体愛好症が示唆されている記載事項もいくつかある。

（8） *English Notebooks,* ed. Randall Stewart (New York: Modern Language Association, 1941), p. 98; December 28, 1854.

（9） Levinson et al., *Seasons,* p. 213.

（10） この問題の詳細な研究としては、ベイム（Nina Baym）の*The Shape of Hawthorne's Career*（Ithaca and London: Cornell University Press, 1976）がある。

（11） マーティン（Terence Martin）の*Nathaniel Hawthorne*（Boston[sic]: Twayne, 1965）には、p. 18をはじめ諸所に、「詩人と帳簿係という類型法」と、それが初期から晩年までホーソーンの著作にはっきり文学として表れているという主張がある。

（12） Ibid., pp. 63-65.

（13） January 24, 1846. MS Duyckinck Collection, New York Public Library. クロウリー（Donald Crowley）がIntroduction to *Mosses from an Old Manse,* X, p. 517で引用している。

（14） Levinson et al., *Seasons,* pp. 209ff.

（15） Ibid., pp. 223-224.

（16） Elliott Jaques, "Death and the Mid-Life Crisis," *International Journal of Psychoanalysis* 46 (1965): 502-514.

（17）Levinson et al., *Seasons*, p. 30.

（18）次の世代が成熟に至る手助けをするという、エリクソン的な意味でのホーソーンの生成能力は、彼がいずれ演じることになる役割、つまり、バークシャー地方でハーマン・メルヴィルと出会った後まもなく、メルヴィルの天才を開花させる触媒作用を果たしたことに表れている。

（19）Levinson et al., *Seasons*, pp. 228 ff.

（20）Robert Jay Lifton, *The Life of the Self: Toward a New Psychology*（New York: Simon and Schuster, 1976), p. 115.

# 第二章　マニング一家に囲まれたホーソーン一家(1)

「少年は血で洗礼を受けたのだ。彼の額の印はいつも生々しく赤いままにしてやってくれないか？」

――『優しい少年』――

## 母方の家系

ホーソーンの伝記の殆どは、もし彼が伝記を書いてもらいたいと望んでいたとしたら、そこから始めてほしいと願ったと思われるまさにその部分――つまりホーソーン家の第一世代のピューリタンの先祖たちの話から始まる。これらのいかめしい、権威主義的な先祖たちは、自分の父親についても、父方と同じくらい長い母方の系譜についても決して公には語らなかった作家が、世の注目を求めて選択した遠い、父方の先祖たちであった。こうしたホーソーンの誘導に従わず、有名なウィリアム・ホーソーンに三十年だけ遅れてマサチューセッツの岸辺に到達した母方の先祖、ニコラス・マニングを無視しないで扱う伝記作家がいれば、それは稀なことに属する。アメリカに最初に渡って来たマニング家の先祖にも劇的な出来事がまつわりついていたのだが、ホーソーンはそれらについては言及していない。しかし、ヴァーノン・ロギンズの手による家族年代記を見れば、我々は、魔女裁判を取り仕切った先祖を持つことに負けないほど作家の想像力に大きな影響力を及ぼしたはずの出来事について知ることとなる。[2]

一六八〇年、ニコラス・マニングの妻が夫を告発した。彼が自分の二人の姉妹、アンスティスとマーガレットと近親相姦を犯したというのである。ニコラス・マニングは森へ逃亡したが、彼の姉妹たちは裁判にかけられ、有罪の宣告を受け、「一晩牢獄に入って鞭打たれるかそれとも五ポンドの罰金を払うかのいずれかを行い、その上で次の説教が行われる日の礼拝中に、セイラムの礼拝堂の中央通路に置かれた高い台の上に座し、頭には彼女らの罪状が大文字で記された紙を貼り付けること」[3]という判決を受けた。三十歳の独身女性アンスティス・マニングと三十三歳の身重の既婚女性マーガレット・パルフレイという二人の姉妹は礼拝の間中罪滅ぼしのための台に座し、彼らの家族や会衆一同の目に晒されたのだが、彼女らの帽子には「近親相姦」というおぞましい語が書かれていた。この出来事はフェルトの『セイラム年代記』に名前を伏せた形で記載されていたのだが、ロギンズは、ホーソーンほどの鋭敏な古物収集家であればこの兄と二人の姉妹の正体は知っていたはずだと考えている。[4]

こうしたマニング家の人々もまた『緋文字』の作家の先祖たちであった。その『緋文字』は二人のマニング家の女性が恥を晒した場面と驚くほどよく似た場面、つまり、公の集会の場で、そこに町全体が性行為による罪が暴かれるのを見るために集まるという場面から始まるのである。しかし自伝的な『税関』で過去と自分の結びつきを辿るホーソーンは、性的逸脱行為への罰を逃れる男性と、公の場での恥辱に耐える女性という物語に家族がらみの前例があったことには触れていない。その代わり、彼の自伝的な記述は、自分をこうした罪人たちを処罰する側の人間たち、過酷なウィリアムと迫害好きのジョン・ホーソーン、つまり非難好きで懲戒好きな父祖の系譜と自分を結びつけるのである。

作家の誘導を受けて、伝記作家たちはこれまで伝統的に、入手可能な諸事実の取捨選択を行ってきて、その結果、歴史的に名高いホーソーン家の人々の方が、商売人的なマニング家の人々よりもロマンス作家にふさわしい家系だと考えてきた。マニング家は単に、未亡人とその子供たちを養う人々と見なされるようになってしまった。最近の伝記作家たちは「マニングの影響を軽く見る」ことをしないよう努めてはいるが、その影響力に詳細な考察を加えた者はまだ誰もいない(5)。実際マニング家は家政基盤の安定や、近親相姦という劇的な歴史以上の多くのものを提供した。文化に対する彼らの志向性や理解力はホーソーンの想像力を刺激するのに役立っている。彼らの商売人としての価値観は実際的なものへの揺らぎない敬意の念を植えつけた。その上、多くの伯(叔)父たちがいたために、彼らは父を持たぬ少年に、男性の見本をいろいろ供給した。それはまた押しつけがましいものだったかもしれないが、実際ひどく必要なものにはちがいなかった。

マニング家はホーソーン家に劣らず長い歴史をニュー・イングランドで持っているが、その歴史には比較的地味な痕跡しか残していない。元来一家は鉄砲作り職人や鍛冶屋だったのだが、ホーソーンの時代までにはメイン州に広大な土地を所有し、セイラムを中心とする駅馬車業を営み、他にも高収益の投機的事業を展開するに至っていた。家族間で取り引きを行う時でさえ徹底的な商売人気質を発揮していたものの、反面彼らは寛大で、お互いを気遣い合い、書物に興味を示し、また非常に敬虔な人々でもあった。

## 二　家族の混合

マニング家のことをホーソーンやその伝記作家たちはどうも軽く扱う傾向にあるのだが、この一家こそがまさにホーソーンの幼年期、青年期の環境作りを担ったその一家なのである。作家の記憶に殆どない船員だった父親がスリナムで死ぬとすぐに、母親は自分の幼年期の家と家族の下に戻った。ハーバート・ストリートのマニングの家は、彼女が夫と夫の母親と共に暮らしたユニオン・ストリートの家からほんの一ブロックしか離れていなかったのだが、もし父親が生きていれば幼いナサニエルとその姉妹が体験したであろう家庭とはほど遠いものだった。作家の母親は夫の死後ホーソーン夫人と呼ばれたが、妻および自分の家庭の女主人としての身分を失い、強烈な個性を持った人間が集まる大家族の中で、娘で姉妹という依存的立場に戻った。彼女の夫の親類縁者の中には非常に金持ちで影響力のある人々もいたのだが、彼女は殆ど絆を維持しなかった。ナサニエルは自分の父方の伯(叔)母や祖母を知っていてよく訪れもしたのだったが、そうした人たちの影響力や金銭的援助からはうまく絶縁されていた。母親や姉妹たち同様、彼も大所帯で愛情溢れるマニング家の影響力と支配を再び受けることになったが、その時、この一族には二人の意志強固な親たち、九人の子供たちがいて、子供たちのうち一番の幼少者はナサニエルより十三歳だけ年上であった。

このマニング家の者たちは変化に富んだ人間集団で、ホーソーン家の子供たちを囲み、時には支配もした。父方が家計を支え、支配していた一家だったものから、意志強固な祖父母、伯(叔)母、伯

(叔)父が支配する一家への家族構成のこうした変化は、子供たちの基本的な物の考え方に抜き差しならぬ影響を与えたにちがいない。自分と家族、権威と両親、施しと養育についての心象《イメジャリー》は激変を強いられたはずである。

ナサニエル・ホーソーンの心理と創造生活でマニング家の者たちが演じることになった役割を理解するためには、我々は彼らを現実的に、かつまた彼らが作家の個人的神話の中で投影されているままに眺めなければならない。まず第一に、帳簿とか手紙といった現存する文書に基づいて、実際的な図象が描かれねばならない。それから、我々はこうしたマニング家の人々を、子供たちの目に映じた通りに——つまり、権威を持った多数の男女たちが、必要に迫られたからでもあろうし、善意によってでもあるのだが、親の機能を果たそうとしている、という風に眺めてみなければならない。三人の孤児たちは自分たちの困窮し従順な母親が、母としての権威を自分の母と姉妹たちに譲り渡してしまうのを見ていた。親孝行な子供たちは母にその役割を果たしてもらおうと支援しようとしたのだが、伯(叔)母のメアリーとプリシラとが断固としてその役割を引き受けてしまった。子供たちは、本来父親に属する施しの機能がマニング家の人員に独占されていると感じた。特にナサニエルは父権が次第に叔父ロバートへと移行してゆくのを見て嘆いた。

誇り高いナサニエルにとって、自分の叔父が養育の責任と親の権威を引き受けるのは権力を簒奪する行為のように思われた。伝えられるところではこの少年は「殿、下がって棺をお通し下され」と芝居じみて叫ぶ癖があったというが、これは自分の主題が『リチャード三世』の中にあるのを早熟にも認めていたことを示すものかもしれない。ちなみにこの劇は、権威の置換、相続権を失った王子たち、権力簒奪の物語である。

マニング家の祖父たちの性格がどうであったかについては現存する証拠資料が殆どない。リチャード・マニング・シニアは活力溢れる実業家で、不動産業で大きな資産を所有していた。鍛冶屋から身を起こした彼は、ボストン・セイラム駅馬車会社を設立し、一八一三年に死ぬまでかなりの財産を蓄積した。こうした資産から上がる収入で、一家は彼の死後も長年にわたって支えられたのである。彼の家屋敷にある財産目録の中には、マホガニー製の家具や陶磁器や銀の皿などとともに、十四ドルの価値のあった十四冊の本があり、これがナサニエルが一番初めに手にした図書となった。

ミリアム・ロード・マニングは、夫よりも七歳年上で、意志強固にして独りよがりな人物であった。彼女の孫娘は、祖母の清潔好きについて次のように回想している。「私はお祖母さんがよくフランクリン・ストーブの背の部分を中庭に運んで洗ったと聞かされました。[6]」また彼女はけちで横柄だった。ユーモラスな中にも不平を込めた調子でナサニエルは、叔父ロバートに宛てて次のように手紙を書いている。それはメイン州レイモンドを後にしてセイラムに戻らねばならなくなった直後のことであった。

今の僕の話し相手はお祖母さんとメアリー伯母さんとハナだけで、ここにいるととても孤独に思えます。家にはとてもおいしいグアバのゼリーがひと瓶と、ライムのジャムがひと瓶ありますが、あなたに早く戻って来てもらえないとこれらにカビが生えるんじゃないかと心配です。というのも、お祖母さんはこれらを誰かが病気になった場合に備えて取っておこうとするので、どちらを食べてもお祖母さんからは冒涜だと思われてしまう。だから僕はみんながずっと元気で、これらが腐ってしまったらさぞお祖母さんはがっかりすることだろうと思います。ここにはアイザック・バーナムがくれたオレンジも少しありますが、急速に腐りつつあります。せっかくおいしそうなオレンジを役立てられない可能性が高いのですが、それというのも、まず悪いのから食べねばならず、良いのはそれも腐るまでは食べずに取っておかねばならないからです。(7)

商売繁盛で勤勉家の夫の妻だった祖母は、慈善行為の要請に対して不寛容であった。姉妹の困窮した子供たちに援助を求められた際に、彼女はエベ・ホーソーンに向かって次のような返答をするよう求めた。

お祖母さんが私に、あなたにはこう言えと仰るの。お祖母さんは、自分の子供たちの誰にも遠い親戚たちといっしょにいることで煩わされることがないよう願うわ、自分がそうだったからね。ギディングさんの子供たちが困っているのなら、父親のところで彼らを働かせたらいいじゃない。自分もそうだったからね。それでもし、彼らが自分たちだけで生きてゆけないのなら、救貧院に行かせればいいわ。(8)

マニング夫人は娘のマリア・ミリアムが一八一四年いろいろな宗教団体へあげてくれと遺言にしたためたそのお金を一八二三年まで配ることをしなかった。

こうした悪い意味合いもあるにはあるが、マニング家の年長者たちは、その子供たちからは名誉ある評価を受けていた。二十二歳のメアリーが送った魅力的な手紙には家族の結束と修養への志向が窺われる。

親愛なる、尊敬すべき御両親様

喜んで一筆啓上。かくも貴重な後援者にお手紙差し上げようと思うと、お二人がここにおられなくて寂しいことへの慰めとある程度はなります。我が家はまあまあ評判の一家にちがいありません。ウィリアムとリチャードは彼らの持ち場を品位よくこなしています。子供たちはみなとてもお行儀がよいです。ジョンとサミュエルは毎日指示された時間に通学しますが、これは私の期待以上のことです。……私の手紙に署名してもらおうと全員を呼び集めると、将来性ある九人の子供たちが彼らの両親にあいさつを交わすのが見られるでしょう。これは確かにあなたがたの最大の宝だとお思いになることでしょう。願わくば、子供らのうち誰もあなたがたにふさわしくないようにはならないことを。

特別お書きするほどの知らせはありません。健康と幸福を享受されますよう。それが　あなた方の愛する娘の願いです。

メアリー・マニング(9)

マニング家の九人の子供たちで結婚したのは、エリザベス・C・ホーソーンを除いて三人だけだった。リチャードはスザンナ・ディングリーと一八一五年に結婚した。プリシラ・ミリアムは、男やもめで二人の子連れのジョン・ダイクと、ホーソーン一家が越してきた九年後に当たる一八一七年に結婚している。またロバート・マニングが結婚したのは、ホーソーンが大学を卒業する直前の一八二四年、四十歳になってからのことであった。マニング家の伯(叔)母たちのうち、マリア・ミリアムは二十八歳で亡くなった。マニング家の子供の中で最年長のメアリーは、一八四一年に亡くなるまでハーバート・ストリートに居続けたが、清教徒的で棘のある独身女性であった。辛辣な手紙を常習的に書きまくる彼女はホーソーン家の子供たちを厳しく監視し続けたが、彼らの母親がメイン州に移り住んでいた時期にはこれが特にひどかった。メアリーは鋭い知性と高邁な信念の持ち主で、ずけずけ物を言い、エリザベス・ホーソーンの受け身の姿勢とは際立った対照を成した。これら八人の伯(叔)母たち伯(叔)父たちが示した親としての気持のすべてが、人格形成期にあったホーソーン家の子供たちに集中的に注がれたのだが、これはひとりの親を亡くしたことへの閉口するほど過剰な代替であった。

エリザベス・ホーソーンには五人の男兄弟がいた。年齢順にみると、ウィリアム、リチャード、ロバート、ジョン、それにサミュエルとなる。ジョンは五年間、マニングとホーソーンの両家が同居した家の一員だったが、一八一二年の戦争の最中に姿を消した。ウィリアムとサミュエル、つまり男兄弟の最年長と最年少の両名は、いつも居所が定まらず、その日暮しの傾向が強かったため、この二人に何とか生産的な仕事に就いてもらいたいと願う家族の他の者にとって悩みの種であった。ウィリアムが一番最初に生まれて他の誰よりも長生きをした。彼は幼いナサニエルに駅馬車業の事務員役、帳簿係をさせて報酬を与え、しばしば小遣いもこっそり恵んでやり、必要な時には気前よくさらに多くの金を提供してくれたが、これはナサニエルが受け取ってよいと思える以上の額であった。

ナサニエルと最も年齢の近いサミュエルは、男性的な振る舞い方において兄貴あるいは教師のような存在だった。騎士気取りのサミュエルはしばしば甥のナサニエルを家業の馬買いの旅に同行させた。大酒飲みで、話好きで、人気者の若い叔父とのこの旅は、マニング家での生活とはうって代わって気分さわやかなもので、農民や労働者と交わる様々な経験や機会を提供するものとなった。サムに同行してセイラムを離れるとナサニエルは、自分の正体を知られずにいろいろ自由に人と付き合えるため、節度を緩め、屈託なく話し、心の高揚を感じた。いつもの自分から解放されて、こうした旅に出た時は旅先から、珍しく上機嫌で嬉しさいっぱいの手紙を彼は書き送っている。不幸なことにサミュエルが四十一歳で結核のため死亡すると、ホーソーンはまた重要な男性をひとり失うこととなってしまう。一八三三年にサミュエル叔父が他界した時、ナサニエルは二十九歳、なお母の家の住人だった。

サムに比べて真面目で勤勉な叔父リチャードに対して、ナサニエルは違った種類の絆を結んでいた。二人は本好きなこと（リチャード所有の本の多くはナサニエルに譲られた）と、足が不自由なことで共通していた。レイモンドで起こった馬車事故のために状態をさらに悪化させ、生涯に亘る身体障害者となってしまったリチャードは、心気症《ヒポコンデリー》にかかり、ときどき鬱状態に陥った。しかしナサニエルは彼を気骨ある者と捉え、「彼は足が不自由だが、兄弟の誰にも負けない」(10)と言っている。こうした年少の頃の実り多かった二人の交流も、ナサニエルが大学卒業後に自分が受けたと感じた冷淡な処遇によって冷え切ってしまい、彼は二度と再び自分の青春期のエデンには戻るまいと決意をしたほどであった。事実、彼はリチャードのところにはもう一度訪問しただけに終わり、リチャードはリチャードで自分は不当にもレイモンドに追放されたと感じた。

一七八八年生まれのジョン・マニングは、自分がいないことでマニング家を牛耳った謎の人物であった。彼は一八一二年の戦争の最中に船乗りとなり、最後にその消息が聞かれたのは一八一三年のことであった。彼の死はまったく報告されず、母親はいつも彼が帰るのを待っていた。この、船乗りの謎の消息不明は、少年ナサニエルの心の中で、自分の父親が航海から帰らなかったことと重なり合った。

自分の息子は帰って来るという祖母の信念によって、恐らくナサニエルは似たような、期待と恐れの混じった気持ちを掻き立てられたのであろう。というのも、彼はしばしば、確認されていない死の恐怖について瞑想を巡らしているからである。

四歳の時から九歳の時にかけて、ナサニエルはマニング家の六人の男たちすべてと共に同じ家で暮らしたが、一八一三年はその分岐点のひとつとなった。なぜなら、その年に祖父のマニング氏が「約束の土地」（レイモンドは家族間でこう呼ばれていた）に赴く途上で亡くなり、リチャード・マニングは代わりにその地でずっと住むこととなり、またジョンは戦争に出掛けたまま二度と戻って来なかったからである。一八一三年から後は、ハーバート・ストリートに残された男たちは数にして僅か三人だけとなった。つまり、ウィリアムと、しばしば旅行で留守がちのサミュエル、それにロバートの三人である。翌年、若いマリア・ミリアム叔母が他界した。リチャードはメイン州の土地売却を行った他、何千エーカーにも及ぶ理の仕事を手分けして行った。リチャードとロバートは父親所有の財産処別の土地を買ったり、売ったりした。ロバートはあまり頼りにならぬウィリアムの援助の下に駅馬車業を経営し、母親からは家屋敷を管理するという複雑な仕事を引き受けた。ロバートの家族問題の運営は、彼がたとえ短期間でもセイラムを留守にすると残りの者たちがパニックに陥るほどに巧妙であった。サミュエルは「タッカーさんが、あなたに早く戻って来てもらわないと、我々はみな揃って地獄行きになるぞ、と仰っている」(11)と書いている。男兄弟はすぐにみなが、他にもいろいろ自分で事業的関心を持っていたロバートのお荷物になっていったのである。

# 叔父ロバート

強さというものは弱い人間には理解不可能なもので、それだけにその分一層恐ろしいものなのだ。自分の血の繋がった範囲にいる意志の強固な縁者ほど大きな怪物はまたとない。

――『七破風の家』――

マニング家で最も有能かつ最も影響力が強かった者について、まずはその家族を背景にして見ることにしよう。ナサニエル・ホーソーンの内面生活において彼が果たした役割についてはもう少し後の章での記述に譲りたい。一八一三年にマニング家の祖父が死んだ後、ロバート・マニングが事実上の当主となり、一族の事業すべてを取り仕切るに至った。土地の売却だけはメイン州に住むリチャードに委託されたが、これとてもロバートが監視の目をしっかりと光らせていた。さらに彼は周旋人としても成功を収めており、後にはアメリカで最も著名な果樹栽培家となった。今日でも彼は、『アメリカ人名辞典』に長い記事が載るほどの扱いを園芸家として受けている。メイン州に建てる予定の自宅の庭園用にと始めた彼の実験は、ニューイングランドの風土にはどんな種類の果樹が最も適しているかを確認するためのもので、これを彼は二十五年間も行ったのである。一八二二年、彼の姉がセイラム永住を決めて戻った時、彼はメインには自宅を作らぬ決心をし、当時はノースフィールドと呼ばれていたノース・セイラムに三エーカーほどの土地を買い、本気で果樹園をやり始めた。彼は世界中から果樹の株を輸入したが、これは移送途中で枯れたり腐ったりする品種が多いためにお金のかかる企てであった。フレデリック・C・シアーズは『アメリカ人名辞典』で次のように記している。

彼の関心と熱意は大変なもので、この国の人々に果実への関心を深めてほしいという思いが自分の財産を慮る気持ちに勝り、若木であれ樹木であれ、気前よくただで人にくれてやるということまでもした。亡くなった時彼は他の追随を許さぬアメリカ最高の果実コレクションを所有していた。これは世界最良のもののひとつでもあって、梨だけでも一千種類を越え、またその他の果物が全部合わせてほぼ一千種類あった。……彼は謙虚で傲慢なところがなく、果実に関して自分が持っている最良の情報をいつも喜んで来訪者たちに与えた。一八三八年、彼は『果実の本』を出版したが、それは「ニュー・イングランドでの栽培に最も適した種類の梨、リンゴ、桃、梅、サクランボの記述的カタログ」と銘打たれてあった。……新しい、精選された果実の紹介や、当時は大いなる混乱状態だった果実の学名の修正、それに種の確認などに関して、果実栽培者たちは、当時の他の誰にも増して、また恐らくは他の誰彼をすべて合わせたそれ以上にマニングの恩義に与っていた[12]。

この百科事典の記事からさえも、マニングの公共的な性格――ものに熱中するも控え目、利他主義的で、規律を守り、また規律を作る――が浮かび上がって来る。彼の娘のレベッカが語る以下の話は、こうした印象に、ものに熱中するマニングの性格と彼の格式ばらない様子態度の一面を付け加えるものである。

ロバート・マニングは樹木、特に果物のなる木、そして中でも梨の木に関して熱狂的になる人でした。

……彼はこの国およびヨーロッパの園芸家たちと広範囲に交流していました。一八二九年にはマサチューセッツ園芸家協会の創立委員となりましたし、その図書館は彼が自分の所有する書物の一部を寄付することで開設されたものです。……彼の庭園には正式のレイアウトがなく、むしろめちゃくちゃに「生えた」ものと言うべきでしょう。……表通りに面した家の正面にある楡の木は、一八二五年に植えられたものですが、今も生い茂っています。（ピンチョン楡の木陰ね！）ロバート・マニングはマサチューセッツ園芸家協会から銀の水差しを頂戴しましたが、これは「果樹栽培科学の大義促進および欧州からの新種果物獲得・分配普及に関する彼の功績を称えて」送られたものなのです(13)。

何年にも亘ってマニングは園芸雑誌に論文を寄稿しているが、これらはしばしばナサニエルが校訂し、文章に磨きをかけたものだった。エベも、ロバートが無教育を克服して好きな園芸業を支障なく遂行できるよう手助けをした。例えば彼女はフランス語で書かれた園芸本、『良い園芸家《ボン・ジャルディニエール》』を訳して革製の参考書にしてみせたが、これは日常的雑用を嫌うこの女性が叔父ロバートのため慎重かつ忍耐強い仕事をしてあげようとしたことを示している。彼の『果実の本』（一八三八）の序論には、自分の仕事に関するロバートの思いが、堅苦しいまでに十八世紀古典主義的文体で綴られているため、読む者には大学出の甥が文章に手を加えたことが分かる。

財産という強味があり、近代語に精通した若者にとって、この種の研究は尽きることなき享楽の源泉を開くものなり。果実を集めてその種を確認し、それらを同国人の注目に供しむることほど、その者にとって名誉かつ実効ある仕事はあり得まい。また毎年自分の予想が絶えず現実のものと化し、さらに新たな予想が絶えず繰り返される様を目にすることほど、その者にとって満足を感じることもあり得まい(14)。

この勧告は後にマニング自身の長男が受け入れることとなった。彼は父が亡くなった時には僅か十五歳だったが、手ほどきを既に受けていた園芸業をすぐさま引き継ぎ、やがては彼は彼なりに立派な果樹栽培家となった。ロバート・マニングが自分の息子に及ぼした影響力は、彼が甥に及ぼした影響力とはまったく異なる。だが、職業園芸と長く関わりを持ったことで、ホーソーンは植物のシンボリズムへの関心を掻き立てられ、またそれを洗練させることとなった。

ロバート・マニングはウィリアムやリチャードより年下であり、夫を亡くした姉のエリザベスよりも四歳年下であったのだが、すぐさま自然に責任を自分で背負い込むような人間だった。どの兄弟にも増して、彼は姉とその子供たちの後見人役を完全に引き受けた。ホーソーン夫人には父親の地所から上がる収入が少しばかりあったのだが、ロバートは子供たちの教育に出資し、彼らの生活に関して基本的決断を行った。時折メアリー・マニングかプリシラ・マニングがロバートの支配的性格に辛辣なコメントを与えたものの、明らかにエリザベス・ホーソーンは一度として弟に楯突かなかった。彼女は弟の意志や時として自分の姉妹たちの意志にも完全に服したので、子供たちが母親にレイモンドに居残ってもらいたいと願っているのがしばしば我々にも分かるほどである。レイモンドに行けば、子供たちは母親と別れ別れになるが、少なくとも彼女は自分の主となり得る、というわけである。

母親がそばにいても、ロバートは甥の監視役のように思われたらしい。これは足に怪我をしたためにナサニエルが登校免除になった期間にプリシラがロバートに宛てて書き送った手紙から分かる。

彼は中庭一帯やハーバート・ストリートでほぼ一日中遊んで面白がっています。ロバート、お願いだからあの子に、物書きや教科のいくつかにいつも精出すよう忠告してやって（私は必ず効果があると思うわ）。あの子に必要な努力は、いずれあの子が手にする恩恵がたっぷり償ってくれますわ。土壌がどれほど肥えていても、良い種を蒔いておかねば、そして植物を丁寧に育てなければ、果物は実りません。私は決してあの子について不平を述べるつもりはありません。あの歳だからあの子に要求しない限り、こうするだけの思慮を十分持ってるとは思えませんからね(15)。

強調の仕方や、教育の妨げになる場合の遊びへの態度から、プリシラは力強い性格の持ち主たることが分かる。

一八一三年、足に怪我をしたことで、ナサニエルは毎日の学校通いから解放され、読書をしたり、ぶらついたり、猫たちと遊んだり、また全般的に家族が要求する活動から逃避する自由を得た。彼の教育は、後に辞書編纂家となるジョウゼフ・ウスターが彼の学課の復習を見にやって来たため、全面的中断というわけにはいかなかった。しかし彼は自分の好きな本をマニング家の書斎から選んで自由に読むことが出来た。片足の成長具合が尋常でないように見えたので、これについて相当な手当が施され、多くの医者が呼ばれ、経過報告が交換され、概して少年は可愛がられ、甘やかされた(16)。後年彼はこの足の怪我をせいぜい役立てて芝居をしたと回想している。怪我を通して彼は弱い者の強味、つまり、自分なりのスローペースで成長するための心理的空間を作り出すために、自分を操る者たちを操る術を学んだのであった。

しかしこの戦術さえも、家族の者たちが少年をいつもマニング家の流儀に合わせておこうと叔父ロバートの権威に繰り返し訴えたことから、一部くじかれてしまった。プリシラ同様、エベも次のように言ってロバートをせっつき、ナサニエルが弱い足を甘やかさずその足でちゃんと歩くように主張させた。「あなたが帰宅しないとナサニエルの足がいつになったらよくなるのか分かりませんわ。医者がそうせよと言うのに、あの子は悪い足を使って歩こうとしないんですもの。だからぜひ早く戻って来て下さいな。[17]」

プリシラ、メアリー、それにリチャードはロバートを掛け値なしに信頼し、尊敬もしていたが、ロバートの口やかましさと権威主義的態度には苛立ちを表明した。プリシラは彼が口を利く際の癖を「あの人のいつもの断定的態度[18]」と形容している。ホーソーン家の人間はまだメインに移転すべきでないというロバートの一方的な決定に対する彼女の反応には、彼女の困惑のみならず、同意するとしまいと彼の決定は受け入れるというマニング家の傾向も表れている。

私たちがお尋ねしたのに対してあなたが誠実にお答え下さったことに感謝しております。あなたがお答えの中でお示しになった理由、適切なご意見によって、私たちはメインに行くのをもう一シーズン遅らせる方がよいだろうと確信させられました。――私たちがいつも自分の判断を信頼せず、問題はあなた任せにするのだとはお思いにならないで下さいね。私たちが大急ぎで行動していたら、いつもの私たちのやり方とはまったく矛盾していたでしょうから。子供たちがとても面白いこのお答えをどう受け取ったかをお聞きになれば、あなたは喜ばれることでしょうし、それをあなたにお伝えするのが子供たちにとっても正当だと思います。子供たちは、あなたから受け取ったのとはまったく正反対のお答えを期待しておりましたのよ。けれどもあなたのお答えを伝えたところ、みなあなたのご判断に気持よく従いましたわ[19]。

一八一四年八月二十九日

ここに込められている皮肉は無視して、ロバートは子供たちが自分の意見に従ったという知らせにだけ反応している。

プリシラ、子供たちがどういう態度に出たか、あなたの説明を聞いてとてもうれしく思います。しかし子供たちがみな模範的な良い子だという私の確信は揺るぎませんから、その証拠まで書き送ってくれる必要はありませんでした。ここの子供たちは、悪い癖は直し、良い癖は強化するために必要な規律と服従の下にはありません。うちの子供たちは、規律と服従から彼らが享受し、利する特権をいずれちゃんと有り難く思うことになろうと私は思っています[20]。

専制的な伯母メアリーでさえロバートの批判、とりわけ彼女の綴り字と文法への批判は恐れた。彼女は彼に「私の手紙を見て間違った綴り字や文法的でない文章を探すのは止めてちょうだい。正しい綴りで巧く文が書いてあると思って読んで（reade）ほしいわ」という手紙を書き送っている。別の手紙は「あなたの愛する姉のメアリー・マニングの文章（writeing）の綴り字などをとやかく言わないでちょうだい」という文で終わっている[21]。

幾年にも亘ってリチャードが出した手紙の抜粋が示すのは、彼のメインでの事業のやり方についてロバートが行った批判に苛立っていた、ということである。

過去三年間の進捗状況はあなたが推測されるほどには悪くないと思っておりますし、何か非難さるべき点があれば、私なりに受ける用意があります。

一八一六年十二月六日

リチャード・マニング

私が最後に差し上げた手紙の終わりの部分が理解できないとの仰せですので、説明しましょう。つまり、私がケイプ訴訟を引き受けたのはあなたの指示に従ったまでだということです。それに私はあまりいい気はしなかったが、とにかくすべては君ロバートのご意向次第、ただそれだけだった、ということです。私はいつもあなたの愛する兄でいたいと思っております。

一八二五年四月四日

リチャード・マニング

（上に述べた一件に関して）カビ臭い権利証書の束をよく吟味し、代々の所有者から父へとどのように譲渡されたのか調べてみる必要がありましょう。仮にそれが私自身のものであれば、すぐに断念したい誘惑に駆られています。父がこのような財産を私に譲っていなければどれだけよかったことか。……私はこの二年間新しく着衣を手に入れてないし、今後二年間もなしで過ごし、焼き芋を常食とし、私にはとてもさばききれないだけの仕事で絶えず悩まされている方がましなくらいです。草だけのごちそうを喰らって平和でいることの方が、牛小屋で牛を飼って争いが起こることよりはましです。……たぶんあなたは私リチャードが理由もなしにこぼしていると言いたいのでしょう。そうかもしれません。私の仕事代は年額百ドルですが、もし私の足が悪くなく、この仕事に関わらずに済むのなら、五百ドルだって引き受けたくはありませんよ。……あなたは長い手紙をお望みだったので、それ以外のことをしなかったとしても、それはしたことになりますね。……いつもあなたの愛する兄でありたいと念じています。

一八二五年二月十九日

リチャード・マニング(22)

リチャードがロバートに対して憤っていたのは、弟がいずれは兄の雑貨店経営に参加し、マニング家全体がレイモンドに来てリチャードともども暮らすという見通しで、店の経営を拡大するようせっついたからである。一八二〇年の十二月十八日、リチャードは、ロバートがレイモンドには移住しない決定を行ったことに対し、長い怒りの手紙をしたためている。リチャードは、自分自身および家族の他の者たちがいずれはメインに移住したいという意向を示すロバートからの手紙五年分の抜粋を引用している。事業を拡大し、ロバートの家の建築を監督した末に自分ひとりだけがレイモンドに残されることになり、心から怒ったリチャードは、手紙を結ぶに当たって、いつも末尾に付ける「あなたの愛する兄」という決まり文句を省略してしまっている。

ロバート・マニングは自分の婚約者で妻となった女性には短く要件だけの手紙を書いた一方で、母親には礼儀正しい手紙を、ホーソーン家の姪たちには優しい、からかうような調子の手紙を、また姉エリザベスには心暖かくその身を案じるような手紙を、それぞれ書いている。このような調子の違いを、彼が四十歳まで独身でいたという事実と考え合わせてみると、彼の最も親愛な感情は姉や姉の家族によって先取りされていたことが分かる。多年に亘り、彼はホーソーン家の子供たちを事実上自分の子供と見なして来た。一八二八年、結婚してノース・セイラムへ引っ越した後で、彼は自分の家の隣に、姉エリザベスのために家をもう一軒建て、約四年間住まわせた。ナサニエルの母とその弟との特別な親近性は、少年をまごつかせたことであろうし、無意識のうちに心の平穏を掻き乱すものでもあったはずである。

二人の姪たちは叔父から愛情に溢れた世話を受け、また彼女らも同様の応答を行ったが、マリア・ルイーザと叔父は特別心温まる関係にあった。

親愛なるルイーザ

　君は叔父さんが君に会ってキスしたがっていることを知ってるかい。君が私に会いに森まで来てくれないと、私が家に帰らねばならなくなる――どうももう一年も家を離れているみたいだよ。家に帰ったら君はお母さんみたいに立派で大きくなっていることだろうね。だから腕に紙でも貼ってこれが私のかわいい娘だと分かるようにしてくれなくちゃならないよ。エビーとナットにいい子にしてなさいと言い、君のお母さんには君をバスケットに入れ、ナットの手押し車に乗せて彼に押させ、私に会いに来るよう頼んでみてくれないか。ルイーザ、ここは夏は心地よい場所で、あらゆる種類の小魚や野性の鳩やイチゴ類それに砂糖梨が採れるんだ。しかしね、小さな子供たちが通える学校がないんで、それが知っての通り悪いことなのだよ。だから君が大きくなったらここへ来て学校を経営し、小さい子供たちに読み方を教えてもらいたいね。彼らは学びたいんだが、親たちが教えられないのだよ。そこで子供たちは野原を狂ったように走り回り、イチゴ類を摘んだり遊んだりして幸せそうで、私もああいう子供のひとりになりたいと思うくらいだ。ところでナットは私に戦争と私掠船についての手紙をくれようとしないね。彼はジョン叔父さんが家に戻って来て話をしてくれるのを待っているにちがいない。……その時にはR叔父が家に戻るだろうし、そうなれば散歩もお話も乗馬もたっぷりできるというものだが、まあそれはそれとしよう。短い手紙を書こうと思ったのだが随分長くなってしまったものだ。それじゃ、叔父さんが喜ぶように、良い子にしているんだよ。

　一八一三年八月十三日、レイモンドにて

ロバート(23)

三人の子供たちはみな良い子にしなさいという忠告を十分に受けたが、キスやたっぷりした散歩やお話や乗馬はルイーザだけに与えられたものだった。マリア・ルイーザは手紙をたくさん書いて、一緒に散歩できるよう家に帰って来てくれとせがんだり、自分が世話をしている草花について語ったり、また彼女は他の者たちに頼んで叔父の消息を聞きたがったが、それはプリシラの「あの子はあなたについてありとあらゆる状況をとても知りたがっていて、いつあなたがお帰りになるのかしきりに尋ねますのよ」[24]という報告にも表れている。御しやすいルイーザとロバート・マニングの特別な関係が示唆するのは、彼の甥同様、彼も要求の少ない、従順な女性たちを好む傾向があったということである。

ホーソーン家の三人の子供たちに対するロバートの認識に差があり、また彼の三人との関係にも差があるのは、一八一四年七月のプリシラへの手紙にも表れている。

ナサニエルが不幸（足の怪我）に見舞われたことには心から同情する。彼は辛抱して最善の結果を期待せねばなるまい。彼が良い子にならねばならぬと言うつもりはない。彼に義務を思い起こさせる必要はないからだ。彼には長い手紙を、ルイーザには子羊についての手紙を、またエ（ベ）には自分で筆を執って取り組めるようなロマンティックな多くの景色について手紙を書くつもりでいる。[25]

ナサニエルへの、またナサニエルについてのロバートの手紙は子羊やロマンティックな景色、たっぷりの散歩やお話などではなく、服従、義務、それに教育の重要性についてのものであった。一八一九年、少年の母親に宛てて、ロバートは「今週ナサニエルにはあなたへ手紙を書かせようと思っていましたが、学校のことで忙しく一晩つぶしてしまうやもしれず、来週書かせることにしました」[26]としためている。この叔父はナサニエルが母に書く手紙までをも管理したのであった。

ナサニエルの学校での成績について家族の者たちはロバートに報告し、叔父を頼ってもっと精を出せ、わがままを言うなと叔父から言ってもらおうとした。ロバートが少年に宛てた手紙には、少年からあまり手紙が来ないことへの不満、少年の「善良さ」（これは概して勤勉さと服従を意味した）への期待と信頼、それに少年の未来の仕事への懸念が交互に表明されている。彼はナサニエルのことを姪たちのこと以上に心配していたので、そして恐らくは少年が自分に対して反抗心を隠し持っていることを感づいていたので、より厳しく接し、この甥には自分の性質中で比較的慎重な側面を見せていたのであった。

叔父ロバートはルイーザに対しては学校に行く必要のない幸運なレイモンドの子供たちへの共感、つまりナサニエルも直ちに共有したはずの気持ち、を述べ得たにも拘らず、この少年に対しては自分が「悪い癖を直すために是非とも必要な規律と服従」を好むことを伝えたのである。ロバートの規律への情熱はまた、自分の果樹園のためにつけた几帳面な記録や、果樹栽培への彼の分類学上の貢献ぶりにも表れている。彼は独学独行の人で、科学的な方法論や事業経営で成功を収めているが、こまごまと物事を整頓する生まれながらの能力とかなりの知力に恵まれていたに相違ない。健康に恵まれず、遺伝性の肺臓疾患を抱え、終生頭痛にも悩まされてはいたものの、彼は活力に溢れていて、それにより、彼の甥ナサニエル特有の無気力を浮かび上がらせていた。[27]ナサニエルの物事に対する受け身でものぐさな態度は、ロバート・マニングの活動的な手腕の前では、叔父にとってはもとより、少年自身にとっても殊更男らしくないように思われた。結果として生じた自己不信はホーソーン生来のプライドと絶えず衝突することとなった。

ナサニエルは、叔父ロバートの世俗的な手腕と接することで、また叔父の批判を直接言葉で受けたり暗示の形で伝えられたりすることで自分の存在が先細りしてゆくのを感じ、自分が他人に試される状況を恐れるようになった。ボウドン大学の入試に臨む前に、彼は母に「僕は大学に行けるとオリヴァー先生が仰しゃっているので、ロバート叔父さんは何も懸念するに及びません(28)」と書き送った。この試験についてはロバートが説明しており、そこでは失敗するかもしれないというナサニエル本人の懸念が強調されている。

ナサニエルはオリヴァー先生の紹介状を持ってエヴァレットさんを訪問した。エヴァレットさんは彼とども私に会いに来て、そのまま続いて学長室に行ってナサニエルを紹介した。試験は二時に行われることになった。道中ずっと彼は自信なげだった。学長室から戻った後も、彼は合格しないと決めていて、すぐに戻る準備をしてくれとせがんだ。私は彼をできる限り励ました。二時に彼は試験に臨み、一時間すると戻ってきたが、試験は終わっており、合格していて、寮のルームメイトも決まっていた(29)。

一八二一年十月五日

叔父のダイクがボウドン大学を訪れ、その後卒業を間近に控えたナサニエル宛てに書き送った賞賛に満ちた訪問記は、家族の期待に応えねばならぬのを恐れる若者にとって、妙に不快なものであった。不満に満ちた彼の手紙は、叔父ロバートの存在がどれほど人から裁かれることへのこの恐怖に大きな役割を果たしているかを、珍しく率直に表明している。

　ダイクさんが私のことを書いてくれた訪問記にはあまり満足していません。うちの人々は以前から私の才能を過大評価し、恐らく期待もしてきたのでしょうが、私はまったくその期待には添えません。私はこの問題をよく考えた結果、最終的にこういう結論に到達しました。つまり、私は世間で立派に見えるようにはなるまい、また私が期待し、望みもするのは、ただ大勢の人たちととぼとぼ歩いて行くことだけです。あなたからお褒めの言葉を頂きたくてこんなことを言っているのではありません。ただうちのみんながえこ贔屓から間違った認識を持っているので、それを母さんにも、それ以外の人たちにも直してもらいたいからなのです。私に対するロバート叔父さんの立ち居振る舞いには私の能力をあまり高く評価していないのがはっきり表れていますが、彼の評価がより真実に近いと確かに思いました。(30)

　一八二五年七月十四日

人の評価から身を隠したいというこの望みは、後に一般大衆の認知を渇望する彼の気持ちと衝突することとなったが、その時彼は、物語は発表するが、匿名もしくは偽名でそれを行うことで妥協を図ったのであった。

## 子供たちの目から見たマニング家の人々

一八一六年から一八二二年までホーソーン夫人がメイン州に住んだ時期は、子供たちはみなしばしばその母のもとを離れ、殆どいつもハーバート・ストリートのマニング家で暮らした。ナサニエルは学校通いのために一八一九年にセイラムに戻され、それ以後は自分の時間の大半をそこで過ごしたが、一方彼の姉妹はメインとセイラムの間を行ったり来たりしていた。三人とも母親がいないのをひどく寂しがったが、それでも母にはメインにいてほしいと嘆願した。というのは、そこにいれば彼女は誰にも仕えずに済むし、また子供たちもマニングの監督から逃れられるからであった。子供たちは彼らの伯(叔)母たち、伯(叔)父たち、それに祖母の善意は分かっていたのだが、こうした人々から絶えずとやかく言われて圧迫感を感じたのである。三人の子供たちは、母親に向かい、「横柄な」態度や、巧みな管理、そして総じて不快な雰囲気のことで、ある程度まで不平を漏らしている。大学受験のためにセイラムへ戻ったナサニエルが漏らした不平は「絶え間ないあら探し」に関してのものであった。

オリヴァー先生は次の入学時には僕が大学に入れると考えておられましたが、ロバート叔父さんはとにかく一生懸命勉強する必要があると考えています。受験勉強はうちでやっていて朝の七時から習ったことをそらで先生に言ってみせるのです。ひどいホーム・シックです。メアリー伯母さんは僕に向かってしょっちゅう小言を言います。お祖母さんは僕に愉快な言葉をかけてくれたことがたった一度さえない。自分を弁護しようとして何か一言言おうとすると、お前は生意気だと怒鳴られます。しかしあと一年半は我慢できるでしょう。そうすればあの人たちから離れられますから。あの人たちの絶え間ないあら探しがもたらすただひとつの良い結果。それは僕に復讐心を抱かせ、そのことで自分の勇気が維持できることです。お母さん、ルイーザが学校に行くためにこちらに来たら、彼女をダイク夫人の家に下宿させてやって下さい。そうすればM伯母さんもルイーザを支配できませんから。しかし、誰もあまり早くこちらに来ない方がいいですよ。(31)

一八二〇年三月七日

伯母のメアリーが気遣いを見せ、ホーソーン一家に宛ててナサニエルの健康や福利、ルイーザの食事、教育、衣服などについて良心的な手紙を書き送ったことへの報酬は、子供たちの心の中で彼女が「悪い母親」と化し、対して遠隔地に住む実の母親の方は理想化されていったことであった。レイモンドの地はナサニエルにとって、自分の愛する母親だけが統括するエデンの園へと急速に化していったため、彼女をセイラムに戻そうとするマニング一家の努力に彼は憤った。彼が母に対して述べた言葉を借りれば、セイラムに戻れば彼女は「マニング嬢の権威に屈しなければならない」のだった。[32]

確かに、伯母メアリーの意志はしばしば作家の母の意志を実際支配したし、彼女はまったく力強い女性で、エリザベス・ホーソーンが席を外したために残された真空地帯へとその母性本能を怒涛のように流れ込ませたのである。しかし、ナサニエルが繰り返して述べ立てる不平不満を説明するのは、伯母メアリーの側での深刻な過失というよりはむしろ彼の側での母親交替を巡っての心の苦痛である。これら二人の母親像に対照的な役割を着せながら、彼は現実を神話へと変容させる処理を行っていたのだった。後にはこうした家族の神話をさらに小説上の神話へと変容させてゆくことになる。

ホーソーン家の子供たちのうち一番年長にして傲慢なエリザベス、また家族が用いた呼び方に従えばエベは、いつも人を自分だけの基準で判断した。次に掲げる手紙で、彼女は子供たちが体験した限りでのマニング家の雰囲気を十分に伝えている。エベが開けっぴろげにマニング家の労働倫理を侮ったこと、生活時間や雑用仕事に関して一切折り合わぬ態度を示したこと、またこうした事柄を軽蔑する姿勢を隠そうともしなかったことなどから、彼女には一家の者たちのしかめ面とお説教が一段と集中したのかもしれないが、彼女の不平不満がナサニエルやルイーザのものと異なるのは、それが分析的調子を帯びている点だけである。以下の手紙を書いたのはエベが二十歳の時で、他の二人よりもマニング家が「自分の福利のために気を遣ってくれている」ことをよく認識できていたのだが、この気遣いは不幸にもマニングの者たちが、どういうタイミングで説教したらよいか、どういう問題を選んで小言を言ったらよいかという「管理術を理解」できなかったことにより台無しになってしまった。めったやたらと叱ることで、マニング家の者たちは、預かった子供たちの注意と尊敬を失い、彼らにレイモンドののどかな雰囲気や彼らの甘い母親の統治管理への思慕を募らせる結果となった。以下における「友達」とはマニング一族を指すものである。

親愛なるお母さん

私は金曜にマリアの手紙を受取り、あなたがセイラムへ来られるつもりと知って大変残念に思いましたが、あなたの決意は変わらぬものと思います。ですがこちらへ戻って来られて一週間も経てばあなたが今ののどかな家を去ったのを後悔することになると私には分かっています。人付き合いはすてきなものだと言われていますが、これがもたらすすべての楽しみをもってしても、ここの家族の中で強要されて送る騒々しくも乱れた生活を、たとえほんの少しでも償ってくれるだけのことすらできないでしょう。私もレイモンドに残っていたらよかった。毎日、一日中、レイモンドにいたいわ。というのも、ここの家に三十分もいれば、私の耳に長くて厳しいお説教が飛び込んできます。多分その通りなんでしょう。しかしどう見てもそれらはこの上なく賢明さを欠いていて、タイミングも悪いんです。確かに多くの場合、私は間違っていますが、たとえ私の間違いがすべて犯罪だとしても、私の友達が私の行いに対して浴びせかける指摘や、私に対して用いる言葉だって、今ほど過酷なことはあり得ないでしょう。私が家族のうちの誰かと話をしようとすると、またほんの少しでも質問すると、答と一緒にいつも非難の言葉が返って来ます。知的、道徳的に自分たちは優れているとする彼らだけの考えを作り上げているのは肉体労働です。だから天使だって、もしも綿毛混紡のガウンとチェックの前掛けをしてやって来て、洗濯桶のところに名誉と威厳ある位置を占めるのでなければ、決して彼らの賛同は得られないでしょう。……私が家にいると、ここの家族はみな揃って、私が「こんなに天気がいいのに家の中でふさぎ込んでいる」のに驚愕を示すし、二日続けて外出すると、やっぱり同じく当然のことのように、また上品に、私が「表で延々と長話をする」と言って責めるのです。私が長話をするとしても、責められる点は、残念ながら全然話し相手としてふさわしくないひとりの人にばかり、私が注意を向けているということなのです。私は彼らを満足させることはできないでしょうが、こうしたことはみな親切から行われ、言われているのだと思うし、私の福利のために本当に随分気を遣ってくれているのだと思います。でも彼らは管理術が分かっていない。私は人に支配されたり管理されたりするのは本当に何でもないの。でもうまくやってくれなきゃ。それにあからさまに責められたり、嫌なしかめ面を見せられるのは御免だわ。

一八二二年五月十四日、セイラムにて　　　あなたの愛する娘　E・M・H[33]

## 敬虔さと用心深さ

強健にして敬虔、事業も繁盛し、独善的でもあるマニング家の人々は、バターや卵や小麦粉の価格の最新情報や、基本食料品および反物をメインでもセイラムでもどちらでも安い方から船積してほしいという注文などとともに、自分の宝物はシミに喰われたり錆がわいたりして台無しになってしまうところには積んでおかぬようにという精神的な忠告も、彼らの手紙の中に織り込んでいる。彼らは物の価格は何でもすべてよく知っており、宗教的な事柄の価値を忘れないよう誠実に努力をしたが、彼らの忠告の中には敬虔さと用心深さとがうまく混ざり合っている。

メアリーの手紙の中には宗教が事業やその他の実際的な事柄と愉快に混ぜられている事実が見受けられるが、一八一三年に彼女はリチャードに宛て、以下のように忠告を送っている。

親愛なる弟、あなたの暮らし向きが順調と伺ってとても嬉しく思っております。レイモンドに到着されて最初のお手紙を受け取った時はとても不安に思いましたのよ。……幸福への第一歩として小言を申しますが、安息日はしっかり厳格にご自分で守り、あなたが影響を及ぼしておられれかねない人々の逸脱行為には決して賛同なさらぬよう。〔それからメアリーはリチャードに羊毛と亜麻とを、値段が許せば送ってくれるよう頼み、手紙をこう結んでいる〕初めてのお客様のことと同じくらいに事業にも気を配って下さいね。というのも、それこそ友人を失わない秘訣なんですから(34)。

ナサニエルは、大きくなって相手にやり返せるようになると、伯母メアリーをその宣教師的熱意と独身だということでからかっては喜んだ。大学から彼は彼女に手紙を書いて、メイン州ブランズウィックでの信仰復活運動を話題にし、「不幸にしてまだそれは大学にまで届いていません」と付け加えている。布教クラブも既にキャンパス内で作られてはいた。「しかし、大した奨励の動きは出ていませんん……私もクラブの一員だとお聞きになればあなたもお喜びでしょうが、私流に真実はどうかと言えば、どうしてもその一員ではありません。」やがて行われる予定の叔父ロバートの結婚式に出席できないことに遺憾の気持ちを表しながら、ナサニエルは悪戯っぽくこう付け加えた。「せめてあなたの結婚式の招待状は僕に忘れずに下さるよう、なにしろ結婚の知らせが届いても驚きはしませんので、そうして下さることを希望して我が身を慰めることとします。エリザベスによれば、あなたはユーファム氏ととても深く愛し合っておいでとか。あなたの情熱は報いられていますか？」[35]

優しい心遣い、敬虔さ、それに事業報告がマニング家の女たちの手紙には溢れている。男たちは概してお互いの健康や安寧について当たり障りのない問いかけをした後で複雑な商売上の利権の話へと移る。現存する帳簿が示すのは、リチャードとロバートが、メイン州での何千エーカーという土地の売買のことだけでなく、リチャードの父マニングの遺産の管理運営、駅馬車業、ロバートの周旋事業、彼の大規模な果樹商売など多岐に亘る事柄をしっかり追っていることである。

家族のいろいろなメンバーによる金銭上のやり取り、支出や経費はすべて注意深く記録され、説明が施され、すべてが適切に認証された借用証明書や略式借用書、それに約束手形の形で、リチャード・マニング遺産の各自の持ち分への払い込みや、その持ち分からの支払いなどが行われている。どのような寄贈であれ、奉仕活動であれ、この価格算定式の取り扱いにとって考慮外ということはあり得なかった。

マニング家の会計が示すところによると、ホーソーン夫人は自分と子供たちの食事代を遺産の中の彼女の持ち分から払うよう請求を受けていた。ロバートは一八一三年に父が死んだ時点から一八二四年まで、弁護士の助けを得ながら母に代わって自分が事業を担当したとして、また「セイラムからレイモンドまでとレイモンドからカンバーランド及びオックスフォード郡の各地までの移動に私の軽装馬車と橇を使用した（百五十ドル分）」として、母親に請求書を送っている。これとは逆に、ロバートは貸馬車業のためユニオン・ストリートの建物を借用した料金を母親に支払っている。サミュエルはノース・セイラムまでの物資を運んだ手間賃として三ドル、また砂利代と家屋の修理代として二ドルをメアリーに請求している。メアリーは、父の家屋敷の使用料として「一八二三年の四月十九日から一八二六年の十二月十九日まで、二年間は週一ドル、八ヶ月間は週二ドルと算出し、私の母方の者に㊱」として請求書を送り、プリシラの夫がレイモンドからセイラムまでお金を運ぶ度ごとに五ドルを受け取るのであれば、自分も同じ報酬を受け取る資格があると不平を述べている。彼女はウィリアムに八年分の利息、賃貸料、洗濯代、修理代、衣料製作代として二千四百六十四ドル四十七セントを請求した。ウィリアムはリチャード、ロバート、メアリーから金を借り、これらの借金のひとつひとつについて約束手形に署名を施している。彼はあわれにも商売上の被保険者となり、貸馬車業の持ち株の一部をロバートに売却せねばならなくなる。一八三七年、ロバートはウィリアムのために自分が裏書きした不渡り手形の支払いを迫られることとなった。

長命の厄介者、ウィリアムに対する家族の態度は、マニング家の価値観をよく表している。リチャードは責任問題に良心的で、お金の融通には過度なほど几帳面なため、この金遣いの荒い兄は許し難かった。一方メアリーは、遺書でホーソーン家の人間たちを無視し、財産をみなウィリアムに移譲したが、信託の形にしてそれに安全装置を施した。先見の明はないが気前のよいウィリアムは、マニング家の人間中ただひとりホーソーンがその後何らかの返礼をすることになる存在であった。幼い頃によくお小遣いをそっと渡してくれたこの伯父のため、ホーソーンは一八五九年、友人で大統領のピアスに宛てて彼を紹介し、セイラム税関で職を得られるよう取りはからってやり、[37]実際に管理人の仕事が与えられた。これより前、ホーソーンは出版人ティクナーに「老いて貧しい私の親戚のW・マニングのために……百ドルまでの範囲でセイラムのジョン・ダイクの為替手形を払って[38]」ほしいと要請している。これほどの晩年に至るまでお金を直接伯父ウィリアムの手に渡すことには慎重さを見せながら、なおホーソーンは、自分のマニング家への負債を、その価値観を一番反映していない伯父に対する好意という形で返そうとしたのであった。

## マニング家の感受性

マニング家の人々は、確かにお金や事業に意を注いだとはいえ、想像力や感受性を排斥したわけではなかった。リチャードが何年にも亘ってロバートに送付した念入りな財政報告書は分かりにくいものであったが、それは彼が家族の者に、レイモンドという辺境の町では入手できない快適装備品や娯楽品の数々を購入してくれるよう依頼したからであった。売薬や衣料品に加え、リチャードは絶えず週刊誌や、小説、歴史本、旅行の本、伝記などを要求した。彼の多岐に亘る興味・関心は、ロバートに宛てて書いた手紙の以下の抜粋からそのほんの一部分が偲ばれる。

私が欲しい書物やその他の品目のリストを送れとのこと。今思いつくのは以下のものだけです。小説『田舎屋の娘』、歴史および文学の逸話集、ヘリオットのカナダ旅行記、魔女狩りまたは占いの本（私の気紛れを笑うなかれ）、ジェリフスの新案利率表、ボストンのウィリアム・キダーズにある五十セントの粉末ナトリウムを一瓶、また出来ればでいいのですが、モーガンの店にある銀製テーブル・スプーンを二本。貴兄のメイン州サリヴァン地方案内図を持参されるよう。ウィリアムには小型辞書を私に貸してくれるよう言って下さい。使い次第返却の予定です（もっとも、使い次第返すなんてここ何年もやってませんが、彼にはこんなこと言わないで下さい）。

一八一四年五月十六日

私の取っている『ボストン・イヴニング・ガゼット』と『エセックス・レジスター』のそれぞれ一年分の代金を払ってもらえるといいのですが。またエリシャ・ドゥエルの店で幻灯機を一台買って下さい。……またマンロー・アンド・フランシスの店でコミック・カードをひと揃い、またディクター・キチナー著の『料理人の御託宣』、ガーデン大佐著の『革命的アメリカン・ヒーローたちの伝記』、それにサラ・ウェントワース・モートン著の『我が精神とその思考』、そして『ニュー・イングランド・テイル』、みんなマンロー・アンド・フランシスにあります。

一八二三年一月二十八日

ロンドン、ボストン、セイラムの新聞をどうもありがとう。あまりひんぱんには巡り会えるはずのない楽しみです。見ているだけでもう殆ど満ち足りた気分になってきます(39)。

一八二四年三月三十一日

彼は「イオリアン・ハープと予備の弦一式」や「飛び切りの偽カシミア製ショール」を要求したり

さえした。リチャードのリストのひとつには、メアリーが次のようにいかにも彼女らしい要望を追加している。「監獄での訓練についての本の一冊、およびパースン博士の節酒についての講話。」[40]
リチャードが読書の愉しみに「耽った」結果は、彼の手紙が次第に変化を遂げていることに表れている。当初は機能本位でビジネスライクだったものが、何年かを経るうちに、急速に文学的になったのである。時には自作の格言を説明するためにちょっとした詩を添えてみたり、地元のニュースを文学的言及で飾ったりした。専横的な郵便局長が罷免されたことについて、彼は一八二八年、ロバートに宛てて「シーザーが死んだ時にブルータスが言ったように（正確な台詞は思い出せないが、それはこう終わる）、彼の野心に死を、と言える」と書いている。またロバートに子供が出来たことを祝っては、一八二九年に「君もレベッカも長生きして、子どもや孫たちが君の食卓の周りに植えられたオリーブの木みたいにスクスクと成長するのを見守れるよう……祈る」と書いている。[41]
この抜け目のない事業家一家も感傷にひたる傾向と無縁ではなかった。リチャードにマリアの死を伝えるプリシラの手紙はその類では珠玉の一編である。

悲報をあなたに伝える役目が私に与えられました。最愛の姉マリアを私たちは亡くしました、マリアはこの世を去ったのです、彼女ほど善良な人を求めようとしても求められるものではありません。彼女は今日の午後、友人たちに抱かれながら息を引き取り、その信仰生活に偽りがなかったこと、つまり神こそ信じる人々の支えとなることが証明されました。彼女の臨終の言葉は、これは神の御意志なのです、神は称えられるべきかな、私の救い主、彼の貴重なる血こそ、私の希望の礎です。私の望みはすべてかなえられました、神は善良であり、私はその子供です、世界は無、私にとって無なのです。彼女は私たちに口づけをし、神の栄光のために生きよと言いました。私たちがみなそうすることができますように、私たちが、いつも心の準備をしておくようにという、この戒めの声を聞けますよう——彼女が死んだ時にいかに心が平和であったか、それは見る者に慰めをくれましたが、それをお伝えしないで、こんな悲痛な知らせをあなたにお送りはできません。すべての慰めの神がこの悲痛の時にあってあなたを支えて下さいますよう。私たちみなが潔くこれを心に銘記できますよう。私たちのために祈りを捧げて下さい。

一八一四年五月二十日

あなたの愛する妹、
プリシラ・マニング(42)

恐らくマリアを除けば、プリシラがマニング家の人間たちの中では最も教養があり、また文学的でもあった。彼女の手紙には、意識的な美辞麗句の使用、細かな事柄への注目、自分がいない場面を想像する能力などが表れている。厳しい冬を眺めながら、彼女はエリザベス・ホーソーンに宛て、次のように書き送っている。「先週、樹木がこの上なく美しい様子を見せました。枝は氷で覆われ、その重みで地面に届くほどに曲がり、あるものはシャンデリアを彷彿とさせるほどに垂れ下がりました。わらほどの大きさの小枝や雑草が一インチの厚さで覆われたのです。エリザベスが見たらとても喜んだことでしょう。」

一八一六年、プリシラはロバートに宛て、レイモンドのホーソーン一家が目に浮かぶような手紙を書いた。「ベッツィは心配そうにそこに居を定めることになるのかを尋ね、エリザベスはあたりの風景を眺めています。なにしろ彼女の想像力はこの風景に魅了されてしまい、無関心のままで彼女と別れたわけでない友達と縁を切っても後悔していないほどなのです。ナサニエルとルイーザは、ラム家の人々のところを訪れ、小川を愛でたり、――あなたといっしょであるかのように、あなたの身辺の興味あるものすべてを発見したりして。」想像の世界で、彼女は自分の母親がそこを訪れている模様を再構築した。「あなたがお出掛けになった時から、私たちはあなたがどこまで行かれたかを思い、雨で足止めされたのではないかと心配しております。……私たちはそれから想像で、あなたがたが一堂に会し、わたしたちがそちらにいて、あなたがたの会話に耳を傾けていたらいいのにと願っておられる様を思い描きました。[43]」

リチャードが本好きで、イオリアン・ハープを欲しがっていたこと、ロバートが果樹栽培に関わっていたこと、そしてプリシラが文学熱に燃え、視覚的想像力を持っていたことなどが、恐らく、エリザベス・パーマー・ピーボディーが「マニング家の感受性」という言葉に込めた意味であったろう。完全に詩人であったとは言えないまでも、彼らはただ単に帳簿係という人々ではなかったのだが、ナサニエル・ホーソーンは彼らを第一に帳簿係として捉えていたのである。ホーソーン家の子供たちの中で比較的芸術を理解するタイプの二人についての彼らの認識、および彼らへの応対には差があったように思われる。彼らはエベが自然美への感受性を持っていることは認め、彼女が日常の雑事を傲慢な態度で拒むのを不承不承受け入れていたが、ナサニエルを単調な仕事でこき使うことはやむなしと感じていた。ロバートはナサニエルを刃物師のところに奉公させようと考えていたし、ウィリアムは彼を帳簿係として使い続けることを考えていたが、ナサニエルの先生が、この子は大学に行かせて専門職に就けるべきだと二人に説得するに及んでそれは断念された。エベとナサニエルへのこうした接し方の違いは、男と女とには彼らが異なる期待を抱いていたことにより、部分的には説明できる。つまり、感受性の養成は女性には許容される贅沢だが、世間での重要な立場を務めねばならない男性にとっては許容されぬものだった、というわけである。

こうした性差による通念に加え、二人はマニング家の人々にも違った印象を与えていた。エベは自分が家族の価値観とはそりが合わぬと横柄にも言いふらしていたのに対し、ナサニエルはそれを心の中にしまい込み、人には言わずにいたので、御しやすいように見えたのだった。最終的には自分は芸術家になろうと決めたものの、彼の心の一部は実業家になってほしいという家族の期待に同意を示した。というのも、彼は自分が著作を行ったり、その後いろいろと読書をしたのをマニング家の人々からは隠していたからである。彼の母親と姉妹たちはこの両方について知っていたが、彼は自分のこの部分はマニング家の監督や批判から守らねばならないと感じていた。彼の心配が不当なものであったとしても、またその可能性は十分あったにしても、なにしろ彼はマニング家の人々が賛同せぬものがどのようなものかを、幼い頃既に骨身に染み込ませてしまっていたものと推測される。マニング家の人々はナサニエルに比べ、自分たちの本性の中の不調和な側面をうまく調和させることができたらしい。一八二〇年、エベに宛てた手紙に見られる芸術家と商売人との間での分裂（「誰も詩人と帳簿係とに同時にはなれない」）なるものは、恐らく彼自身の望みとマニング家の期待との深刻な対立もさることながら、対照的に経験を解釈するという彼なりの手法に基づくものでもあろう。

駅馬車屋の事務所で伯父のウィリアムの求めに応じて帳簿係と代書人役を数年間務めたナサニエルは詩を書くことを事実上止めていた。マニング家の事業への関与は、野心的な詩人によって拒否されたかに一見みえるものの、まったく無駄というわけではなかった。ホーソーンの小説には繰り返し繰り返し対照的なタイプの男性が対立関係を成して登場する……オーウェン・ウォーランドやクリフォード・ピンチョンのような、感受性が鋭く、世間離れした芸術家が、ピーター・ホーヴェンデンやピンチョン判事のような有能で出世した実業家と対峙するのである。こうした両極端の男性の提示は、広く認められるところとなった金髪と黒髪という両極端の女性の対比と同じくらいしばしば繰り返して現れてくる。

出世を遂げた、世慣れた常識人は極めてしばしばマニング家の当初の職業だった鍛冶屋と結びつけられている。オーウェン・ウォーランドの愛するアニーに、結婚を申し込んで成功するロバート・ダンフォースは鍛冶屋である。アニーの父親ピーター・ホーヴェンデンはこの世俗的な職業を次のように言って称える。「わしは金職人の何たるかを知っている。しかしわしはやはり鉄の職人がよいわ。そいつは労働を現実に向けているのだから……鍛冶屋がむこうにいるオーウェン・ウォーランドのごとき愚か者だったためしがあるかね?」(X、四四九)『雪人形』の常識人たる父親のリンゼイ氏は金物屋で、特に鉄製の鍋を商う者である。こうした人々が鉄に関心を抱いているという事実は、ホーソーンが「現実的」と考えるものと彼らをまったく容赦なくしっかり結びつけていることを示す——鉄こそは最も密度の高い種類の物質であり、いかなる「観念」という混ざり物とも溶け合ってはいないのである。ピンチョン判事を容赦なき物質と結びつけようとして、ホーソーンは彼の「動物的成長」、彼の肥満、彼のどん欲、それにいとこのフィービーにまで手を伸ばそうとする彼の性欲を強調する。「魂を鉄で強化した」この判事は、誇らしげに「私は夢見るような種類の男ではない」と独り言を言う。(Ⅱ、二三五)

ホーソーンの小説でドラマ化されている対立は彼自身の性格の中に宿っていた。彼は作家になりたかったのだが、自分が収めたいくつかの世俗的な成功を相当誇りに思ってもいたのであった。彼の妻は彼を百パーセント詩人と考えてゆくことになるが、彼が妻への尊敬を込めて自ら帯びた役割は、妻の天使さながらの性質を汚すようなむさ苦しい事柄から妻を守る、世慣れた実務家なのであった。ブルック・ファームの理事や、その財務委員会の議長にと選任されたことに伴う彼の喜び様は、帳簿係が彼の中で残存していたことを物語る。ブルック・ファームからソファイア宛てに彼は次のような手紙を書いている。

最愛のソファイア、君の夫は昨晩選挙で二つの要職に就くことになったんだ——つまり、ブルック・ファーム不動産の理事、それに財務委員会の議長というわけだ！！！　君がこれまで僕の事務能力を、見識ある他の人たちよりも低く見積もってきたのを今や恥ずかしくは思わないか？　僕の務めることになる役職の性格からして、共同体の金銭問題すべてに主だった指示を与えることになるだろう——契約の締結——領収証や各種支出の管理など、など、など。僕をあの下らないごろつきの出版人と取引するにふさわしくない男だと言った君には、こんなことは思いもよらなかっただろう。予言者も仲間たちの間では面目丸潰れだし、妻の判断によるところの資本家も面目丸潰れなのだから[44]。

自分が「こうした堂々たる役職に就いたこと」をどれほど彼がユーモラスに誇張して述べているにしても、彼が満足を感じていたことは間違いない。

彼の作家経歴は詩人と帳簿係との間で繰り広げられる絶えざる緊張を示している。自分が職に就いている間、彼は殆どあるいはまったく物を書くことをしなかった。そして『税関』で述べているように、輸入品検査官の「首を切られ」ざるを得ないはめになり、著作を再開できるまでには間があった。そして実際著作を開始すると、彼の中の実務家的部分がいつも芸術家の部分を侵食し、まずは匿名あるいは偽名で出版し、次いでは自分自身と彼の芸術家的登場人物たちの多くをも皮肉を交えつつ安売りするという仕儀に至ったのである。

かくして問題は、自分の職業を軽蔑しているのではないかと作家が想像し恐れた先祖のピューリタンたちに留まるものではなかった。「物語本の作家だと！　それはいったい人生にどんな用があるというのか？——神を称えるとか、その時代の人類の役に立つということでは、どれほどの力になるというのか？　何とも堕落した野郎だ。あんな奴はバイオリン弾きにでもなった方がましなくらいだ！」（I、一〇）彼は同じ評価がもっとずっと身近で下されるのを恐れていた。つまりその評価は自分自身からでもあり、またその価値観から自分が絶対に逃れられないマニング家から下されるのではないか、というものだった。『税関』のこのパラグラフの最後の文章は次のように書き換えて読むこともできるだろう。「だが彼には好きなようにマニング家の連中を嘲らせておき給え。どのみちマニング家の性質の強靭な部分が彼のものと折り合わされているのだから。」

## 注

（1） 本章の改訂版は「ホーソーンとマニング家（Hawthorne and the Mannings)」と題して雑誌『アメリカン・ルネサンス研究（*Studies in the American Renaissance*)』(1980): 97-117 に掲載された。リチャード・マニングがメインに移り、エリザベス・ホーソーンがその地に逗留することになったことから来る幸いな結果のひとつは、マニング家の文通が増えたことであり、それによって彼らの性格や互いの関係を再構成することが可能となったことである。

（2） Vernon Loggins, *The Hawthornes: The Story of Seven Generations of an American Family*（New York: Columbia University Press, 1951). ロギンズはニコラス・マニングがセイラムにやって来たのは一六六二年だとし、ウィリアム・ホーソーンがやって来たのは一六三〇年または一六三三年だとする。ランダル・スチュアートは、マニング家の人々がイギリスを出たのは一六七九年だと言っている。

（3） Joseph B. Felt, *Annals of Salem,* 2d ed.（Salem: Ives, 1845), I: 459-460.

（4） Loggins, *The Hawthornes,* p. 279. マニング家の姉妹の裁判の更なる詳細は、*Records and Files of the Quarterly Courts of Massachusetts* に見られる。

（5） 多くの著者が実際「マニング家の影響をあまり軽視してはならない」という旨の意見を述べているが、通常この問題の取り扱いはこの認識以上には進展していない。スチュアート（Randall Stewart）の言（*Nathaniel Hawthorne: A Biography*）を引用したばかりだが、彼は作家の先祖や少年時代を十二頁でカバーしている。最も新しい二つの伝記、つまりターナー（Arlin Turner）のもの（New York: Oxford University Press, 1980）とメロウ（James R. Mellow）のもの（Boston: Houghton Mifflin, 1980）はマニング家の文通を用い、ホーソーンの母方の縁者たちについて若干の説明を行おうとしている。ターナーは、ユニオン・ストリートからハーバート・ストリートへの引っ越しによって、「マニング家の人々が子供たちの密な関係を通してホーソーン家の人々」(p. 12) の代役を務めることになったと認め、「マニング家との歳月 ("The Manning Years")」と題した十一頁の章を設けている。メロウはマニング家での青春時代にもう少し注目し、マニング家の伯(叔)母や伯(叔)父の性格づけを行おうとしている。さらにメロウは時折、ナサニエルと叔父ロバートとの緊張関係にも着目している (pp. 16, 610)。ロギンズの *The Hawthornes* (1951) は伝記というよりむしろ七代にわたる家族年代記であるが、「ハーバート・ストリート ("Herbert Street")」と題する章はマニング家とホーソーン家との緊張関係のいくつかを記述している。

(6) エセックス・インスティテュート (Essex Institute) のホーソーン・マニング・コレクション (Hawthorne-Manning Collection: これ以後 MSaE と表記) 中の、レベッカ・マニング (Rebecca Manning) からガートルード・マニング (Gertrude Manning) に宛てた一九二三年十二月十六日付の手紙。

(7) July 26, 1819, *The Letters, 1813-1853*, Letter 5, Centenary Edition XV (Columbus: Ohio State University Press, 1984), edited by Thomas Woodson, L. Neal Smith, and Norman Holmes Pearson. これ以降、この書物への引照は巻および書簡番号をもって行う。

(8) エリザベス・M・ホーソーンからリチャード・マニングに宛てた一八二六年三月三十日付の手紙。ボウドン大学図書館のナサニエル・ホーソーン・コレクション所蔵。これ以降は Bowdoin と表記。

(9) 一七九九年 (MSaE.)

(10) ナサニエル・ホーソーンから母へ一八二〇年九月二十六日の手紙 (MSaE.)。

(11) 一八一六年二月二十四日付の手紙 (MSaE.)。

(12) *Dictionary of American Biography*, ed. Dumas Malone (New York: Scribner's, 1933), 12:252-253.

(13) 一九二三年 (MSaE.)

(14) Robert Manning, *Book of Fruits* (Salem: Ives and Jewett, 1838), p.10.

（15）一八一四年（MSaE.）

（16）Randall Stewart, "Recollections of Hawthorne by His Sister Elizabeth," *American Literature* 16 (1945): 319-320. エリザベスはこの怪我が自分の弟の幼年期における重大な出来事だと考えた。弟の読書癖、実業家生活への不適合、早死の予感などはこの怪我のせいだと彼女は見た。

（17）一八一四年一月十二日（MSaE.）

（18）一八一六年九月（MSaE.）

（19）MSaE.

（20）一八一四年九月九日（MSaE.）

（21）一八一八年十二月および一八二七年十一月（MSaE.）

（22）MSaE.

（23）ピアスン転写。

（24）一八一六年三月二〇日（ピアスン転写）

（25）MSaE.

（26）MSaE.

（27）ジュリアン・ホーソーンですら、父の無気力を認めている。例えば Julian I, p. 122 を参照。

（28）一八二一年八月二八日、*The Letters* XV, Letter 26.

（29）Bowdoin, *Nathaniel Hawthorne Journal* (1975); 15 にある。

（30）*The Letters* XV, Letter 46.

（31）*The Letters* XV, Letter 7.

（32）ナサニエル・ホーソーンから母へ一八二一年六月十九日付手紙（*The Letters* XV, Letter 24）

（33）Bowdoin.

（34）MSaE.

（35）Julian I, pp. 116-117; 一八二四年十一月二六日。

(36)　MSaE.
(37)　一八五九年九月十四日（MSaE.）
(38)　一八五五年十二月二十一日、ベルグ・コレクション（Berg Collection）、ここに引用したのは近刊 *The Letters, 1853-1864*, Centenary Edition XVI (Columbus: Ohio State University Press) の編者たち、ウッドスン（Thomas Woodson）、スミス（L. Neal Smith）、ピアスン（Norman Holmes Pearson）が提供してくれたゼロックスコピーからのものである。この巻への引照は今後日付のみにて行う。
(39)　一八一四年五月十六日、一八二三年一月二十八日、一八二四年三月三十一日（MSaE.）
(40)　MSaE.
(41)　一八二八年、一八二九年（MSaE.）
(42)　MSaE.
(43)　MSaE.
(44)　一八四一年九月二十九日、*The Letters* XV, Letter 213.

# 第三章　内なる環——ホーソーンの女性たち

青地に、三つの百合紋に囲まれた、ぎざぎざのライオンの頭部
——ホーソーン家の紋章——

マニング家の価値観や人々の強い個性に重圧を感じて、ナサニエルは自分の家族という内なる環の中へ逃げ込んだ。ホーソーン家の女性たちはあるがままの彼を受け入れただけでなく、他人であれば矯正したいと望むような特質ゆえに彼をとても敬愛しさえした。母親と姉と妹は、詩であれ、怠惰な気分であれ、レイモンドの原野での「射撃」であれ、彼のその時々の気分に合わせてやった。彼女たちと数年間別れて暮らしてみると、彼女たちの無批判な受容がかけがえのないものだったと痛感された。彼は母とルイーザの甘やかしとエベの知的刺激を心底求め、この上なく素晴らしいものと感じた。マニング家の人たちは彼を辛辣に批判したが、ナサニエルは「まったく何もやろうとしません。申し分のない子ですわ」というエベの評価や、「お兄さんは絶対に怠け者ではありません」というルイーザの言葉は、その批判と何と違うことだろうか。後年に自分をとても敬愛してくれるソファイアとの結婚生活の中で、ようやく彼はこのような無批判な受容を再経験し確保することができたのである。

ナサニエルに対する称賛という点では一致していたが、ホーソーン夫人、エベ、ルイーザの三人は著しく異なった性格をしていた。三人はそれぞれ彼の精神的抑制に異なった役割を担い、それぞれ女性に対する彼の態度を形成するのに貢献した。このような役割や貢献を探りながら、家族の環の中心である母親から始めて、その後対照的な二人の姉妹へと考察の対象を外側に向けて広げてゆくことにしよう。その途中で、これら主要な女性像がいかに姿を変え、一般的な文学の伝統といかに結びつき、新たに生命を吹き込まれてホーソーンの小説に登場するかを見てゆく。この章では、女性の何たるかを巡る彼の初めての体験が記憶に深く刻み込まれ、それが結婚の際の選択に結びついていった可能性の検討までを行う。

## 母親

エリザベス・クラーク・マニング・ホーソーンは、ナサニエルの初期の人生における二つの同心円の中心、すなわち核となる家族と拡大家族の中心に位置した。このおとなしい女性は彼の家族集合体の重心、すなわち男女を問わず、他の重要な人間関係との接点として捉えられているが、それはホーソーンの想像力が働くところでも働かぬところでも同様に捉えられ得るように思われる。

この少年が母親に家族以外の者の気づかない性質を付与せずにはいられなかったのは分かるが、外的証拠から判断すれば、この中心人物は威厳を備えた人間ではなかった。エリザベス・クラーク・マニングは、一七八〇年に九人の兄弟姉妹の三番目に生まれ、体系立ってはいないものの、ある程度の教育を受けた。どんな記録を見ても、彼女は美しく、優しく、信心深く、しとやかだったとされる。ナサニエルが生まれた時、あるセイラムの隣人は彼女を「美しい女性で、ひとときわ麗しい目をし、感性と表情が豊かで、……まれに見る純粋な精神の持ち主[1]」と評している。後の人生における彼女の美しさは、エリザベス・ピーボディーが次のように称えた。「ホーソーン未亡人の様子はいつもまるで、古風な衣装を身に着け、魅惑的な感性を表情にたたえて、昔の絵から生き生きと輝いて歩き出てきたかのようでした。[2]」

現代の基準からすれば、彼女の生活範囲は狭かった。一八〇一年、二十歳の時に相当の求愛を受けて隣人のナサニエル・ホーソーンと結婚し、夫の母親と姉妹の住む、通り一本隔てたところの家へ移った。彼女は三人の子を生んだが、最初の子は結婚後僅か七ヶ月で生まれた。[3]短かった結婚生活の大半、夫は航海に出て不在であり、彼女が自分自身の家庭を切り盛りする間もないうちに、スリナムへ向かう途中病没した。二十八歳までに三児の母にして寡婦となった彼女は、ひとりで自立してやっていくにはまだ経験不足だった。夫の死の知らせを聞いて三ヶ月経たないうちに、彼女はホーソーン家とマニング家とを繋ぐ裏庭を横切って、元の家族の懐へと舞い戻った。それ以外では、一八一六年から一八二二年に亘ってメイン州レイモンドにあるマニング家所有の家屋敷に滞在したことが彼女の唯一の転地の記録である。

セイラムのような船乗りの町では若くして寡婦となる運命は珍しくなかった。従って、エリザベス・

ホーソーンが夫の家族のもとに留まりやがては家を切り盛りしたり、再婚したり、その他の何らかの方法で一人前の大人として自活したりするのを拒んだことは、亡き夫の思い出にあまりにも献身的でありすぎるという伝説を生み出すこととなった。もし彼女がそのように極端なまでに献身的であったとしたら、自分と同じように彼を奪われた人々、すなわち八年間生活を共にしたホーソーン船長の母親や姉妹との絆も容易に強まったことであろう。しかし現実は違った。亡き夫が残してくれた財産は極めて僅かだったし、夫の家族とあまり反りが合わなかったので、彼女は経済的にも心情的にもより気楽な環境へと帰ることにしたのである。悲嘆にくれている時に両親のもとへ帰るのは理解できることである。しかしながら、結婚して母親となり、両親と八年間も離れて暮らした女性であれば、すなわち娘としての人生を母親としての人生に再編成する経験をした女性であれば、人に束縛されない自立した生活を必要とするものであろう。マニング家への帰還が一時的なものであったのなら、述べるべきことは殆どなかったであろうが、若く際立って美しい女性なのにこんなにも早々と娘、姉とか妹、寡婦、そして一種受け身の母親の立場に甘んじようとしたという事実は、生命力のなさや自分の能力に対する自信のなさを示しているのである。

エリザベス・ホーソーンはまた家系的な病である肺疾患や頭痛に悩まされがちだったが、それらを埋め合わせるだけの活力もなかった。セイラムとレイモンドの間でやりとりされた手紙にはしばしば彼女の健康がすぐれないことが書かれていたが、諸状況から推して彼女には情緒的な原因でこのように健康を害することがしばしばあったらしい。ずっと後になってナサニエルは、「これまで自分の人生で気持ちが乱れるたびに、殆ど決まって母は病気の発作に襲われました[4]」と書いている。夫の死という人生最初の大きな衝撃の後、彼女は心の安まる慣れ親しんだ状況に引き籠もりがちになった。彼女の態度や「神経の細さ」ゆえに、周りの人たちは彼女を守ってやろうという気持ちになった。特に弟ロバートのように彼女を守る力のある人はそう感じた。

不安や動揺や変化と無縁でいられることが、彼女にとって宗教が身近に感じられる理由であった。姉メアリーや妹プリシラほど伝道的熱意はなかったので、通常の信心においてさえ彼女には特有の不安定さが見られた。これはレイモンドにいる弟リチャードへの助言にも投影されている。「自分の気持ちを露にしてはいけません。俗事を気にしすぎてもいけません。必要なことはイエス・キリストへの関心、ただそれだけです。それを守れば天国に宝を得られるでしょう。天国では虫も食わず、錆もわかず、盗人が押し入って盗むこともないのです！〔訳者注・マタイ伝、六章二十節[5]〕」

この彼女生来の自信のなさが、夫と弟ジョンを失ったことで増幅されたのも無理からぬことであった。彼女は息子が船乗りになって海で死ぬのではないかと恐れるあまり、水泳を習うことに反対するほどであった。ただし、ナサニエルはどうにか水泳を習うことができた。子供時代を通して、海へ行ったまま決して戻らないよと脅して息子は母親の心に恐れを植えつけ、母親の気を引くことができた。ナサニエルが大学から蒸気船で帰省してもよいかと尋ねていることから推して、彼女の水に対する恐怖は一八二三年になってもなお強かったようである――「もしお母さんがボイラーが爆発するのではないかという不安を抱かなければ、僕は船で帰省したいのです[6]。」皮肉にも、ナサニエルではなくマリア・ルイーザが水難事故で亡くなる運命を辿ることとなった。一八五二年、彼女が乗船していたハドソン河の蒸気船が、恐らくボイラーの爆発によってであろうが火災を起こした。母親の恐れは、人は入れ替わったものの、この水難事故の予兆だったのである。

彼女の母親としての流儀、子供たちを世間と触れさせせつつ自分が世間の中でどう振る舞ったかについて何らかの推測を行うには、乏しい証拠を最大限に活用せねばならない。彼女がマリア・ルイーザに勧めたマニング家に対する接し方は、彼女が支援者たちの中でどう振る舞っていたかについて、少々の手掛かりを与えてくれる。母親は十二歳のルイーザに、「衣服のことでできるだけ面倒をかけないように。家にいる時はお祖母さまにお仕えして差し上げないといけません。お友だちみんなに優しく親切にしなさい。ダンスはあまり熱中してはいけません。メアリー伯母さんにあまり馴染めなくても、お母さんの言うことと同じように伯母さんの言うことを聞きなさい。(7)」このような服従と追従の教え、でしゃばらず何も期待しないようにという教えは、ルイーザのなけなしの情熱をも弱めてしまった。このような教えはエベの目に見える振る舞いも反抗の言葉も弱めることはなかったが、それらの教えは彼女の人生への期待に確かに悪影響を及ぼしたと思われる。もっとも彼女の可能性はそれよりずっと大きなものだった。

ユーナの祖母としてのホーソーン夫人の態度を後に観察した際に、作家ホーソーンは彼女の母親的特性を思い起こしている。子供を甘やかすという話題に関して、彼女は「エリザベスや私に関して何ひとつできたためしがなかったのに、私たちのような子供は甘やかしようがなかったと主張したのにはまったくあきれたが、母の言う通りだと思う。彼女は性格的に優しすぎて、子供の躾には不向きだった」。祖母として彼女はユーナの両親に、子供を抱いて歩かないよう助言した。というのは、エリザベスを抱いて歩いたらその後はそうしてやらないとなだめられなくなってしまったことを、彼女は思い出したからである。抱っこは、彼女が「他の子供たちには癖になるから決して許さなかった[8]」習慣なのである。

エリザベス・ホーソーンは必要に迫られていたこともあり、従順な性向であることもあって、母親的立場の幾分かを断念することにはなったが、それでもおとなしい彼女なりに優しい母親だった。ナサニエルからの贈り物に対する返礼の言葉がこれを控えめながらも雄弁に伝えている。「ナスル(Nath'l)が送ってくれたコーヒーポットにはとても重宝しています。とても良い品です――でも、いとしい息子からの贈り物なので二倍の価値がありま[9]す。」この僅かな証拠が示唆するのは、母親としてエリザベス・ホーソーンは優しく愛情深かったが、ナサニエルに基本的信頼を教え込む能力が自分にあるのか十分な確信が持てていない、ということである。たとえ彼女の性格がもっと強かったとしても、子供たちが人生で特に傷つきやすい時期に夫が死んだことによって、自分自身あるいは子供たちのことは万事うまく行くという確信がぐらついたことであろう。そのような確信は、母親のあらゆる能力の中で最も基本的であるとエリクソンが言うもの、すなわち「自分が行っていることには意味があるのだという、殆ど肉体的な確信」に由来する「基本的信頼[10]」の伝達に欠くことができない。ホーソーン夫人は自分が抱く恐れと、人生を導き生活の糧を与えてくれるマニング家への依頼心とを、ナサニエルに伝えた。しかし、当時の「無力な」寡婦にとって実行可能な受け身の打開策は、男児にはより受け入れにくいものだったし、その当時でさえ周りの女性たちはそんな固定した生き方は退け始めていた。

「夫の霊に対して殆どヒンズー教信徒のように献身」する心の純粋な寡婦、というエリザベス・ピーボディーによる描写は、ジュリアン・ホーソーンが両親の伝記に記載して以来ずっと、論争の的となっている。(11) 二十世紀になると、物思いに耽る神経症患者として定着していたホーソーンの世評を覆そうという努力がなされるが、その流れは彼の母親にも及ぶ。マニング・ホーソーンの著作がきっかけで始まったホーソーンを正常視する傾向は、一九四八年のランダル・スチュアートの伝記でも大切に保持されているが、これは後にフレデリック・クルーズとジャン・ノーマンの精神分析的解釈によって逆転された。最近はニナ・ベイムが、母親隠遁説に反論することによって、ホーソーンの家族やひ孫たちの見解へと立ち返っている。(12)

社会的態度に関する主観的な基準によって判断を下すことには注意せねばならないが、彼女の息子を理解しようとするなら、この点を避けることはできない。同時代の人々の意見を以下のようにざっと並べてみても、母と息子の隠遁について意見の相違が見られる。エベ・ホーソーンと年下の従姉妹レベッカ・B・マニングが、エリザベス・ピーボディー、ジュリアン・ホーソーン、ジョージ・パーソンズ・レイズロップ、そして何とソファイア・ピーボディー・ホーソーンたちの意見にさかんに反論するのである。エベ・ホーソーンとレベッカ・マニングは母と息子双方がまったく正常だと主張する。しかし、母親が隠遁しているという印象は、ソファイア・ホーソーン、ホレイショ・ブリッジ、そしてホーソーン自身によって裏づけられているのであるが、さらにこのホーソーンの証言の主要部分に関しては、ソファイアを自分の救済者の役割にまで高めるために母親を貶めようとする彼の側の策略であるから当てにならないと、ニナ・ベイムは却下するのである。(13)

ナサニエルの大学時代からの親友ホレイショ・ブリッジの証言には疑問の余地がある。というのは、一八九二年に彼の『ナサニエル・ホーソーン――個人的思い出』が出版されるが、それまでにブリッジは恐らく他の伝記をいくつか読んでいたからである。それでも彼の描写する孤立した家族像は、長い個人的交際ゆえに説得力がある。ブリッジは、ホーソーンが個人的に控え目であったり親密な態度を取るのを避けたりすることと、彼の家族の孤立した生活様式とを関連づける。「ホーソーンは事実例外的に隠遁の傾向が強い家族の出身で、世間について最初の実際的知識を得たのは家族の中であった。……彼は親密な態度を取ることが少なく、他人の友情を得ようとすることも殆どなかった……大学に入学する前、ホーソーンはセイラムの家で母親や二人の姉妹といっしょに著しく引き籠もった生活をしていた。」ブリッジはまた「ホーソーン夫人の物静かで上品な物腰は魅力的」であるとも述べている。(14)

ソファイアは夫の母親と姉妹をつぶさに観察して、実家にあて率直に打ち明ける手紙を書いた。エリザベス・ホーソーンの人生後期における隠遁的行動を彼女は強調して書いているが、それは（ピーボディーやブリッジの見解を色づけしていたかもしれないような）回顧的でロマンティックな外的影響で汚されていないし、いかなる中傷的な動機によっても汚されてもいない。なぜならば、実際彼女は義理の母親を愛していたからである。幼児のユーナと共にハーバート・ストリートの家を訪れている間に、ソファイアは自分の母親にこう書いた。

夫が思い出せる限りで初めての母親との食事でした！　これはこの赤ん坊だけに成し得る奇跡のひとつなのです。お祖母さまは私たち夫婦のどちらかの食事が済むまでユーナを膝に乗せてくれました。そしてそれから自分の食事をされたのです……ユーナは今朝、いつもの朝と同じように目覚め、にっこりと微笑むと、ホーソーン夫人とエリザベス伯母さんに会いに家の奥へ行きました。(15)

一八四七年にモール・ストリートの家へ移る前に、ソファイアは晩年のエリザベス・ホーソーンの隠遁をさらに立証しつつ、ホーソーン家の女性三人について述べている。

ホーソーン夫人と生活を共にするのはとても楽しいでしょう。夫人の続き部屋は私たちの部屋とは完全に区切られているので、その気にならなければ会えません。こんなふうに我が家にお迎えしたいと思うか、お迎えするのを承知してもいいと思う人々はあまりいません。でもホーソーン夫人は行動が控え目で、とても繊細な方なので、いてほしいと望む時以外は、彼女がすぐ近くにいることを忘れてしまうほどなのです。彼女はとても親切で感性が鋭く勇気ある方なので、何か事ある時には大きな力になってくれるでしょう。エリザベスは見えない存在なのです。私は二年でたった一度しか会っていません。それにルイーザは決してでしゃばるようなことはしません。……ホーソーン夫人の残りの人生が孫たちや自分の息子がいることで栄光に満ちたものになるだろうと分かって、少なからぬ満足感を覚えます。「陰鬱の城」から、そしてどんな人間も一度も中を覗いたことのない神秘の寝室から、彼女を救い出せてとてもうれしく思います。その寝室はユーナとジュリアンが生まれるまではそういうところでした――というのも、奥のその部屋へ入ったのはこの二人だけなのですから。その寝室には決して日は射しません。モール・ストリートに面した部屋には惜しみなく日光が降りそそいでいるのに。[16]〔傍点著者〕

彼女の隠遁に関する相反する証拠から、次のような傾向が浮かび上がる。セイラムのハーバート・ストリートのマニング家にいた時には、エリザベス・ホーソーンはほぼ家族の環の中だけで暮らしていた。それは私的な生活であったが、彼女が戻ってからの数年間はマニング家には十一人の大人と三人の子供がいたので、殆ど孤立してはいなかった。マニング家はユニテリアン教会の活動に加わったり繁盛する駅馬車業を営んだりしていただけでなく、徐々にその他多くの事業にも関わってゆくので、少なくともマニング家の誰かの代理としてセイラムの共同体と接する機会が彼女にはあった。一八〇六年に彼女が姉メアリーと新たに組合教会に参加したことは、ある程度社会的付き合いがあったことを実証している。

しかしながら、彼女は未婚の兄弟姉妹たちに圧倒され気味だった。セイラムに住んでいた時でさえ彼らは親としての役割を殆ど彼女の代わりに果たしていたし、実際レイモンドでの数年間は彼女からその役割を無理やり奪ってしまったのである。だがレイモンドで家族の大半と離れて暮らす間に、彼女の生活と交際はいくらか広くなったようである。そこで彼女は庭やロバートの木々の手入れをしたり、メアリーから送られてくる宗教書を分け与えたりした。明らかにまだメアリーやロバートの影響を遠くから受けながらも、彼女は部屋から世間へ出たのである。レイモンドでは彼女がひとりで食事をしたという話はない。これらの理由から子供たちは彼女がそこに残って「自分で自分の主になる」ことを強く願った。エベとナサニエルは、自分たちのと同じく、母親の自立をマニング家によって損なわれないようにしなければならないという特異な立場に立たされていたのである。

母親の死の前日にホーソーンが創作ノートに記した言葉を理解するには、前後関係や周囲の事情が重要である。「私は母を愛している。しかし、子供の頃からずっと、私たち親子の交わりにはどこか冷淡なところがある。それは例えば、強い感情がきちんと制御されない場合に、感性の強い人たちの交わりにありがちなものである。」（Ⅷ、四三九）事実上何ら反応を示さない母親の手を握り、過去の意志疎通の失敗をもう決して贖うことはできないのであり、寡黙なまま語られなかったことは今後すべて永久に封印されてしまうのだ、と思い知った時の彼の深い悲しみと関連づけて考えれば、「冷淡な交わり」とは、子供じみた無頓着な時期を過ぎても言葉に表せないままにせざるを得なかったことすべてに対する後悔の念を示すと理解することができる。後に「きちんと制御する」ことができなくなる感情を表に出して、青年期のナサニエルは遠くレイモンドにいて不在の母親への思慕をありのままに伝えた。後の「冷淡な交わり」が、母子双方が受け入れがたい暖かさを拒絶したことを意味するのは、ほぼ間違いないのである。

## 母親の喪失——レイモンド対セイラム

「僕はここにいるよ、お母さん。僕だよ。いっしょに牢屋へ行くよ。」
——『優しい少年』——

エリザベス・ホーソーンは息子に会わないようにしたわけではないが、叔父ロバートが息子を自分のもとから、そして愛着のあるレイモンドの家から連れ去るのを認めた。少年は、自分と母の間にひんぱんに割り込んでくる叔父によって自分が思いのままにされ、利用され、操られていると感じるようになった。ナサニエルがハーバート・ストリートで過ごすようになると、叔父ロバートは、以前作家が母親や姉妹と共有していた部屋から彼を連れ出し、自分自身のベッドで眠らせるようにした。レイモンド滞在中殆ど、姉と妹は母親のもとに留まることを許されたのに、ナサニエルはセイラムへ連れ戻されることになったのである。自分が女の子で、ピンのように母親のエプロンにくっついていられたらよかったのに、と彼がときどき望んだのも不思議ではない。母親、セベーゴ湖、大自然の中での自由奔放な生活——彼が愛したものはみなレイモンドにあった。みんなの決意や意志に反して家族をセイラムへ連れ戻した、エベ言うところの「宿命」とは、ナサニエルの場合、叔父ロバートであった。

ナサニエルの感情生活は次のような二極の間で真っ二つに引き裂かれてしまった。自分の自分自身に対する希望とマニング家の自分に対する期待との間で、また自分の母親が持っている当然の権威と感じるものと不可解にも効力のある叔父ロバートの権威との間で、運命、実際の必要性、そしてマニング家の権威によって彼が住むことになったセイラムと、彼が住みたいと熱望するレイモンドとの間で。セイラムとレイモンドという若かりし頃のホーソーンの人生における地理的な両極は、将来の作家の想像力に重要な影響を与えた。というのは彼の作品は両極性の原理によって構成されることになるからである。セイラムは階層意識や過去の歴史が支配的な古い社会であり、彼を学校へ通わせて、真面目で生産的な将来に備えさせようとする祖父母や伯(叔)父・伯(叔)母たちの権威を彼が感じる場所であった。レイモンドは辺境の村で、殆ど原生林に境を接し、狩猟や釣りができ、野生動物が生息し、少年ホーソーンが思う存分に駆け回ることのできたところであった。家族はそこを「約束の土地」と呼んでおり、事実一度の滞在でせいぜい二、三ヶ月しか滞在できなかった若かりしホーソーンには、その地は想像の中で楽園に等しいものにまでふくらんでいった。彼はいつも、マーク・トウェインがミシシッピー川について語るように、この世の中の「サリーおばさんたち」によって邪魔されることなく、少年が自由気ままに過ごせる場所として、その地を語った。読書好きではあったが、ナサニエルは伯(叔)父・伯(叔)母たちによって「文明化」されたくなかった。彼はレイモンドでルイーザと「未開化」することを強く望んだのである。

後にホーソーンは、想像の中でレイモンドがどんな場所であったかということに郷愁を込めて言及している。一八五三年、彼は友人のストダードに次のように書いているのである。

私が八歳か九歳の頃、母は三人の子供たちと共にメイン州のセベーゴ湖畔に住居を定めました。そこに家族が広い土地を所有していたのです。ここで私はまったく奔放に走り回ったし、もし許されるなら、今でも一日じゅう釣りをしたり古い鳥撃ち銃で狩猟をしたりして、間違いなく喜んで奔放に走り回っているはずです。……楽しい日々でした。なぜなら当時あの辺りはまだ自然のままで、開拓地が散在しているだけであり、その十分の九は原生林でした。しかしまもなく善良なる母は息子には何か他のことをさせる必要があると考え始めたのです。それで私はセイラムへ送り帰され、家庭教師の指導のもとで大学へ入る準備をすることになったのです(17)。

ジェイムズ・T・フィールズは、この「彼の人生で最も幸福な時期」について一八六四年にホーソーンが次のように回想していたのを思い出している。「メイン州に住んでいた頃は、空を飛ぶ鳥のように完全なる自由を享受しました。しかし私が孤独という忌まわしい習慣を初めて身につけたのもそこでした。……銃を持ってメインの森を思いのままに歩き回った夏の日々も、どんなにはっきり覚えていることでしょう(18)。」

叔父リチャードがレイモンドでは近所に住んでいた。彼は一八一三年以来そこに住み、「マニング家の阿房宮」のすぐ近くに居を構えていたが、既に結婚しており養子をもらっていたし、商売のことや不安定な健康状態のことで頭がいっぱいだった。姪や甥を気にかけてはいたけれども、彼の気配りは押しつけがましいものではなかった。レイモンドに住んで最初の秋、ホーソーン夫人は健康がすぐれず目に見えて悲しみに沈んでいるようであった。一八一六年十一月十日、リチャード・マニングはロバートに宛てて次のように書いた。

彼女は今では母さんやメアリー姉さんといっしょに家へ帰ればよかったと思っています。彼女はナスと別れるのをとても嫌がっていたので、僕は初め彼女が息子を心配しているのかと考えました――母さんもメアリー姉さんもいないのに、彼女が（たとえ健康を回復したとしても）仮にも進んで農場で暮らすことはない、と僕には思えます。子供たちはここに残りたがっているのでしょうが、メアリーの計画によるものではありません。特にエリザベス（エベ）はどんな種類であれ、仕事をするなんて考えるだけで耐えられないのですが、いずれにせよ僕には子供たちを感化しようとする気などありません。好きなようにさせておくつもりです。[19]

ロバートはレイモンドではナサニエルの教育がおざなりにされているのを知り、メイン州ストラウズウォーターの寄宿学校へ彼を入学させてみた。この解決策が失敗したことに関して、ロバートはセイラムのマニング家の祖母に報告した。

ナサニエルは僕が着く（三週間）前に帰宅していました。もう三週間経てば授業期間は終わるというのに――世話してくれる母さんがいないという悲しげな泣き言。彼が来たらどうしましょうか。セイラムへ戻そうと考えています。エリザベスとマリアがお祖母さんに会いたがっています。[20]

学校へ行くためにセイラムへ送り返される少し前、ナサニエルは叔父ロバートに何とか取り入ってその決定を反古にしてもらおうとした。彼は狩猟や釣りや樹木を植えることについて叔父に手紙を書き、母親や姉妹が自分の助けと保護を必要としているとほのめかした。「叔父さんが僕をまた学校へやろうとするのは残念なことです。母は僕と離れて暮らせないと言っています。[21]」

ひとたびセイラムへ戻ると、ナサニエルは伯母メアリーにつぶさに観察され報告された。彼女はナサニエルが学校へ行きたがらないことや、「彼がレイモンドの森を恋しがってため息をつく[22]」事実のみならず、彼の顔にできたにきびについてさえロバートに報告した。メアリーの次の手紙は少年の母親への報告であり、それにはロバートがその少年を独占していて、自分以外の人には彼を扱う能力がないと考えていることに対する彼女の嫉妬が、皮肉っぽい言葉の中に露呈している。

> 弟ロバートへこの前私が手紙を書いた次の日、ナサニエルは学校へ行きました。学校へ行って以来彼はずっと健康で元気になったようです。学校へ行くまでは「ここがレイモンドならいいのになあ」と彼が言わずにいる日はなかったと思いますが、学校へ行くようになってからはそんな言葉を聞かなくなりました。あなたが住みよくしていた表の部屋で弟のサミュエルが寝起きしていて、Nはその隣りの部屋を使っています。今朝彼は六時前に起きて勉強をしました。弟のRが都合がつく時にはいつでも会いに来てくれるのはうれしいことですが、Nのために急いで家へ来ることのないよう願いたいものです。私たちだって少年ひとりくらいなら面倒を見ることはできるのですから[20]。［傍点著者］
>
> 一八一九年八月三日

マニング家で口やかましく小言を言われ、居心地悪く感じていると不平を述べる手紙の中で、十五歳のナサニエルは子供時代に母との生活を喪失したことを嘆いている――「ああ、お母さんとまたいっしょに暮らせたら、狩猟に行く以外何もせずに暮らせたらどんなにいいか。でも僕の人生で最も幸せな日々は終わりました。女の子に生まれて、ピンのようにお母さんのエプロンにずっとくっついていられればよかったのに」(24)。

一年経ち大学への入学準備が整った頃には、彼はさらに退行し、今まで以上におおっぴらに叔父と張り合うようになっていったようである。彼は母親にこう書いている。

多分九月にお母さんに会えるでしょう。四週間滞在します。僕が大学にいるうちはそのままレイモンドを離れないでいてほしいと思います。そうすれば一年のうち三ヶ月いっしょに暮らせます。……この前会ってからもう二年が過ぎようとしています。僕が小さな子供だった時のことを懐かしがらないで下さい。僕もつい懐かしくなりがちですが。今ではロバート叔父さんと同じくらいの背になりました。……この手紙をリチャード叔父さんに見せないで下さい。

あなたの愛する息子
ナサニエル・ホーソーン(25)

このような子供の頃の依存状態への郷愁が青年期の終わり頃まで続く場合には、性同一性《ジェンダー・アイデンティティー》や親密すぎる母子関係に関する重大な問題が生じていることが多い。叔父ロバートが少年を母親のエプロンから引き離すのをまさに自分の義務だと感じたのも、この問題ゆえだったことを示す。彼はナサニエルのためによかれと思って行ったのに、これがまったく割に合わない結果となった。母親から引き離されたことで干渉する叔父への敵意が再燃し、遠く離れた母親を思い焦がれ理想化する気持ちが強まったのである。ふつうなら当初の関心や目標に別のものが取って代わり、愛を求めたりアイデンティティーを確認したりしようとして、若者が家族から離れて外に向かって前進しようと懸命になっているような年頃で、ナサニエルは昔の頃の安心感を求めたのである。この退行のために、自らの男らしさに対する確信の形成を含めて多くの面での成熟が遅れた。それゆえ、彼が後に幼いパールを題材に選び、いつも母親の傍らにいる様子を描いたことは、それほど驚くには当たらない。彼は母親と暮らすという決して完全には満たされなかったあこがれを表現したかったのである。

母と息子は互いの不在を極めて寂しく感じた。母親は息子との別れを宿命として受け入れたようであるが、ナサニエルは強制的な別離の期間を通して、しばしば喪失感を外に表した。彼の学校嫌い、伯(叔)母たちや叔父ロバートの権威に対する憎しみ、そして特に強制的な別離の期間を通して彼が繰り返し口にした「自分自身の主人」になりたいという激しい欲望は、このような喪失感がその一因なのである。

恐らく少年時代の足の怪我からの回復の一助になればと考えて、リチャード・マニングは以前ナサニエルの父親が所有していた銃を彼に与えていた。この武器はレイモンドでの生活を特徴づける重要なものだった。それは彼が再びルイーザと過ごしたいと願った生活、すなわち大自然に抱かれて「未開化する」道具のひとつであり、レイモンドで送ったハック・フィン的生活の一部であり、奇妙なことだが、ただ触れてあるだけであったとしても、しばしば手紙の中で叔父ロバートと結びつけられていた。狩猟の相棒であるルイーザに彼は郷愁を込めて次のように書いている。

「おお、僕にハトの翼があれば、ここから逃げ出して安息を得られるのに。」僕の銃を思い焦がれ、君とまた未開人のように自然のままに過ごすのをどんなにしばしば望んでいることか。しかしもう二度とレイモンドの自然の中を奔放に走り回ることもないだろうし、その頃のように幸せでいられることもないだろう。[26]

一八二〇年三月二十一日

ナサニエルが実の母親といる時でさえ、伯母メアリーは遠くから彼の安全を気にかけていた。「ナサニエルがこれほど銃を使うのが少し心配です。弾丸を入れっぱなしにしないように注意し、誰にも銃口を向けないよう、それからジェインに銃をさわらせないよう、彼によく言い聞かせて下さい[27]」と彼女は一八一八年にホーソーン夫人に書き送っているが、それは母親にはこれぐらいの判断さえも十分にできないのではないかと考えたからである。叔父ロバートがレイモンドを訪れていた時、ナサニエルは叔父が自分の銃を使って怪我をするのではないかと恐れたようである。彼は今やレイモンドに到着した叔父ロバートに宛ててこう書いている。

親愛なる叔父さん

無事ご到着と聞きうれしく思いました。……教練の日です。今ごろはもう母の具合もよくなっているといいのですが。僕の銃は火薬がたくさん入るので、射撃後に反動があるでしょう。もっと長く滞在するのですか？　僕はひとりでとても快適に眠っています。ここで書くのをやめたら叔父さんに叱られるのではないかと思いますが、ひとつ言い訳を言いますと、十行から十四行のラテン語の文法を調べて訳さなければならないので、この辺で失礼します。

いつもあなたの親愛なる甥より

一八二〇年五月二日、セイラムにて　　ナス・ホーソーン[28]

彼の思いは、セイラムでの教練の日からレイモンドの戸棚にある使っていない銃の回想へ、それから勝手に人の銃を扱うことで叔父ロバートが怪我をするかもしれないという考えへと、次々と巡ってゆく。父親殺しの願望がいかに恐ろしい力を持っているかを知っていたので、彼は叔父に父親の銃を使用しないよう警告したのである。この警告の後にはロバートがいつまで留守にするのかという質問と、「僕はひとりでとても快適に眠っています」という冗談めかした嫌味な言葉が続く。明らかに、ナサニエルは独身の叔父といっしょに寝るのが嫌で、叔父が長く留守にするのを望んでいたのである。

マニング家の家屋はもはや手狭ではなかったのに、どうしてナサニエルが叔父と同じベッドで寝なければならなかったのか不思議である。彼は母親の寝室から連れ出され大学へ入るため家を出るまで、叔父のベッドで寝ていたのである。一八二一年三月十三日の手紙で彼はこの望まざる親密さにまた言及している。「先夜、セベーゴ湖のほとりを歩いている夢を見ました。目が覚めてそれがみんな妄想だと分かるととても腹がたったので、ロバート叔父さん（隣で寝ているのですが）を思い切り蹴《キック》ってやりました[29]。」蹴《キック》る行為は、もし父親の銃を使ったら、叔父ロバートが怪我をするのではないか、と少年が心配した銃の反動《キック》と同じなのである。叔父と心落ち着かぬまま同衾しつつ夢見たこの叔父からの逃走という幻想は、攻撃的な行動となってほとばしり出たのである。

「僕は自分自身の主人です」と言えるような一人前になる日を彼は待ち望んだ。一八二〇年七月、母親への手紙を彼は「僕は十六歳です。五年経てば僕は僕自身のものです[30]」と結んでいる。彼は自立を待ち望みながらそれを口にすることはなかったが、それは同じ年の別の手紙に浸透している。

親愛なるお姉さん

あなたが自作の詩を送ってくれないので僕はとても腹を立てています。これはたいへん恩知らずなことだと考えます。あなたへの信頼に応えてくれるまで、もう僕が作った詩の一行だって見せませんよ。『島々の領主』を買ったので、送るか持っていくかしようと思います。これはスコットの他の詩のどれにも劣らず好きです。ホッグの物語や『ケイレヴ・ウィリアムズ』、『サン・レオン』、『マンダヴィル』を読みました。ゴドウィンの小説は素晴らしいので、全部読むつもりです。借りられたらすぐに『ウェイヴァリー』の著者が書いた『僧院長』を読みます。それ以外のスコットの小説は全部読んでしまいました。もう読んでしまったのが残念ですが、再読の喜びを味わえれば、と思います。スコットの小説の次には『ケイレヴ・ウィリアムズ』が好きです。詩作は殆どやめてしまいました。誰も詩人と帳簿係を同時に兼ねることはできません。僕はここが恐ろしいほど「陰気」だと身にしみて分かりました。「かみたばこ」を力いっぱいかむ習慣がつきましたが、これは精神を高揚してくれるようです。これについても、『島々の領主』についても、あなたの手紙では触れないで下さい。……大学へは絶対に行かないと思います。ロバート叔父さんに頼ってあと四年も生活するなんて思っただけで耐えられません。「僕は自分自身の主人です」と言えたらどんなに幸せな気分になることでしょう。

手紙のこの部分を切り取って、他の部分だけをリチャード叔父さんに見せて下さい。ぜひスキム・ミルクで手紙を書いてみて下さい。「とてつもなく急いで」いるのでここで筆をおかねばなりません。

一八二〇年十月三一日、セイラムにて

あなたの愛する弟、

ナス・ホーソーン[31]

〔追伸で詩がこの後に続く〕

実際には一八二一年に彼は大学に入り、その後四年の間、完全にというほどではないにしても殆ど叔父ロバートに依存して暮らした。マニング家を出るすぐ前に書かれた次の手紙で、彼は熱心に自分の内的要求に従って生活しようとする。ボウドン大学はレイモンドから程近いところにあったので、彼は母親に前より近づき、本来の家族を回復し、マニング家から逃れ、成人期へと前進することができるだろう、と彼は期待した。もし親戚の陰謀家たちが母親を説き伏せて、彼が北のメインへ移るのと同時に彼女を南のセイラムへ移らせなければ、万事良好！　母親がマニング家や叔父ロバートから離れていられる限りにおいて、彼はセイラムへの追放を受け入れていた。自分が母親の生活圏に戻るとすぐに、彼らが自分が立ち去ったばかりのセイラムの家へ母親を呼び戻すのではないか、と彼はひどく恐れるのである。

こちらでは今お母さんが享受しているような快適さは望むべくもありません。お母さんは今、紛れもなく自分の家の女主人なのです。こちらではマニング嬢の権力に服従しなければならないでしょう。もしあなたがセイラムへ移ったら、大学の休暇中に戻っていくべき母親がいなくなってしまうし、僕がセイラムへ行くなんて負担が大きすぎます。今居るところに留まれば、子供たちみんなに囲まれ、世間から離れ、何ものにも煩わされることなく、どんなに楽しい時が過ごせるか、考えてみて下さい。それは第二のエデンの園となるでしょう。……エリザベスも僕と同じようにお母さんがそちらに留まるのを願っています。……僕がこのことをくどくど言うわけは、ダイク夫人とマニング嬢があなたをセイラムに呼び戻すことに熱心で、あなたにそれを承諾させるようU・Rに依頼するのではないかと心配しているからです。しかしお母さん、もし心安らかに暮らしたいのなら、どうか承諾しないよう切にお願いします。お祖母さんはもちろんあなたがそちらに留まるのに賛成だと思います。

一八二一年六月十九日、セイラムにて

ナス・ホーソーン

この手紙を人に見せないで下さい(32)。

悲しいことにホーソーン夫人は、ナサニエルがボウドン大学での一年を終えた後の一八二二年にセイラムへ戻り、生涯そこで暮らした。彼はエデンに執着することがいかにおぼつかないものかを、将来決して忘れることはないのである。

経験を神話化する彼の傾向は明らかに早い時期から始まった。ある種の様々な心情的な思いがセベーゴ湖という概念を中心に集まって融合した。レイモンドは責任や権威から解放された少年期を象徴するものとなる。そこは母親に直結した場である。青年期の後半を迎えて大学へ行こうとする彼にとっては、失われたエデンそのものである。叔父ロバートの教育計画によってこのエデンから追放されたけれども、なお彼は、それが昔のままであって、いつも想像することができ、さらに実際上程近いボウドン大学から夏休みに帰って行けるところとしてあり続けることを望んでいたのである。一八一六年にセイラムへ戻ってから一八二二年までに書いた手紙の大半で、レイモンドに留まって姉と妹をどこにも行かせないように、と彼は母親に懇願している。彼にとって家族のまとまりよりもさらに重要だったのは、セイラムとマニング家から離れて家庭が存在すること、ただそれだけだったのである。

理想的な母親中心の家庭と口やかましい親戚たちに支配された現実の住まいとの間で長く引き裂かれていたので、彼にとって「家庭」は問題をはらむものとなった。理想と現実の乖離、あるいは現実は常に理想に劣ると確信することが、不変の心的傾向となった。その傾向は、子供にとって自我の統合に密接に結びつく家庭の問題に特に焦点を合わせるようになっていくのである。[33]

ホーソーンの家庭概念は一連の喪失や分裂の影響をこうむっていた。ユニオン・ストリートの最初の家庭からして既に、父親は大抵不在で結局は帰らぬ人となった。この生誕地でさえ、家族がそこを出て、両親のどちらもが長《ヘッド》でもなく権威もないマニング家へ移った時、彼には失われたものとなった。その後、母親がレイモンドの家で僅かばかりの自立を獲得した時、ナサニエルはそこから連れ去られた。彼が大学に入ってレイモンドの近くに移ると、母親はセイラムへ戻ってしまう。家庭と両親、家庭と権威、家庭と自我との間のこの置換の連続ゆえに、自分は本来居るべき場所に決して居ないのだと彼は生涯に亘って感じるようになった。

彼の転位の感覚は、自分が根無し草である（ひんぱんに家から家へと移る）ことや、価値体系の間を常に揺れ動く彼の想像力の対照法的構造となって現れた。息子ジュリアンは彼が永続的な根無し草であったことを次のように証言する。

> 彼はすぐにどんな特徴のある土地にも退屈した。……ひとつには必要性や便利さのためであるが、またひと

つには彼自身の意志によっても、次々と移動した。いつも永住しようと願ってはいたのだが、ついに自分にぴったりの場所を見つけることはなかった。彼はアメリカを移動して回り、イギリスに思い焦がれた。イギリスでは彼は常に旅をし、フランスやイタリアへ行くのを楽しみにしていた。パリ、ローマ、フィレンツェでは彼はまた再びイギリスに愛着を覚えた。しかしイギリスへ戻ると彼はそこを単にアメリカへ戻る踏み石にした。……（コンコードに戻ってそこの家を増築するとすぐに）彼は日増しにイギリスの記憶に囚われていったのである(34)。

中年の男として彼は子供たちをそのような放浪生活に晒したことを後悔し、永遠の家庭というよりむしろ人生の本街道の傍らで中休みするというつもりで、コンコードの家を「路傍（The Wayside）」と名づけた。

『優しい少年』では家庭と両親との分裂が重要な小説的主題として扱われている。この作品は一八二九年頃に書かれたもので、彼が大学から戻った後、母親の家で送った「長き隠遁生活」の初めの時期に当たる。この物語では、両親不在の家庭が重要な文学的主題として扱われている。本来の両親の手から代理家族の手へと渡った幼い少年イルブラヒムが物語の中心人物であり、彼の境遇が特に重要である。なぜならそれは本来の両親の喪失がいかなるものかを説明し、少年と母親との関係に焦点を当てているからである。

十七世紀におけるピューリタンとクエイカーの争いを歴史的背景として、その物語は母親と息子の肖像を写実的というより比喩的に描いている。この荒々しい物語の優しい少年は傷ついた子供時代の作家ホーソーンであり、クエイカーである母親のキャサリンは、ヘスター・プリンと同じくらいホーソーン自身の母親とはかけ離れた母親像である。強い意志を持った二人の架空の母親の中にホーソーンは情熱や自発性や磁力を帯びた個性を付与して、自分の母親と対照的な陰画的人物像を創造した。強い力を持つ女性で夫のいない母であるという顕著な類似性はあるが、ヘスターは娘の母親でありキャサリンは息子の母親であるので、ヘスターとキャサリンとでは子育ての質が異なることは重要である。ヘスターは娘をそばにおき、自分の自我を表現することよりも母親の義務を優先する。パールとヘスターは切り離すことができない。対照的に、キャサリンは明らかに母子の絆よりも自らの観念を表現することを明らかに重視している。自らの要求に従って行動する彼女は息子との別れを容認する。

幼いイルブラヒムはただ喪失、離別、放棄としてのみ両親を知っている。彼は喜んで父親の墓を自分の家と呼んだり、母親について牢屋まで行ったりするが、母親は狂信的言動を繰り返して母子は引き離される。冷たい秋の夕暮れ時、ピューリタンのトバイアス・ピアスンは、絞首台の下にある父親の墓のところに少年がひとりでいるのを発見する。家はどこか、親は誰か、というピアスンの質問に、「みんな僕をイルブラヒムと呼ぶよ。家はここだよ」（IX、七二）と、さながら教義問答の際のパールのように自己の存在証明をする。狂信的クエイカーである母親は信仰を捨てることなく、牢から出されて「誰ひとり住まぬ荒野へと連れて行かれた。」（IX、七五）ひとりぼっちの子供は、自分たちの子をなくしていたトバイアスとその妻ドロシーによる養子縁組を受け入れる。それに先立つピアスン家の子供たちの死はイルブラヒムの父親としてトバイアスが不適切であることをそれとなく示しており、この養子縁組が慈善の心から発した行為というよりピアスン自身の喪失を埋め合わせようとするむなしい手段であるという風刺も付け加えられている。

物語は狂信的なピューリタンの子供たちの手による少年殉教者の死についてのものであると思われるが、このように話が複雑に錯綜しているために、この方向性が分かりにくくなっている。本来の方向性が、少年自身の死の願望や、クェイカー教徒たちの被虐的な振る舞いや、ピアスン夫妻の複雑な動機や、少年の母親の共謀によって、曖昧にされているのである。母親の共謀こそが我々の議論の目的に最も適っている。「荒野」からつかのま帰還した時、キャサリンは息子をピアスン夫妻から取り戻すことはせず、奇妙な出会いのままに息子を彼らに引き渡すのである。いかに素早く、いかに無関心なそぶりで、彼女がドロシー・ピアスンを息子の養母として受け入れるか、彼女とトバイアスの対面がいかに取り乱したものであるか、注意すべきである。彼女はトバイアスの弱さと罪意識ゆえの優柔不断に気づくものの、それでも（彼女のとても高価な真珠ではなく）自分の「大切な宝石」をこの不適任の男に送る。彼女の何かが欠けた母性本能は、彼の「優柔不断な様子、彼女の目と戦って敗れた目、次々と変化して一定しない顔色」（IX、八七）を見て、ほんの一瞬ためらうに過ぎない。息子の抱擁と、愛を明言する言葉（「僕はここにいるよ、お母さん。僕だよ。いっしょに牢屋へ行くよ」〔IX、八二）にも心を変えることなく、彼女は去り、イルブラヒムの臨終の時まで戻ることはないのである。

養父母の努力にも拘らず、この子供は「傷ついた愛……不適切な愛」に苦しみ、落胆し受動的になり、自ら進んで殉教者となる。この状態の時、彼は「あたかもイルブラヒムが幸せな間は赤の他人でも果たすことができる母親の役割は、彼がはなはだしい苦痛を感じている時にはまったく代理がきかないものであるかのように」（IX、九三）、夢の中で母親を求めて叫ぶ。臨終の床でイルブラヒムは善良なドロシーには心が慰められず、代わりに母親の足音を求めて耳を澄ます。それは最後の瞬間にやっと彼の耳に届く。子供は母親の胸に抱かれて幸せに死ぬのである。

フレデリック・クルーズが述べているように、「不作法な振る舞いゆえに彼女がこの和解に適さないのではない。母親の中に許されないものなどないように思われる。主人公と作者の目的は、彼女を罰することではなく、彼女を本来の役割に復帰させることなのである」[35]。イルブラヒムの聖人のような寛大さは作品の基調である憤りを覆い隠してしまうかもしれない。もしホーソーンが自分が作り出した子供の主人公と自分を本当に同一視していたのならば、彼は自分自身の母親が親の役目を他人に任せたことになにがしかの許しがたい怒りを感じていたにちがいない。ホーソーンの家族体験に対する感情の中心には、「優しい少年」のそれと同じように、親との自然の絆は断ち切られ、代理の親との絆は不十分なものだ、という意識があったのである。

キャサリンは自分が息子の人生に及ぼす永続的な影響を激しい言葉で述べる。自分が母親として怠慢だったために、息子に「悲しみと恥辱以外は何の遺産も」残してやれず、そのため彼は生涯自分に対して「あらゆる心が閉ざされ」、あらゆる「優しい愛情も苦いものに変わることに気づく」（IX、八四）ことになるだろう、と彼女は言う。彼女は「血の洗礼」と呼んでいるクエイカーの伝承に従って「息子の額に赤く」（IX、八六）印を残しておこうとする。それが後にイルブラヒムの死をもたらすことになる。彼女が相手の目を威圧しながらトバイアス・ピアスンへ無言のうちに伝えようとしたものが、よってここにある。すなわち、彼がクエイカー教徒になって自分とイルブラヒムの額の上に疎外の印を赤くつけておけという被虐的なメッセージが、彼女の母親としての罪意識から彼の父親としての罪意識へと受け渡されたのである。かくしてイルブラヒムの短い人生行路は、すべてこのように母性の赤い印によって決定されたのである。

## 再会

十二歳で母親から実際に引き離され、二十一歳でボウドン大学を卒業するまで、ホーソーンは再び母親の住まいで長くいっしょに暮らすことはなかった。彼が母親の家へ戻る前に叔父ロバートは結婚しており、ノース・セイラムに移っていた。高齢の祖母はその後すぐ、一八二六年に亡くなった。伯母メアリーはまだマニングの家に住んでおり、叔父サミュエルは行ったり来たりしていたが、うっとうしい影響は実質的に少なくなった。長い間地理的に隔てられていたのが解消され、ホーソーンは本来の家族である母親と二人の姉妹と再び共に暮らすようになった。いったん帰還すると、彼は母親のもとでその後十二年間過ごしたのである。

二十一歳のホーソーンが必要としたのは家族との別離ではなく再会、すなわち長年の母親喪失を埋め合わせることだった。大学卒業後、彼はセイラムと母親のもとへ戻って、通常は青年が向かう別離とは正反対の方向に向かった。彼のひ孫であるマニング・ホーソーンは鋭く指摘する。「しかし今や、彼の級友たちがしきりに前進しようと望み、いつでも機会を捉えて外の世界に自分たちの居場所をつくろうとしている時に、彼はそれに背を向けた。そして自分の部屋へ引き籠もると、彼は扉を閉ざしたのである。[36]」

ホーソーンは十二年間の殆どをハーバート・ストリートの家の「幽霊部屋」で過ごした。その十二年間は、技巧を磨く作家修業の期間であったが、自ら仕掛けた罠のようにしばしば思われ、その罠から自分を救い出す力がないと感じていた。この「モラトリアム」期間の両面性について、彼は一八五三年にヘンリー・ストダードのために書いた自伝的スケッチの中で回想している。

> 自分を養うための僅かばかりの財力があったことが、私の幸運であったか不運であったかは、あなたのお考えしだいです。それで一八二五年に大学を出ると、すぐに職業を検討することはせずに、人生でどんなことをするのが私に最も向いているかを熱心に考え始めたのです。今や母は（レイモンドから）戻っており、背が高くて不格好な古い灰色の建物である亡父の家に居を定めていて、……そこに私の部屋もありました。そして来る年も来る年も私は自分が何に向いているのか考え続けました。そして時と運命が、今の私の職業である作家になるべきだと決めたのです。私にはいつも生まれながらの引き籠もる傾向がありました（父方から受け継いだものだったようです）。今や私はこの傾向に身を任せきっていたので、何ヶ月もずっと自分の家族以外とは殆ど交わりを持ちませんでした。たそがれ時以外はめったに外出せず、さもなければ最も都合のよい孤独へと最短距離を取るのでした。[37]

有名になったばかりの作家に関する記事を書くための情報を提供するこの魅力的な記録は、それ自身ある策略のもとに書かれている。この記録は、ときどきは世間に顔を出して気を紛らわしていた孤独状態から作家を連れ出し、ひっそりと出版させ、そして最後には十分に文学で評価を受けさせるようにするという、正常化の過程を描いているのである。「陰気だとか人間嫌いだとか」または「人生の喧噪に」適さないのではなく、孤立した「フクロウの巣」から出て、「他の人たちと大体同じように」文学の成功者として身をなした様を、公式の記録を書くための資料として、彼はここで述べているのである。四十九歳という視点から彼は過去の経験を運命の物語に作り上げる。その物語の中では、隠遁は準備期間となる（「それは私の個性が要求した一種の修行であり、私自身の本能が好機に恵まれて、私は最も向いている職業につけたのです」）。本を六冊ほど出版し、一度政治の職務につき、次の職務の準備をし終わっていた彼は、「幽霊部屋」での年月についての恐れを軽視しているが、実際その期間どういう状況だったのか、証明することはできない。というのも、それについて当時彼はソファイアにまったく異なる表現をしていたからである。この部屋で彼の若さの多くが浪費されたのだが、その間彼は「長い長い時間座って、世間が僕を知ってくれるのを我慢強く待ち、ときどきどうしてもっと早く僕を知ってくれないのか——そもそも少なくとも僕が墓に入るまでに僕を知ってくれるなんてことがあるのだろうか、と思いました。そして時には……自分がもう既に墓に入っているように思えました。」(38) こう彼は、隠遁から脱して間もない一八四〇年彼女に書いている。

この期間は作家になるためのモラトリアムと見なすことができる。実際ジュリアン・ホーソーンは極めてエリクソン的な言葉で明瞭に指摘している。* しかし、ストダードへの手紙には自らを罠に陥れ独居するというテーマが表されているが、これはホーソーンが他の友人たちに語り、作品に組み込んだモチーフ――「人生の本道からわきへ逸れてしまい」気づいたら戻れないというモチーフ――を表現したものである。近年出版されたホーソーンの伝記の書評において、アレクサンダー・ウェルシュは、『ウェイクフィールド』は「長き隠遁」の十年目に書かれたので、「疑いなく作家の人生のその時期を再演している」のであって、「結婚ともウェイクフィールド夫人とも関係がなく、ウェイクフィールドと呼ばれる人物と彼が冒した危険にのみ関係している」のだと断言する。ウェルシュは『ウェイクフィールド』の自伝的意味について説得力のある議論を展開し、大学を卒業して十年という節目が作者自身の停滞感を、つまり「依然として人間関係に深く関わってはいるが、彼の側からの世間への影響力は失ってしまっている」(IX、一三八)という感覚を、強めたであろうと注意を喚起している。ホーソーンはそういう気持ちをウェイクフィールドと呼ばれる中年男に容易に具象化することができたであろう。※ウェイクフィールドの最も重要な特徴は、はっきりした理由もなく自分の人生からわきへ逸れて、自分の不在を目撃するという刺激的な特権を有したまま、意図せずして自ら生ける死者たちの仲間になってしまったことである。強い思い込みのために「自己追放」を試みたくなり、その状況から彼は狡猾な好奇心から自分の蒸発が妻に及ぼす影響を観察することができるのだが、腹の立つことに妻は悲しみで死ぬどころか、おだやかな寡婦暮らしにあまりにも素早く順応してしまうのである。

『ウェイクフィールド』が自伝的であるのは当然としても、それは一面的な意味においてのみではない。自分の家から遠ざけられ、そこからの移転がどういう影響を及ぼすのかを深く考えなければならない代わりの場所で暮らしているという疎外感を抱いて成長したホーソーンの意識が、ウェイクフィールドの二つの家、すなわち元の家と失踪後の家に反映しているのである。しかしながら、ウェイクフィールドは物思いに沈む追放された子供ではなく、女性を見捨てて傷つける残酷な自己追放者である。夢では現実が逆転するのと同様に、ウェイクフィールドは自分の追放を、見捨てられた者ではなく見捨てた者の視点から経験する。彼は相手を苦しめる「ずる賢い」者になることによって、思い通りに離別を利用するのである。

悲しいかな、彼のサディスティックな空想には報いがもたらされる。妻の暮らしぶりを観察する狡猾な行為は、彼自身が重要な存在ではないということを暴いてしまうのである。妻はつかのまの病気（観察者を満足させる）から回復すると、おだやかに満足げな「寡婦暮らし」に落ち着いてしまう。寡婦であればその多くは亡くなった夫が天から見守っていると想像するものであろうが、この可哀想な女性は亡くしたはずの夫に現実への再適応を観察されるという面白くない状況にある。彼のずる賢い微笑みの嫌な記憶や、彼女の「自分は寡婦なのだろうかという疑い」は、夫が残した悪意の遺産なのである。

ウェルシュとは違って、私はこの物語はまさに結婚――母親が寡婦暮らしに適応していく様を目の当たりにしなければならなかった亡き船長の息子が観察した結婚――と関係していると考える。父親のことを考えるにつけ、「人間の愛情に亀裂を入れること」が、それが「あまりにも長く、大きく裂けてしまうからではなく、あまりにも早く再び閉じてしまう!がゆえに」（IX、一三三）どんなに危険であるか、彼は痛いほど分かったにちがいない。夫がいなくても何とかやっていける母親なら、息子がいなくても何とか生きてゆけるだろう。後ろ髪を引かれる思いで彼女は息子との距離を受け入れたが、それを改善しようとする努力はあまりしなかったのである。

たとえ『ウェイクフィールド』が結婚についての物語でないにしても、夫によってサディスティックに操られ、ひそかに見張られる女性の寡婦暮らし、それも奇怪な寡婦暮らしについては大いに語っている。軽蔑的で都会的な語り手は、ウェイクフィールドが自分の不在が妻に及ぼす影響を観察する様子を観察する。奇妙にも物語は、そのような扱いを誘発した夫婦関係や妻の性格について、あまり語ってくれない。彼女の復讐は彼女の落ち着きにあり、それは夫がいかに無意味な存在であったかを示している――互いが冷ややかに傷つけ合っているのである。多面鏡効果を用い、語り手が絶えず顔を出すこの物語は、本来中心としてあるべき家庭から切り離された状態における、置換、反転、圧縮から成る複雑な夢であるように思われる。

殆ど十二年間にも及ぶ隠遁が終わろうとする頃、ホーソーンは『三重の運命』を書いた。この物語は注目すべき運命を求めてこの世の異郷を十年間さ迷い、結果としてその運命は「母親の住居の近辺の土地を耕し、そこに出来たものを刈り取ること」(IX、四八一)なのだと知る男についての寓話である。主人公ラルフ・クランフィールドは、個人的および職業的(双方は密接に関連するが)な意味で彼固有の運命が、彼の出発点――母親、幼馴染み、そしてかつて一まとまりの経験を授けてくれた母親の住居――への帰還から導き出されるはずだと気づく。母親との喜びに満ちた再会の後、彼は「忘れもしない寝室で、幼少の頃まどろんだ枕」（Ⅸ、四七七）、母親の胸を連想させる枕に頭を休めて、心高ぶる夜を過ごす。

『三重の運命』における三つの局面のうち二つを、彼は去る前に準備していた。彼は母親の家の門付近にある木に自分で「掘れ」という言葉を刻んでいた。それは彼が世界中探し求めてきた埋蔵された宝の印である。そして彼は幼馴染みフェイス・エジャートンのために、彼の花嫁となる宿命の印として水晶を不思議な形のハート型に彫り上げていた。ずっとラルフの夢に出てきた魔法の言葉をフェイスが口にすると、「その幻の乙女は……彼の空想から消えてゆき、その代わりに彼は幼馴染みを見たのである！」（Ⅸ、四八二）運命の宝は「誕生の地」から生まれることになっていた作物であり、運命の花嫁は姉や妹によく似た幼馴染みだったのである。

＊"Lives of Hawthorne"（*Yale Review* 70 [Spring 1981]: 421-430）において、アレクサンダー・ウェルシュはジュリアンの言葉のエリクソン的特性について注意している。「彼の性格には怠惰なところがあったが、それは神の慈悲によって、世の中で行うべき何か偉大な使命を持つ人々の若い頃にしばしば見られる特徴である。怠惰が保護してくれなければ、その仕事に未熟なまま着手し、そのため仕事も当事者たちも台無しになってしまうであろう。」*Nathaniel Hawthorne and His Wife* (Boston and New York: Houghton Mifflin, 1884), vol. 1, p. 122. ウェルシュの『ウェイクフィールド』についての解説は四二七頁および四二八頁にある。

※『モービー・ディック』の第一行は、例えば「彼をウェイクフィールドと呼ぶことにしよう」とか「みんな僕をイルブラヒムと呼ぶよ」とかいうように、登場人物の名前について、またしばしば自分自身の呼び名について、このように曖昧な表現をするホーソーンの傾向をそれとなくほのめかすものであろう。『ブライズデイ

ル・ロマンス』では、ゼノビア、フォーントルロイ、セオドアの三人は、ただ恣意的に付けられた名前で呼ばれるに過ぎない。

## ルイーザとエベ——従順な妹と尊大な姉

ゴシック・ロマンスの主要な要素である対照的な女性のタイプを、ホーソーンは妹と姉との自分の経験からふくらませていった。彼女たちの性格と経験は著しく異なっていた。妹のマリア・ルイーザはしばしば戯れ好きで愛想が良くて平凡だったとよく言われてきた。彼女はダンスやパーティーやきれいな服が好きだった。料理が上手で裁縫に秀でていたが、それでも彼女はナサニエルに付き合ってレイモンドで猟や釣りをしたものだった。彼が新古典主義を気取った『スペクテイター』を書くのを手伝ったし、彼の秘密のピン・クラブにも入った。彼女は社交的で優しく、動植物を愛し、十九世紀的意味でとても「女性らしい」人だったが、いつも自分では少女っぽいと思っていた。このように家庭的な性格であったが、彼女は結婚を考えたことは一度もなかったようである。

才気縦横の姉や兄とは対照的に、劇的なものを求める伝記作家の目に彼女は平凡に映ってきたようである。それにも拘らず、家庭的なフィービーのようなタイプ、すなわち芸術家と結婚して彼を社会の領域内に連れ戻すことのできる金髪の女性をホーソーンが心に思い描く時には、彼女の家庭的な美点が大いに影響を及ぼした。姉とは違い、マリア・ルイーザは殆ど無抵抗なまでに受容的であり、親しみやすく、知的な挑発や競争を仕掛けるようなところはまるでなかった。彼女の手紙の内容は大抵、花々やペットやダンスやパーティーのことであった。[39]

一方、エリザベス・マニング・ホーソーン、愛称エベは、黒髪で美しく、尊大で、自説を曲げず、才気縦横だった。エリザベス・ピーボディーの回想では、彼女は「大いなる天才」となるであろう「聡明な少女」に見え、……「その明るい、とても内気な目と、とても興奮した低い笑いをしばしば見せる様子は、まるで世の中の経験が豊かであるかのように機知と鋭敏さに満ちているように見えました。態度は少しも感情的ではなく、極めて知的でした」となる。[40] 彼女は早熟で、最も初期の手紙でさえ英文を書く彼女の優れた技能を示している。これら初期の手紙は辛辣で、相当生意気で、人々を酷評し、手紙を書くためのしきたりにさえ苛立っていたことを示している。彼女が敬愛した弟ナサニエルでさえ、「僕が恐れるのはエリザベスの嘲りだけです[41]」と言ったという。エベの高慢な調子と手厳しい表現は早くから現れている。一八一六年八月、彼女は伯母メアリーにこう書いている。

親愛なる伯母さま

空疎な手紙を長々と書くことほど愚かしいことが他にあるのかどうか、私には分かりません。でも伯母さまは私にそうしろと仰しゃるのですね。はっきり言いますが、それはまったく私の意志に反することです。恐らく伯母さまは私の忍耐には良い訓練だとお思いでしょう。読む方も同じ忍耐がいるのかもしれませんね。……私の手紙をダイク氏にお見せになりましたか？　もしそうなら、もう手紙は書きません。……

もし時間さえ私の自由になれば、馬を乗り回したいと切に思っています。レイモンドにいる間は一度だって訪問するつもりはありません。いつもあの人たちを嫌な人たちだと思っていましたが、今ほど嫌だと思ったことはありません。隣人のあら捜しを除いて、聞くに耐えることは話すことができないのです。こういう話題で活気づきでもしない限り、みんな無気力に押しつぶされてしまうのです。だからあんなに夢中になってしゃべっているのです。……

最後に、今後は私に手紙を要求しないよう心からお願いします。今はとても時間に余裕がないのです。[42]

エベは勤勉で良識ある生活という理念に従うことを要求する家族の重圧を確かに感じてはいたが、彼女は弟よりずっと直接的にその理念に逆らった。彼女は夜ふかしし、自室での読書に長い時間を費やし、非常識な時間、すなわちしばしば暗くなってから散歩し、家事であればどんなものにでも抵抗した。リチャードは一八一六年に、「特にエリザベスはどんな種類の仕事でもやるなどと考えるだけで耐えられない」と述べているし、一八四九年になってもまだソファイアも、「エリザベスはなべ掛けかぎや自在かぎ、鉄串やアイロンを扱えず、日々の役に立ちません[43]」と言うことになるほどであった。

その独立心が強かったにも拘らず、エベは弟を立ててやり、自己を抑えていろいろと彼を助けてやった。弟が大学を出てセイラムへ戻った時、彼女は彼のためにセイラム図書館からいろいろと本を借りてきてやったが、それもできるだけ沢山借りて来ることを自慢した。彼が雑誌『アメリカ実用面白知識誌』の編集者であった時、彼女はセイラム図書館で調査したり、記事を多く書いたりして、彼との匿名の共同編集者となった。彼女はまた一八三七年に刊行された『ピーター・パーレーの万国史』二巻の執筆にも協力した。エベの協力がなかったら、ホーソーンは必要な量の書き物を仕上げることはできなかったであろうが、これら当たり障りのないように書く必要のある記事に彼女が自分の奇抜な見解を差し挟むことを、彼は絶えず非難せねばならなかった。雑誌のために、いかに引用するかではなく、いかに自分なりの言い方に言い替えるかを彼は彼女に教え、その際「専横な政府についての（彼女の）きわどい見解をいくつか訂正せざるを得ない[44]」と忠告を付け加えた。彼女の書いたジェファスンの伝記的なスケッチについて、彼は「奇抜なことは何も加えないようにしなさい[45]」と注意を与えている。エベは尊大な性格だったので共同編集という目的にさえ容易に従うことができなかったのである。

ホーソーンとソファイア・ピーボディーの婚約に先立つ数年間、エベは彼の仕事仲間であり、パートナーであり、校正者であって、親密な関係を容易に手放そうとはしなかった。共同編集には誇りも独占欲もあったので、彼女は自分の仕事に対する評価は求めなかった。数年後ナサニエルは彼女について、ウィリアム・D・ティクナーに次のように書いている。「彼女は私が知る最も賢明な女性です。全般に私よりもはるかに才能があり、優れた教養を身につけています。でも彼女が文学で身を立てるという見込みは少しもないでしょう――女性には一風変わった仕事なのでしょうが、新聞の政治欄の編集者としてなら別ですが……彼女は生まれながらの本の虫で、本を物理的にも知的にも愛しているのです[46]。」

長年エベはセルヴァンテスの翻訳に取り組んでいたが、それは決して出版されなかった。彼女は僅かな収入を衣服よりも本に費やすことを好み、小説、詩、伝記、歴史と広く渉猟した。文学に関して彼女は確固とした非常に独自の意見を持っていた。伝記文学、特に弟についてのものには常に不信の念を抱いていて、このジャンルに対する自説を活発に述べた。ジュリアンやその他の家族が「自分の人生が少しでも記録されるようなことがあってはならない、と彼らの父親が命じたのを思い出してくれる」ことを願いながら、「あらゆる伝記は、真理を装ったり、事実を扱っているふりをするぶんだけ、間違っていると私は思います。小説こそが性格を表現するのには適した分野なのです(47)」と彼女は書き添えている。「唯一良い伝記とは決して書かれるはずのなかった伝記である(48)」というカーライルに同意して、ひとりの作家の姉であり共同編集者であるこの人物は、「個人的な友人など、文筆のみで生活する文学者にとってどんな意味があるというのでしょう(49)」と書いている。

従順な母親や妹とはまったく異なり、エベと弟は秘密主義で執念深いという性格的特徴を共有していた。二人とも相手に手紙を他の人に見せないよう頼んだし、後年はしばしば受取人に手紙を燃やすよう要求した。二人とも極めて感情的な反感を抱きやすく、残酷な言い方をする傾向があった。ホーソーンは英国での日記に、ある種の女性の裸体像(50)のお尻を蹴ってやりたいと書いているし、体重が重すぎるイギリスの老貴婦人たちを「鋭い短剣を使って山のような肉を切り取ること(51)」によって人が殺害しても、それは正当化されるだろう、と記してもいる。彼はジェイムズ・T・フィールズへの手紙で女性作家たちに言及し、「彼女たちが書くことを禁じられ、罰として牡蛎の殻で顔を深く乱切りにされればいいのに、と思います(52)」と書いている。ホーソーンの言葉による敵意は殆ど女性たち――「書き散らすあの忌まわしい女ども」、そして特に肉づきのよい女性たちに向けられた。「でぶ、でぶ、でぶ。誰がそんな母親には尻込みせずにいられようか？　誰がそんな妻には尻込みせずにいられようか？[53]」

エベの後年の執念深さは大抵ソファイアに向けられた。彼女はホーソーンの死や子供たちの零落をソファイアのせいにして責めたのである。彼女の別の非難の矛先はホーソーンの伝記作家たち、特にジョージ・パーソンズ・レイズロップのような身内の伝記作家に向けられた。「ある新聞に……デラウェアで貧しい人が窃盗の罪により公の場で鞭打たれたとありました。今私は、ジョージがデラウェアに住んでいて、盗みを働く気になり（彼はまったく善良なところがなく、それくらいはしかねません）、それが発覚して、みんなの目の前で同じように鞭打たれればいいのに、と思います。[54]」

気質と興味の対象が似ていたにも拘らず、エベとナサニエルは殆どいっしょに過ごすことはなかった。子供の頃、二人はそれぞれの部屋の間で、ロープとバケツを使って自作の詩やその他の文学的習作をやりとりしていた。エベの遠慮のない意見や嘲りを恐れていた彼には、ルイーザという方が気楽だった。大学から戻る頃までに、エベは引き籠もるようになっていたので、彼は思うままに姉と会うこともできなくなっていた。彼の結婚後は、エベが彼やソファイアと同じ家に住んでいた時でさえ、彼女に会うことはかなり少なくなった。

少女の頃エベは結構社交的で、パーティーやニューベリーポート訪問を楽しんだものだが、当時の一致した記録では一八二五年にはもう彼女は隠遁生活をしていた。一八三九年までにホーソーンは彼女についてソファイアにこう述べているほどである。

前もって会う約束をした時や、散歩に出かける時でなければ、姉のEと昼間に会うのを決して期待してはいけません。僕も昼間に会うことに慣れていないので、日光のもとでの彼女を想像できないくらいです。特別なことでもなければ彼女の生命機能や知力は夕暮れ時になるまで働き始めないのではないかとつくづく思います。彼女の心身が最もよく働くのは真夜中なのです。[55]

同じ家に住んでいた時でさえ、ソファイアは彼女を「見えない存在」と呼ぶこととなったのである。

エベの物理的孤立はナサニエルが経験したものよりはるかに決然たるものであったが、彼女は孤立を罪だとは感じていなかった。彼女は自然や猫や本に喜びを見出して自足していた。一八四九年に母親が死ぬと、エベは海の近くのモントセラトに住むコール家に下宿し、以後ずっとそこで暮らし、セイラムにはほんの時折やって来るだけだった。彼女は物理的には孤立していたが、精神的には孤立していたわけではない。というのは、彼女は弟の子供たちやマニング家のいとこたちの生活には熱烈な関心を抱いており、身内で広く文通を続けていたからである。その際の愛情にあふれた手紙には、いとこや姪たちを執拗にモントセラトの自宅へ招待したものや、花が咲いたのを季節ごとに報じたものや、当時の政治的な出来事についてたびたび強い調子で意見を述べたものなどがあった。

いかに常軌を逸していようと、エベは自己不信に苦しむことはなかった。自分の態度を隠す必要を感じなかったので、それを小説という形で遠回しに表現するほどの衝動は殆どなかった。マサチューセッツの彼女が住む地域に現れつつあった女性の知識人や作家たちの多くに、彼女はピーボディー家を介して会うことができたはずなのだが、そういう女性たちの数が増えつつあったことを考えると、彼女がその知性を自分だけで享受することに満足したのは驚きである。独断的な彼女ではあったが、出版して世に評価を求めることまではしなかった。野心は弟に任せたのである。

エベの複雑で手ごわい性格は若い頃のホーソーンの心に銘記された。彼女が進んで自分の才能を抑えていてくれたので、彼の遅い出世とはかばかしくない売れ行きとは対照的に文学市場で成功していた「書き散らす忌まわしい女ども」に対して彼は容易に反応することができた。出版する女性は「女らしくない」し、小説では自己を晒すことは避けられないと彼は知っていたので、それをあえて試みるのは不謹慎ですらある、というのが彼の反応だった。

ナサニエルに対するエベの独占欲、彼の婚約を妨害しようとしたこと、そして生涯に亘ってソファイアを避け、反感を抱いていたことには、強い性的動機が露呈している。もしホーソーンにも同じ感情があったとしても、彼はそれを、自分の態度に間接的に示したり、危険な性的誘惑者である黒髪の女性――すなわち過去の性的経験や結婚であるとか、例えば『ラパチニの娘』では化学的毒性などによって、男性主人公には禁じられた黒髪の女性――という小説中の人物像に、間接的に示したりすることができるだけであったことだろう。その上、禁じられた性的魅力を発散する、自立し、強い精神を持った黒髪の女性に、彼はいつも魅了されつつ反発する性質だったのである。

父親の伝記作家として、ローズ・ホーソーンとジュリアン・ホーソーンの二人とも、ナサニエルの婚約と結婚に対するエベの激しい反対について証言している。ピーボディー姉妹は羊歯の中に身を隠して鱒をおびき寄せる賢い釣り人だ、とローズは表現している。[56] ジュリアンはエベの策略を多く報告しているが、その中に、エリザベス・ピーボディーがナサニエルに送り、ソファイアが届けた花を、エベが横取りしたというものがある。彼女の高飛車な態度におとなしいソファイアは当惑し、姉にこう書いている。

私は土曜日にお姉さんの包みと花を届けに行きました。花は彼へのものだと思っていましたが、昨日エリザベスからもらった走り書きには次のように書いてありました。「Eが送って下さった花はとてもよい香りで趣味のよい組み合わせですので……花を愛でるなど女性の趣味だと公言してはばからない弟にあげてしまうなんてもったいないと思いました。それで私は彼に花を見ることは許しましたが、それは私自身への贈り物だと見なすことにしました。」さて、私はこれに少々腹が立ちましたが、いかがですか。彼が花を好まないとは信じられないのです。

エベが花を横取りしたことについてジュリアンは次のように結論する。「（エベの）態度が不当で彼女らしい勝手気ままで失礼なものであったことに疑いの余地はない。ホーソーンほど花の美や魅力に敏感な人はいなかった。……彼の姉は彼に向けられるどんな注目にも嫉妬し、どんな形であれ少なくとも消極的な抵抗を試みる傾向があった。[57]」

結婚などすると母親を「殺す」ことになるだろうとほのめかして、弟に結婚させないようにするマキャヴェリ的策略家である、とジュリアンはエベのことを考えたが、その判断が正鵠を射たものであろうとなかろうと、ナサニエルは結婚のほんの少し前まで婚約の発表を遅らせた。[58] 婚約発表に恐れを感じることは、三十八年間独身であったひとり息子の側からすれば必ずしも驚くには当たらない。三十八年間とは、母親や姉や妹が彼を永久に自分たちのものだと考えるようになってしまうほどの長さなのであるから。男性に頼るのに慣れてしまっていたので、叔父ロバートが自分の家庭を持った今では、彼女たちは自然の成り行きとしてナサニエルにしがみつくことを望んだのである。ナサニエルを失うという思いもよらない事態になれば、生活力も乏しく自立の習慣もない女性たちから恐ろしい反発が必然的に起きることになるだろう。エベの長きに亘る独占欲や彼の私的自由を好む傾向を考えれば、彼が婚約を伏せておいたことを特に誤っていると見なす必要もないのである。

ホーソーン夫人は婚約の知らせに「殺され」ることはなかったし、強い心の動揺を表わすこともなかったが、「羊歯に隠れた三人組」の誰もボストンでの結婚式には出席しなかった。ソファイアは持ち前の鋭い感受性で、義理の母親の引き籠もり生活を受容して、彼女を愛するようになった。ソファイアとルイーザの間には何年にも亘って暖かい親密さが育まれていった。ルイーザはしばしば家にやって来て、子供たちに服を縫ってやったし、また授乳や子供たちのトイレの躾など細かなことについて、ソファイアから大きな信頼を受けるようにもなった。ソファイアがヴィクトリア朝的な淑女ぶりで評判だったことを考えれば、そのようなことまで手伝ってもらっていたことは、ここで言及する価値があるだろう。

初めの頃ソファイアはエベに畏敬の念を抱き、彼女を好きになりたいと思った。まだ婚約の兆しのなかった頃、エベは一度ソファイアを暖かく迎え入れたことがあり、ソファイアはそのことを「これまでにない光栄……。私はいっぺんで彼女が大好きになってしまいました。彼女の目はとてもきれいだと思うし、先のほっそりした彼女の手の表現も好きです。……彼女をとても好きにならなければと思います。彼女が隠棲しているのは感受性が極端に鋭いからだと信じています。[59]」

しかし、婚約期間中と結婚後は、エベの極めて侮辱的な態度のことでホーソーンはソファイアに繰り返し謝らねばならなかった。エベは古い牧師館の新婚夫婦を訪ねるのを拒否しただけでなく、コンコードのありとあらゆるものを、その空気さえも、劣ったものだと見なして、夫婦の最初の家庭があったコンコードへの理不尽な憎しみを募らせてもいた。ホーソーンが税関で検査官をしていた期間、みんなでセイラムのモール・ストリートの家で同居したのだが、「三人組」には二階の彼女たちの部屋へ行く出入り口が別個にあり、エリザベスは夫婦二人にとって、いちどきに何ヶ月もの間「見えない存在」になったのである。

エベにとってはすべてがソファイアがらみであり、彼女と弟の結婚はいかんともしがたい災難であった。弟の著述は結婚後は以前より精彩を欠くようになったし、家庭内の決めごとはすべてソファイア側の利己的なたくらみからなされたことだ、と彼女は感じた。一所に落ち着かず根無し草のように居を移すのはホーソーン固有のものであるが、それさえも彼女はソファイアとピーボディー家の人々のせいにして非難した。一八五一年にホーソーンがマサチューセッツ州レノックスからニュートンへ移る決心をしたことについて、エベは「これはソファイアの計画だと思います。決して一所に定住しない誠にピーボディー家らしいことです。もしナサニエルが屋敷を買ったとしても、一、二年のうちにソファイアがそこから去る何らかの口実をもうけるでしょう[60]」と記している。

ホーソーンは、妻が自分を疎外された生活から救ってくれたと深く感じていたが、それとは反対にエベは、ソファイアが夫にとって社会と接する時のお荷物であり、ロンドン社交界においては「彼女は大きな障害なのに……」、彼ひとりにしか関心のない社交界を楽しむために「いつも彼にしがみついていたものでした」、と書いている。エベによれば、ソファイアはまたジュリアンをドレスデンの学校に入れて彼の教育を台無しにした。「というのは、彼女は彼と別れるのが耐えられなかったからである。……彼女が気にかけているのはジュリアンですらなく、自分の幸せを実感できる場所で暮らしているという思いなのだ。」

エベは見たいと思うものをすべてセイラム近辺に見出したので、「自分の国より外国の方を好むほど卑屈な」人々には我慢がならなかった。ユーナのマラリア、そしてホーソーンの死でさえ、彼女はソファイアが芸術に抱いた興味のせいにした。その興味のせいで、ホーソーンがリヴァプールの領事職を辞した後も家族がヨーロッパに長く留まりすぎたというのである。ソファイアは「ただひとりの本当に非難すべき人です。私はいつも思うのですが、もし彼女が私の弟をあれほど長くローマに留めなかったら、弟は今もちゃんと生きて元気でいたかもしれません。……彼女には見識そのものが欠落しています。建物の形以外に何も見る力がなく、大切なものすべてに目が開いていないのです。[61]」

エベの憎しみは一八七一年にソファイアが死んだ後もなお続いた。一八七九年にエベはマニング家のいとこたちに、ある人々について軽蔑を込めた手紙を書いている。その人々は「ソファイアのように、子供たちに行くべきでない道を行くよう教えるのです。でも彼女が誤りを犯したのは知性ゆえではなく、単に知性の猿真似をしていたからなのです。……彼女は私が本当に嫌いなただひとりの人間だと言ってしまう方がいいでしょう。彼女は亡くなりましたが、私の気持ちに変わりはありません。見た目は平和に彼女と暮らすことはできても、私は長く生きられなかったでしょう。気兼ねのために死んでしまったことでしょう。[62]」

エベは弟への独占欲が強く、彼の結婚を妨害しようとし、彼の妻をしつこく軽蔑し続けた。これらを考えあわせると、バイロンが異母姉と近親相姦を犯したというハリエット・ビーチャー・ストウの主張に対して、エベが感情的になって反応したり腹立ちまぎれに否定したりしたことは、彼女の側の抑圧された欲望の徴候にちがいないのである。

(ストウ婦人は) いつも事実と虚構を混同しています。あえて言えば彼女は両者を識別しないのです。……彼女がバイロンについて書いた記事は空念仏に満ちていて、そういう言葉を使うと、埃が目に入った時のように見えなくなってしまうものです。……バイロン夫人については、罪を識別することのできない人々のひとりのようですが、彼女はどんな罪も同じように犯されるものだと考えています――あるいはむしろ、自分たち独特の正義の基準からの逸脱は、いかなるものであれ、あまりにも大きな罪なので、そのような大罪を犯すような者はどんなことでも平気でするのだ、と考える人たちのひとりのようです。……殆ど想像力のない人たちがそこまで思い違いをするなんて、何と奇妙なことでしょう。当たり前の考え方をする人たちにはくだらぬ幻想など無縁だと思うかもしれませんが、あの人たちはそうした幻想に囚われていて、とても迷惑な人たちのように思われます。

一八六四年一月[63]

ひとりの作家が姉と近親相姦を犯すという考えに対するエベの軽蔑は、あらゆる方面に飛び散り、作家階級全体の評判を貶めるほどであった。激昂したエベにとって、ストウ夫人は扇情的な空念仏を書き、作家たちは事実と虚構を区別せず、オーガスタ・リーは近親相姦を犯し得ないどころか、バイロンと妻との橋渡し役であった。エベはバイロン夫人を見識がないと非難したが、それは先にソファイア・ホーソーンの特質とされたまさにあの罪なのである。弟の結婚後エベが彼をこれみよがしに避けたばかりか、このように公然と非難したことは、確かに彼の耳に届いたにちがいない。

一八四八年六月二七日、ホーソーンはニュートンを訪問中で家を離れていたソファイアにある夢について詳しく書いて送った。

先夜、夢を見ました。僕がニュートンにいて、あなたや他の人たち数人といっしょに部屋にいるのです。あなたは機を見て、自分はもはや僕の妻ではなく、他に夫がいると公表しました。あなたはまったく平静で、落ち着き払って――特に僕ひとりにではなく同席者みんなに話しかけて――この情報を伝えたので、僕の思考も感情も麻痺してしまい、僕は何も言えませんでした。あなたはまったく断固たるもので、僕は何も言わずに引き下がるほかありませんでした。しかしこの直後、同じように同席していたあなたのエリザベス姉さんが、こういう事態になった以上、僕はもうあなたの夫ではないのだから、当然自分の夫になるのだ、と同席者たちに告げたのです。そして僕の方を向いて、彼女か僕のどちらが僕の母に手紙を書いてこの新しい取り決めを知らせましょうかと、極めて冷静に尋ねたのです！　どのように子供たちを分けることになったのか、分かりません。僕に分かるのはただ、突然僕の心の麻痺が取れ、際限なく苦悶しつつあなたをいさめ始めたのですが、そのさなかに目が覚めたということです。しかし、言い難いほど侮辱されたような感じや憤りが長く残り――今もまだそれがすっかり消えたわけではありません。たとえ夢に現れる時でも、あなたはそのような振る舞いをしてはいけません(64)。

エリザベス・ピーボディーはナサニエル・ホーソーンの愛情を得たいと望んでいたのに、ソファイアの方が選ばれたのを知って失望したと伝えられているが、たとえそれが事実だったとしても、エリザベス・ホーソーンこそがソファイアに取って代わる夢の中の人物であるように思われる。

ホーソーンの人生には三人の重要なエリザベス——母親、姉、義姉——がいて、心を乱す内容を持つ夢の中においては、このうち最も安全なエリザベスがそうではないエリザベスの身代りになることは、あり得ることだったし、実際にありそうなことでもあった。その上、ホーソーンを夫として要求した後、ソファイアの地位の強奪者が次に取った行為は、誰がホーソーン夫人に事情を知らせるかと尋ね、そのような人員交替によって彼女の家庭の取り決めに影響が及ぶであろうことをほのめかしているのである。子供たちより先にホーソーンの母親の名前が出ただけで、夢は彼の最初の家族へと遡る。あたかもソファイアが置き換えられることでホーソーンが子供の頃の状況へと回帰するかのようである。

この夢について報告する際のジュリアン・ホーソーンの方法は、隠れたものに光を当てた解釈行為であることが分かる。彼は、事実上一八四八年六月二七日に書かれた手紙で述べられるこの夢が、一八四八年七月五日のもうひとつの手紙に述べられているかのように報告する。彼は両者を後の日付にそろえて言葉を少しばかり省略し、ホーソーンとの結婚を要求する人物を「あなたのエリザベス姉さん」から「そこに同席していたある婦人」へと変更した。彼はこのようにしてエリザベス・ピーボディーをその夢から排除したのである。さらに彼はその夢を七月五日の手紙の一節と並置した。その手紙には、ナサニエルの誕生日にソファイアが不在だった時、エベ・ホーソーンが弟を突然訪問するという明らかに珍しい出来事があり、その時彼女が彼を散歩に誘ったことが書かれている。件の夢を書き換えたものの直前に、ジュリアンは後の手紙から抜き出した次の一節を置いている。

　僕は町へ行き、夜中の十一時から十二時の間に帰宅しました。小部屋へ入ってリネンの部屋着を羽織り、居間へ戻ろうとすると、何と！見知らぬ人がそこにいるではありませんか——誰だとお思いですか？　それは僕の姉エリザベスだったのです！　あまり驚きをあらわにするなどして彼女をおびえさせたくはありませんでした。そこで僕たちは優しく心からあいさつを交わしましたが、我々に会う習慣がなかったので、それほど熱のこもったあいさつにはなりませんでした。もう遅かったし、僕も疲れていたので、その時はあまり話をしませんでしたが、彼女は午後散歩に行くつもりだからいっしょにどうかと尋ねたので、僕は行くと約束しました。彼女は今後夜ときどき僕たちに会いに階下へ降りてくるようになるのかもしれません[65]。

ジュリアンが並置しているのはほんの一週間ほど隔てて起きた二つの出来事——ソファイアの留守中に突然エベが来て以前のように弟と姉で散歩しようと求めたことと、ソファイアの地位をエリザベスが強奪する夢——なのである。ジュリアンは自分の父親に近親相姦的な意識があったことに気づいていたようであり、驚くほど細心の注意を払ってそれを伝えているのである。

　ソファイアの不在中に見た夢は、ホーソーンが性的雰囲気で充満していたことを示している。ホーソーンが近親相姦的な感情を相互に交わしたのか、相手から引き出したのか、という疑問に対しては、夢は彼が見たのであってエベが見たのではないことに注意しなければならない。エベよりも人目を気にしたし用心深くもあったので、彼は手紙や創作ノートに抑圧された素材を表面化するようなことは殆どしなかった。しかしながら彼の小説は、初期から晩年に至るまで、性的誘惑者でありタブー視される黒髪の女性を様々な形で描いている。そのような女性たちの多くは兄弟姉妹の近親相姦というコンテクストで登場するのである。

兄弟姉妹の近親相姦と、金髪の女性と対比された黒髪の女性——これらゴシック・ロマンスの主たる特徴——は、ホーソーンの家族体験によって増幅された。文学的遺産と個人的体験とが互いに呼応し強化し合ったのである。黒髪の女性に対する彼のまったく個人的な反応は、ロンドンでの晩餐で彼の向かいの席に座った美しいユダヤ人女性についての日記での描写に現れているが、それは読者が当惑するほどである。この誠に取るに足らない基礎事実から、冗漫な瞑想が日記の中で展開していった。そこに露呈しているのは、ヘスター、ゼノビア、ミリアム、ベアトリーチェ・ラパチニのような黒髪で異国的でエロスを暗示する女性たち——親密な交際は危険である女性たち——の多くの肖像の背後に潜む恐怖である。ユダヤ人女性の美しさや、顔の色つやと髪のまさにその質感の特性を正確に伝えようとして、「素晴らしい漆黒、夜のように黒く、死のように黒い、いや、漆黒ではない、あれは艶のある光沢だし彼女のはそうではなかったから……素晴らしい髪、ユダヤ人の髪なのだ」という具合に描いてゆくが、彼は自分の「ペンは何の役にも立たない」と気づくのである。

強い個人的反応を示そうとして、彼は旧約聖書の中に、男殺しのユーディット、姦婦バテシバ、そして最後にはイヴを――「人は(そのユダヤ人女性を)リンゴを食べるほど弱いとはなかなか考えられないであろうけれども」――ユダヤ人女性に類似する人物として見出す。この選択は、『大理石の牧神』で作中人物ミリアムがスケッチした女性たち、すなわちヤエルとシセラのように「男に対して復讐の災いをもたらす役割を果たす」女性たちと一致している。美しいユダヤ人女性、旧約聖書中の彼女と類似する女性たち、そしてホーソーンの小説に登場する黒髪の女性たちは、みな危険である。美しさが筆舌に尽くせないと思った現実のユダヤ人女性にホーソーンは肉体的に怯んだ。「決して彼女に触れようとか、触れてみたいとは思わなかったであろう。というのは、私は彼女がユダヤ女と感じたのだが、それほど彼女が人種的に際立っていたせいなのかそうでないのかは別として、ある種の反感を覚えたのだった。ただ彼女は見事な女性だという感じは同時に抱いたが。」(66) 黒髪の美人に対するこの矛盾する個人的反応は、『ラパチニの娘』における兄弟姉妹のメタファーとなって現れている。この物語では、ベアトリーチェはジョヴァンニを兄か弟のように、幼馴染みのように扱うが、肉体的接触に対しては二人の間に厳しく留保を要求する。彼はその障害を危険を覚悟で打ち破るのである。

作家経歴の極めて早い時期に、ホーソーンは兄と妹の近親相姦に関する複雑に入り組んだ物語である『アリス・ドウンの訴え』を書いた。これは破棄されそうになるのをエベが救ったものである。彼は、認知されておらず、長く不在を続けている双子の片割れを創造し、レナード・ドウンがうまく押し殺してきたもの、すなわち妹アリスへの欲望をこの人物に実行させて、近親相姦の色合いを薄めているばかりか、実際に近親相姦の行為があったのかどうか曖昧なままにさえしている。しかし、レナード・ドウンが、双子の片割れであり、従ってもちろんアリスの兄でもあるウォルターを殺すのは、実行されたのか計画だけなのかはともかく、アリスを自分のものにしたいという気持ちゆえのことなのである。歴史的過去を背景にしたこの支離滅裂な物語は、ホーソーンの祖先ニコラス・マニングについてフェルト著『セイラム年代記』に匿名で記録された事件を思い起こさせる。ニコラスはアンスティスとマーガレットという二人の妹と近親相姦を犯した罪で裁かれるのを避けるために森へ逃げたのであった。

『白衣の老嬢』においては、片方が高慢で誇り高く、もう片方が優しくおとなしい二人の姉妹が、黒髪の若い男の死体を前に会見する。「そこに二人の美しい乙女が青白くも美しい死者を挟んで立った。しかし、先に入ってきた方は高慢で堂々としており……もうひとりはおとなしく弱々しかった。」(IX、三七二)具体的には述べられていないが、高慢な方による何らかの行為が若い男の夭逝の原因となり、彼女は秘密を明かさないという約束を優しいイーディスに強要しながらも、彼女の許しを請いさえする。イーディスは、もし遠い将来に出会った時、その高慢な娘が「死以上の」苦しみを味わってきたと分かれば、それに応じようと約束する。イーディスは死の床や葬式には必ず姿を現す「経帷子の老嬢」となるが、高慢な方は外国で壮大な婚礼を行う。約束の日、老婦人となった二人は再会する。高慢な方は金をかけて盛装し仰々しく従者に付き添われているが、今や未亡人である。姉妹は二人とも死体が横たわっていた部屋でいっしょに息絶え、彼女たちの秘密もともに消え去る。作者は高慢な未亡人の盾形紋章に、「青地に、三つの百合紋に囲まれた、ぎざぎざのライオンの頭部」、すなわちホーソーン家の紋章を選んでいる。

この物語は技巧には欠けるけれども、自伝的要素に遡及するとともに、やがては姿を変えて芸術的成功へと繋がるその物語の素材は注目に値する。二人の姉妹が美しい青年の死体を前に張り合いつつその死体から離れようとしないという冒頭の場面は、自分自身の死が引き起こす悲しみを目撃するという自殺の幻想であり、それはホーソーンの創作ノートや初期の物語に現れる種類の幻想である。自分自身の姉妹に似ている二人の姉妹を描くに当たって、彼は後にヘスター・プリンを創造する際に使用する諸要素を実験した。共同体内の死や他の通過儀礼の、恐れられるが容認された目撃者である優しいイーディスに、まずルイーザの様々な様相が現れている。この役割は後に、「苦悩のために陰鬱となった」家に暮らすにふさわしい社会からの追放者であるヘスターの「社会奉仕」の側面へと再加工される。ヘスターの緋文字と同じように、イーディスの白い衣服（疑いなくヒルダのものは後にそこから切り取られた）は、物語の進展とともに、恐れの象徴から神聖さの象徴へと展開してゆくのである。

ホーソーンの想像力は姉のエベから黒髪の女性たちの様々な特性――横柄な自尊心、美しさ、知的才能――を引き出したが、その特性のいくつかは姉妹の尊大な方に現れている。しかしそのような登場人物たちはエベ以外のもうひとつのモデルからもエネルギーを得ている。尊大な方は、その結婚については作者が述べていない寡婦としてこの物語に再登場するが、寡婦暮らしは作者自身の人生の初期におけるあの中心人物の重要な特性であった。イーディスの「老嬢」という身分とは対照的に、尊大な方の結婚は物語の枠外に置かれ、彼女の性的経験が曖昧ながらも示唆されている。ヘスター、ゼノビア、ミリアムの場合と同様、物語が始まる前や語りの枠外での肉体経験ゆえにエロティックな雰囲気が漂うことになるのである。

黒髪の女性たちの暗い、しばしば曖昧な性的経験に対して構造的な重要性を与えるホーソーンの傾向は、彼が寡婦としての母親しか、つまりその結婚生活が完全に彼の経験の外側にあった母親しか知らなかったという事実に由来すると解してもよいであろう。そのような状況は、彼女の存在に影を落としている欠落への性的好奇心を生み出したにちがいない。ホーソーンの子供時代の境遇は、ブライズデイルという大人のユートピア共同体に屈折した形で現れる。この共同体は、ゼノビアと断固たる博愛主義者ホリングズワースという親のような人物たちに支配されている。ゼノビアは二人の男と繋がりを持っている。ひとりはホリングズワースであり、彼女は彼を愛するが愛を勝ち取ることはできない。もうひとりは彼女の過去の男で魔法使い的人物であるウェスタヴェルトで、彼は彼女と霊媒のプリシラに対して不思議な力を持ち続けている。ゼノビアはプリシラの少女っぽい憧憬を鼻であしらい、語り手カヴァデイルがいやらしい下心を抱いて接近してくるのを嘲笑する。カヴァデイルは臆病で捉えどころのない二流詩人であり、ホリングズワースが自分と同じ力強いタイプに鍛え直そうとするが失敗する人物である。カヴァデイルは現在と過去におけるゼノビアの性的経験に関して好色な想像を巡らす。物語は、ゼノビアが「婚姻によって神秘の門が大きく開かれた」女性であるという彼の直感を決して立証も否定もしないが、それは彼女とウェスタヴェルトとの以前の関係を少しも明確にもしないのと同じである。二人の女性に対してなぜウェスタヴェルトが魔術師的な力を持つのかも故意に曖昧にしてあるので、ウェスタヴェルトがプリシラの父親でゼノビアが母親なのかもしれないという示唆も生じる。そのような推測には困難がある（例えば、ゼノビアとプリシラそれぞれの年齢）けれども、もしそのように考えるとすれば、これら二人の女性の態度、特にプリシラの人目をはばからぬ心酔に対するゼノビアのそっけない拒絶や、プリシラがホリングズワースの愛を得たことに対する彼女の極端な反応（自殺）については、大いに納得できるであろう。ゼノビアに関するカヴァデイルの好色な思索は幼いパールの父親探求の成人男性版である。両方とも、自分の母親の遠い性的過去についての作者の初期の好奇心が変形したものであるように思われる。

　自分の出生を想像することによって、若いホーソーンはバラバラになった両親を一組に纏めようとすることができた。もし彼が親の位置から侵害者としての叔父を追い払い、正当な父親を復帰させ、一見処女的な母親の女性としての役割を完全なものにすることができれば、彼の誤った両親像が修正されるかもしれない。そのような状況においては、この想像自体が罪であると同時に救済でもあろうような原光景《プライマル・シーン》に近い概念である。それは、エリック・J・サンドキストが突き止めているようにホーソーンの罪意識のおおよその位置に当るものなのである。[67] ホーソーンに繰り返し現れる覗き趣味のテーマを複雑に絡み合うモティーフと関連づけて、サンドキストは以下のような対照を識別する。

無情な観察に対する非難対観察者たちとの自己同一視（その目的が単なる覗き見かファウスト的秘法かにかかわらない）。思索の危険対自由思想の高揚。創造的活動の罪深き傲慢さ対その気高さ。無限への恐れ対閉じ込めへの恐怖。野心の危険性対無意味であることへの恐怖。このような平衡状態の一方を選ぶ時は常に、ホーソーンは同時にもう一方の側にも力を注いだ。サンドキストによれば、これら相互に連結したすべての群の中核にあるのは恐らく思索、「科学への情熱《リビドー・シェンディ》」を構成する逸脱、知識への欲望、そして禁じられた場面を見たり想像したりする行為なのである。

挑発的にもサンドキストは思索の罪を表現の罪あるいは芸術的な表現もしくは再現の罪に結びつける。確かにチリングワースやカヴァデイルのような登場人物は、物語以前の、物語を生み出す要因となった性的行為について思索するが、その場合物語の中ではその行為が具現化されたり生み出されたりする。その結果、ある最初の罪深い行為は罪深い思索をもたらし、それが今度は罪深い表現をもたらすことになる。殆ど一連の「（旧約聖書中の）家系図」である！　そしてもしサンドキストの指摘する連鎖をホーソーンの子供時代にまで敷衍してみれば、一群のテーマの考えられる起源は覗き趣味へと収斂することが分かる。両親の性行為の中に自分自身の起源があるという思索は、知識の追求を色欲で汚染しながら自然の神秘について思索することへ通じ得ただろう。たとえ創造的行為のためであれ、学び知ることの彼のモデルが実際に植物を異種交配させる創造的な科学者だったことは、知的探求という活動すべてを罪で汚染してしまったのである。ホーソーン自身の芸術的創造性さえ科学者の有益性と同一視された。すなわち科学者の創造的行為は、時には自然の拡大であると、また時には

「不自然」であると、従って人道主義的と見なされたり、悪魔的と見なされたりしたのである。科学的追究に性的特質を付与することから、チリングワースの心理学的な探究や草本学、『痣』におけるエイルマーの錬金術的実験、そしてラパチニの「植物の姦淫」に見られる情熱的特性が生じるのである。

もしナサニエルが父親の地位の強奪者を追い払うことをひそかに願っていたとしたら、受けた恩恵に対する忘恩の罪を犯していたことになるだろう。その上、彼自身の創造性と知識の探求は叔父のものとよく似ていたので、復讐は実質的に自己処罰になったであろう。腹立たしいことに、取るべき道は正反対の方向に別れて行くように思われる。一方は本来の父親を取り戻すことへと向かうが、それは死者の恐るべき帰還を意味するであろう。もう一方は代父の追放へと向かうが、その後には危険な空白が残るであろう。たとえ侵入者である叔父を排除したとしても、それだけではその後に抑制されないエディプス的欲望の迷路に取り残されてしまうことであろう。侵入者は父親の位置を強奪したのであるが、少年と母親の間の緩衝的役割をも担ったのである。ハムレットが叔父を排するのを願いながらもその不在がもたらす空席を恐れたのとまったく同様に、ホーソーンもまた母親の「占有されない」状況に悩んだのである。「明らかな所有者のいない広い土地を占有する」(Ⅱ、三)、あるいは「不穏な墓の向こうに」家を建てる彼は、目に見えない所有者の帰還が恐ろしいにちがいない。『緋文字』とその序文にずっと織り込まれているのは『ハムレット』への言及であり、これは驚くに当らない。『ハムレット』とは、亡父の霊に侵入者である叔父を排するよう命じられてぐずぐずためらう息子を舞台化したものである。ハムレットの性的淫乱と性的嫌悪との結合はまたホーソーンの状況にも当てはまる。ハムレットが母親の性的経験に対する態度をオフィーリアとの関係の中に移し変えたやり方と同様なのである。*

ホーソーンにとっては、母親の誘惑的な姿とエベの近親相姦的な雰囲気とがないまぜになり、その結果二人のエリザベスは結合して危険な官能性を帯びた母親像を創造した。その母親は、ホーソーン文学における最も複雑な人物であるヘスター・プリンの中に、初期の女性のあらゆる心象を融合させるのを可能にした触媒的要素だった。ルイーザの無私で家庭的な性格、エベの高慢さと美しさ、母親の寡婦の状態、という三人の特徴を包含する女性像が、やがてヘスターの孤独だが誇り高く有能な母性へと変形していったのだろう。このような個人的経験の文学的変容は、不気味にもホーソーン家の紋章「青地に、三つの百合紋に囲まれた、ぎざぎざのライオンの頭部」によって予示されていたのである。

＊『ハムレット』の一連の出来事は、ハムレットの父親の亡霊が現れて、自分の死に対する報復をし、誤った記録を正すよう息子に命じることから生み出される。『緋文字』の一連の出来事は、作者の「幽霊の父親」である輸入品検査官ピュー氏が現れて、自分の物語を伝えることによりヘスターに対する彼の記憶を正しく表現し、子としての義務を果たすように命じることから始まる。ハムレットと同様、『税関』の語り手も幽霊の父親に対して子としての義務を果たすことを誓う。「息子たち」は二人とも行動に踏み切るのに苦労する。ハムレットは「大いなる意義と重要さのある企ては……行動という名を失う」と不平を言っているし、『税関』の語り手は、「自分が取りかかろうと夢見るどんな企てからも意義と有用性を奪ってしまう」無気力を嘆いてい

る。シェイクスピアが描く妻に不義をされた亡霊は報復者に対して、「いささかもお前の母親に謀り事を」せずに、「彼女を天に委ね、／彼女の内心に留まっている棘が／彼女を刺し苦しめるままにせよ」（I、八五－八八）と警告する。チリングワースも同じように不実な妻への復讐を放棄し、それを男のために残しておくが、亡霊がガートルードのために選んだような精神的復讐をその手段として選択する。チリングワースはヘスターがその恥辱によって十分に罰せられていると考えて、彼女の愛人に対してもあからさまな危害は加えないことにする。彼は彼女に「私が天の報復を妨げるなどと考えてはいけないし、……いやしくもそいつの人生に謀り事をなすと考えてもいけない」（I、七五－七八）と言う。確かに彼はディムズデイル自身の心を刺す棘で満足するのである。

## 母と結婚

「誕生の地」が派生的にもたらしたもうひとつの出来事は、ホーソーンがその場所から結婚相手を選択したことである。ソファイア・ピーボディーはホーソーンの幼馴染みではなかったが、彼の両親と同じように二人はセイラムで成長し、家はすぐ近所であった。彼がソファイアに大人としての関心を抱いた時、彼女は彼のピューリタンの祖先が眠る古い共同墓地に隣接するチャーター・ストリートに住んでいた。彼が出会った頃のソファイアは結婚を完全にあきらめており、家族のもとで病弱な生活を不本意ながらも送っていた。ホーソーンの才能と人柄を同等に評価している活発な姉エリザベスを無視して、彼は最初の出会いの時に病室の白い部屋着を着て彼の前に姿を現した病弱なソファイアの方に好意を抱いた。

エリザベス・ピーボディーは二人が突然引かれ合ったこと、あるいは突然認め合ったことに、驚きをあらわにした。というのもピーボディー家では、ソファイアを年頃の女性というよりむしろこの先いつまでも妹であり娘であり続けるだろうと考え始めていたからである。ピーボディー家の者はソファイアを「決して結婚しないと感じながら成長し、自分のことを子供同然と見なしている[68]」娘だと表現した。ホーソーンが結婚を決意したのはまさしくこの独特の性質ゆえである。彼は世間からのソファイアの神経衰弱的な引き籠もりをお馴染みのホーソーン的資質に同化させ、心の中で彼女の無力さを世間によって汚されていない純粋さの印にまで高めたのである。

ソファイアはまるで妹であるかのように無心にホーソーンを受け入れたので、二人は極めて打ち解けて急速に接近することとなった。出会った後すぐに彼女はエリザベス・ピーボディーに、「私は彼のことをまるで生まれながらの兄のように感じました。私がこんなふうに最大限の、しかも完全に内に秘めた賞賛の念を抱いた人は、これまで殆どひとりもいませんでした。彼とひんぱんに会うことに関心があるわけではないのですが、彼がいることを、そして時折は彼とお付き合いすることを思い浮かべるととてもうれしくなります。彼といると最も落ち着いた気分になります。まるでそれまで彼をずっと知っていたかのようです[69]」と書いた。ソファイアのこの世のものとも思われぬ性質は長く変わらなかったので、ピーボディー家の者によれば、ホーソーンは婚約期間のずっと後になってさえ彼女を評して「いかなる男の胸にも飾られるべきではなく……人間の魂の可能性を示すために天上から貸し与えられた花[70]」と述べるほどだった。

そのような精神的理想化によって守られ、兄妹であるかのような幻想によって奇妙に高められた関係は、喜びに満ちあふれた結婚へと開花した。ホーソーンはソファイアの中に必要かつ馴染みの特質を見出した。彼は脆弱な自尊心の支えとして女性からの敬愛に慣れていたし、それを必要としてもいた。そして彼の姉と妹が、他の男には目もくれずに、あまりにも長きに亘ってそれを与え続けてきたのだった。ソファイアはこの役目を完全に引き継ぐ体勢にあった。その上、彼女の処女的で、妹であり娘であるような振る舞いは、女性に対して彼が子供の頃に抱いた印象とまったく矛盾しなかったのである。

母親は結婚生活が短く、彼女の父親の家へ帰るとすぐに姉妹と娘の役割へと逆戻りしたので、彼女は彼の目には独身主義者で性とは無縁の人物と映った。この本質的に処女的なイメージを抱いていたために、晒し台上のヘスターによって喚起される「神聖なる母性のイメージ」のように逆説的な形で、彼は「罪なき母親という聖なるイメージ」の中にエロティックなものを描き込むことになった。無垢と神秘的なセクシュアリティとが融合した「聖母マリアのイコン」は精神的な基準であり、そのためにソファイアの乙女の慎み深さが殆ど即座に彼にとって馴染みの望ましいものになるのであった。

ソファイアは彼の幼い頃の欲求や空想と繋がる様々な性質を持っていたので、彼の理想的な女性像《アニマ》となり、そのような欲求や空想をセクシュアリティや創造性といったより成熟した方向へ向けるのに役立った。彼女はダニエル・レヴィンソンによる「特別な女性」としての女性像《アニマ》に見事に適合する。「彼女は（夢を）共有し、彼をその夢のヒーローと信じ、それに祝福を与え、彼といっしょに旅をして、その中で彼の大望が想像でき、彼の希望を育むことのできる境界域を生み出す。……彼の依存状態、不完全性、彼女を実物以上に美化したり（そして実物以下に貶めたり）する欲求を受容しつつ、（彼女は）彼の大人としての大望を育むことができる。[71]」天使のごとき女性というヴィクトリア朝のステレオタイプもまた、ソファイアが自分の経験と気質の助けもあって特にぴったりの役割を果たすのに役だったのである。

このステレオタイプには従順であることが含まれており、これはまた別の女らしさの文化的基準であり、彼女の夫の家族体験によって強化された基準であった。母親やルイーザのような従順な女性といる方が落ち着けるので、ホーソーンは常に女性の自己主張を回避してきた。彼は自分の才能を理解できる芸術的素質はあるが、生まれつき随伴者のような性質を持つ妻を選んだ。結婚前、ソファイアはイルブラヒムのスケッチを描いて彼の好みを直感的に分かっていることを示した。その絵は彼が『優しい少年』において既に言葉で表現していたものを視覚的に解釈したものだった。『大理石の牧神』のヒルダと同様、彼女は独創的な創造者の独断的役割よりも、むしろ解釈を施す模倣芸術家という二義的な役割を受け入れた。後にホーソーンが税関の職を失った時、彼女は装飾的なランプの笠を作って売り、彼が創造的な仕事をできるように努めた。彼女自身も有能な作家であり芸術家であったけれども、彼が生きている間は女性が出版してはならないという彼の命令に従った。彼の死後、経済的必要に迫られて初めて、彼女は旅行記を数冊出版したのである。自分の才能より彼の才能を優先させた点で、彼女はホーソーンの才能豊かな姉エリザベスに似ていたのである。

結婚は夫婦双方にとって有益であった。結婚はホーソーンに親密な人間的触れ合いと、正常な人間的経験をもたらした。慢性的に病弱だったソファイアは、結婚によって母親として十分な健康を手に入れ、かなり長く活動的な人生を送った。二人の結婚生活においては満足すべき性生活が持続され、片時も離れたくないと思うほどであった。時にはお産のために、また時にはそれほどはっきりしない理由で、ソファイアはたびたび長く里帰りした。彼女の「アポロ」への熱狂的な愛情をもってしても、実家での姉や妹としての、また娘としての役割を維持する必要性が、すっかり無くなってしまうわけではなかったことを示している。二人の結びつきに隙間ができたこと（例えばソファイアがボストンに行ってしまうことや彼女の感傷性についてホーソーンが時折皮肉ったこと）についてのどんな証拠も、夫婦相互の献身や尊敬を考慮すれば重要ではないと思われる。

家庭、錨を降ろして自らを固定すること、そして恋人であり芸術家であることの立証――これらに対するナサニエルの特に激しい欲求をソファイアは満たしてやった。彼の最初の女性たち同様、彼女は彼の望みや気紛れを優先し、彼の仕事は重要なのだと断言した。さらに彼女は母親や姉妹たちではもちろん与えることのできないものを与えた。それは恋人であり子供たちの父親でもある彼の男らしさを相応に確認してやることであった。

ソファイアはこれらをすべて非常にうまくこなした。特に結婚前の彼女自身と夫の尋常ならざる来歴を考慮すればなおさらである。長く甘やかされてきた病弱者としては、彼女が妻と母親の役割に素早く順応したのは印象的である。彼女には尊敬する対象が必要だったし、彼には敬愛してくれる人が必要だった。両者の必要性が見事に補い合って、彼女の能力を刺激し、彼の奥底の満たされない熱望に訴えかける「家庭的雰囲気」が生み出されたのである。彼はどっちつかずだったり、動揺したり、人生の現実に不満を感じたりする自分の傾向を彼女が安定させてくれるのを期待して、彼女の家庭を築く活躍ぶりを褒めたたえ鼓舞したのである。

しかしながら、明らかに彼の最初の家庭はあまりにも不安定だったので、その影響は完全に克服することができなかった。住んでいる場所から両親と権威を剥奪され、自分が両親から引き離された初期の経験のために、ただ自分がいるのにふさわしい場所、すなわち欠けるものなくすべてが満たされている場所を求め続けたのである。周知のように彼はこの統合された自己のこの場所を探すのをやめなかった。母親の屋根裏部屋での長き隠遁は、人生の基盤となる段階で与えられなかったものを埋め合わせることができなかったとすれば、ソファイアの家庭作りへの最善の努力もまた、完全にはそれを埋め合わせることができなかったことであろう。

『七破風の家』にはホーソーン自身に内在する流動と定着の間の緊張関係が現れている。彼はホールグレイヴに自らの不安な揺れ動きを描き、フィービーによってその平衡を取る。「(自分)自身の家」と僅かばかりの庭」を求めるフィービーは、安定に対するホーソーンの差し迫った必要の化身である。そのような家庭中心の女性登場人物たちは、うんざりするほど常套的だとして長らく批評家たちの嘲笑の的であったが、彼女たちは結婚する放浪の芸術家たちにとっても、文学テクストにとっても、錨のように固定する求心力として機能している。ホーソーンは家庭本位の女性たちによって手入れが行き届いた家や小さな庭（第二のエデン）のために彼の芸術家たちが支払う代価を十分に認識していたが、彼はまた投錨による定着が芸術家たちには極めて必要なことだと感じてもいた。しかし、彼は子供の頃の大きな損失はたとえどんなに良い結婚をしたとしても完全には補えないことを、経験から学んでいたのである。ヨーロッパを放浪した悲しむべき晩年に書いた『大理石の牧神』において、彼は彫刻家ケニヨンの「おお、ヒルダ、僕を故郷へ連れ帰ってくれ！」という苦悩の言葉に対して、醒めた応答を与えている。フィービーよりはるかに問題をはらむ人物であるヒルダは答える。「私たちは二人とも孤独なのです。二人とも故郷を遠く離れているのです。」（Ⅳ、四六二）

それにも拘らず、ソファイアやナサニエル・ホーソーンのような尋常でない人たちの結びつきがうまくいったことは、二人が親密になれる適切な素地があったことを示している。彼の母親が自分自身の人生をあきらめ、親としての役割を殆ど放棄したように見えることはさほど重要ではない。抑鬱状態と孤独から立ち上がり、ひとりの女性を愛し満足させ、生涯の友人たちを作り、芸術家兼家庭の大黒柱として、人生の幾多の困難な交遊関係に対処する適応力を息子にもたらしたのだから、彼女は少なくともその程度には良い母親だったにちがいないのである。

まったく幸福そのものではなかったとはいえ、彼よりも幸先よく人生に乗り出した多くの人たちよりも、彼の方が愛と仕事の双方において有能であることが証明された。好きで選んだ仕事を通じて、彼は個人的な経験を見事に普遍化し、死後一世紀以上経ってもなお、我々の共通した人間性に訴えかけ続けているのである。実際、彼の「大望の客」、すなわち自分の生きた証となる記念碑を死後に残すためであれば死をも辞さない孤高の旅人を満足させたであろう以上の立派な遺産を、彼はまさに勝ち得たのである。ホーソーンは、父親の早すぎる死を利用して、自分への遺産を独力で苦労して作り上げた。彼はこの死を突然変異的な価値を持つものとして意識したので、この死は、少なくともある期間は人生と時の意味を高めるのに役立った。父親の死は、彼を抑鬱状態へと引きずり降ろすこともあったが、死の克服を企てる偉業へと前進させもしたのである。

## 注

（1） James T. Fields, *Yesterdays with Authors*（Boston and New York: Houghton Mifflin, 1899), p. 43.

（2） Norman Holmes Pearson, "Elizabeth Peabody on Hawthorne," *Essex Institute Historical Collections* 94（1958): 256-276.

（3） Baym, "Nathaniel Hawthorne and His Mother." ベイムは、エリザベス・ホーソーンが夫の家族を避けたのは両親の結婚後僅か七ヶ月でエベが生まれたことに対する困惑と恐らくは冷遇のためだとする。七ヶ月の出産は、「妊娠花嫁」だけでなく、早産だった可能性も示しているし、ホーソーン夫人が夫の家族や他の誰かから罪深い女として扱われたという証拠も見当たらないので、この推論に依存し過ぎるのはためらわれる。

（4） June 9, 1842, to Sophia; *The Letters* XV, Letter 239.

（5） Bowdoin.

（6） George Parsons Lathrop, *A Study of Hawthorne*（Bosotn: J. R. Osgood, 1876); reprint（New York: A & S Press, 1969), p. 112.

(7) Bowdoin, August 9, 1820.
(8) NH to Sophia, April 14, 1844; *The Letters* XV, Letter 286.
(9) January 10, 1821, to Louisa, MSaE.
(10) Erik H. Erikson, *Childhood and Society* (New York: Norton, 1950), p.222.
(11) Pearson, "Elizabeth Peabody on Hawthorne," pp. 256-276.
(12) Manning Hawthorne, "The Youth of Hawthorne," M.A. thesis, University of North Carolina, 1937; Stewart, *Nathaniel Hawthorne: A Biography*; Crews, *The Sins of the Fathers*; Jean Normand, *Nathaniel Hawthorne: An Approach to an Analysis of Artistic Creation,* trans. Derek Coltman (Cleveland and London: Case Western Reserve University Press, 1970); Baym, "Nathaniel Hawthorne and His Mother," pp. 1-27.
(13) Baym, "Nathaniel Hawthorne and His Mother," pp. 4ff.
(14) Horatio Bridge, *Personal Recollections of Nathaniel Hawthorne* (New York: Harpers, 1892), pp. 32ff.
(15) Rose Hawthorne Lathrop, *Memories of Hawthorne* (Boston and New York: Houghton Mifflin, 1897), p. 78.
(16) Julian I, p. 314.
(17) Julian II, pp. 95-96.
(18) Fields, *Yesterdays with Authors,* p. 113.
(19) MSaE.
(20) MSaE.
(21) MSaE.
(22) MSaE.
(23) MSaE.

(24) MSaE.
(25) *The Letters* XV, Letter 18.
(26) Ibid., Letter 8.
(27) MSaE.
(28) *The Letters* XV, Letter 10.
(29) Ibid., Letter 19.
(30) Ibid., Letter 11.
(31) Ibid., Letter 16.
(32) Ibid., Letter 24.
(33) Edgar Dryden, *Nathaniel Hawthorne: The Poetics of Enchantment* (Ithaca and London: Cornell University Press, 1977); Eric J. Sundquist, *Home as Found.* ホーソーンが居るべき場所を取り替えられたように感じていたことは、彼の「ルーツ」への関心を彼個人の根なし草的状況に関連づける近年の批評家たちの言及するところである。例えばエドガー・ドライデンは、ホーソーンの書いたいろいろな序文に家庭への郷愁が見られることに気づき、初期の物語から後年のロマンスに至るまでの彼の作品に登場する家庭のない人物たちを辿っている。エリック・J・サンドキストはそのような認識から『七破風の家』の解釈を構築している。サンドキストは入口や家に対するホーソーンの関心から精緻な精神分析学的な推論を引き出し、それを彼の自己に確信が持てないという感覚と関連づけている。
(34) Julian I, p. 429.
(35) Crews, *The Sins of the Fathers,* p. 70.
(36) Manning Hawthorne, "The Youth of Hawthorne," p. 150.
(37) Julian I, pp. 96-97.
(38) October 4, 1840, *The Letters* XV, Letter 173.
(39) マニング・ホーソーンは彼女の娘らしい愛情に溢れる手紙をかなり多数公表している。"Maria Louisa

Hawthorne," *Essex Institute Historical Collections* 75（1939）:103-134.

（40） Manning Hawthorne, "Aunt Ebe; Some Letters of Elizabeth M. Hawthorne," *New England Quarterly* 20（1947）: 209-231, 210. この論文には、特にエベがモントセラトから大勢の親戚たちに書き送った晩年のものを始めとして、彼女の手紙が幅広く集められており、彼女の読書範囲がいかに広かったかということがよく分かる。

（41） Pearson, "Elizabeth Peabody on Hawthorne," pp. 256-276.

（42） Bowdoin.

（43） リチャードの手紙は the Essex Institute Collection にある。ソファイアのものは Manning Hawthorne, "Aunt Ebe," p. 215 に引用されている。

（44） MSaE, March 22, 1836.

（45） MSaE, May 5, 1836.

（46） May 27, 1862; Berg Collection of the New York Public Library, *The Letters* XVI.

（47） May 9, 1876, to Maria Manning,「マニング転写」エベがモントセラトから書き送った手紙は、リチャード・クラーク・マニング教授がタイプで写しをとったものを保管していた。写しのひとつはイェール大学バイネッケ稀覯書・写本図書館が所持している。もうひとつの写しはエセックス大学とボウドン大学とに分散している。筆者は両方の写しを参照したので、これらの手紙については「マニング転写」として引用する。マニング教授はこれらの手紙の原物を破棄してしまった。

（48） November 23, 1875,「マニング転写」

（49） December 1876,「マニング転写」

（50） Stewart, *English Notebooks,* p. 556.

（51） Ibid., p. 88.

（52） Edward Wagenknecht, *Nathaniel Hawthorne: Man and Writer*（New York: Oxford University Press, 1961）, p. 150 に引用されている。

(53) Stewart, *English Notebooks*, p. 88.
(54) February 18, 1877,「マニング転写」
(55) April 17 [18, 19] 1839, *The Letters* XV, Letter 96.
(56) Lathrop, *Memories of Hawthorne*, pp.4, 21.
(57) Julian 1, pp. 191-193.
(58) Ibid., 197-198. 母親に婚約を告げるのをホーソーンが遅らせたことにおけるエベの役割についてのジュリアンとローズ・ホーソーンの見方を退けるに際して、ニナ・ベイムはソファイアに対するエベの嫉妬を見落としているばかりでなく、ソファイアは「後にエベを（自分の都合で）隠匿劇の罪人にする話を作り上げてもいるのだ。親切な気持ちから……ジュリアンは母親の説明をそのまま伝えたのだ」と、証拠を示しもせずに断言するのである。Baym, "Hawthorne and His Mother," p. 17.
(59) Julian I, p. 189.
(60) November 1851, to Louisa,「マニング転写」
(61) March 8, 1879, to cousin Robert Manning,「マニング転写」
(62) December 13, 1879,「マニング転写」
(63) Manning Hawthorne, "Aunt Ebe," 223-224.
(64) *The Letters* XV, Letter 386.
(65) Julian I, p. 184 に引用されたもの。*The Letters* XV, Letter 388 参照。
(66) Stewart, *English Notebooks*, p. 321.
(67) Sundquist, "Representation and Speculation in Hawthorne and *The House of the Seven Gables*," *Home as Found*, pp. 86-142.
(68) Julian I, p. 181
(69) Ibid., p. 192.
(70) Ibid., p. 181.

(71) Levinson et al., *Seasons,* p. 109.

# 第四章　父親たち、叔(伯)父たち、そして叔父をモデルとする登場人物たち

「僕はここにやって来ると、父の墓だけが見つかったのです。
僕は父がここに眠っていることを知り、こう言ったのです、
ここを僕の家にしよう、と。」

――『優しい少年』――

## 幽霊のような遺産

幾世代にも亘って祖先の埋葬が行われてきたことにより、セイラムの「地上的資産」が自分自身の本質と似てきたことを意識していたナサニエルは、綿々と続くホーソーン家の一員として父親の存在が欠けていることを鋭敏に感じ取った。母親は死のかなり前から、ホーソーン家の一員ではなくなっていたせいで、その遺体は結局マニング家の死者と共に埋葬されることになった。しかし、自分の父親を追悼する墓地はセイラムのどこにもなかったし、父はどこか地の果てで死亡し埋葬されたと伝えられてはいたものの、家族の誰もそれを実際に確かめたわけではなかった。ナサニエルには深刻な打撃となった父親喪失は、世間的にはよくあることとはいえ、様々な事情が積み重なって増幅されたのである。

母親から離れたところで成長するために必要な父親からの支援がなかったことと、母親が子供に自信をつけさせる能力を欠いていたこととが相俟って、事態はさらに悪い方向へ向かった。母と子の二

者関係が、父親を指導者的存在とする三者関係へと発展していってしかるべきまさにその年頃に、父親は航海へ出て不在であった。父親から激励されて子供は独立心を育み、自律へと向かうものであるが、船長である父親が死ぬ前から既に、ナサニエルにはそうした激励がなかったことになる。実際、彼は父親を殆ど見たことがなかったので、疑惑や罪深い想像に備える精神的支柱として、心の内にしまっておくべき顔や声のはっきりしたイメージを持たなかった。彼は父と縁ある人々ともあまり交流がなかった。父方のある伯父は、彼が生まれた一八〇四年に死亡しており、従って父の実家で彼が知っていたのは殆ど女性ばかり、つまり一八一三年に死亡した祖母と父の姉妹だけであった。

子供ゆえ死の意味が理解できなかったことや、セイラムのどこにも父の墓所と考えられる地が存在しなかったこともあって、父から直接受け継ぐべき遺産は、一層希薄なものになってしまった。死の知らせがもたらした生活の根本的な変化に順応するにつれ、恐らくは子供たちに対する母親の態度や振る舞いも変わっていったにちがいない。ほんの数ヶ月後、彼女はマニング家に移されることになり、環境はさらに変化し、ナサニエルは自分が知っている唯一の家庭から切り離されることになった。そこで、父の死に伴い、個人的な対人関係が多く断たれてしまったことが原因となって、彼の自己に対する自信や自分の世界の確実性への信頼が徐々にむしばまれていったのである。

ホーソーン船長はめったにセイラムへ帰港することはなかっただろうが、めずらしく家に戻ってきた時には、家族の中で唯一の男性であることに慣れてしまっていたナサニエルは、父がどこかへ立ち去り、二度と戻ってこなければいいのにと恐らく願ったことだろう。そんな折、少年が僅か四歳の時、彼の父親が死んで本当にもう戻らないという知らせが届いた。母親はこの知らせに混乱し、我を失った。死ねばいいと自分が強く望んだがゆえに、父は死に、母は深く悲しんでいるのだと恐らく感じた[1]彼は、思いもよらず実現してしまった父親殺しの願望に強い罪意識を覚え、また父親が自分たちを明らかに見捨ててしまったことに怒りを覚え、自分がもしかして見捨てられて当然の人間なのではないかという恐れを抱いたにちがいない。

こうした事態に加えて、不在の父親に代わってマニング家の六人の男性たちが突然姿を現したため、彼はさらに混乱したにちがいない。父親が存在すれば、少年というものは権威の在るべき場所を自然に自覚し、権威が社会的に認定されたものであると見なし、行為と感情がどこまで容認されるかに関する一定の限界点として、すなわち自己を定義する際の試金石として権威を経験するものである。自分のアイデンティティーを見出す過程において、状況に応じてどれほど修正したり改変したりするにせよ、少年は家系に代々直接伝わってきた明確で社会的に容認された男性性のモデルを持っている。社会的に容認された権威ある位置に両親が二人そろって立っている代わりに、ナサニエルの周りには大人たちが群がり、彼を当惑させた。失われた父親の代わりに、彼は多様な父親的人物を手に入れ、そのうちのひとりが父権を持った人間として彼の前に大きく姿を現すことになる。男性的な監視人や男性的な役割のモデルが存在しないよりは、確かにこうした状況の方がよかっただろう。しかし自律性の発展にとっては、この状況は、父親が実際に存在している場合と同じというわけにはいかなかったのである。

ホーソーンは母親よりも父親についてはさらに寡黙だったため、我々はこの喪失がもたらした情緒面での影響に関して、間接的な証拠しか見出すことができない。だが、彼が直接対決しなかった問題は、例えば、日記の中で死者の帰還または生者が死者から受ける重圧に思いを巡らす際、あるいは作品の中でそうした主題を具体的に描き出す際に現れている。そのようなところに、従って、彼の喪失感に対する情緒的な反応が見受けられる。

一八二〇年代、それも恐らくは大学から戻って間もない頃に書かれた物語、『死者の妻たち』に登場する二組の男女に、彼の経験した権威を巡る混乱がはっきりと反映している。この話には二人の夫と二人の妻、もしくは二人の寡婦、あるいはひとりは妻、ひとりは寡婦が登場する。これらの人物関係をどう見るかは、曖昧に描かれ、曖昧な結末を迎えるこの物語をいかに解釈するかにかかっている(実際、この作品は後に『二人の寡婦』として一八四三年に再版されているが、その際、作者自身がこのタイトルを選んだことが確認さえできれば、こちらが決定的なものとなるであろう[2])。この非常に密度の高い物語には、メアリーとマーガレットという二人の姉妹が登場する。彼女たちは結婚後も同じ家に同居するが、二日のうちに、こちらもまた兄弟同士の夫たちが死んだことを知らされる。ホーソーンの母親と著しく似かよって、「弱い性格ではなかったが、穏和で物静かな」メアリーは、死の知らせという衝撃を「あきらめと忍耐」で受けとめ、すぐに夕食の準備で始まる「いつもの決まった仕事」に戻る。彼女と対照的なマーガレットは「活発で短気な気性の持ち主」であり、激しく嘆き悲しみ、食事をしなかった。メアリーの夫は船乗りであり、マーガレットの夫は陸で働く男で、カナダでの戦争に従軍した兵士でもある。

自分たちが夫と死別したことを知った後で、孤独になった姉妹は、共同の居間に続くそれぞれの寝室の扉を開け放したままにしておく。夜中、夫の死亡報告が間違っていたという知らせが届き、彼女たちは別々に眠りから起こされる。二人には、それぞれに吉報を告げる使者の居間の窓を叩く音が聞こえるものの、相手のところにやってきた使者のノックの音は聞こえない。二人とも、すぐに自分のもとに届いた吉報を相手に知らせようとするが、相手が寡婦のままであることを気遣ってそうすることができない。後で知らせを受けたメアリーは妹の寝室に入り、眠っている彼女を起こそうかどうか躊躇する。「しかしマーガレットの首筋に触れた彼女の手は震えていた。また彼女の頬を涙が伝っていた。そして彼女は突然目を覚ました。」(XI、一九九)物語のこの最後の一文における代名詞の曖昧な言及のために、解釈上の問題が生じてくる。初めて読む時はそう思えないだろうが、もし「彼女の」や「彼女は」がメアリーを指すとすれば、彼女は夢遊状態にあり、深い海の底から夫が蘇ってくるという吉報が届くのを夢見ていたことになる。もしこれらの代名詞がマーガレットを指すものであれば、二人の姉妹は共に生還を果たす夫たちの妻に再びなるということかもしれないし、あるいはまた、二人とも吉報を単に夢みていただけの話だということかもしれない。

文法的な分析ではこの重大問題を解くことができそうにもない。しかし構造と細部を詳しく調べることで、ホーソーンにしては大変めずらしい統語上の明らかな不注意に光を当てることができるかもしれない。寡婦になるという知らせにメアリーとマーガレットがどう対応したかに関してのみ、作家は二人を区別する。そして、話は二人の相違をもとに展開してゆく。この切り詰められた物語は、花婿の到着に対する心構えが異なる賢い花嫁と愚かな花嫁のたとえ話〔訳者注・マタイ伝、二十五章一節〜十三節〕のように、夫の死に抵抗する女性と、それを受け入れる女性の違いに基づいて構成された話である。神経が高ぶったまま床についている激しい気性のマーガレットは、吉報を運んできた第一の使者の到着にすぐさま跳び起き、戦闘から生きて帰った兵士たちの中に自分の夫がいることを知る。彼女の迅速な反応は、自分の運命を覆す知らせへの願望がもたらした結果のように思われる。「もうひとりの自分と見なしてきた人物の死を納得することは難しい。」(XI、一九四)自分の喜びを分かち合おうと考えた彼女は、メアリーの寝室を覗き込む。メアリーは窓を叩く最初のノックの音も、マーガレットが部屋に入ってきた音も聞こえないほどぐっすりと眠っている。その後、使者が彼女自身のもとにやってきた時でさえ、彼女がすっかり目覚めるまでには時間がかかる。

眠っている間、メアリーは「静かな満足の表情」を浮かべている。「……それはまるで彼女の心が深い湖のように、その死者が湖底深くに沈んでいってしまったがゆえに再び静けさを取り戻したかのごとくであった。」(XI、一九六)死別して間もないというのに、彼女の心は水夫の夫を葬る深い静かな湖と化しているのである! 実際メアリーを目覚めさせるノックの音によって、夢は「最もいいところで破られ」中断される。そして呼びかけについに応答する時、「どういうわけか掛け金は外れており」、彼女は窓を「難なく開けることができる。」(XI、一九七)彼女の使者は「船乗りの衣装を身に纏った男で、まるで深い海の底からやってきたかのようにずぶ濡れであって」、マーガレットのもとに知らせを運んできた使者が、現実に存在する親切な宿屋の主人のようであったのと比べ、むしろ溺死した夫が夢の中で生き返ったような人物に見えた。

メアリーは、意識下で使者がマーガレットのもとを訪れたのを聞いていて、それを自分自身の夢の中に組み込んだ結果、自分自身が呼び出されたように幻想し、それから妹によって既に開けられていた窓のところへ、夢遊状態で歩いて行ったのかもしれない。窓が開いていた事実は、マーガレットへの知らせが、彼女の強い願望の結果として「現実」化し、メアリーへの知らせは単に夢にすぎなかったことを暗示している。さらに、今度はメアリーがマーガレットの部屋に吉報を知らせに入った時、前夜は開け放たれていた扉が今は閉じられていることに気づく。メアリーはマーガレットを起こすのを躊躇するものの、自分の静かなまどろみとはかけ離れた状態で妹が眠っていることに気づく。マーガレットは落ちつかず、体は熱っぽく、頬は紅潮し、顔つきは喜びにあふれ、掛布は「はねのけられて」いる。これらすべてが、彼女が淫《エロティック》らな夢を見ていることを示唆している。掛け金のはずれた窓や閉じられた寝室の扉に関する詳しい記述に加え、こうした描写は、激しい感情の持ち主であるマーガレットが「現実に」、自分の結婚生活が再開することを知り、今やプライバシーを確保したがっているることを暗示している。今や彼女は再び人妻に戻ることになり、いかにも姉妹らしく寝室の扉を開け放っておくつもりはもうないのである。マーガレットが扉を閉じたことで、この物語においては人妻としての人生と姉妹としての人生は二者択一的であり、物静かなメアリーは取り乱すことなく両方の立場を受け入れることができるのに対し、マーガレットは明らかに妻としての人生を望んでいる、という事実へと注意が向くことになる。

ひとりがホーソーンの母親にとてもよく似ており、もうひとりがヘスター・プリンに（あるいは恐らくはエベ・ホーソーンにも）そっくりな既婚姉妹の際立った対比は、特に気質の強靭さ、情念や願望する力の強さという点において一層明確にされている。一方は姉妹の関係に満足する寡婦として、そして他方は妻として、それぞれ人生を運命づけられているように思われる。恐らく、メアリーが流す涙は自分のためのものであろう。なぜなら、海からやってきた彼女の使者は単に夢であり、彼女自身も単に夢遊状態にあるに過ぎないからである。もしそうだとすれば、夫の死を彼女が受け入れることとは、そのまま使者が夢だと認めるためのものに過ぎない。「彼女」を巡る文章上の曖昧さには、彼の母親に欠けている諸々の要素に判断を下そうとした時にホーソーンが感じた気後れと、死者の帰還に関する彼自身の心の葛藤が反映している。メアリーのもとに届いた新たな知らせによれば、死んだと思われていた船乗りは、「彼の船祝福号が転覆した時に」帆柱につかまって助かったという。（XI、一九八）満たされた心の湖に既に自分の夫が深く沈んでいる寡婦にとって皮肉な響きを持つこれらの言葉は、父親が帰ってくるのを一方で望みながらも、もう一方で恐れている息子が書き記したものなのである。

もしホーソーンが、夫が生きていたことを知って幸福に浸るひとりの女性のみを描こうとしたのであれば、夫婦を二組登場させ、夫たちを死なせた上で、彼らを生き返ったように描くことで、リアリズムの質を低下させる必要はなかったはずである。私が先に推論しているように、もしマーガレットの夫が生きていて、メアリーの夫が死んでいるのだとすれば、マーガレットと陸の男との結婚生活が続いている事実には、母親と陸の男である弟ロバートとの親密な間柄に対して子供が抱いた妄想が現れている可能性がある。子供にとって、二人の間柄は十分に夫婦であるように見えたであろう。この物語の素材に微妙な伝記的性質があることを考え合わせると、作品が二重に構造化されたり、シンタックスが曖昧だったりするのは、反転、二重化、圧縮、意味の複雑化などを伴う夢の変形に似た過程をこの話が辿っていることを示唆している。

ホーソーンの父親は溺死したわけではなかったが、彼が航海と死を結びつけてしまうのももっともだった。一八三八年の創作ノートへの書き込みには、子供時代に父親がまだ湖の底に横たわっており、生き返ってくるのではないかと考えていたらしいことを示す文章がある。「ある湖で溺れ死んだ者はすべて、――復活する。」このすぐ後には、「ある小さな湖の歴史――その誕生から干上がってしまうまで」（VIII、一七九）と記されている。作家がこうした考えを抱いていたからこそ、メアリーの心という静謐な湖に死者が埋葬されることと、『アリス・ドウンの訴え』における「氷の墓」とは深い関連があると言えるのである。

この初期の物語は、湖畔でまだ埋葬されていない死体が発見されるところから突如始まる。現場には殺人者が死体を沈めようとした形跡が残っている。「夜のうちに、雪が少しばかり降ったからであろう。まるで自然が殺人に衝撃を受け、氷の涙で死体を覆い隠そうとしたかのように、雪の吹きだまりが少しでき、死体を部分的に隠しており、死体の青白い顔の上に雪が最も深く積もっていた。」（XI、二六九―二七〇）この物語は、兄弟殺しの話、言い換えれば、どうしても受容不可能な、自己内の近親相姦性を抹消しようという部分的自殺の話なのである。また、父親殺し、あるいは父親の謎めいた死の後に幼い子供が感じるような想像上の父親殺しへの罪悪感というテーマも、この物語には潜んでいる。枠組みを構成する物語の舞台は、ホーソーンの父方の歴史では重要な場所、魔女たちが処刑され「柩やお祈りもなく埋葬された」（XI、二六七）ギャロウズ・ヒルである。語り手は、毎年十一月五日に、この「幽霊が出没する頂」で篝火を灯す少年たちが、正規の埋葬をしてもらえなかった死者たちに葬礼の儀を尽くしていない、と嘆いている。

語り手は、後になって殺人の原因にまで時間を遡り、レナード・ドウンと彼の妹アリスとの親密な関係が、長く消息を絶っていたレナードの双子の片割れウォルター・ブロームの出現によって断ち切られてしまったことを語る。レナードの瓜二つの片割れも自分の兄であることを奇妙にも知らないアリスは、彼と恋に落ちる。ウォルターがアリスをそそのかしたことを誇らしげにしゃべったため、レナードは激怒し彼の殺害に至る。我々は、ウォルターの埋葬されていない死体を二度目にするが、それは自然が雪で覆い隠そうとするほどの衝撃的な光景である。自分と同じ顔をした犠牲者を凝視しながら、レナードはその顔立ちに殺害された父親を幻視する。

しかしながら、子供の頃から思い出そうとして思い出せなかった年月が、突然蘇った気がした。長い間、記憶の中で混乱し散り散りとなっていたひとつの場面が、初めて目にした時の鮮明さを伴って戻ってきた。父の家の暖炉の傍らで、幼い自分が立って泣いている姿が想い起こされる。そこは父が死んで横たわる、冷たく血に染まった暖炉の傍らだった。……じっと見つめていると、一陣の冷たい風が音を立てて過ぎ、父の髪を揺らした。その直後私は人気のない道に再び立っていたが、もう罪なき子供ではなく、人殺しとなっていた。……しかし幻がすっかり消えたわけではなかった。あの顔はやはり父親に似ていた。そしてその目にじっと見つめられて怯えた魂がなせる技か、私は死体を湖まで運び、そこに埋葬しようとした。しかし氷の墓を築く前に、私は二人連れの旅人の声を聞きつけ逃亡したのである。(XI、二七三)

ホーソーンは、皮肉な枠組みに入れてしまうことで、この物語内物語の切実で非常に私的な夢想に距離を取ろうとした。この枠組みは自分自身の幻想を、聞き手に感動をもたらす素材に造形しようとする芸術家の試みを劇化したものであるが、ハイエット・ワゴナーも指摘するように、その基本的な素材は「実に明々白々であり、禁忌行為そのものと言っても過言ではない」のである。(3)

十八年間も埋葬されないままに放置された死体は、『ロウジャー・マルヴィンの埋葬』において物語全体を支配し、埋葬し損ねた若者に取り憑いて離れない。ウォルター・ブロームの死体が空から舞い落ちる雪によって覆われたように、この物語の死体も最後には枯木から舞い落ちる木の葉によって静かに覆われる。結婚してからもずっと「埋葬されていない死体が、荒野から彼に呼びかけている」(X、三四九)という意識が、ルーベン・ボーンには付きまとう。この物語の題名には、ホーソーンが心の中で正規の葬儀を執り行う重要性を強く意識していたことが反映している。正規の葬儀を行うことで、死者を敬うだけでなく、生者に付きまとわないように願いを込めて死者の魂を鎮めることができる、というわけである。

父親にこうした別れの儀式を執り行う経験がなかったので、ホーソーンは父親の死を現実の出来事として自らのうちにしっかり組み入れることも、父親の代理人を受け入れることもできなかった。一八三八年頃に彼はこう書き記している。「とある人物が人々の前に現れ、いろいろなところで目撃される。また個人的な集まりにも顔を出す。しかし最後にこの人物を人々が探し求めると、古い墓と苔むした墓石に行き当たる話。」(Ⅷ、一七〇)ルーベン・ボーンのように、ホーソーンも死者に取り憑かれた人生を送った。父の死後かなりの年月が流れ、また叔父ロバートも死んで二年が過ぎた頃、彼は日記にこう書いている。「死者たちが現世に及ぼす影響を表現すること——例えば、死者が富の譲渡、売却を支配する。死者が裁判の席に座り、生きている裁判官は死者の判決を繰り返すだけ。死者の意見がすべての事柄において日常の真実を意のままに支配し……いかなる場所でもいかなる事柄においても、死者が我々を専制的に支配する。」(Ⅷ、二五二)

時折ひとりで物思いに耽り、ホーソーンは生者が死者によって永久に観察されていると考えた。「ソロモンは神殿を建てている間に死んだ。しかし彼の遺骸は、まるで生きているかのように、杖に寄りかかったまま労働者たちを監視している。」(Ⅷ、二二七)過去に対する矛盾した態度にすら、死んだ父親に抱いた感情が幾分表われている。一方において、過去は伝統、休息、平穏、安寧を意味するが、他方においては人間を窒息させかねない重圧をも意味する。祖先の暮らしたイギリスで生活してみて、彼はこの両方の見解をより強く自覚したのだが、大英博物館にあった過去の遺物を見て、彼はこう願わざるを得なかった。「こうした品々を作った何世代もの人々と共に、これだけ多くの時代に亘るすべての有形の遺物がどこかに消えてしまえばよかったのに。現在は過去の重さによって苦しめられている。……ただでさえ時の経過と共に背負うべき重荷は増えていくのに、こんな重圧の下に置かれることになる未来の人々の足取りはどれほどよろめくことになるか、私には想像もつかない。[4]」

過去がもたらす重圧の下でよろめく、という同じイメージを用いつつも、その含意を強調するホーソーンは『七破風の家』でこう声を大にして主張する。

私たちは、決して、決してこの過去を清算することはないでしょう！……現在の上に過去は巨人の死体のように横たわっているんだ！実のところ、これは青年の巨人がずっと以前に死んだ祖父の、つまり老いた巨人の死体を、今、ちゃんと埋葬するためだけに、全力で引きずり回すように命じられているようなものだ。ちょっと考えてみて下さい。そうすれば、私たちが、どれほど過ぎ去った時代――正しく言うなら「死」――の奴隷となっているかが分かって、あなたは唖然とするでしょう。(Ⅱ、一八二―一八三)

この悲劇的闘争においては、少なくとも死体が埋葬されるまでは、生きている青年の巨人が、年老いた巨人よりも非力である。年老いた巨人を父と呼ばずに、祖父と呼んでいることは、ホーソーンの中で起きた圧縮と置換の過程を特徴的に表している。苦痛を伴う領域に意識を向けつつもそれを変形しながら、彼は既に死んだ父親的人物たちを合体させてしまう。かくして、生者を執拗に監視し支配する死者には、父、祖父、そしてマニング家の五人の伯(叔)父のうち四人という、『七破風の家』の執筆時までに死亡した人物たちがすべて含まれるのである。後にイギリスで生活を送るうちに祖先へのあこがれを募らせた時も、一八一二年の戦争から決して復員することのなかった叔父ジョン・マニングを、ホーソーンはまだ捜し求めていた。

ある人がいつどのように死ぬのかがもし分からないとすれば、死後長きに亘って、当人は幽霊のごとき存在となるだろう。――私にはジョンという叔父がいた。彼は一八一二年の戦争が勃発した頃海に出て、現在に至ってもまだ帰ってこない。しかし彼の母親は、存命中（その後二十年もの間）、息子が帰ってくる望みを決して捨てなかった。……かくして、彼女が信じた限りにおいては、彼はまだ地上を歩いていたのである。そして今日に至るまで、この私も彼の名前（どこでも見かけるありふれた名前だが）を見かければいつでも、行方不明となった叔父さんかもしれないと思ってしまうのである。(5)

ホーソーンは行方不明の叔父ジョンと、同じく行方不明となった父親(6)を心情的に同一視するようになっていた。あの世への旅立ちが目撃されなかったり、確認されなかった死者が戻ってきたり、生者を監視し裁きを下したりする、というあの恐怖は、父親に関してよりもこの叔父に関しての方が対処しやすいのである。葬儀に執拗な必要性を感じていたからこそ、ホーソーンは、リヴァプールでの領事の職務に多忙を極めていた際も、この外地の港で孤独な死を迎えたオールド船長という水夫の葬儀への出席を決意したものと思われる。自分の父親の「迷える魂」を鎮めることができなくて、ホーソーンは長年に亘って、心穏やかでない死者たちについて思いを巡らせ、曖昧な記述を様々に繰り返した。父親的人物は、本当の親が背負うよりもはるかに大きな義務を担わされ、いかに合理的に正当化しようとしても説明がつかない憤怒の対象となってゆく。これはすべて、置き換えられ、解消もされず、従ってどこにも埋葬されなかったエディプス的憎悪の産物なのである。

## 叔父ロバートと叔父的人物たち

「それでは、あなたがこれまで私の父親同然の存在だったからという理由で、私は荒野の中であなたを朽ち果てるがまま、埋葬もしないで放っておかなければならないのですか？」

——『ロウジャー・マルヴィンの埋葬』——

ホーソーンが孝心と正規の葬儀を重要視していたことを考えると、一八四二年にロバート・マニングが死んだ時、彼が取るに足らない口実をもうけて、コンコードからセイラムまでの短い距離を旅して葬儀に参列することもなかったことは注目に値する。ホーソーンはルイーザに次のような手紙を書いている。

親愛なる妹へ
　ロバート叔父さんの死去という悲しい知らせを伝える手紙を受け取りました。明日の夜までにここへ戻ってこなければならないのですが、もう少しでも時間があれば、僕は間違いなく葬儀に出席できるのですが。しかし、今夜九時から十時までにボストンに到着することはできないでしょうし、従って指定された葬儀が始まる時間の前に、君と会うことも殆どできないはずです。今のところ、コンコードをどうしても長くは離れることができません。今週、僕はもろもろの家庭内の用事をしたり、果樹園やじゃが芋などの手入れもしなければなりません。また、数日間滞在予定の招待客（ファーレイ氏）がおります。——もちろん期限内に仕上げることになっている文筆の仕事もあります。……
　マニングの叔母さんには、くれぐれもよろしくお伝え下さい。子供たちにも何かしてあげねばなりません。

その件についても、会った時に僕たちでよく話し合わねばなりませんね。どうか、あなたが愛する兄を信じて下さい。「信じて下さい」などと僕がめったに口に出さないからこそ、どうか信じて下さい。

一八四二年十月十二日、コンコードにて　ナス・ホーソーン(7)

実際好きでもなかった叔父のために日常の仕事が乱されるのが嫌だったとか、感じてもいない悲しさを装わなくてもいいように自宅に留まったのだ、とすることでホーソーンが葬儀に出なかったことを説明しようというのは、少々単純すぎるだろう。もちろんそれがすべてであった可能性はある。だが、実際その目でロバートの死を確かめなかったため、その死はホーソーンにとって父親や叔父ジョンの死と非常によく似たものになってしまう。逆にロバートの死は、子供の頃、理解することも、ましてや実際に嘆き悲しむこともできなかった度重なる死別を、彼に思い出させることになったにちがいない。こうして、親代わりであった叔父がそれまでに行方不明となっていた父親的人物たちと同化し得よう。彼らはみな曖昧な形でこの世から姿を消したために、実際には完全に死んでいない人々として無意識的に認識されよう。

父親と代父とがこうして融合する道筋は、ロバート・マニングの死のかなり以前から準備されていた。一八二〇年代に執筆された作品群のひとつ、『ロウジャー・マルヴィンの埋葬』では年長者によって罪の世界に導かれる青年のイニシエーションが中心に描かれている。既に墓碑銘が刻み込まれた花崗岩の目印の下で、埋葬されずに座って待っている象徴的な父親のイメージが、青年期から中年期に至るまでずっと主人公の人生に付きまとって離れない[(8)]。父親的人物に対して矛盾した感情を抱くがゆえに、ルーベン・ボーンの精神、結婚、仕事――すなわち大人としての人生の実質的な部分――はすべて損なわれてしまう。この種の代理関係がいつまでも影響力を及ぼし続けるのである。

墓石にたとえられる花崗岩の近くで、負傷した若い兵士ルーベン・ボーンと、致命傷を負った仲間であり婚約者の父でもあるロウジャー・マルヴィンの二人は、あまりに体力を消耗し、いっしょに村には帰れないことを悟る。老兵士は殆ど父権と呼んでいい権威を行使し、死に瀕した自分を置き去りにすれば良心の呵責に苛まれることになるルーベンに対して、その場を立ち去って娘ドーカスと結婚してくれるよう、そうしてくれなければ娘が父親と恋人の両方を一度に失うことになるのだから、と言って説得する。ルーベンは、救援を連れてくることになるのか、マルヴィンの骨を埋葬しに来ることになるのか分からないが、いずれにせよ必ず帰ってくると約束する。

ルーベンが己の動機を半ば意識してしまうために、既に理性と名誉を巡って繰り広げられている葛藤はさらに複雑なものとなる。マルヴィンの慈悲深い説得には、娘の幸せを願う利己的な思いが少なからず込められているだろうし、ルーベンが彼の言葉を受け入れたのは、まだやるべきことがたくさん残されている自分の人生の要求に忠実に従っているからで、それはそれでもっともである。マルヴィンの誘惑的な論理に屈する形で、青年は内的葛藤を抱えたままその場を立ち去る。故郷の村に戻った後、彼はドーカスに対して死にかけの父親を置き去りにしたことをどうしてもうち明けられないため、森へ戻ってマルヴィンの骨を埋葬する約束を果たすことができなくなる。村人たちは勝手に彼を誠実な人間に祭り上げ、彼は分不相応の賞賛を受けることになる。彼はドーカスと結婚し、マルヴィンの繁栄している農園を引き継ぐ。彼は埋葬されていない死者が荒野から自分に呼びかけているという思いを捨てきれず、そのため彼の結婚生活も彼の運勢も損なわれてゆく。その結果、人生の落伍者として十八年もの年月を過ごした後、荒野へ出て行って新たな人生を切り開かねばならなくなる。森で鹿を追跡するうち、ルーベンは無意識的にマルヴィンが死んだ場所へと連れ戻される。そこで茂みの中の身動きするものに向けて発砲するのだが、誤って息子のサイラスを撃ってしまうのである。

物語の結末で、自らの罪の祭壇に息子を「生け贄」として捧げることによって、苦しみ続けた長年の日々からルーベンは解放されてしまう。この点は、読者にとっても批評家にとっても非常にやっかいな問題である。子殺しは時として象徴的な自殺とも解釈されるが、この場合は道義的に受け入れ難い贖罪行為である。なぜなら結果的に、サイラスは命を、ドーカスは息子を、ロウジャー・マルヴィンは子孫を失ってしまうからである。フレデリック・クルーズが『強迫観念の論理』で主張するように、ホーソーンが実際に犯される殺人を想像上の殺人に対する贖罪として扱っている点は、心理学的解釈を要求するものである(9)。だが、自分の息子を撃ったと知って安堵するルーベンの気持ちを、どんな心理学の理論が解明してくれるのだろうか？

ルーベン・ボーンは婚約者の父親に対して、子としての尊敬だけでなく、子としての敵意も抱いて行動している。この物語が構築されてゆくにつれ、自分を死ぬにまかせて置き去りにしてゆくようルーベンを説き伏せるマルヴィンの慈愛が、皮肉なことにルーベンの残りの人生を損なってしまう。今後も生き続けるようルーベンに恩恵をもたらそうとするのがマルヴィンの目論見である限り、それは義務感を生み出すことになる。また、その目論見のために、ルーベンは自分の自尊心にそむき、罪を経験する限りにおいて、それは憤りを引き起こす。この第二の父親に対するそのような相容れない感情は、ルーベンを精神的に麻痺させてしまい、彼のその後の行動は自己否定的、自己処罰的なものとなる。最初の自己処罰的行為は、マルヴィンの遺体の埋葬を遅らせることであり、それによって彼の心には埋葬されていない父親像が生じる。この心象と結びついた罪の意識が陽気な若者を病的で陰鬱な男に変えてしまったものの、この過ちが非常に簡単に矯正できたはずであるので、ルーベンが無意識的に自らに苦しみを与えるこのような道を選んでいると、我々は結論づけなければならない。彼は自己否定的な行動を生涯とり続ける。彼はドーカスと結婚するが、彼女を愛することができない。マルヴィンの農場を引き継ぐものの放置してしまう。息子をもうけるが殺してしまう。ロウジャー・マルヴィンから授かった後の人生という恩恵を、ルーベンが受け入れることができなかったのは、なぜなのだろうか？　この問題に答えるためには、ルーベンが命を授かったもともとの源泉、つまりマルヴィンが代理の役割を果たしているルーベンの生物学上の父親について考察する必要がある。

ルーベンの実の父親に関して、作家は何も語らない。だが、「巨大な墓石に似ていなくもなく、石目が忘れ去られた文字で墓碑銘を記しているかのように見える」（X、三三八）巨大な花崗岩のところで、物語は始まりそして終わりを迎える。（イニシャルがロバート・マニングと同じ）ロウジャー・マルヴィンは既に墓碑銘の記された墓石の下で死を迎えるために、彼の死は「有史以前の」出来事、つまり恐らくルーベンの実の父親の死を再現しているように思われる。そうした死の再現には説明のつかない罪意識というより過去の遺産が関係したのかもしれない。主を待つ墓のところで埋葬されずに横たわる人物像がルーベンの心にあまりに大きく浮かび上がるため、一人前になってもそれは彼を支配し続け、サイラスが成人しようとするまさにその特別な時に、そのもとへ戻るようルーベンに強要するのである。

ルーベンが父親代わりの人物の娘と結婚したことにより、非常に強いエディプス的混乱が生じることとなる。結婚生活は近親相姦として経験され、この欠陥ゆえに結婚生活自体汚れたものに見える。この仮想の罪はルーベンの心に以前から存在していたエディプス的感情を再び活性化させたのかもしれないが、この罪に罰を与えようとするルーベンは、マルヴィンのもとに戻り遺骨を埋葬する約束を果たせないことに対して浅薄な言い訳をする。約束の実行を先延ばしにすることによって、非難に満ちた眼差しのマルヴィン像を、ルーベンは心に抱き続ける。その心像は常に自分を監視し、人生の最たる秘め事までを非難し、自らの罪意識を増大させ、やがて自分が義理の父を殺したのだという意識にまで至る。サイラスの殺害は、ロウジャー・マルヴィンの子孫の系譜を切断し、想像上のものであれ現実のものであれ、いかなる罪も殆ど償いはしない。だが、その行為は自己処罰という心理学的な機能を果たすだろうし、原初の罪の果実を放棄することには役立つだろう。

おぼろげに墓碑銘が刻まれた主を待つ墓石を指し示し、これは実は君のお父さんと息子のものだよ、とルーベンはドーカスに告げる。だが、それはまたルーベンの象徴的な父親と彼自身の息子、それに彼らみんなの子孫の墓石でもある。サイラスを撃ったことで、ルーベンは自らの最良の部分を殺したばかりか、サイラスが大人の仲間入りをすると再び繰り返され得る父子関係の環を事前に断ち切ったのである。「偶然の」発砲による息子殺しによって、父親殺しのあらゆる儀式を永遠に終結させる儀式が成立するのだとしても、それは人間の精神的経験に深く根づいたあるひとつの呪いを、人間的経験をすべて終わらせてしまうもうひとつの呪いをかけて解いているに過ぎないのである。物語の結末に救いに値するものがひとつあるとすれば、それは激情に身を委ねた暴走行為によって、これまで麻痺状態にあった感情が突然蘇ることである。これまで抑圧されてきた感情の解放には、祖先の墓に子孫を埋葬するという代償が払われねばならないのであろう。*

*この物語の歴史的背景となっているピグワケットにおけるラヴウェルの戦いでは、マサチューセッツの兵士たちがレイモンドとさほど離れていないメイン州フライバーグ近郊で戦闘に及んだ。ルーベンによるマスケット銃の確信犯的な発射行為は、セイラムでホーソーンが少年の頃に見た夢を示唆している。夢の中で、天にも昇らんばかりの気分でメイン州の「セベーゴ湖畔を歩いて」いたホーソーンは、目覚め、自分が叔父ロバートを蹴っているのに気づいたという。この時期、ホーソーンは自分の銃が暴発し、自分をセイラムに引き止め、レイモンドから自分を引き離している叔父が、怪我をするのではないかと危惧していた。

自尊心が強く繊細な少年には、父親と代父では大きな相違があるという事実が、こうした問題すべての根底に潜んでいる。ナサニエルの場合、代父が人食い鬼でなかったことは間違いないし、その同じ人物が父親としてはまったく別の影響を及ぼしたことは十分に考えられる。しかしながら空白となった父親の場所への侵入者としてロバート・マニングは、ホーソーンの人格ばかりでなく想像力にも影響を及ぼすほど精神的に誇張された存在と化してしまう。

彼らの思いは互いにすれ違った。ロバート・マニングのように責任感の強い気質の持ち主は、自分の息子と比べると、姉の息子に対しては慎重な態度を取ることが多く、思いつきで行動に出ることはあまりなかった。甥の実社会向きではない気質を前にすると、特にそうであった。マニングは、怠惰で芸術的感性の鋭い少年に、男らしさや経済能力を身につけさせる責任が自分にあると感じたため、マニング家の権威主義的な部分を疑いもなく最も前面に出すことになった。もし少年が違うタイプであったり、自分の子供であったりすれば、もっと柔軟な態度を取っただろう。一方、叔父ロバートから父親の愛情ではなく義務感や責任感を感じ取り、その侵入を恨むようになった少年は、彼に反抗したために一層権威主義的な態度を取らせることになった。こうしたことからも分かるように、父親的人物が惜しみなく与えてくれる様々な恩恵に対してホーソーンが感じていたのは重荷としての恩義であった。その結果、彼らの間には感情的なしこりが生まれ、解きほぐそうといかに試みようとも、それはますます凝り固まったものとなっていった。

後見人に関して何かを書こうとする時には、執拗でよくわけの分からぬ憤りと本当の恩人に対して正当な評価を下したいという願望の間で相反する感情があることをホーソーンは表現している。次の『破棄された作品の断章』にある文章は、そうした複雑な思いを調和させ、現実と適合させるためには、それをどう受け止め、どう努力すべきかに迷うホーソーンが辿った困難な道のりを、他の完成された短編よりも見事に表している。以下に挙げるのは、文筆業に就くことを巡り、遍歴の語り手が後見人と対立したことを思い出す場面である。

サンプクッション〔訳者注・ドタンバタンの意〕牧師は実直な心の持ち主で、暖かい心の持ち主だと言う人もいた。にも拘らず、彼は原則的には僕に対して常に厳格、厳正であったと思う。寛大さを身につけるには今でも十分に若すぎるのだけれど、最近正当な判断が下せるようになったので、彼は彼なりに善良で賢明な人物であったことは認めます。僕に対する教育管理が失敗だったとしても、彼の三人の息子に対してはうまくいったのだ。……神が僕に授けた性格を変えることも、僕の特異な性格に彼の石頭を適応させることもできなかった。父も母も生きていなかったことが、僕にとって最たる不幸だったと思う。というのも、両親というものは我が子の幸福のためには本能的に賢く振る舞うだろうし、子供もそうした親の英知と愛情に信頼を寄せるからである。子供は、親の仕事を肩代わりしてくれる人がどんなに良心的であったとしても、この種の信頼を寄せることはあり得ない。裕福であろうが、貧乏であろうが、孤児の運命は厳しいものである。サンプクッション牧師に関して言えば、僕が夢でこの老人に出会う時はいつでも、優しく悲しそうに僕を見つめている。そして互いが許しを請うべきことがあるかのように手を差し出しているのである。(X、四〇八)

グリムショウ博士についての長く苦悩に満ちたホーソーン晩年の評価とは異なり、ここでは凝縮されバランスの取れた評価がなされている。この部分は、ロバート・マニングの現実的役割と、ホーソーンの内的世界における彼の神話的役割との間を巡る我々の水先案内をしてくれよう。サンプクッション牧師に関する短い初期の描写は、ホーソーンがまだ若く、内的世界に住み着いた叔父的人物像が行使する専制的支配力に抵抗しようと精神的エネルギーを費やす日々を送る前に描かれたものであり、分別をもって書かれた悲しげな文章であるように思われる。後見人も被後見人も、そうした関係が生み出す固定した状況に縛られることさえなければ、互いに愛することができたかもしれないのである。ロバートとの複雑な関係は、良きにつけ悪しきにつけ、ホーソーンの性格に必然的に痕跡を留め、彼の自己イメージ、職業観、権威に対する態度の形成に深い影響を及ぼすこととなった。

叔父ロバートはホーソーンを母親から切り離し、文学面の努力より実利面の努力を奨励することで、彼を「一人前の男にする」ことを明らかに意図していたにも拘らず、逆に自らの活力に溢れ、頑固一徹な性格のために、少年の自己不信、依存癖、消極性を助長してしまった。こうした性質の中でもホーソーンが自分で最も強く意識したのは依存癖だったように思える。彼は生涯に亘って、人を頼りにしていることに気づいては、恥ずべきこととして自らを戒めるのであった。この依存癖に加え、幾年も叔父ロバートと夜いっしょにベットで眠るという親密さを強要されたことが災いして、消極性がさらに増幅されたようである。甥の際立った美しい顔立ちと、叔父の長過ぎた独身生活という条件を重ね合わせると、甥が叔父といっしょに眠ることを確かに嫌っていたことを表明しているものの、彼らの間にエロティックな愛情が醸成されていったのではないかという疑惑を禁じ得ない。彼らの関係はホーソーンを受動的な女性性への同化に誘うようなエロスに殆ど確実に彩られてはいたものの、必ずしもそこにジェイムズ・R・メロウが伝記で示しているような実際の「同性愛的陵辱」を仮定する必要はあるまい。[10] ロバート・マニングとナサニエル・ホーソーンのそれぞれの性格を考慮すれば、明白な同性愛的陵辱という概念そのものが、可能性も必然性も欠いているように思われる。

ロバート・マニングは誠実さと自己鍛錬の人であり、両者の信頼関係を裏切るような行為が起こり得たとはどうしても考えられない。もしそのような過ちが犯されたとすれば、ロバートがナサニエルと接する時に常に取った権威主義的態度は、この上なくおぞましき偽善となったであろうし、彼が実際に芽生えさせた微妙で内に秘めた形の反逆ではなく、はるかに迅速で直裁な反逆を誘発したはずである。人の行為が持ついろいろの微妙な意味合いに対する敏感さや、ほんの僅かな手がかりから推察する想像的能力（特に、この能力は幼少期に家族構成を解釈しようとするホーソーンの様々な試みによって一層高まることとなった）がナサニエルにあったとすれば、同性愛的状況は、罪深い欲望、夢、幻想を掻き立てるために彼らの周りに漂っていれば十分だったのである。少しでも同性愛が活発な想像力に根づいているのを自覚すれば、当人はもともと同性愛的なものが自分に備わっていたと思い、「許されざる罪」に直結させて意識するはずである。（先にサンプクッション牧師に関する文章で表現されているように）まっとうで善意ある後見人に対し真摯な対応をしたいという衝動と同様、彼の自虐的な傾向を考慮すれば、叔父の公然とした振る舞いよりむしろ甥の幻想の中にこそ、同性愛の罪は存在していた可能性が高い。叔父が同性愛的な「陵辱」を実際に犯したとすれば、ホーソーンは怒りを表出させる時、あれほど曖昧な表現は用いなかったろうし、いったん表に出してしまった感情を自らすぐに撤回するような態度は取らなかったはずである。直接、性行為を強要されていたとすれば、ホーソーンはもっと報復的になり、内的葛藤も減じ、深刻に悩むこともなかっただろう。彼に意識されたのは、せいぜい誘惑しているのが自分であれ相手であれ、微妙な雰囲気だけだったにちがいない。

こうした問題においては、確信的な解答を得ることは不可能であるし、例えば相思相愛の同性愛関係とか、叔父の側でなくむしろ甥の側からいくつかのあからさまな行為を仕掛けた、というさらなる可能性を完全に排除することも不可能である。同性愛的雰囲気が何となく漂う関係を仮定する方が、何らかのはっきりした行為が行われていたと仮定するよりも慎重だといえようし、彼らの関係が長く続いた事実やホーソーンの生涯の中でロバートとの関係が進展していったこととより一致する。彼らの関係は後遺症的にホーソーンに対して彼自身の性格や文学に影響を及ぼし、彼の中で実在の叔父が叔父的人物像、つまり内在化した成像《イマーゴ》へと変貌してしまったと推測してみると、人間の発達段階を説明するエリクソンの図式が役に立つことが分かるであろう。

我々がこれまで確かめてきたのは、ホーソーンの場合は父親の存在が欠落していたために、エリクソンの言う第一段階である「基本的信頼」の時期の通過を阻害されたことであった。従って、第二段階である「自律性と、恥、疑惑の対立期」に関して、ホーソーンの精神基盤が非常に不安定であったことになる。「自分の足で立っている」子供が、大人と比べ自分がいかに小さな存在かを思い知ったとたん、子供は特に恥の感覚を抱くことになる。この第二段階が発達のために請け負う仕事は、括約筋制御の成熟によって達成される自制と自律の確立である。もし子供が順当に発達し、「我慢したり、出したり」するという正反対の機能を自由に制御できるようになれば、恥の感覚を克服するに十分な自律性を発展させることが可能となる。ナサニエルの発達におけるこの段階では、理想的に自律性へと導くべき父親の役割を叔父ロバートが引き受け始め、これは今度は次の「指導権と罪意識の対立期」への移行の基礎となる。

厳密には図式通りではないが、「恥や疑惑」の中にはっきりとホーソーンらしい個人的資質を見出すことができる。エリクソンの定義を借りれば、第二段階における「不履行」である。

> 恥は人が完全に他者に晒され見られていることを意識する状態を仮定している。一言でいえば、自意識的ということである。人は目に見える存在となっているのに、その準備がまだできていない。これが、服を不完全にしか着ていない状態、「ズボンを下ろしたまま」寝間着をはおっている状態で人に見つめられる、といった具合に恥の夢を見る原因である。しかし、これは基本的には自己に向けられた怒りの感情であろうと思われる。恥を覚えている人物は、自分を見ないよう、そして自分の露出に気づかないように世間に強制したいと願う。世間の目を潰してしまいたいとさえ思うのである。そうできないのなら、代わりに、自分の方が不可視の存在と化すことを願わねばならない。……
>
> 疑惑は恥の兄弟である。恥は直立し露出している意識に依存しているのであり、一方、疑惑は……体に正面と背面――特に「背後」――があるという意識と深い関係にある。というのは、体のこの裏領域は括約筋や臀部の攻撃的でリビドー的焦点を備えているが、子供の目からは見ることができないし、しかも個人の自律性の能力に攻撃を仕掛けてくる人たちによって、不思議な力で支配され、相手の意のままに侵犯され得る場所だからである。……こうした基本的疑惑の念は、それがどこに残っているにせよ、後により多く言語化される強迫観念的疑惑のひとつの深層部を構成する。こうした感情は、隠れた迫害者によって背後からそしてお尻の内部からひそかに迫害されるのではないか、という偏執病的な恐怖となって大人になっても表出する[11]。

誰かに背面を晒している感覚、第二の自我が予期しない攻撃に対して無防備であるという感覚は、エリクソンの理論に従えば、分裂した自我や自意識の起源である。エリクソンの「疑惑（doubt）」という語を語源的にさらに敷衍させれば、ホーソーン的な性質としてお馴染みの「二重性（double-ness）」や「二面性（duplicity）」という語をここに付け加えることも可能だろう。もし「二重性」や自己不信が、自分の背後――つまり他人には見えても、自分には見えない場所――で起きていることに対する脆弱さから本当に生じるのであれば、叔父ロバートから監視され、ベッドを共にした年月の間に醸成された同性愛の感受性がどの程度のものであれ、それが進化して永続的人格特性複合体を形成し、『古典アメリカ文学の研究』の中でD・H・ロレンスが指摘した「二面性」へさえ姿を変えていった可能性は高い。

寝室での親密な関係が精神面に重大な影響をもたらしたことは、ホーソーンが幾年にも亘って、そのことに日記で言及していることから明らかである。人生の重大な転換期を迎えていた一八三七年から一八三八年頃の特に思索的な書き込みの中には、次のようなものがある。

バッキンガム公爵の喜劇『巡り合わせ』の中で、ドン・フレデリックは、ドン・ジョン（二人ともスペインの貴族）のことを紹介する時、「ひとつの寝台をいつも共にしてきた間柄だ」と述べている。

このすぐ後は、次のように続く。

昼間目覚めて仕事をしている時、ある人を高く評価し、完全な信頼を寄せているのに、このいかにも友人と見える人物が不倶戴天の敵となって夢に登場し、うなされることになる人物。夢で見た方が本当の人格であったことがついに判明する。魂が本能的に真実を感知したから――と説明できよう。(Ⅷ、一八一)

何年も前若かりしナサニエルが、ベッドの中で目覚めて隣にいた叔父を蹴ったのも、最後の表現を見ていると、実際にあからさまな行為があってそうしたというよりは、むしろこの「魂が本能的に真実を感知した」ためではなかろうかと、私には思えてくる。

大人になってもホーソーンは、男同士がベッドを共にすることに対して、激しい感情を持ち続けた。子供の頃にホーソーンは叔父サミュエルとシェイカー教団の共同体を訪れているが、彼はそこの生活ぶりにいたく感動し、彼らに加わることさえ考えたようである。だが、後に一八五一年、ハーマン・メルヴィルとジュリアンと共に再訪した時、必要以上に親密な雰囲気を漂わせる彼らの就寝室の様子を見て、即座にホーソーンは嫌悪感を覚えた。

つまり彼らの生活には完全に、そして根本的にプライバシーが欠如しているのだ。男性同士がくっ付き合い、互いに監視し合っている――考えるだけでもおぞましく吐き気を覚える。こんな宗派など即座に消滅すればそれだけいい――消滅もそれほど先のことではあるまい。そうなれば私も喜びを禁じ得ない。(Ⅷ、四六五)

この時期までに、ホーソーンはシェイカー教徒への加盟を真面目に考えなくなっていた家庭持ちの男性となっていたが、執拗に彼らの消滅を願うほどの過剰な反応を確かに示している。「男性同士がくっ付き合う」ことと、「プライバシーの欠如」や「互いに監視し合うこと」を結びつけるところに、叔父的人物像との関係から派生するあの問題が関与していることが分かる。この問題は性的同一性（これは小さな問題ではない）を越えて、自己と他者というより一般的関係へと広がってゆく。背後から監視される感覚と同じく、眠っている時に誰かに見られているという感覚を持つ人は、他者の凝視から自我を守るためにプライバシーを心底渇望する。その結果、ずる賢さ、秘密主義、親密さへの恐れ、露出の恐怖などが生まれることになろう。

作品の中に登場する公衆の面前で恥辱にまみれる場面と同様に、ホーソーンの私的創作ノートにおいては、見る行為は攻撃的であり、見られる者の私的領域への侵犯だと捉えられている。これと同じテーマが形を変えて、彼の創作ノートに数多く書き込みとして残されている。そのうちのより穏やかな表現のひとつとしては、「自分が他人によって強い関心を抱かれ、つぶさに観察され、あらゆる行動がいろいろに解釈されている対象と感じる人物の奇妙な感覚」（Ⅷ、一八三）という文章もある。しかし公衆の面前で恥を晒すことと秘められた性の問題が深い関係にあることを考察する最も有名な例は、『緋文字』冒頭部の晒し台の場面である。その場面を読んで我々が思い起こす元の事件は、マニング家の祖先の二人の女性が近親相姦の罪で長時間公衆の面前で恥辱にまみれたあの事件である。

恥辱がもたらす苦悩が最大限となるような舞台をホーソーンは準備する。真っ昼間、晒し台の上で何時間もヘスターは見世物にされる。恥の印を胸に付けた彼女は、罪の子供を抱き公衆の凝視に晒されている。そして最も私的な事柄に関して公の場で容赦ない質問が飛んでくる。性的な犯罪を犯した者に対してピューリタンは、決まりとして公衆の面前で晒し者の刑に処した。この慣例を利用することによって、ホーソーンは罪悪感や懺悔の気持ちで溢れた人間としてではなく、恥の気持ちで一杯になっている人物として、我々の前に彼女を登場させることが可能となった。この戦略ゆえに、我々は彼女に同情し、ピューリタンに反感を抱くことになる。罪悪感より原始的であり、どちらかといえば社会や超自我の産物ではない恥の感覚は、それだけ共感を誘う。語り手は「これほど我々の共通の人間性に対する非道な仕打ちはあり得ないと私は思う。……恥じて顔を覆うことを罪人に禁じるほど、極悪非道な仕打ちはないのだ。まさしくそれがこの刑罰の狙いだったのだが」（I、五五）と言う。ヘスターは敵意を抱く群衆から顔を隠すことができない。いや、正確に言えば、これらの凝視のうちで彼女が最も冷血で最も愛情に欠ける凝視――つまり夫の凝視――を彼女は確認するのである。

同じ晒し台の上で、ヘスターよりももっと微妙な形で自分の性欲を昇華させる特権を与えられたディムズデイルは、自分自身の罪を世間に晒すことを恐れもし願いもする。彼の場合も、彼にしか興味を抱かない冷酷な心の持ち主であるたったひとりの観察者の容赦ない探求が、個性を持たない大衆の凝視よりも大きな苦悩をもたらすことになる。ディムズデイルはチリングワースと同じ屋根の下に住み、ひそかに（いわば背後から）、あまりにも熱心に観察され、医師の非常に性的な探求の主たる対象と化している。自分でも罪滅ぼしに体に鞭を打ちすえるようになったディムズデイルにとっては、今や贖わねばならないのは単に姦通の罪だけではない。小説の結末に至るまでに、二心を抱きながら、ヘスターに対して「（あなたの）魂のためになるのであれば」明かすように以前熱心に求めた、あの最初の単純な罪よりもはるかに深刻な罪を彼は犯してしまうのである。今や変貌を見事になし遂げた彼は、公の場での最後の演説、つまり新知事就任祝賀演説の中で、言外の部分に、それも殆ど聞こえない程度の小声で、曖昧な告白を行おうとする。この隠れた意味は、それを既に知るヘスターにしか聞こえない。そのため彼は胸を人々の前ではだけ、不十分にしか公表されなかった真意をよりはっきりと伝え直そうとするが、またしても既に秘密を知る者たちにしか理解されない。自分の顔を永遠に隠してくれる死の直前になって初めて彼は、パールを抱き寄せ最後の告白を行うが、それでも誤解を受けてしまう。公衆の面前で紛らわしい形で暴露をするひとつの動機は、チリングワースの呵責なき探求を逃れるためである。皮肉なことに、たとえ曖昧で不誠実であれ、恥を公のものにすることで目的は達せられ、「良心の呵責」がもたらす腐食性の激痛は和らぐのである。

ヘスターの恥は、正面から見える妊娠して大きくなった腹部によっても、それから胸に付けた緋文字によっても世間に対して公表されている。それとは逆に、ディムズデイルの恥は秘密にされているが、常に敵意を抱く老人の目によって監視されている。一般には彼の恩人と考えられているその老人と共に、ディムズデイルは暮らしている。ある人間に対して別の人間がひそかに行う監視は、これまでかなりの具体例を眺めて分かるように、冷酷な判断に対してホーソーン自身が抱いた恐れを文学的に変形させたものである。人に一方的に裁断されるより、目立たず平凡であることを望んだホーソーンは、賞賛を受けることすら不快に思った。ホーソーンにとって人から判断されることは、それまで他人の目につかないようにしてきたまさにその能力に疑いの目を向けさせることを意味したのである。

ホーソーンの自己不信については大学時代の友人ホレイショ・ブリッジが幾度も酷評したのだが、

それが物語を匿名で世に出すという両面価値的な行動に繋がった。しかし一八三〇年代の終盤、「長き隠遁」から精神的に大きく抜け出たことを示す動きを二回見せる。一八三七年、『トワイス・トールド・テイルズ』を本名で出版するようにというホレイショ・ブリッジの説得を受け入れ、一八三八年にはソファイアと婚約する。こうして時を隔てずして、作品の公的な認知、そして親密な関係を結ぶ結婚に自らを委ねることになった。「出版」、つまり公的になることは、自分を公衆の凝視に晒し、こちらの意のままにはならない、愛情を欠いた検閲の対象に自らがなることを意味するであろう。ホーソーンは恋に落ちることで、自分が世間に晒されることに対抗した。つまり、敵意を抱いた見知らぬ凝視ではなく、自分の最良の部分を愛情を込めて映し出してくれる凝視を持った「他者」を見つけ出すことだった。間接的ながら、この時期に記された日記には、このような移行に対する不安と共に、分裂した自己観察者の興味深い一面が顔を出す。これは既に内在化されていたのである。

一瞬、自らの究極的な道徳的自我を、まるで他人のものであるかのように感じ取る――観察能力が遊離し、その人物の人格的資質を熱心に見つめているのだ。このこと――つまり自分の自我から抜け出ること――が起きる時には驚きを覚えるが、しばらくすると観察者は、自分がどんなに奇異な人間であるかを知ることとなる。（Ⅷ、一七八）

ボストンの税関で働くために母親の家を出てから、ホーソーンは婚約者に恋文を書く以外、殆ど何も書かなかった。今や彼は、新たな種類の露見――二人の親密な関係が彼の物語の中に忍び込み、世間の目に晒されてしまうこと――を恐れた。彼は日記にこう書いている。「恋人同士の間で最も慈しみ大切にしていた秘密が公の場で見世物になり、町の批判や嘲り、物笑いの種となる。」（Ⅷ、一八五）彼がこうした事態を恐れるようになったのは、恐らく他者による推測の対象となる不安を抑えるためとはいえ、これまでずっと彼自身、他人の親密な関係を覗く観察者であったからである。観察する主体となることによって、彼は主体・客体関係を逆転させ、力を行使する側に回ることができた。物語の中でしばしば糾弾を受ける冷たい傍観者たち、「肉体なきポール・プライ」や木の上の観察場所に姿を隠して覗き見をするカヴァデイルらに、彼はますます自分を同化させるようになった。ゼノビアはカヴァデイルの覗き行為のはらむ攻撃性を「目による一撃《アイ・ショット》」と認めている。

　自己疑念、不安、さらに自分の最も優れた資質ですら完全な賞賛には値しないという感覚のために、ホーソーンは自分自身の男らしさに対して少しも自信を高めることができなかった。この面でも、彼は様々に分裂しており、このことは彼の同時代人たちにも見て取れた。ローウェル、ロングフェロウ、オルコット、エマスン、マーガレット・フラーなど、みんなホーソーンの感受性の二面性に気づいていたが、息子のジュリアン・ホーソーンもまた同じ証言をしている。こうした観察者たちは、内気さ、受動性、そして女性的ではあるが純粋な男性的性質と混ざり合っていると見なされるある種の直観という特徴を伝えている。彼らは冷笑を交えるのでなく、むしろ、そのことは画一的性質が作り出すよりもずっと充実した性質の現れであるとホーソーンの二面的な感受性を報告している。(12)

　ホーソーンのこうした受動的側面は、エドワード・ワーゲネヒトの言葉を借りれば「生まれつき人に仕えてもらえる資質」となるものである。[13] ティクナーやフィールズといった出版社の人間と交わした書簡から、ホーソーンが彼らのような多忙な人々から面倒なことを、いろいろ頼んでしてもらっていたことが窺える。金融投資や不動産の選別といった大仕事から、小包の郵送、宛名書き、請求書の支払い、葡萄酒や葉巻の購入、さらにはソファイアのための腕時計選びといった些細な仕事までである。これらに加え、同様の奉仕を、ホレイショ・ブリッジやフランクリン・ピアスからも受けていたのだから、マニング家の叔父から受けたしばしば憤懣やる方ない恩恵に相当するものを、ホーソーンが大人になってから見つけ出したということなのであろう。ホーソーンがエマスン、メルヴィル、ロングフェロウといった文人たちより、ブリッジやピアスのような実社会向きの人物と交友が深かったことは、独立願望にも拘らず、ロバート・マニングとの長い関わりのために、ホーソーンが文学者をそれほど信用せず、実際的な人々を頼る必要があったことを示している。

ホーソーンが求める理想的な友人の条件とは、彼の問題含みの叔父ロバートの性質――厳格さと感受性――を持ち合わせる人間であった。ソファイアに向かって、なぜ長年に亘る親友ジョン・オサリヴァンが、彼にとって「まったく波風を起こさない人物であるか」を説明する際、友との深い付き合いに彼が求めたものが何であるかを明らかにしている。「僕が友の中の友を選ぶとするなら、（オサリヴァン）よりも厳格で断固とした人物でなければなりません。……その厳格で断固たる性質にこそ、本当の男らしい繊細さが見つかるはずですから。[14]」繊細さと厳格さとを融合するホーソーン自身の能力、及びそうした人格を兼ね備える人たちと常時交友を結びたいと願う彼の気持ちの中には、自己内部の女性的な資質を恐れる少年が発する必要性に応える形での叔父ロバートのピューリタン的性格の幾分かが表われているのである。頼りとなる堅固なものへの極めて強い欲求がホーソーンにもメルヴィルにも顕著に見出されたので、互いに完全に満足できる「友の中の友」にはなり得なかったのである。

ホーソーンは叔父との関係を最も親しい男の友人たちとの友情にそのまま移行させた。最晩年の頃ですら、叔父との関係に照らして、友の寛大さを解釈する傾向を示した。一八六三年十月十八日付、ジェイムズ・T・フィールズ宛の手紙の中で「ジュリアンの話によれば、息子は君に十ドルばかり借りがあるということですね。その分は私にお回し下さい。どうかあの愚息にはもうお金を貸さないようにお願いします。(あなたの親切心ゆえ、まるで叔父の立場に立って頂いているようですが、)叔父というものは家族の中で非常に危険な人物なのです。[15]」

家族のように振る舞ったことは、ホーソーンのサディスティックな報復をフィールズにさらにもたらすだけだった。一八五六年四月十一日付の手紙で、ホーソーンはティクナーに宛て次のように記している。「フィールズは対英戦争が勃発したら、イギリスに味方すると手紙に書いてきました。彼はタールを浴びせられ羽毛をぶっかけられる目に遭えばいいでしょう。それも初めのひしゃく一杯のタールは私がこの手で彼の頭にかけ、一握りの羽毛を同じ場所にたたきつけてやりたいと願っています。彼は裏切り者です。イギリスの彼の友人もそのことを知っています。[16]」

フランクリン・ピアスがアメリカ合衆国大統領に就任した際、彼は多くの恩恵を授ける立場となった。ホーソーンは、選挙用の伝記を書いたことにお礼はいらないと言葉では固辞したものの、まるで物欲しそうに期待する子供のように彼もブリッジも大統領が誰に恩恵を施してくれるか成り行きを見守った。リヴァプールの領事職を得たホーソーンは、ブリッジが何の官職も得られなかったことに慰めを述べようとした。彼は一八五四年に、「彼〔訳者注・ピアス〕を疑ってはいけません。年を取ってから僕たち三人が再び一堂に会する時に、友情を乱すような嫌な想い出は作らないようにしたいものです。彼が僕のために最善を尽くしてくれたのだから、こうした気持ちで彼に接することは簡単だ、と君は言います。でも真実は（人間性とは何とあわれなものでしょう！）、彼が僕のために何もしないでいてくれたのであれば、その方が多分彼を好きになっていたはずなのです」〔傍点著者〕[17]と書いた。同じ年の十二月、ピアスから善意を受けたことで不快な気持ちとなったことを、ホーソーンは繰り返しブリッジに伝えている。「僕は君がうらやましい。なぜなら君は彼から何もしてもらっていないからです。[18]」ブリッジやそれ以外の人に宛てた手紙から判断すると、ホーソーンがフランクリン・ピアスに対して批判的になるのは、彼が領事職の任命を受けた後の話なのである。

領事在職中は、ホーソーンは常に落ち着きがなく、不満を抱き、幾度も辞職を企て、その意向をちらつかせた。それにも拘らず、彼が実際に辞職してしまうと、二人の友情は元の誠実なものへ戻り、さらには優しさまでもが加わった。ピアスの妻の葬儀の際、墓の傍らで前大統領は悲嘆に打ちひしがれながらも、手を伸ばし、十二月の寒さから身を守るためにホーソーンのコートの襟を立ててやった。[19]ピアスは連邦寄り〔訳者注・南部連合寄り？〕の姿勢を示したために、奴隷廃止論が支配的であったニュー・イングランド全体では評判を失墜させていたが、ホーソーンはあらゆる助言を無視して、前大統領ピアスに対して『懐かしの故国』を捧げるほど誠実な気持ちを抱いていた。ホーソーンが息を引き取ったのは、彼といっしょにいる時だった。

一八六四年三月の終わり頃、衰弱したホーソーンは健康のために南への旅に出たが、その旅にウィリアム・D・ティクナーが随行している。天候はひどく、彼らはニューヨーク市で足止めされる。その間、弱ったホーソーンをティクナーはつきっきりで看護し回復を願う。フィラデルフィアに着いた時、ティクナーは風邪をこじらせ四月十日に急逝する。仰天したホーソーンがすべての後始末をすることとなる。その後、ホーソーンは足どりもおぼつかない状態でソファイアの待つ家に帰るが、駅から自分の足で歩くことすら殆どできなかった。

辺鄙な道中先で友人の死を目撃したため、ホーソーンは目に見えてやつれ、精神的な動揺もひどかった中、僅か数週間後に、彼は見掛けは同じ静養を目的として、フランクリン・ピアスとニュー・イングランドを巡る旅に出た。自分の死期も近いことを悟り、辺鄙な場所のホテルで死の予告編を見せられてショックを受けていたにも拘らず、彼は家とソファイアから離れ、この父のような友人に見取られて安らかに死を迎えようとしたのである。

子としてのホーソーンの感情がいかに深く複雑なものであったかは、ユトクセターの市場でのサミュエル・ジョンスンのペナンス〔訳者注・罪滅ぼしの苦行〕の話に、彼が長い間こだわりを見せたことにも表れている。真っ昼間、公衆が見つめる中、死んだ父親が営んでいた本の露店にどうしても立ちたいと願う偉人の強迫観念の話を、彼は二五年もの間繰り返し語っている。父は自分のせいで死んだのかもしれない、という想像上の罪を償うため、市場に立って公衆の面前での恥辱を選んだ年老いた文人のイメージに、ホーソーンは取り憑かれていたようである。ホーソーンは一八三八年の創作ノートに、公衆の面前で行われるペナンスを記録し、『伝記物語』（一八四二年出版）で語り、さらに一八六三年に出版された彼の最後の完結した作品、『懐かしの故国』には作家自身によるリッチフィールドとユトクセターへの聖地巡礼が描き込まれている。子供向けに書かれた『伝記物語』の中で、父親に対して示した些細な不敬のために五十年に亘って懺悔の気持ちを抱き続けたサミュエル・ジョンスンの物語は、こう閉じられている。

いいかい君たち、もしもだね――君たちの両親とは言わないが、もしもだね――誰にせよ、君たちの愛を受ける権利のある人の心を悲しませるようなことをしたとすれば、その時はサミュエル・ジョンスンのペナンスのことを思い出しなさい。五十年もの間苦悩を堪え忍んでゆくよりは、過ちを今正す方がよくはないかい？（VI、二四八）

サミュエル・ジョンスンの五十年に亘るペナンスのように、前記のダッシュには非常に大きな意味が込められている。一般人の状況とホーソーン個人の状況との間にある隔たりを埋めるため、すなわち、父親たちと伯（叔）父たちの間の隔たりを埋めるため、ホーソーンは言葉を繰り返し、前言を修正するために僅かに言い淀むのである。幼い時に父親が姿を消してしまったことや誰にも埋葬が確認されていないことが自分にも関係があるとする意識と、叔父から受ける恩恵に純粋に感謝の意を感じることができないという意識を混同したホーソーンは、ジョンスン同様、長い年月罪意識を持ち続けたが、こうした罪意識は決して贖いの対象でも解決できる問題でもなかった。ルーベン・ボーンのように、代父に対して抱いた罪意識が相互的なものではなかったか、という漠然とした感覚にホーソーンは苦しんだ。互いが相手を裏切った、という意識である。もしホーソーンが後見人のことを夢に見たとすれば、それはちょうど彼のあの「物語作家」が夢に見たような「互いが許しを請うべきことがあるかのように手を差し出して、優しく悲しそうに僕を見つめている」(X、四〇六―四〇七)人物だったにちがいない。

「物語作家」が後見人サンプクッション牧師の手紙を読むことを拒絶したことで、彼の後見人が最後に、ちょうど父親がそうするかのように、優しい愛情を込めて、権威を和らげ、「物語作家」が犯した過ちは、まるで後見人自身の鍛練に問題があったのだということすら認めてくれる可能性が残った。まさしくロバート・マニングの葬儀に出席しなかったことと同様、読まないまま牧師の手紙を焼き捨てたことで、魂の要求に想像力が応えることが可能となった。このように現実の「物語作家」も架空の「物語作家」も、自分たちの後見人の最後のメッセージが「思い切って燃やしでもしない限り、決して拒絶することができなかったはずの、父親らしい英知、愛情、そして和解」(X、四一一)の言葉に溢れるものであった、という希望を抱くことができたのである。

## 置き換えられた中心

ロバート・マニングの個人的特性から受けた文学的影響を解明しようとすると、それは作家の中に綿密に織り込まれ、実際に常に存在したものであることが判明するだろう。ホーソーンが経験した父権とは、どうにも対処できない精神形態であり、挑みかかろうとしても、具体的に良い方法が何ひとつ見つからないものだった。そのために彼は父権を巡る問題を物語の中で遠回しに扱うようになった。それは、しばしば青年と、性的魅力に溢れた若い女性、青年を萎えさせてしまう影響を及ぼす老人の三者関係として構成された。科学者や成功した実業家といった、ロバート・マニングのどの側面をその老人が表すにせよ、その人物は常に何らかの形で魅惑的な女性と関係を持っている。多くの場合、老人はその女性を通じて働きかける。彼女を代理として、あるいは誘惑者として利用しながら、若者の魂に接近し個人的な秘密を覗き、彼を誘惑して罪の世界に引き入れるのである。この過程において、二人の男の関係が物語の中心として、性的な男女関係に取って代わるのである。

二人の男を繋ぐものとして女性を利用する三者関係は、最も純粋な形で『緋文字』に現れているが、この関係はホーソーンの作品を通じてひんぱんに繰り返される。周知のように、科学者・魔術師のチリングワースは、ディムズデイルの魂を餌食にするが、その様は二人の関係が物語の中心になってゆくといったところである。女性が口を閉ざし老人に協力しているからこそ、彼らの間のこの忌まわしい親密さは成立するのである。同じ力学は『ロウジャー・マルヴィンの埋葬』でも働いている。ドーカスは、ルーベンとロウジャー・マルヴィンとの父子関係の結び目として機能する。『ラパチニの娘』においては、ベアトリーチェがジョヴァンニを科学者である父親の支配下に置くためのおとりである。アニー・ホーヴェンデンと「美の芸術家」ウォーランドとの関係は、芸術家と彼女の父親との関係ほど、構造的、感情的に重要ではない。同様に、ミリアムから暗黙の了解を得たドナテロを罪の世界におびき寄せる『大理石の牧神』のカプチン僧は、この異国風の女性と物語が始まる前に何らかの関係を結んでいる。彼はミリアムに付きまとうが、物語の中での彼の主要な役割はドナテロを堕落させることであり、ミリアムはその目的に知らないうちに協力しているのである。

『ブライズデイル・ロマンス』の批評的興味は、ようやく最近になって、カヴァデイルがゼノビアに抱く好色な性欲やプリシラに寄せる恋心から、彼とホリングズワースという物語中で最も重要な関係に移行し始めてきている。物語の中央にある（つまり全二九章中の第十五番目の章に当たる）「危機」という章では、ホリングズワースは二人の女性との関係を取るに足らぬものだとして一蹴し、カヴァデイルを口説こうと必死に努力する。ホリングズワースは、彼の運動に加わってくれれば、迷った詩人も人生に目的が得られ、その結果「自堕落で仕事もはっきりしない男が味わう倦怠感もぼんやりしたみじめな気持ちも二度と感じることはなくなるだろうし……力強さ、勇気など……男性的で寛大な気質が望むすべてのものが手に入るんだ！」（Ⅲ、一三三）と熱く語る。目に涙を浮かべ、ホリングズワースは手を差し延べ、こうつぶやく。「この広い世界に僕が君ほど愛せる人物はいないんだ。僕を見捨てないでくれ！」（Ⅲ、一三三）彼の計画にゼノビアとプリシラはどう当てはまるのかを尋ねられた時、ホリングズワースは激してこう語る。「どうして君はあの女性たちの名前を持ち出すんだ?……僕が君に申し出た事柄に彼女たちがどんな関係があると言うんだね?……この偉大な目標のために身を捧げてくれないか……、そして僕の永遠の友人の中の友人になってくれないか?」(Ⅲ、一三五)

カヴァデイルは完全にホリングズワースの磁力に共鳴している(「既に十分に述べてきたことだが、私はホリングズワースを愛していた」)。そればかりか、彼らの関係が性的な次元のものであることを彼は理解しているのである(「彼の声、目、口、彼の身ぶり、そしてありとあらゆる筆舌に尽くし難い意思表示の中には優しさがあり、大抵の男は、そして女であれば誰もそれには抵抗できなかった。」〔Ⅲ、二八〕)にも拘らず、カヴァデイルはこの磁力に抗い、自分の臆病な殻の中に留まる。ホリングズワースの申し出を断るにあたり、彼はこう述べている。「この否というひと言を述べるのに費やした努力の千分の一でも要した……言葉を、これまでに私は発したことはなかった。心の痛みは単なる比喩ではなく、本当に胸が痛かったのである。……拒絶の言葉は彼をも弾丸のように撃った。……彼が私の友情に訴える言葉をもう一言でも発すれば、それだけで私は完全に屈服していただろう。」(Ⅲ、一三五―一三六)この危機の(つまり二人の男の間に亀裂が出来た)後、カヴァデイルはブライズデイルを去るが、それは「すべてが突然色あせてしまった」(Ⅲ、一三〇)ことに気づいてのことである。

作品の中央に位置するこの章では、ホリングズワースが誘惑的な申し出を行い、カヴァデイルが苦渋のうちに彼の支配を拒否するのだが、このことがこの中間章を作品の感情面での危機を示すものにしている。多くの批評家たちが信じているように、強引な男性による誘惑と拒否のモデルがメルヴィルとホーソーンの関係であるとしても、ホーソーンがそれよりはるか以前に体験した叔父との関係が問題の背後にあることは十分に考えられる。支配的な男性による誘惑的行為に対する抵抗の根深さという観点から見れば、ホーソーンがメルヴィルの積極的な誘いに示した遠慮がちな態度はかなり説明できるだろう。[20]『ブライズデイル・ロマンス』における男性間の力関係は、たとえ年齢がそれほど離れていなくとも確固とした意志を持つ年上の男性と、ためらいがちで煮え切らない年下の男性との関係なのである。ホリングズワースは、もしカヴァデイルが自分と同じようになりたいと思ってくれさえすれば、詩人を一人前にしようと申し出る。メルヴィルをホリングズワースのモデルとして特定してしまうと、メルヴィルがホーソーンより二分の一世代若く、また当時、彼がまだホーソーンほど職業意識を抱いていなかったという事実を無視することになる。実際、メルヴィルは『旧牧師館の苔』や『緋文字』を書いた敬愛する作家と同じようになりたいと願ったが、これは明らかに一方的な感情に過ぎなかった。

磁気を帯びた小片が引き寄せられるように鉄の比喩がぴったりと当てはまる、この元鍛冶屋と面と向かい合うと、カヴァデイルはホリングズワースの揺るぎない目的意識の対極に位置する卑小な存在に見えるし、また、彼自身もそう自覚する。この違いをホリングズワースはこう述べる。「僕はずっと真剣にやってきた。……僕は心の中で鉄を熱し、その鉄から思想を鍛え上げた！　……マイルズ・カヴァデイルは詩人としても労働者としても真剣じゃない。」（Ⅲ、六八）以前の職業である鍛冶屋からマニング家の人々を連想し、鉄の比喩からピーター・ホーヴェンデン、ロバート・ダンフォース、リンゼイ氏、ピンチョン判事のような「鉄の男たち」を連想すると、ホリングズワースは（メルヴィルとは異なり）典型的な反芸術家タイプである。この作品では芸術的な企てに対する不信感が物語そのものと混じり合っており、しかもそれを去勢された芸術家のまさにその声が語っていることを考えれば、ホリングズワースはその一群の中では最もうまく芸術家の自尊心を切り崩してゆく人間である。何年も前の出来事を回顧して物語を語る中年男カヴァデイルは、まだ「自分の欠点を誇張する」傾向があり、自分を今なお卑小で自堕落で基本的に不能な人間として描き出しているのである。

逆説的ながら、ホリングズワースの博愛運動はもともと持っていた善意の転倒であり、美徳がエゴイズムによって破壊的な悪徳と化してしまったのである。そのような改革主義者たちに関して、カヴァデイルは「当初の目的が気高く純粋であればあるほど、そして献身的に取り扱うようになればなるほど、神のような善意がすべてを食らい尽くすエゴイズムに貶められてゆく過程に気づく可能性は希薄なものになってゆく」（Ⅲ、七二）と言う。ホリングズワースは世話係の役割を買って出てまでカヴァデイルを仲間にしようとする。しかし、そのためにカヴァデイルは病気中にホリングズワースが優しく看護してくれた時も、誘惑するために親切に振る舞ったのではないのかと疑惑を抱いてしまう。破壊的な善意を受ける芸術家の心は、恩恵を施した者を悪魔に見立て、セイタン的な誘惑者として意識する傾向がある。博愛主義者の鉄のような表情に他の人々は「仁慈と愛情のみ」を見出すだろうが、カヴァデイルはそうすることでしか矛盾する気持ちを表現できないのだと次のように説明する。「彼の暗く間近で表情に接した芸術家は、その二面性を大げさに述べ立てる。自分の誇張を詫びつつも、カヴァ印象的な顔つきを思い浮かべていると、現実のものよりも厳しさが際立ってゆき、彫りはより深くその影は一層暗くなり、光の当たった部分は一層不気味に輝きを増した。単に眉をひそめただけで、頑固なしわの浮かんだ顔全体が渋面に変わってしまったように思われた。彼に再び会った時など、その窪んだ目から優しい眼差しがちょうど家庭の暖炉の輝きのように注がれると、私は幾度も悔恨の気持ちでいっぱいになった。」（Ⅲ、七二）この対立関係は、地位を確立した年長の作家と、メルヴィルのように作家志望の夢で胸をふくらませる年下の人間との関係というよりは、サンプクッション牧師と「物語作家」の関係、つまり後見人と被後見人の関係に似ている。

ホーソーンが植物のイメージを好んで使用したこと、科学の実験に対して特定の態度を示したことは、ともにロバート・マニングが園芸科学に興味を持っていた事実と深い関係がある。彼が抱いた感情は、様々に姿を変えて物語に組み込まれていった。そこには何かに取り憑かれた科学者たちが登場し、豊かな才能を行使して無垢の自然を堕落させる。一八四三年にロバート・マニングの財産の中から売りに出された果樹のカタログの最後には『ラパチニの娘』の著者を恐らく喜ばせたであろう品目――「小人たちのために楽園の木の幹に芽接ぎされた、様々な種類のりんご」が掲載されている。「毒の花が咲き乱れるエデン」にまつわるホーソーンのこの物語は、ロバート・マニングが死亡した二年後の一八四四年に書かれた。園芸家であり科学者でもあるラパチニは、自然の営みに関する精緻な知識を利用しつつ自然を改良しようと企てるのだが、結果的には反自然的なものしか作り出さない、というホーソーン描くところの多くの科学者たちのひとりに過ぎない。

園芸学的に改良を試みても、すべてが自然と人工の間の曖昧な領域へと落ち込んでしまう。例えば、種を掛け合わせる行為が自然なるものの延長上のことなのか、あるいは人工的なるものへの堕落なのかという問題は解決不可能である。シェイクスピアのパーディタに賛同して、異種交配は姦通に通じるものがあるという理由や、雑種を作り出す技は「万物を生み出す自然に手を加える」のだという理由で、「混合」を避けることも可能である。その一方で、「何らかの手段を講じて自然がよりよくなることはないが、その手段を作り出すのもまた自然なのだ」(『冬物語』四幕、四場)というポリクシニーズのより寛大な見解に倣うことも可能である。この対立はあのファウスト神話ほども古く、同様に答が出ないものなのである。

ホーソーンの科学者の物語はこれら二つの見解の間を揺れ動くが、プロット上の結論においては、自然を改変するのは神に対する挑戦であり、従って罪深き行為であるとするパーディタの立場が常に確認されることになる。ラパチニやエイルマーのような錬金術師たちは、生命のある素材を扱う芸術家ではあるが、神聖な秩序を改ざんする者として、最も気高い人間であるのと同時に最も低俗な人間でもある。科学的な試みに対してホーソーンが否定的反応を示したのはワーズワース的な伝統でもあったが、彼が決定的に影響を被ったのはロバート・マニングの果樹栽培の実験現場に居合わせたせいなのである。『ラパチニの娘』で早くも表明されたこの態度と同じものが、彼の創作ノートの中に何年も後に現れている。内側から暖められたブロック塀に桃、梨、無花果を垣根仕立てで作り、寒い気候の中でも育成しようという英国式の栽培法に関して、彼はこう書き記している。「自らの存在をそのような人工栽培法に頼らねばならないとは、まるで果実というものには非現実的で不満足な要素があるにちがいないと言わんばかりだ。そんなことをしてもせいぜい半分しか自然ではないのだから。」[21]

実際、語り手はラパチニの実験を性的嫌悪感に満ちた言葉で描写する。というのは彼の実験は「最も簡素で無垢な人間の苦役である」園芸術を冒涜するものであり、姦淫の次元にまで貶めるものだからである。異様に刺激を受けたジョヴァンニの想像力から見れば、実験結果に「繊細な感覚を持った人は衝撃を受けたことだろう。様々な植物同士の間でいわば姦通にも似た混合が行われて出来上がったものは既に神の創造によるものではなく、人間の堕落した妄想が生み出した怪物であることを、その人工的な姿形は示しているのだから。」(X、一一〇)

「堕落した妄想」は、植物の姦淫から人間の近親相姦を暗示するものへと移行する。性的倒錯が言葉で表現され、兄妹の比喩が幾度も繰り返されることから、ジョヴァンニとベアトリーチェを分け隔てる障壁は、実はこの家族内の禁忌であることが示される。ジョヴァンニはベアトリーチェと「まるで兄のように」語らい、彼が姿を現す時はいつでも彼女は「幼い時から常に遊び友達であるかのように――今でもまったく変わらぬ関係であるかのように――警戒心を解き、信頼をもって彼のもとに駆けつけるのであった。フレデリック・クルーズは、こうした状況がエディプス的なものであることを示唆しているが、ここに伝記的関連性を探求してはいない。彼によれば「ラパチニは、ホーソーンの正直さがそのまま表出するのを防止する役、すなわち伝記的に危険な意味合いを持つものを逃がす安全弁として働いているのである。」ラパチニは、ホーソーンの果樹栽培家の叔父が誇張され、想像上でその特性が強調された人物である。彼は安全弁というよりは、むしろ「ジョヴァンニの動揺と妄想がまさしく作家自身のものである[22]」とするクルーズの見解を立証してくれる伝記的関連人物なのである。

## 物質対精神

叔父ロバートとの関係は、幾度も様々な姿に形を変え、分裂したり再結合されたりした。こうした変化の中で最も大切なのは、精神と物質、芸術性と物質主義が二極化されたことである。時代順ではなく緊張度が高まってゆく順に並べた以下に扱う作品群にあっては、叔父ロバートの商売もしくは「実業家」としての側面が対極を提示することで、芸術家ホーソーンの精神的資質がうまく定義される。『雪人形』はあまり高く評価されないが、こうした複合状況を生み出す心理的中心――つまり、完全に善意を意図している時でさえ、いやまさしくそうした時にこそ、勘違いを起こして芸術を破壊する、あるいは恐らく芸術に挑戦する世俗的人間の性質――を具体的に描く作品例である。ホーソーンは、妹ルイーザと共に『スペクテイター』という新聞を発行していた子供の頃から既に、善意の主題を皮肉に扱う傾向にあった。後の作品でも、父親的人物像たちに善意を持たせたが、彼らが及ぼした影響もまた意図せずして破壊的であった。実際に創作ノートに書き込まれた作品のアイデアをいくつか見てみよう。

善意を持った人が世間を渡り歩き、みんなに親切にしようとする。その目的の達成のため、例えば彼は盲目の人に眼鏡を与えるなど、お門違いの行為を繰り返す。見ても分からぬ人に美しい絵画や彫刻を贈る。(Ⅷ、二八五)

『雪人形』の中には、善意に対して過度に感情的で怒りに任せた意見を爆発させているところがあり、それに加え、細かな点ではあるが、実はそれが叔父との関係に還元できる問題であることを示す興味深い部分――リンゼイ家の戸外にロバート・マニングのお気に入りの木を用いている部分がある。その木になる特別の果実は、次から次へといろいろな物語にさりげなく登場し、常に若者の人生や大望を枯れさせてしまう原因となる物質主義的な父親像と深い関係を持つ。『雪人形』にはあまりにもさりげなく梨の木が登場してくるので、その語にホーソーンが特別な意味を持たせて使用していることに読者は特に注意しなければならない。数ある木の中で、梨の木が、常識の持ち主、「無味乾燥な感性の持ち主、金物商人」であるリンゼイ氏の家の外に立っている。彼の実利的な仕事は今は休み。その間に、二人の子供は雪人形をあまりに人間そっくりに作ったために、それが雪の庭で飛びはねて踊り始める。詩的な母親と想像力に溢れる子供たちは、「梨の木の低い方の枝に」ついていた最も軽い雪でその巻き毛を作った芸術作品に命が宿ったと信じる。家族の中で芸術的感性を持った者は、雪の少女の美しさを単純素朴に堪能する。しかし父親が近づいてくると、雪で出来た鳥たちは飛び去り、雪の少女は後ずさりする。彼女を近所の粗末な服を着た女の子だと思ったリンゼイ氏は、家の中に彼女を招き入れ、ストーブの隣で体を温めてあげようと言う。もちろん、雪人形は実用的な男性の想像力を欠く善意のために、溶けて水たまりとなってしまう。もし結論部分でホーソーンが父親とその同類の人々に対して厳しい教訓を突然爆発させることがなかったとしたら、物質主義と芸術への信念とを対決させる些細で感傷的な物語を私はこれほど重視することはしないだろう。

例えば、ひとつの教訓はこうなるかもしれない。いったい何をしようとするのかを十分に考え、博愛主義的な目的に基づいて行動する前に、これから取り組もうとする事柄の性質やすべての関係を確実に理解することが、人間、特に善行を施す人には強く義務づけられるのである。……

しかし、結局のところ、善良なるリンゼイ氏のような輩に代表される賢い人々に、何かを教えようとしても不可能なのである。彼らはすべてを知っている――それは確かだ！――これまで起きたことも、今起こっていることも、未来に起こり得るあらゆる事柄もである。自然であれ、神意であれ、彼らの考え方を超越したところで何かが起きたとしても、理解することは絶対にないのだ。たとえそれが目と鼻の先の出来事であってもである。（XI、二五）

雪人形が溶けてしまうまでに、リンゼイ氏の常識的な物質主義と見当違いの善意は、徹底的に繰り返し描き込まれているために、この感情的な長口舌に含まれる憎悪は無駄なほどである。これ以前、リンゼイ氏を表現する際に「善意の《ヴェネボラント》」という単語を少なくとも三回も繰り返しながら、ホーソーンはここで作者としての統制力を失い、物質的な快楽を提供してくれるが芸術が分からない人間に対して、非常に個人的な怒りの感情をぶつけているのである。

『美の芸術家』では、この葛藤が、芸術的な資質に恵まれた子供と、愚かなほど善意の父親との間ではなく、これまで我々がホーソーンの作品を通じて幾度も注目してきた、中心が置き換えられた家族の三角関係の中で展開されることになる。アニー・ホーヴェンデンの父親の用心深い懐疑的な物質主義を前にすると、彼の小柄な浮き世離れした弟子の自尊心は萎縮してしまう。かくしてホーソーンではお馴染みの男同士の関係の力学が強烈に浮上してくる。ただし、オーウェン・ウォーランドは子供のままの滑稽な大人であり、ピーター・ホーヴェンデンは悪意を持った懐疑主義の悪魔であって、互いが互いの極端な傾向に拍車をかける、といった両者の著しい対比ばかりが強調されているために、物語自身が面白みを失ってしまっている。

ホーソーンは、代父との関係という視点から物質と精神を厳密なアレゴリーを用いて描いており、作品の芸術的な出来映えが大いに損なわれる危険を冒しているが、彼の目的は芸術よりもむしろ自己治療にあったのかもしれない。執筆時の一八四四年、文筆業では子供が増えてゆく家族を経済的に支えることができない、という現実を突きつけられていた。ユーナが生まれた同年、旧牧師館で質素な生活をしていたが、彼には稼ぎが殆どなかった。執筆に専念していたものの、質・量共に満足のいくものはあまり出来上がっていなかった。文学的成功を収めることができず、家族の置かれた現実のせいもあって、もっと男らしい収入の多い仕事に就かないことを叱る後見人の非難の声にホーソーンは再び目覚めたのかもしれない。彼は家庭生活には満足していたものの、二年前の叔父ロバートの死以来、ずっと馴染んできた刺激がなくなってしまったことを意識しさえしていたのかもしれない。ロバートのあからさまな反対がなくなり、その代わりに今度は妻ソファイアの熱心な励ましの中で無気力になっていった彼は、かつては自分を芸術家として自覚させ、刺激を与え、創作に向かわせた反対勢力を再び自分の中に目覚めさせるために、この奇妙な物語を書いたのかもしれない。この話の中で、新たな創造活動に向け自らを鼓舞するために、内在化された叔父的人物像に自らの言い分を総動員して敵対しているのである。

逆説的ながらピーター・ホーヴェンデンが及ぼす物質主義的な影響が、ウォーランドの創造的な精神に繰り返し挑み、彼を一人前の芸術家にするのである。「この男の冷たい、想像力を欠く賢さほど、彼の本性と対極にあるものはなかった。オーウェンは、それと接することで、この物質界で最も密度の高い物質以外、すべてが夢と化してしまった。オーウェンは……彼から解放されることを切に祈った。……この男に会うたび、オーウェンの心は縮みあがった。鋭い理解力は見たものを明瞭に見分け、見えないものは全く信用しなかったがゆえに、世界の中でも彼こそが最もおぞましい存在であった。」(X、四五六及び四六三)ホーヴェンデンの想像力を欠く功利主義、そしてロバード・ダンフォースの男性的な力強さの前では、オーウェン個人の生き方は矮小なものとなるが、まさにその対立ゆえに彼の芸術観は洗練される、つまり、プラトン風に観念化されるのである。ピーター・ホーヴェンデンはアニーの父親であり、ロバート・ダンフォースはアニーと結婚する。アニーはオーウェンの詩神役を務めるのだが、彼が芸術家となる際により大きな役割を果たすのは彼女の父親なのである。

ホーソーンは、この物語を通じて個人として、また作家としての深刻な問題を解こうと試みていた。

ホーソーンはオーウェンの体つきを小妖精のような大きさにしているが、これは行動力のある男性と向き合った時に彼が感じた自己の貧弱さを表現する一種不気味なまでの方法である。小さなオーウェンに対して、二人の男性が対峙する。ひとりは彼の努力の非実用性を侮辱する懐疑的な年長者で、もうひとりはホーヴェンデンの若い男性の理想――鍛冶屋、鉄の仕事人、現実の中で生きる労働者、従って妻と家庭を持つに値する人間――を体現する屈強な若者である。このホーヴェンデン家の者たちがオーウェンの個人的世界にひとつひとつ侵入してくるために彼の仕事は破壊され、その後オーウェンは精神的にも肉体的にも堕落する。初めは酒に浸り、次に幼児のように肥満し、ついには精神的に昏睡状態に陥ってしまう。この物語が示唆しているのは、芸術家は芸術的な機能を果たせない時には、自分が軽蔑する現実志向の人間たちよりももっと粗野になり、物質的となるということである。彼ら以上の人間になれないのなら、彼ら以下の人間になってしまう。オーウェンはひどく無精な人間へと退行するが、やがてその状態は死ではなく精神の眠りであることが判明する。それは物質の精神化という、ひとつの偉業が爆発的に達成されるための前段階だったのである。ホーソーンの物語と同様、オーウェンの蝶は自己と芸術が再統合するアレゴリーである。本物の蝶と同じように、オーウェンは休眠の時期を経て幼虫のごとき状態から覚醒し、すべてのそれまでの準備期間を正当化する飛翔の短かな瞬間を迎えるのである。創造活動期と不振期、つまり活力に満ちた創造の時期と、その後の仕事の連続的な失敗、さらには精神の眠りの時期をオーウェンに経験させることで、ホーソーンは自らの心の揺れを調査していたのである。自己と仕事に対する疑念と戦い、芸術的エネルギーを長く刺激してきた精神的敵対状態のドラマを再演するために、彼はこの物語を利用したのである。

オーウェンは時計仕掛けの機械を精神化しようと試みる。それは子供の頃に永遠的な価値を好んだために軽蔑した時の測定器である。しかし時を超越しようとする芸術家自身も、自らの体内時計によって刻まれた時と創造力の増減のリズムに影響を受けている。四十才になったものの、ちゃんとした本を出版して芸術家の天職に就いたという確信がまだ持てていなかった作家は、確かに時と死と芸術家に関する長い論考に従事しており、それはオーウェンが才能を回復した直後に展開される。「死が作業中に自分を突如襲わないように心配しながらも、彼はその心配のために一層入念に作業に専心するのであった。この心配は恐らく心を非常に気高いものに向けているがために、……命が目的達成の条件としてのみ意味を持つ体験をした人であれば、ごく普通に感じるものである。生きる目的だけで生き続けようとする限り、命が失われると危惧することは殆どない。目的の達成のために命が長らえてほしいと望む時、その織りなす生地の脆さを自覚するのである。」(X、四六六―四六七)オーウェン・ウォーランドの創造者である作者が日常生活の現実を理想化しようとしたのと同じように、卓越した時計職人である彼は時の超越を試みる。だが両者ともまず初めに時のメッセージを組み込まない限り試みは失敗するだろう。彼らは時の経過にせかされて、このメッセージをさらに深い次元で統合する必要に迫られたために、今日なら鬱病と呼ばれることが多い、精神の怠惰という、時を浪費する罪をまずは克服する必要があった。

さらに正確さを期すなら、両者とも物質主義的敵対物を取り込み、内部で改変することによって自分の欠点を超越したということになるだろう。最終の覚醒を直前に控え退行が最大にまで進行した時、オーウェンは「不可視なものへの信頼」を喪失し、「自分の手が触れることができるもの」（X、四六八）だけを信用するようになっていた。彼はこうした観点に立って、奇跡の機械を今やロバート・ダンフォース夫人となったアニーに差し出す。「君なら、秘密を理解し、目で見て、手で触り、自分のものにすることができるよね。」（X、四六九）アニーと「鉄の男たち」にライフ・ワークを見せる前、オーウェンは彼らの無理解ぶりと折り合いをつけ、彼の作品が実際に受けることになる俗物的な評価に心の準備をしておく。「世間と、そして世間の代表としてのアニーは、いかなる賞賛を与えるにしても、それこそ芸術家にとって真の報いとなるにふさわしい言葉を口にすることも、それにふさわしい感情を抱くこともできないことを彼は知っていた。……この最後の瞬間にあっても、彼はあらゆる高度な業績に対する報酬は、それ自身の中に求めなければならないもの、あるいは求めても無駄なものであることを知るには至っていなかったのである。」（X、四七二―四七三、傍点著者）しかし、この至高の瞬間にあっても、オーウェンは、アニーの驚きに満ちた賞賛の背後にある無理解ぶりに対して、芸術家しか識別できないほどの微妙な「秘めた軽蔑」を感じないような人間ではない。創造過程の刺激となるのは理解力を欠く詩神というアニーの役どころ（これ自身、芸術家の魅惑的な創造力の産物であるが）ではなく、むしろ彼女の父親による人を見下したような挑発である。世間に向かって自分の本を発表する作家のように、オーウェンは世間の反応に対してあらかじめ心の準備をし、前もってそれを超越しておくのである。キリストの復活を疑ったトマスが心の中に住んでいることを知っていたので、彼は他人にもそれを許せるのである。作品の制作にあたるうち、彼は蝶を発想した頃とは自分が別人になっていることに気づき、蝶もまた自分にとって別の意味を持っていることを発見する。彼は自分の理想が知覚できる形で表現されていなくともやってゆける。なぜなら、本当に彼の達成したことは彼自身の成長であり、その事実を大衆も恐らく彼の詩神も完全には理解できないからである。この奇妙な短編の中には、名声の砦へ新たなる攻撃を仕掛けようと、今はなき昔の敵対者を復活させ、結果を予測しながらシナリオを様々にリハーサルする四十才のホーソーンの姿が見て取れる。万が一、彼が名声を手にできなくとも、その挫折を彼は「高貴な精神が最後に見せる欠点」だとして、忘却して生きてゆくことが常にできることだろう。

## 多破風の家

ホーソーンは『緋文字』で実質的な成功を収めたが、その成功は一世紀もの間批評家たちの酷評に耐え、崩れ去ることもなければ秘密がすべて明かされてしまうこともなく、『緋文字』はオーウェンの蝶ほどはかないものではなかった。それどころか、最高傑作としてホーソーンの名声の中心的な位置を占めている。彼は次作を、前作の陰鬱さと悲哀を相殺する陽気な解毒剤にしようとした。彼は『七破風の家』に、喜劇的な息抜きの挿話的場面を意図的にいくつも入れている。しかしこうした意図にも拘らず、彼の完成したロマンスの中では、最も死と祖先に囚われた作品となっている。

『七破風の家』はまたこれらの著作の中で、最も家庭と家族を中心的に扱っている作品である。家族的な題材を利用しているだけではなく、家族の主要な要素ひとつひとつを豊かに描いているのである。この物語はまことに高圧的な父親的人物像に焦点を当てているが、彼は家系に伝わる同種の人物たちの典型である。ジャフリー・ピンチョン判事は、単に怯えるひとりの芸術家を支配し犠牲にするだけではない。犠牲者は二人の芸術家、いや、もしこの恐ろしい「身内の敵」について語る時、入念に洗練された都会性を思わず忘れてしまう語り手を含めれば、結局、三人の芸術家ということになる。

かくも多くの登場人物を抑圧し、作家にも強い影響力を及ぼす父親像は、チャールズ・W・ユーファムとのホーソーンの政治的対立だけでなく、母方・父方双方の家系のいろいろな要素によって力強いものになっている。実際、セイラム港税関の輸入品検査官であったホーソーンを「クビ」にしたユーファムとピンチョンは非常に似ているのだが、このことが実際に取り沙汰された時も、ホーソーンは抗弁しなかった。「ピンチョン判事のように、州議会の各委員会においてそれぞれ一任期ずつ勤め上げたユーファムは、(ホーソーンの目から見れば) 偽善者であり、祖先は独立戦争の時には王党派だったのである。」[23]

判事の政治的人脈は、ユーファムというホーソーンが最近関係した政敵と結びつくし、魔女たちを迫害しマシュー・モールの呪いを招いた祖先たちは、ホーソーンのピューリタンの祖先たちと結びつく。しかし、判事にはマニング家を連想させる特性もある。ジャフリー・ピンチョンがメイン州東部の領地の権利書を獲得しようとする強迫観念は、商売上の投機及び園芸に従事していることとともに、マニング家全体、特に叔父ロバートを想わせる。ピンチョン判事の人物描写は、ホーソーン家の祖先及び現在のマニング家を計算して混ぜ合わせたもの、すなわち残酷さ、貪欲ぶり、偽善的な慈愛を作為的に混合させたものであり、そこには薄められた感受性さえも含まれている。ピンチョンが園芸に携わっていること、まったく不必要な東部の土地に強い渇望を見せることなど、彼には牧歌趣味的な部分が少し見受けられ、どこか別の地で家庭を構えたいという願いはその貪欲さを幾分なりとも相殺するものである。しばしば彼は好色であると言われるが、それはホーソーンが「とんがり帽子をかぶった」ピューリタンの祖先たちに関して描いたいかなる点とも異なる特徴である。

「渋面と微笑」と題される章では、ピンチョン判事の慈愛に満ちた笑顔を振りまく公的イメージと、彼が親戚に対して及ぼす威圧的で相手を萎縮させる影響力とを対照的に際立たせている。強烈な皮肉を込めつつ、驚くほど息の長いひとつの文で公人として笑顔に満ちた判事に関する描写が以下のように展開する。ここでは句読点すら皮肉な意味合いを帯びている。

裁判官席に着いている時の法律家としての純粋さ、それに付随する資格を有する公僕としての誠実さ、……聖書協会の会長としての傑出した熱意、未亡人と孤児救援基金の会計係としての完全な潔白さ、高い評価を受けた二種類の梨の開発による園芸学への貢献、かの有名なピンチョン牛による農業への貢献、過去長年に亘る清廉な道徳的態度、お金のかかる放蕩息子に顔をしかめ、最後には勘当までして、その若者の人生の最後の四分の一時間以内になるまで許しを遅らせる厳格さ、朝夕のお祈り、食事のお祈り、禁酒運動促進の努力、この前の痛風発作の後毎日シェリーの古酒を五杯までと決めた節制ぶり、ワイシャツの雪のような白さ、ピカピカに磨いた長靴、握りの部分に金の飾りが施された杖の美しさ、……全世界を喜ばせたいと願って満面に浮かべる慈悲心の微笑み――このような輪郭で描かれた肖像に少しでも暗い特徴が入り込む余地など、どこに残されているというのだろうか!(Ⅱ、二三〇―二三一、傍点著者)

省略した多くの部分を含めて、以上全体がひとつの長い文となっている。こうした圧倒的な文構造のために、ピンチョン判事が梨を交配した事実は、ロバート・マニングに対する狡猾な当てこすりであることが、実際分からなくなってしまっているほどである。

フィービーは「この傑出した人物が周りの大気へと大きな心から発散する慈悲心の、いわば真夏のような蒸し暑さによって、自分が完全に圧倒され――それが獲物をすくませる手始めに自分の特殊な臭いで周りの空気を満たすと言われている蛇と非常によく似ていることに気づく。」(Ⅱ、一一九)彼女は判事にいとこ同士のキスを許す気になれない。なぜなら「判事がその種の行為をしようとすると、どうしても男、性、というようなものがまったく目立ちすぎていた」(Ⅱ、一一八)からである。判事の慈悲の微笑みは渋面によって相殺される。その渋面はホールグレイヴの「予言の肖像」、つまり判事の公的イメージを貫いて、その下に隠れた本来の一族の特質を暴露する銀板写真によって可視化されるのである。

「現実的なもの」の代表として、鉄のように冷酷なこの男は究極の反芸術家タイプであり、夢を現実と勘違いすることが決してないのを自負している。こうした彼の融通性のない意志に対して、ホーソーンは異なった種類の芸術家を対峙させる。彼らの相違はこの問題に関して作家がいかに思索を発展させたかを示している。クリフォードがピンチョン判事によって痛ましい人生を歩まされたこと、ホールグレイヴが祖先から伝わる怨恨のみを抱いていること——これらの事実を与えられると、二人の芸術家が判事から似た形で圧迫を感じているのは奇妙なことに思われる。ホールグレイヴはクリフォードと同様に個人的に判事に反応しているが、しばしば政治理論として自分の敵意を偽装しなければならない。数頁に亘って、過去は現在にのしかかった「巨人の死体」、生者に行使される死者の権力、人生のあらゆる点に及ぶ死者の支配だと、まくし立てた後、最後にホールグレイヴは矛先をジャフリーに向けて、彼を過去の罪悪が現代に蘇った人間だと極めて激しく非難する。そのためにフィービーは彼の正気を疑うほどである。

ホールグレイヴは若く順応性に富み、二十二年の生涯の間に驚くほど広く豊かに人生経験を積んでいるにも拘らず、過去のために身動きができなくなった人間のような話しぶりで語っているが、この点ではクリフォードが置かれた状況と近い。実際、クリフォードがつかの間の生命力と活力を回復すると、彼は家屋敷と遺産に関するホールグレイヴの意見を支持する。表面的にはまったくちがうように一見見えるが、実は年老いた芸術愛好家と実利的なヤンキーは同根なのである。彼らはひとつの時代にあって対極に位置する芸術家として、「身内の敵」、「邪悪な運命」、権威主義的抑圧の肥満した具現者に対する反応をそれぞれに表現している。

ジャフリーの鼻先でクリフォードのシャボン玉がはじけることは、自分の目の前で成長した芸術家に対して判事が及ぼす影響を象徴している。壊れやすい芸術と巨大な物質主義が、『雪人形』や『美の芸術家』でもそうであったように正面から衝突しているのである。

「や、あれはいとこのクリフォードだな！」とピンチョン判事は叫んだ。「何とまあ！まだシャボン玉を飛ばしているわい！」

まるで優しく慰めているかのような口調だったが、そこには辛辣な皮肉が込められていた。一方、クリフォードは恐怖がもたらす完全な麻痺状態に陥っていた。恐怖を感じさせる明白な原因とは別に、……クリフォードはこの卓越した判事に生まれつき特別の恐怖を感じるのであった。それは巨大な力を前にした時の、弱く、繊細で、不安に満ちた性格の持ち主に特有のものであった。強靭な人間とは弱い人間には計り知れぬ存在なのであり、それゆえそれだけよけいに恐ろしいのである。彼の知り合いの中で、強い意志を持った親戚ほど得体の知れない怪物はいない。（II、一七二）

虚弱な芸術愛好家クリフォードは、年老いたオーウェン・ウォーランド、つまり判事の裏切り行為によって創造の機会を剥奪された人物である。三十年もの間投獄され、あまりに遅く世間に戻った彼にとって、才能を再び使用することはもう不可能である。実際、才能を押し殺してきたがゆえに、彼は自己中心的で官能に溺れる人間となってしまっている。旺盛な食欲を示すようになったり、フィービーが女性へと変貌してゆく成長ぶりを、どこか覗き趣味的に横目で見たりするのである。彼は肉体的な次元で過度の欲求を示すが、その様子は精神的に落ち込んだ時のオーウェン・ウォーランドを思い起こさせる。オーウェンの場合もそうであったように、それは敵対者の肉欲的な資質を鏡のように写し出しているのである。

クリフォードが投獄状態からやっと本当の意味で解放されるのは、ジャフリーの死後である。その時彼はヘプジバーと共に汽車に乗り、次には人間の群に飛び込み、感情と知性が再び活性化した状態をほんのしばし享受する。突然彼は燃え立つように雄弁となり、七破風の家で背を伸ばして座ったまま死んでいる男性のイメージに常に結びついた言葉で、ホールグレイヴよりもずっと壮大に、未来、変化、過去の圧制からの解放の到来を告げる。若返ったように感じながら、生気に満ち溢れたクリフォードは、時の持つ意味を高らかに宣言する。

つい今朝方まで私は老人だった。鏡を見て、白髪と顔のしわ、……それにこめかみあたりに刻まれた驚くほど深いしわに驚いたのを覚えている！　こんなにも早く歳を取ったなんて！　私には耐えられなかった！　私のもとに老いが訪れることなど許されないはずなのに！　私はこれまで生きてこなかったのだから！　……（今や）世界と最良の日々を目の当たりにして、自分が人生真っ盛りの若かりし頃に生きているように感じるよ！　（Ⅱ、二六二）

しかしクリフォードは、多くの感嘆符が示すように、溢れるような感情に流されている。二匹の白髪の「フクロウ」は、疲れ果てて自分たちの巣へ戻ってくる。彼らを巡る状況は物質的にも精神的にも好転しているが、目の前には何ら素晴らしい未来が開けているわけではない。クリフォードの一日は過ぎ去り、今や彼に残っているのは、喪失した才能がどれほどのものだったかを窺わせる退廃した耽美主義だけである。

モール一族の末裔ホールグレイヴは、才能と動機を祖先から受け継いでいる。催眠術師で予言者の彼は、相続したモールの才能を復讐のための道具に変えるが、強大な破壊力ゆえにそれを行使することを怖れる。彼が選んだ写真術という手段は、視力に備わる攻撃的な側面を再現したものであろう。無防備なジャフリーを写真に収めることで、ホールグレイヴは彼の偽善的な仮面を貫き、それによって秘密に伏された私的領域を写し取ることが可能となる。従ってホールグレイヴの写真術は、いわば祖先モールから伝わる才能、「凝視」しそしてそうすることで万事を支配する才能を強化したものである。心に誓った使命を果たすことは、ホールグレイヴにとってあまりに恐ろしいことである。ジャフリーと彼の息子の死によってピンチョン家の男の血筋が途絶えたことは、父親殺しの願望が成就するようなものなので、ホールグレイヴは自らの予言の才能が持つ効力を恐れて実質的にはそれを放棄してしまう。宿敵の死体の前で、ホールグレイヴはフィービーとの結婚を衝動的に決意し、また保守主義へと完全に翻意してしまうが、これは未来の幻視というあまりに危険な能力から彼がここで退却してしまったように思われる。

ジャフリーが死ぬまでは、ホールグレイヴは急いで「普通の生活領域に身を投じる」ことなどなかった。ロマンティックな性向の「芽が育たぬままで死」(II、三〇五)なせるよう恐らくホールグレイヴが意図していた、とホーソーンははっきり述べている。しかし、祖先の時代からの宿敵が死んだ今、彼は衝動的に結婚という最も因習的な制度に飛びつく。この精神力の減退はクリフォードのつかの間の再燃同様、ジャフリーの死への直接的な反応である。

目を開けたままの死体を語る語り手の反応も同様に注目に値する。彼は椅子に座った老人の死体をさも満足そうに眺め、時の過ぎゆくままに嘲り続ける。鼻の辺りをブンブン飛び廻るハエ、判事が得ようとしていたが決して手に入らぬであろう名誉、抜け目なく予定表に記された未処理の仕事――「珍種の果樹を数本、この秋に自分の田舎屋敷に送り届けられるように注文すること。そう、何としてもそれを買うのだ。君の口の中でその桃をおいしく味わうことができますように、ピンチョン判事!」(Ⅱ、二七二)。終始作家の声で語られるこの執念深い章は、以下のように締めくくられている。

そして、これらすべての偉大な目的が成就されれば、彼は再び通りを歩み、念の入った慈善心いっぱいの微笑、ハエもやって来てブンブンと羽音を立てる微笑みを真夏のように暑苦しく浮かべるのだろうか? ……彼は優しさを装うのに、傲慢で偽りの仁慈を意味するおぞましい不愉快なニヤリとした笑いではなく、悔恨の情をたたえた心に宿る優しい悲しみを装うことになるのだろうか? ……立ち上がるのだ、ピンチョン判事! ……手遅れになる前に立ち上がるのだ……。君は、ハエを払いのけることもできないのか? それほど怠け者なのか? 君は昨日はあれほど多忙な予定を抱え込んでいたじゃないか! あんなに力強かった君が、これほどまでに弱ってしまったというのか? (Ⅱ、二八二―二八三)

「ピンチョン知事」とサディスティックに命名されたこの章では、死の瞬間に、実現を目前にして成就しなかった判事の野望が強調されている。もし語り手に同情するほどの余地があったとすれば、社交上の、美食の、商売上の、政治上の予定でいっぱいになったメモを残したまま、突然死んでしまうこの男を哀れむかもしれない。しかし彼はそんなことはしない。語り手は、(ロウジャー・マルヴィンに関してルーベン・ボーンが恐れながら抱いたイメージによく似て)目を開けたまま座って死んでいるピンチョン判事を満足そうに眺め、動きを止めた手の中で時を刻む時計から聞こえてくる音に言及し、歓喜の思いをしばし中断する。それは、持ち主の脈がなくなってもまだ脈打ち続ける「決して途絶えることのない時の鼓動」なのである。*

目を開けて判決を下すことがもうできない無力な判事を眺めていられることに、悪魔的な快楽を覚える語り手は歓喜する。視力を失ったために、憎々しかった判事の顔つきも今や全体が崩れてしまっている。死の意味が今や歓喜する生存者にも実感されることになる。「顔がない！　無限の計り知れない暗黒が視力をすっかり破壊してしまった！　我々の宇宙はどこへ行ってしまったのか？　すべて崩れ去り、我々の前から消えた。混沌の中を漂う我々は、かつて世界であったものを求めて、ため息をつき、つぶやき声を発するあてどない疾風の音に耳を澄ますことになるかもしれない！」（Ⅱ、二七六―二七七）この「我々」という表現は、もう一度嘲る前に、同じ人間同士だという意識が語り手に一瞬訪れたことを示している。

*この章は、エミリー・ディキンスンの「時計が止まった／暖炉の上の時計ではない」という詩と不気味なまでに類似を呈している。内的世界の時計《メトロノーム》が時を刻むことをやめた後でも、計測可能な時がやはり進行し続ける様子を際立たせて描くこの詩は、「今やそれらの間には数十年に及ぶ傲慢な隔たりがある／文字盤の生命と／そして神の間には」と締めくくられる。

緊張に耐えられなくなった時、店のベルが鳴り、『マクベス』で門がノックされる時のように呪縛が解かれる。「ピンチョン判事のいる場所から七破風の屋敷前の通りへ出て、これまでよりずっと自由に我々は呼吸するのだ。」(Ⅱ、二八三) こうして語り手も読者も、椅子に座ったままの死体の重々しい存在から解放されることになる。次の章では陽光と新緑が描き出されているが、それらすべての自然がこの解放を反映している。判事の死を喜ぶすべての「植物の実り」の中でもピンチョン楡ほど生き生きしているものはなく、「一本の枝を除いて、今や完全な緑色をたたえていた。……(その一本は) 最も眩ゆい金に姿を変えていた。それは、黄泉の国へとアイネイアスと女予言者が入るのを許可した黄金の枝に似ていた。」(Ⅱ、二八五) 春にあって秋のもの、『ロウジャー・マルヴィンの埋葬』に出てきたルーベンの枯れた枝を思い起こさせるこの予言の枝は、通行人に屋敷の中に入って、その秘密を知るように誘っているかのように戸口に垂れ掛かっている。

ピンチョン判事の死に伴い自然な日常生活は回復するが、イタリア人のオルガン奏者の再登場もその回復に一役買っている。機械的に奏でられる彼の曲は、ホールグレイヴの写真術に相応するものであろう。この放浪の音楽家は、屋敷の中の反芸術家の死に直観的に反応して姿を現す。

かすかで殆ど気紛れなものだったとはいえ、一種純粋な感情が乾いた機械的な音楽の調べに豊かで甘美な味わいを添えたようにまさに思えた。こうした放浪者たちは、——単なる微笑みや、よく分からない言葉であっても、ほんの僅かな暖かささえその中にあれば——人生の路傍で彼らに降りかかる自然な優しさにはどんなものにでも、すぐに反応を示すのである。彼らはそれらを忘れない。なぜなら、それらは、ほんのしばしの間、シャボン玉に映る風景ほどの僅かな空間に家庭を作り出してくれる、ちょっとした魔力を持つものだからだ。(Ⅱ、二九三)

ピンチョンの世界が崩壊するのを前に奏でられる機械的な「ジグとワルツの演奏」は、ジャフリーの「堅固な非実在」に芸術が投げつける最後の侮蔑である。放浪の音楽家による軽蔑的な調べには、作家がかつて捨てた、流浪の話し手になるという幻想がどこか遠くで響いている。また、その調べにはモール家とピンチョン家の和解・融合が予言され、その結果ホールグレイヴが飼い慣らされることで、社会的秩序は回復することになる。もしホールグレイヴがピンチョン家の屋敷崩壊を目撃し、フィービーを「魔法の蜘蛛の巣」の中に捕らえるほど、魔術で危険な成功を収めていなかったとすれば（つまり、彼がピンチョン家のいくつかの特質をそれと戦っているうちに身につけることがなかったとすれば）、郊外のジャフリーの土地に立つ大邸宅に住むのではなく、メイン州ウォルドー郡にある未開の「東部の地所」に住んだ方が、このような遍歴の芸術家はもっとくつろいだ生活を送ることができたかもしれない。ホールグレイヴが「未開の土地へとずらかる」のでなく、財産と様々な制約を受容したことは、次の事実に我々の目を向けさせる。すなわち、次にホーソーンが祖先の時代から住んできたマサチューセッツを離れる用意ができた時には、メインの辺境に向かうのではなく、マサチューセッツよりもさらに昔の祖先たちが住んだヨーロッパに向かうことに。

## 注

（1） この議論は Louis B. Salomon, "Hawthorne and His Father: A Conjecture," *Literature and Psychology*

12 (1963): 12-17 の中でも行われている。

（2）作品内の日付およびその問題を巡る批評上の論争の有益な概要として、私は次のものを参照させて頂いた。Lea Bertani Vozar Newman, *A Reader's Guide to the Short Stories of Nathaniel Hawthorne*（Boston: G. K. Hall, 1979）, pp. 327-332.

（3）Hyatt H. Waggoner, Introduction to 3rd ed., *Nathaniel Hawthorne: Selected Tales and Sketches*（New York: Holt, Rinehart & Winston, 1970）, p.viii.

（4）Stewart, *English Notebooks*, p. 642, n. 298.

（5）Ibid., p. 64, June 30, 1854.

（6）この鋭い意見を初めて述べたのはレイズロップである。cf. George Parsons Lathrop, *A Study of Hawthorne*, pp. 64-65.

（7）*The Letters* XV, Letter 253.

（8）ここでの議論は、筆者がこの問題をより本格的に論じた "Guilt and Expiation in 'Roger Malvin's Burial,'" *Nineteenth-Century Fiction* 26（1972）: 377-389 に拠っている。

（9）Crews, *The Sins of the Fathers*, pp. 80-95 を見よ。サイラスの射殺が狩りの時に起きた単なる事故ではなく、エディプス的不安がルーベンの無意識の動機の中に明らかにあったから起きた事件であったことを立証したこの先駆的な章で、クルーズが述べていることは極めて正しい。しかしながら、クルーズは自分自身で提示した手がかりに従って、なぜロウジャー・マルヴィンの利他主義が憤慨を引き起こすのか、そしていかなる心理上の動機によって、著者は息子の殺害に償いを見出すことになったのか尋ねようとはしない。こうした疑問および他の諸疑問への私の解答は、上記注8の論文を参照のこと。

（10）James R. Mellow, *Nathaniel Hawthorne in His Times*（Boston: Houghton Mifflin, 1980）, p. 610. メロウは、伝記の中で精神分析的な解釈を意図的に回避しながら、長い脚注でひとつの結論を簡潔に要約し、「同性愛的陵辱」が「ロバート・マニングに対する敵意」を生み出し、それが恐らく罪へのイニシエーションや「許されざる罪」というホーソーンのテーマの起源であり、園芸学に関わりを持つ悪党たちの源泉だったと述べている。一九七七年に完成をみた筆者の博士論文"Paradox of Benevolence: Hawthorne and the Mannings"で提示した多くの事実や結論に、メロウも独自に到達したのは明らかであるが、彼は脚注や論述の様々な箇所で、ホーソーンが梨の木（叔父ロバートのお気に入りであった）をこの叔父似の大悪人たちとひんぱんに関連づけたことなどを含めて、私が事前に博士論文で示した証拠のいくつかを使用している。しかしながら、メロウはこれらの洞察をもとに議論を構築したり、それらを統合したりして、作家の生涯と文学について一理論を作り出してはいない。

(11) Erikson, "Eight Stages of Man," *Childhood and Society*, pp. 223-224.

(12) この問題は Wagenknecht, *Nathaniel Hawthorne*, pp. 17-18 に要約されている。

(13) Ibid., pp.109-110.

(14) N.H. が、一八五六年二月七日にリヴァプールからソファイアに宛てた手紙。*The Letters* XVI.

(15) Ibid., N.H. が、一八六三年十月一八日にコンコードから J. T. フィールズに宛てた手紙。

(16) Stewart, *English Notebooks*, p. 642, n. 298.

(17) Bowdoin.

(18) Bowdoin.

(19) Fields, *Yesterdays with Authors*, p. 113.

(20) 特に次のものを参照せよ。Edwin Haviland Miller, *Melville*（New York: Braziller, 1975）.

(21) Stewart, *English Notebooks*, p. 8.

(22) Crews, *Sins of the Fathers*, pp. 134-135.

(23) Seymour Gross, ed., *The House of the Seven Gables*（New York: Norton, 1967）, pp. 25-26. ジェイムズ・メロウは、故ナサニエル・シルズビー上院議員の諸要素に注目すると同時に、ピンチョン判事の造形にロバート・マニングの要素があることを説明的に示唆している（メロウ三六一頁）。

# 第五章　グリムショウ博士及びその他の秘密(1)

アーキメイゴは彼らを見るとすぐに
何やら怪しき術策を用いようと目論み
直ちに企ての糸玉をほどき
邪悪な奸計の蜘蛛の巣を張り始めた

——『妖精の女王』(Ⅱ、一、八)——

(グリムショウ博士は) このロマンスの中でそう呼ばれることなしにどこか魔法使いの雰囲気を漂わせていなければならない。この点を忘るるなかれ。そして死後もなお、彼の影響が感じられなければならない。対象を操ることを愛する邪悪で巧妙な策士は、東へ西へはるかに延びる巣の真ん中に構えて動かぬ蜘蛛のような存在なのである。

——『グリムショウ博士の秘密』——

## アーキメイゴの蜘蛛の巣

人生のまさに終わりに至るまで、恐らくは臨終の時だからこそ、ホーソーンは自分が後見人に対して抱いた未解決の感情と格闘した。『グリムショウ博士の秘密』は彼の作品の中で自伝的な要素を最も色濃く留めた作品であり、作家はそこで父親の代理を果たした人物たちに最も強く囚われている。作家自身の人生経験から得られた題材が、この未完の作品には流入している——祖先の土地への情緒的な回帰、スペンサーに親しんだ少年時代、尾を引いている子供時代への思いなどである。晩年に書いた四つのロマンスすべてにおいて、年老いて病気がちだった作家の個人的関心事が描かれている。程度は異なるにせよ、いずれの作品も、その意味や価値に確信を抱けなかった時にすら、ホーソーンが捨て去ることのできなかったと思われる一まとまりの中心的なシンボルや状況設定を核に展開する。それらは、巨大な蜘蛛を自分の悪霊または使い魔としている科学者、イギリスにある先祖伝来の地所に権利申し立てをするアメリカ人、そして「血塗られた足跡」の伝説などである。

『グリムショウ博士の秘密』は、ホーソーンがローマ訪問後に『大理石の牧神』を執筆する決意をした時放棄することになった『祖先の足跡』を、実質的に完成に近づけた作品である。これら二つのイギリスを舞台にしたロマンスの大きな相違点は、『祖先の足跡』はイギリスで話が始まって、祖先のイギリスの地所に権利申し立てをするアメリカ人が一族の屋敷内をさ迷い歩く場面が描かれており、一方『グリムショウ博士の秘密』は、孤児であった主人公が少年時代を過ごすアメリカで物語が開始されることである。アメリカで物語を開始することによって、前の版には欠けていた二つの重要な要素が加わることになる。ひとつはグリムショウ博士という蜘蛛を飼いながら後見人の役を果たす人物であり、もうひとつはアメリカとイギリスの対比を風刺を込めて描き出すために必要な大西洋横断的な基盤である。後者はホーソーンがもともと抱いていた計画の一部分でもあった。

両要素とも、ホーソーンのイギリスでの経験から生まれたものである。リヴァプール駐在アメリカ領事として在任中に、彼は、イギリスに地所があるとか、自分には爵位があるのだという妄想を抱いた多くのアメリカ人たちと出会った。そんな中には自分がヴィクトリア女王と縁者であると考えている者までいた。ホーソーン自身はそのような妄想は抱かなかったが、自分が祖先の家に帰ってきたという考えには大いに心を動かされたし、自分がアメリカへの第一次移民の生まれ変わりであり、切れてしまった一族の歴史の糸を結び直すために今故郷に帰ったところなのだ、というような考えを弄びさえした。一八五四年十月九日の創作ノートにはこの思いが書き込まれている。

私の祖先は一六三五年にイギリスを離れた。私は一八五三年に戻ってきている。ときどき私はこの二百十八年の長きに亘って私自身がイギリスを離れていたような気がする——封建制度をちょうど脱しようとしていた時代にイギリスを去り、共和主義にまさに足を踏み入れようとする瞬間にあるイギリスを再び目の当たりにしているようなそんな気がする。このように眺めてみると、かけ離れた二つの時点が非常に近しいもののように思われる。(2)

ホーソーン家がイギリスのどの辺りからの移民なのかを昔に詳しい人に尋ねてほしい、とジェームズ・T・フィールズに求めつつ、ホーソーンは「何よりも、この辺りの教会から私自身の名前が刻まれた墓石が見つかってほしいと願っています。もちろん私としてはアメリカに埋葬してもらいたいとは思っていますが」と書いている。(3) こうした書き方をしているところを見れば、自らの死への思いゆえに、これまで一生涯抱き続けてきた己の起源に対する探求心に一層の拍車がかかっていたことは間違いあるまい。『グリムショウ博士の秘密』では、この死と起源探究という二つのテーマが結合した形で表面化してくるのである。この作品の主人公にとっても作者にとっても、自分の死と一族の起源を探求することは、そのまま子供時代の経験が持つ意味を再検討することに繫がってゆくのである。

いずれこの章で示すことになるが、セイラムにおけるネッド・エサレッジの子供時代には、ホーソーンの自伝的要素が、形を変えて色濃く影響を与えている。彼は独り身の養父によって育てられた。養父の教育は良心的であったが、そこには愛がこもっていなかった。ホーソーンは子供時代の部分を一度書き直しているが、イギリスで展開する物語の単なる序章に過ぎなかったはずの部分に手を加え、苦労して発展させている。その過程において、彼は子供時代の人間関係が持つ影響力の決定的強さを再検討している。主人公が自分の全人生がいかに養父によって支配されているかに気づくようになるにつれ、作品は風刺的目的を失い、自分の呪縛状態の過程に関する心理研究の色合いを深めてゆく。グリムショウ博士の擬似科学的な蜘蛛へのこだわりは、姿を変えて、より広大な範囲に張り巡らした獲物を捕らえる蜘蛛の巣へと象徴化される。一方、博士自身はホーソーンの魔法使い的人物の典型となり、周りの人々の運命を支配するばかりか、しばしば物語のプロットまで支配してゆく。グリムショウ博士の小説上の先達は、『アリス・ドウンの訴え』のプロットを陰で演出する魔法使い、アーサー・ディムズデイルの魂を巧みに操る魔術師チリングワース、セプティミアス・フェルトンのファウスト的情熱の指南役ポートソウケン博士といった人物であろう。

支配する魔法使いが登場してくる仕掛けは、ホーソーンがセイラムの魔女裁判やゴシック・ロマンスに興味を持っていたからと思われようが、最も直接的な源泉は、彼がスペンサーの『妖精の女王』に子供の頃から親しみ、生涯に亘ってそれに興味を抱き続けたことであろう。この作品の中で、強大な力を持つ魔法使いアーキメイゴは時間や空間に縛られることなく、変幻自在に姿を変えては人を惑わす。第二巻の中でスペンサーはこの大呪術師の奸計を蜘蛛の巣と呼んでいるが、これが『グリムショウ博士の秘密』の主要なメタファーとなる。実際、この自由気ままに話が展開するロマンスにおける登場人物たちの様々な特徴と同様、すべての中心的なシンボル――魔法使いの蜘蛛の巣、黄金の宝物入りの箱、父親の失踪後に誕生し流し落とせない血を手に付けたままの孤児、「至福の私室」へと通じる蔦の絡まる入口、地下世界への下降――は、『妖精の女王』第二巻にある。ネッド・エサレッジはアレゴリカルな人物ではないが、彼はガイアン卿のようにいくつもの経験をくぐり抜け、クライマックスの場面で魅惑的だが禁断の場所に入り込むまで探索に携わる人物である。ガイアン卿と同じくネッド・エサレッジは、イギリスでの経験を積むなか、優しい老人の巡礼者（後にこの人物は、ピアスンとか恩給受給者と呼ばれる）に導かれることになる。

なぜ、アレゴリカルなモデルを使用したことで物語が制御できなくなってしまい、その結果、作者が主題を固定し、シンボルの意味を明確にし、登場人物たち（彼らは最終的に物語の終始一貫した枠組みからはみ出してしまうのだが）を描き込もうと常に苦闘することになったのか、という疑問を覚える人がいるのももっともだろう。明らかにホーソーンは、ジェイムズ・ジョイスがホメロスを利用したのとはちがう方法でスペンサーを利用している。探求のロマンスという型は踏襲しているものの、ホーソーンは、口にするのもはばかられる目的を探求する試みが達成できなかった様子を描き、自分では実現できない円環的達成に対する期待を提示し、自分のプロットに結びつけることができない金髪のいっぱい入った宝の箱というような象徴を利用し、必要とされる原型的で弁証法的な明晰さを維持することを拒否する登場人物を作り上げるのである。ガイアン卿の探求は、『グリムショウ博士の秘密』の基礎となってはいるが、ホーソーンが自分の素材を縦横に活かすのには貢献していない。

『セプティミアス・フェルトン』と同様、『グリムショウ博士の秘密』はホーソーンの死の時点では完成されていなかった。両作品とも、語りの部分と作者の創作メモが入り混ざった断片的な記述の状態で放置されていたのである。『セプティミアス・フェルトン』は、ユーナ・ホーソーンがロバート・ブラウニングの手を借りて編集したものであり、その中には、ある部分を作家がどのように展開しようとしていたのか、またどのように変えようとしていたのかを示す括弧でくくった数節がある。『グリムショウ博士の秘密』を編集するにあたり、ジュリアン・ホーソーンもまた作者の創作メモのある部分をそのまま残し、登場人物の名前を整理し（グリムショウには、エサレッジ、オームズカーク、アーチデイル、ジビター、ノーマン・ハンズコウなどの様々な名前があった）、エサレッジの子供時代を描く二つの版のうち片方を選んでいる。その原稿に『グリムショウ博士の秘密』という題名を付けるとともに、ジュリアンは非常に多くの他の改変をしたが、それはテキストを以前の姿よりもずっと整合性のあるものにしている。一九五四年エドワード・デイヴィッドスンは、異文、間違い、繰り返し部分、長い創作メモすべてを付けた形での原本原稿を復元し、出版した。(4) 一九七七年にデイヴィッドスンは、クロード・M・シンプスン、L・ニール・スミスと共同で、センテナリ版全集の第十二巻の一部として改訂版を出した。(5) 復元された原稿では、物語を語る部分と、作家が創作上の問題に頭を悩ませ、思索する部分が交互に出てくるが、そこからホーソーンが自分の題材を整え、配列するのに苦闘していた様子を窺うことができる。こんなことは以前であれば、彼が難なくこなしていた行程だった。例えば秘密の囚われ人に関する素材というような、『グリムショウ博士の秘密』の屋台骨となると彼が見なした素材が、創作メモには残っているが、物語の中には殆ど顔を出さないのである。

復元原稿の『グリムショウ博士の秘密』は、語りが中断されたり、長々とした作家の思索が挿入されたり、夢の状況が行きわたっていたりと、いろいろな解釈が可能なテキストとなっている。作者は常に創作過程について注釈を加え、自分自身の子供時代の断片的な経験を物語化し、そこに意味を探し出そうとし、時には意味を発展させようとしたり、回避しようとしたりする。そこには数多くの人物が登場する。主人公にとって彼らの動機は謎に満ちてはいるが、その事態は作者にとっても同様である。エルシーだけは別にして、彼らは確固たる老人たちであり、主人公の意識を順繰りに、そしてある意味では同時に支配する。これらの人物は主人公の人生を定義する上では極めて重要である。彼らの影響力は常に揺れ動き、慈悲心を働かせるかと思えば破壊的な方向に傾いたりする。ひとりの人物を除いて、老人たちは物語のある地点で善と悪の方向へ二極化し、最後には全員が絶望的なまでに曖昧な存在となってゆく。彼らひとりひとりが主人公にとってどういう意味があるのかをどれだけ正確に見極めようとしても、ホーソーンは彼らの性格や動機に関して確たる立場が取りきれなかったのである。『グリムショウ博士の秘密』の面白さと問題点は、探求が主人公にとっても作者にとっても同一のものだという事実にあるのだ。

主人公のネッド・エサレッジは人生の停滞期にある。彼は過去に政治面で偉業を成し遂げ、将来はアメリカの外交官としての未来を選ぶか、イギリスでの爵位を選ぶかの二者択一に迫られる。選択をする前に、彼は自分が何者なのか、自分のルーツはどこにあるのか、アメリカの血筋、イギリスの血筋それぞれに対して自分はどういう価値を見出すのか、という諸問題に解答を得なければならない。換言すれば、彼は自分の過去に未来を求めるのである。ここで、このロマンスの第二部、イギリスでの話が始まる。ここは停滞期もしくは自分の歴史の調査期間であり、この間に、孤児であった幼少期がどれほど今の自分の人生を決定づけるのか、つまり自分が背にいかなる過去も負っていないアメリカ人なのか、それとも静的だが安らぎに満ちたイギリスの爵位に血で繋がっている人間なのかを、エサレッジは明白にしなければならない。彼は自由の身なのだろうか、それとも、その長い腕が死と大海を越えて伸びてくるように思えるほどであるグリムショウ博士と子供時代に関わりを持ったことによって彼の運命は定められているのだろうか?

『七破風の家』と同様、この物語においても正反対の方向へ引っ張る力が作用している。これら二つの物語の主人公たちは「前へ、前へ」と叫び続けるのだが、明白な形で過去へと駆り立てられてしまう。過去へと駆り立てる力は、彼らが血の中にその存在を感じ取っているものであり、死んだ祖先たちとの同一化へと、そして平和、安らぎ、家庭へと引き寄せる力である。一方、前方へと駆り立てる力は、男性的で、正常で、楽天的なアメリカの持つ、未知で、未征服の未来への推進力として扱われている。『グリムショウ博士の秘密』の中で、作者は自分に「もう一度やってみるんだ。もう一度」と繰り返し言い聞かせている。その一方で、彼の主人公はホールグレイヴの「前へ、前へ」という言葉に引っ張られて、過去へ引き戻そうとする力に繰り返し対抗しようとする。かくして、晩年のイギリスを舞台にしたロマンスでは、イギリス、アメリカの両国が象徴的な価値を帯びている。主人公と典型的なイギリス人が両国のそれぞれの魅力についてひんぱんに繰り広げる論争は、作家自身の中に存在した二つの力を巡る内的な論争を内包している。この二か国は、過去と未来、親と子、安らぎに満ちた帰還と未来への困難な前進、あらかじめ定められた運命の受容と男らしく自分の運命を切り開くことを、それぞれに表している。従って『グリムショウ博士の秘密』において、ひとつの意見が別の意見を打ち消しながら議論がしばしば引き分けに終わるのは、驚くに値しない。

この二つの力は拮抗したまま、純粋な形で緊張が続いてゆく。「アメリカ」は、政治面だけではなく精神面でも自由を志向する意識的な衝動を意味する。孤児となったネッド・エサレッジは過去の危険な支配へと身を委ねてしまうが、彼を描く作者は、感情的には彼と一体化するものの、彼が過去への回帰を達成するのを効果的に阻止する。作家は、過去へ回帰する道を二つ準備するが、その後で両方とも塞いでしまうのである。その物語が拠って立つはずだったロマンスの様式を乱して、ネッドにエルシーとの結婚を禁じ、貴族への身分申し立ても無効化してしまう。結局のところ、その救貧院育ちの捨て子は姿を変えた貴族ではなく、ヒロインとも結婚することなく、死ぬか放浪し続けるかである。円環的に物語を閉じようという大胆な試みにも拘らず、ホーソーンは探求ロマンスの様式を完結させることができないのである。

先祖伝来のイギリスの地所に権利を主張しようとするアメリカ人たちを嘲る風刺的な国際小説として始まったものは、この時代としては本当に注目に値する心理学的探求の物語となっている。過去と未来の平衡点に立つ男の時間が止まり、その間に彼の精神が理性的な統制を放棄し、自分の人生の様々な断片的な記憶を繋ぎ合わせながら、後ろへ、前へ、横へと夢うつつのうちに動いてゆく話なのである。長ずるにつれて自分に権利があると信じるようになったイギリスの地所の辺りを幸福感に満たされて散策していると、彼は流れ弾と彼が信じるものに当たって負傷する。この負傷は実は意図的なものであることが判明するが、怪我から回復するまでの長い間に彼の意識は勝手にさ迷い歩き、すべての意味ある行為から彼を解放することになる。このロマンスが存続する間、エサレッジの行為と思考は夢想状態に置かれたままで、意識的な目的によってというよりむしろ心理的必然によって支配を受ける。彼は奇妙にも見覚えがあるように感じ、そして親近感も覚え、どんな犠牲を払ってでも一族の屋敷に再び戻り、自分が生まれたと信じる地所へ権利申し立てを行い、アメリカ的な努力と根無し草的人生をやめ、英国的平穏と祖先の土地での安らぎを見出したいという衝動に駆られた。

狂った科学者によって、あるアメリカの墓地の片隅で育てられた彼にとって、イギリスは、ホーソーンにとってまさしくそうだったように、「懐かしの故国」なのである。エサレッジはイギリスに自らの起源と平穏の両方を死ぬまで求めようとする。彼にとっては、子供時代においても、イギリスでの経験においても、墓が支配的な位置を占めている。エサレッジは、そうすれば死を招きかねないからと幾度も繰り返される熱心な警告にも拘らず、祖先の屋敷に足を踏み入れると言い張る。物語を先へ進める行為が、過去の中に主人公を見失ってしまうこと――つまり彼が取って代わりたいという願いを募らせていく地所の持ち主によって滅されること――を示唆しているにも拘らず、その進行を効果的に助長する力は、代父グリムショウ博士との個人的な過去を再評価する後ろ向きの力なのである。主人公が夢想状態へ深く陥れば陥るほど、どんな未来が待ち受けているにせよ、自らの個人的過去がその決定要因であることが分かってくる。自分が自由で束縛されないアメリカ人であるという愛国的な宣言にも拘らず、彼の人生は蜘蛛を愛してやまない博士によって支配を受け続けてきている。実際、この若者は後見人の巨大な蜘蛛の巣に絡め取られているのである。

## 墓地の片隅で過ごした子供時代

気味の悪い《グリム》博士と共に過ごしたネッド・エサレッジの子供時代を描いた草稿は二つあるが、ジュリアンは第二草稿を彼の版に使用した。どちらの草稿においても、博士の性格と、二人の孤児との関係の性格は徐々に発展してゆく。センテナリ版中の「エサレッジ」と題される第一草稿では、概して、まったくの善意に基づいて行動する優しいが変人である博士の姿が描かれている。博士は祖先の墓を探して訪問した英国人の質問に対して愛想よく応対しているし、可能な限り良心的にネッドに教育を施すことばかりを願っている。第二草稿では、博士は見知らぬ訪問者に粗野で動物的で敵意ある応対をしており、ネッドには主として、問題の地所と爵位の持ち主である英国人に対する復讐の道具として関心を抱いているに過ぎない。ネッドとエルシーへの関係も絶えず変わってゆく。時折、少女をかわいがって少年に冷たくすることもあれば、その逆になることもあるが、大抵の場合、彼はどちらも愛してはいないのである。意図も態度も様々に変わっていくものの、彼は一貫して少年の教育者と見なされている。

博士は慈善家でも破壊者でもある。この融合がエサレッジにとっても作者にとっても腹立たしく、両者とも善意による専制支配がどんなものなのかを正確に定義しようと苦闘する。ネッドがセイラムでグリムショウ博士と過ごした子供時代は、ホーソーンの子供時代とある程度類似しているが、決して同一のものではない。最も重要な相違は、ネッドとエルシーが孤児であり、ネッドがイギリスの救貧院から引き取られている点である。彼と同じ里子の妹エルシーの出自は不明なままにされているが、それは作者が（最終的には翻意することになるのだが）、後にネッドと結婚させるために彼女を取っておいたからである。ネッドには母親がいない。そのために自らの出自をどうしても知りたいという欲求が強まってゆくのと同様に、彼の精神世界におけるグリムショウ博士の決定的な役割もまた強まってゆく。そのため特に、次の文章で提示されるように、母親の欠如に関して、より辛辣な表現が出てきてしまうのである。

母親はキスによって、そして計り知れないほど大きい必然の愛によって、子供の優しさを育んでくれるもの

> である。その愛はどんな些細な場面でも、その功罪に関わりなく、いずれにしろ無尽蔵にほとばしり出る。……子供の中のどんなに疑わしいものもすべて母親は寛大に解釈してくれる。……母親の深い直観的な洞察力なら、一時的な悪という外見の裏側に永遠の善があることを分かってくれるだろう。彼はそのような母親が不在のまま成長するのである。（XII、四二九）

死がネッドとエルシーの子供時代を支配している。蜘蛛の巣がびっしりと張った彼らの家はセイラムのチャーター・ストリート墓地の片隅に建っている。イギリスから渡ってきた移民の初代の人々の遺骨が葬られた場所が二人の遊び場となる。家の埃そのものまでもが、英国的なものが分解した物質なのだと描写されている。そのためイギリスとアメリカの対応を示す部分が多く見られるが、その最初のものが第一草稿でも第二草稿でも冒頭にさっそく顔を出しているほどである。子供たちの吸う空気にも死は蔓延している。死こそ、それをもとにこの本が書かれる記号《サイン》なのである。つまりこれは恐ろしい表象《エンブレム》―― 死神《グリム・リーパー》、不気味な刈り手《グリム・シェイヴァー》、・・・グリムショウ博士――死によって支配される人生を要約する話なのである。代父はネッドを実の父親の探求へと導くが、父親は既に死んでいるし、彼の心の中では死そのものでさえあるかもしれないのである。

それにも拘らず、ネッドは死の影に支配された子供時代が自分に有益な効果をもたらしたのだと感じている。「悲しみに溢れてはいたが、穏和で、慈悲深く、にこやかな老博士の父親ぶりは、……ネッドの中で深く、心地よく、気高い、すべてのものを育成してくれ、可能な限り、邪悪な雑草は根絶やしにしてくれた。」（XII、一一九）この草稿では子供時代は第二草稿ほど冗長でないし、否定的な扱いも受けていない。ホーソーンが物語を結末まで（完成までにあらず）書き継いだ時になって始めて、執筆の過程で気づいたものに照らして子供時代を再検討する必要性を感じたのである。この再検討を経た草稿で描かれるアメリカでの子供時代においては、博士は少年を復讐の道具として利用する人物に足るだけの獣性を持ち合わせ、酔っぱらいで、粗野で残酷である。しかしながら、両方の草稿において、ネッドに対するグリムショウ博士の立場は独身の代父であり、その主たる行為は孤児となった少年を教育し、彼に教育を受けさせることである。両草稿において博士は慈善家であり、彼がいなければ少年は貧しくて教育も受けられない。また、いずれの草稿においても、育てられ方にどれほど否定的な側面があったとしても、少年は自分が感性豊かで、誇りを持ち、想像力のある人間になることができたのは、博士のおかげだと感じている。ナサニエル少年のように、ネッド少年もハンサムで貴族的風貌を有し、学習面では聡明で、想像力に富み、文学的な仕事に専心しているのである。

しかしながら、より明るく描かれた第一草稿においても、教育者としての博士に関する記述には両面価値的なものが入り込んでいる。彼は責任感を持って良心的に少年を教育しているものの、そこには本当の父親の愛がこもっていないことが、我々には分かる。博士の愛を得ようとエルシーと敵対関係になっても、その感情を少年が自負心で覆い隠していることも我々には分かる。また、次の一節に感じられるように、少年は自分が優しい女性的な性質を持っていると信じているのに、彼の教育者は賢明にもそれを強靭に鍛えようとするのである。

既に示唆したように、明らかに（少年は）後見人のお気に入りだったというわけではない。エサレッジ博士［原文ママ］が父親の気配りと配慮を示して彼に接しなかったというのでもない。実際、少女に対する時よりも少年に接する時の方がずっと、博士は気遣いを見せた。だが、その気遣いにはどこか注意深く、探るようなところがあり、自然なものはなかった。優しさに溢れた衝動はどこにも存在しなかった。すべてが感情の作用を受けず、綿密に計画され、賢明で、教育目的の優しい命令であった。そしてそれはちょうど家庭教師――良心と英知を持ち合わせた人間であるとしての話だが――が少年の教育のために思いつくようなものすべてがそこにあった。……少年は感受性や愛情と同様に誇りも持っていた。エルシーへと自然に注がれる優しさの表明の数々を自分も勝ち取るという努力を全くしていないように見えた。……間違いなく、この養育者の気質に潜む冷たさは、少年に関する限り何ら実際的な不利益をもたらすものではなかった。恐らくそれは彼の性質である柔和さと感受性の強さが必要としている活力を、彼にもたらしていたのである。（XII、九五―九六）

この一節に限らず、これ以降もさらにずっと物語の中でこの一節を修正していった部分にもホーソーンの幼少期に対する感情が大いに反映している。そこには過度に柔和な少年を何とか鍛え上げようとした叔父ロバートの、多分有益なものと考えてよい努力の反映が見出される。また、叔父ロバートが彼の甥と姪に対して示した別々の態度が反映していることも分かる。ロバートはその当時では唯一の男の子孫であった甥の方が一族にとってより重要だと感じていたにも拘らず、姪たち、特にマリア・ルイーザという方が気が休まったし、愛情深く接することもできたのである。

第二草稿の中で、ホーソーンは良心的ではあるが愛情に欠ける教育のそうしたイメージを繰り返し提示するが、そのたびにすぐ取り消してしまう。

少年に対する彼の熱心で分析的な教育効果のひとつは目に見えて明らかだった。我慢しながらとはいえこれまで時にはおもちゃ扱いしていたにも拘らず、気味悪い博士が、その子に対していかなるものであれ、強い愛情を実際に抱いていたかどうかは疑わしい。むしろ、その教育とは博士が自分に課した職務のようであり、強い意志のもとで、引き受けることを自らに強いてせっせと押し進めている仕事なのだった。貧困、名状し難い低落状態、無知、不潔な生活といった少しでも幸運を得ようなどとは願いようもない境遇からその利発な子供を救い出し、アメリカ的生活の中にある莫大な可能性の全領域を彼に切り開いてやること――これら彼が成したことすべてには、このように恩恵を施す幼い当人に対する愛情がこれぽっちも含まれていなかった。動機はどこか他にあったのである。(Ⅻ、三七七)

子供たちは社会から隠遁した生活の中で成長するが、その生活はネッドの中に、ちょうどホーソーンが持っていたような自己についての逆説的感覚を生み出す。

こうした隠遁生活のために、ネッドは愚かなまでに自分の資質、力、学識を高く評価するようになった。だが同時に、それらが他人を凌ぎ得るものであるのかどうか、疑うようにもなった。そのためまるで自分が優れた人種であるかのように、生きとし生ける者すべてを軽蔑するようになった。だが同時に彼らとうまくやってゆく能力が自分には欠損していることを恐れるあまり、実際に触れあうことを空しく弱々しく恐怖するようにもなった。ことほど左様に、彼は自分と他者に対して、不条理なまでに同時に卑下することも高く評価することもあったのである。(Ⅻ、四二六)

第二草稿のこの部分では、博士とネッドが入れ替わっている。この交代によって物語がその目的を押し進めることはなくなり、その代わりに、自分の後見人が自分に抱いたのが本当のところ、いかなる感情だったのかに関するホーソーンの内なる論争の声を我々は聞くことになる。博士は突然ネッドと、彼が男らしさに欠けているのではないかという懸念を突きつけて対決する。この対決と妙になまめかしいその和解の仕方が物語の表層を破って顔を出してくるために、読者は当惑を余儀なくされる。気味の悪《グリム》い博士は、ネッドが同類の子供たちとあまりにかけ離れたところで成長したのだと結論し、彼を専門学校か寄宿学校へ連れて行こうとする。


「ネッド」と博士はある日この上なくぶっきらぼうに彼に語りかけた。「おまえはわしが期待したようにも、意図したようにも育っておらぬ。わしはおまえに英国的なしっかりとした教育を授けてきた。……今日に至るまでには、おまえが一人前の男になった印をこの目で見たかったのだが。おまえはまるで子供時代に逆戻りしたかのようにふさぎ込み、か弱い声で泣くばかりじゃ。おまえは同世代の子供たちよりも考えが深い。だがそれはまだ一人前の男の考え方ではないし、今後もそうなるとは思えぬ。こんな風にわしの気遣いのすべてを無にしてしまうとは、どういう了見なのだ？」

「グリム博士、僕は最善を尽くしています」と、ネッドは不機嫌になりながらも威厳を保ってこう言った。「あなたが僕に教えて下さることはすべて学び取ります。これ以上どうすればいいと言うのですか？」

「それじゃ、どうすればよいか教えよう。立派な御人よ。……おまえにはがっかりしている。耐え難いことじゃ。わしはおまえに一人前の男になってもらいたいのだ。……もしおまえがこのような人間になることを予見できていれば、おまえを見つけた場所……あの救貧院から連れ出すことは決してなかったじゃろうに！」

……

「おまえ様の中にはどうしても笞打って叩き出さねばならぬ愚かな考えがあるようじゃ」と、博士は少年の態度に気色ばんで付け加えた。

「もう十分です、博士」と少年は言った。「あなたが僕を見つけた場所に、そのままに置き去りにしていてくれれば、どんなによかったことでしょう！　……救貧院から僕を連れ出したのは僕の過ちではありません。今後あなたが差し出すパンの一切れでも僕が口にしたり、この屋根の下に一刻たりとも長居をすることがあれば、それは僕の過ちになりましょう。」（XII、四二六―四二七）

恐らくこの場面は、その前に博士が内省的な被後見人が詩を書いているのを見つけてしまったことがきっかけとなって始まったものだろう。詩とは博士にとってパイプに火をつける道具になっていた。だがこの対立は情熱的な和解、愛の再生という場面へと移行してゆく。それは優しさを求めてきたこの孤児にとって素晴らしい瞬間である。「グリム博士は彼なりに、感情高ぶる重大局面を同じく享受していた。従って、翌日、彼ら三人とも少々気恥ずかしい思いを感じつつ目を合わせたのだが、まるですべてを知り合った後初めて顔を合わせる恋人同士が覚えるような甘味な気まずさにどこか似た雰囲気が、彼らの間にあった。」（XII、四二八）この比喩は奇妙であり、読者は当惑を覚える。

少年の幼年時代における独身の慈善家との関係が、単に後のイギリスで起こる出来事の準備段階としてのみ提示されたのであれば、子供たちに対して博士が抱く感情的な気紛れをこのように複雑な形で吟味し、そしてさらに再吟味する必要はまったくなかったはずである。作品がまったくありきたりのロマンスであれば、博士が救貧院にいた少年を、高貴な教養を備え、高貴な使命感を宿す人間にするべく教育を施す話を聞かされれば十分であろう。父親としての博士の感情がどのような程度と質であるのかに関して、実父と養父それぞれの父性の間で、厳格さと情熱的な愛の間で揺れ動くために、物語は目的地に向かって進まない。その代わりにここに見出されるのは、ずっと以前に死んでしまった代父——現実に慈善家でありながら、その恩恵が一生涯続く憤怒の残滓を置いていった人物——に対する両面価値的な感情に未だに苦しみ続ける作家自身が、問題理解のために繰り広げた探究なのである。

もちろん、様々な描かれ方をするグリムショウ博士の肖像は、叔父ロバートのありのままの姿ではない。彼は決して残酷でも、飲んだくれでも、無作法でも、執念深い人間でもなかった。現実というよりはむしろ子供時代の感情を作品は描いている。子供の情緒によって経験されたがゆえにロバートは慈善を施す暴君であり、怪物じみた存在となった。現実の代父と架空の代父との類似関係を示す記述がこの物語の至るところにある。まず始めにグリムショウ博士が明らかに不気味な科学者であるという明瞭な事実から見てゆこう。第一草稿の初めの方に出てくる時から、彼の科学的な研究活動に関する描写には果樹栽培家の叔父との類似が現れている。グリムショウ博士は自分の家で蜘蛛を何匹も飼い慣らし、その巣が至るところに張り巡らされているだけでなく、「これまでには博物学者たちのコレクションの中で死んで乾いた姿でしか見られることのない種類の蜘蛛を手に入れるため、炎熱地帯やその他の地方にまで人を派遣すらしていた。」（XII、九三—九四）彼は蜘蛛の巣から救命作用のある物質を抽出して社会に恩恵をもたらそうと願っており、それで彼のもとには世界中から送り届けられた標本があった。

蜘蛛の巣は、この作品の多くの草稿や習作において一貫して博士の表象《エンブレム》であるが、作家がその重要性を把握するまでには長い時間がかかる。博士とその象徴は、この変化に富んだ作品中のどんなものにも増して強い結びつきを示している。しかし、主人公にとっても、作家にとっても、その象徴の意味は徐々にしか明らかにならない。始めは幾分ばかげた擬似科学的な執着に過ぎないが、その巨大な蜘蛛は博士の使い魔として徐々に悪魔的な意味合いを帯びてゆく。第一原稿においてさえ、すなわち博士が下劣で執念深い人間と見なされる前から、ホーソーンは人と蜘蛛と蜘蛛の巣の結合の意味を模索している。創作メモに現われ、書き留められた順に、この過程の一部を辿ってみよう。

まるで巨大な蜘蛛の巣が呪文であるかのごとく見えたであろう。その力を利用して博士は自分の敵たちを虜にしようとしているのである。(Ⅻ、一二八)

博士は人間の命の糸から蜘蛛の巣の繊維を紡ぎ出しつつ、恩給受給者とエサレッジ二人のこれらの行為に大きな作用を及ぼしていたにちがいない。彼はこのロマンスの中では、そう呼ばれることなしに、どこか魔法使いの雰囲気を漂わせていなければならない。そして死後もなお、彼の影響が感じられなければならない。この点を忘るるなかれ。対象を操ることを愛する邪悪で巧妙な策士は、東へ西へはるかに延びる巣の真ん中に構えて動かぬ蜘蛛のような存在なのである。(Ⅻ、二二四)

巨大な蜘蛛は博士自身の表象としよう。それは、彼の狡猾さと邪悪さが体の外部でこうした形を取ったものとしよう。(Ⅻ、二二六)

この老博士が飼っている蜘蛛の張る巣は、もちろんある意義を持たねばならない。それは物語のプロットを表示し、その中へ博士の技巧が物語と個々の行為者を巻き込んでしまっている。彼は彼らすべてをまるでハエのように捕獲してしまっている。(Ⅻ、二八七)

こうした記述の最後のものによってもなおホーソーンは、博士が敵をすべて呪縛してしまうようなプロットを十分に展開できていない。第一草稿の物語の中では、博士はただ何気なくはっきりとした目的もなしに、ネッドに彼がひょっとすると高貴なイギリスの家族の子孫かもしれないことを伝えてしまう。一方、この草稿の後の方にある作家の思索や第二草稿の物語においては、グリムショウは地所の現在の所有者を追い出すために少年を訓練し、意識的、意図的に彼を誤った方向へ誘導してゆく。第一草稿中の作家の思索には、虜にするという要素が出てくるが、グリムショウ博士がまだ慈善家として描かれる物語部分にはそれは現れていない。この草稿では、絞首刑から救い出し、イギリスでの目的遂行のための外国の手先として利用する男を、博士はまだ自分の支配下に置いていない。蜘蛛の巣は博士の記号であるが、性格描写やプロットといった形での実質的な相関物を得るには至っていない。これが可能となるのは、結局エサレッジが行方不明となっていた遺産相続人ではないと判明する結論と照らし合わせて、ホーソーンが子供時代の挿話を書き直す段になって初めてのことなのである。その書き直された版のネッドの子供時代では、彼は生涯を通じて騙され続けることになるが、彼の妄念を紡ぎ出したのは他ならぬ邪悪な慈善家なのである。

しかし慈善家の邪悪さは、ネッドの意識的支配力が怪我によって弱まるまで、当の登場人物にとっても作家にとっても、完全には判明しない。イギリスを舞台にする部分の物語の最終節で描かれる夢うつつの状態の中でエサレッジは、自分が子供時代の後見人によって自分が虜になっていることを完全に掌握する。この小説でただひとり紛れもなく寛大な人物である救護院院長の家で過ごした比較的正気に近い中間期に、ネッドは再び博士が優しい慈善家であったと思い直す。この後登場するさらに二人のもっと両面価値的な代父たちとの滞在にはさまれた、この正気に近い期間に、ネッドは院長に自分が四歳の時グリムショウ博士の世話を受けるようになったと打ち明けるが、それはナサニエル・ホーソーンが父親を亡くし一家そろってマニング家に移った時の年齢でもある。

幼い頃のホーソーンの家族群像が、『グリムショウ博士の秘密』に反映されているもうひとつの例は、行方不明となった親戚の船乗りが振るう霊的な影響力である。ホーソーンの心の中では、その人物は船乗りだった自分の父親に結びついていたことだろう。エサレッジとホーソーンの両家庭とも、代父の行方不明の兄弟が暗い影を落としている。ジョン・マニングは一八一二年の対英戦争に行ったきりで、その死も報告されず、何年にも亘って彼をそこかしこで見かけたという噂がささやかれた。マニング家の祖母は彼が死んだとは決して認めようとはせず、いつも彼が戻ってくるのを待っていた。同様に、博士にも行方不明となった兄弟がひとりいて、第一草稿では「待ち望まれる者」というようなゴシック的様相を帯びた人物となっている。彼の部屋はいつでも主が帰ってきてもいいように準備が整えられている。

しかし、博士が家の一部屋を彼の兄弟がいつでも帰ってきて住めるように準備していた、と言われている。暖炉に火が灯され、食事も準備されていると言う者までいるし、スリッパもナイト・キャップも寝台の傍らに置かれていた。……また、はっきり分からぬほど遠い昔からその一家の習慣だったとこれは言われていたのだが……、まだ一度も姿を現したことのないある影のような客人のために、その部屋では冬には暖炉に火

を燃やし、一年中朝になるたび新たに整頓がなされ、食卓の上に皿が一枚常に並べられるのであった。（XII、一一二―一一三）

ネッドは「待ち望まれる者」についての記憶にそれほどまでに献身する自分の家族が変わっているのかどうかをいぶかり始め、他の人たちもそのような習慣を持っているのかどうか博士に尋ねている。

「どの家にも、一度も訪ねたことのないある客人のための部屋があるのですか？　どのテーブルにも、椅子に座って一口も食べることのない人のために皿が載っているのですか？」

「どんな風になっているのか、わしには分からんよ、お前」と博士は答えた。「だが、殆どの人の心には空っぽの部屋がひとつあって、ある客人を待っているのだよ。」（XII、一一五）

大西洋の両岸でそれぞれちがった版があって二重になっている「待ち望まれる者」の伝説は、ホーソーンが父親の帰還をある意味で期待もし、恐れもしたことを暗示している。父親の帰還は、作家が祖先の国に滞在する間に彼の霊的感覚を刺激してしまったのである。

『グリムショウ博士の秘密』にはこれ以外にも、非常に些細なものも含めてホーソーン自身の経験と対応している点がいくつかある。家政婦クラスティー・ハンナは、ナサニエルの祖母ミリアム・ロード・マニングの親戚でもあり使用人でもあったハンナ・ロードにそっくりな人物として初めは登場してくる。だが、第二草稿でハンナは「インド人と黒人の混血児、そして中には猿の血が混ざっていると言う者もいる」（XII、三四四）不気味な存在へと変貌している。実在の人物をモデルにした他の登場人物のように、彼女は創作の過程で二分化してゆくのだが、この場合、その分化はこれと言ってはっきりとした目的のもとで行われているものではない。

これ以外にも『グリムショウ博士の秘密』には些細ではあるが自己言及的な部分がいくつかある。例えば、ネッドは、院長の家でその地方の歴史や家系の本を読んで時間を過ごしている。ある本は「特に充実しているように見えた、……そしてそれをもとに歴史ロマンスを十分に書けるほど多くの事象が描かれていた。」(Ⅻ、一五〇)この本に対する院長の意見は、歴史ロマンス作家としてのホーソーン自身の実践に関する紛れもない解説となっている。

「この本を書いた博学の作者、私の旧友のギベン(彼は二十年前に死んでいるから、こう言ったって彼は気にすることはないでしょう)は、田舎家の炉辺に、自分の権威の拠り所を求める癖が少しばかり強すぎたようです。つまりですね、彼は老女の話を記録に残っている事実と同様に真に受けるのでした。本当のことを申しますと、その中に宿っている生命が十倍も輝きを増すことも実際ありますがね。」(Ⅻ、一五〇)

ホーソーン同様、ギベンは伝説的な出来事に対して自然な説明より超自然的な説明を好んだ。「血塗られた足跡というようなものは、結局何ら不思議なものではなく、恐らく石で出来た戸口の登り段についた自然の赤みを帯びたしみだというような、非常に不愉快な風評がありました。しかしこうした異論に対して、優秀なるギベン博士は非常に強硬に反論しました。」(Ⅻ、一五一)ホーソーンの創作メモには、ギベン博士が退ける、「血塗られた足跡」に関する懐疑的で合理的見解が記録されているが、彼の晩年の四つのロマンスではすべて超自然的な解釈のもとでこの伝説が使用されている。

## 情熱の巡礼

第一草稿の一部であるイギリスを舞台とした節では、自分の祖先の地所であると思い込まされたままにそのイギリスのある場所を散策する大人になったエサレッジが何の説明もなく突然姿を現す。いったんそこに到着すると、彼は恩給受給者、院長、ブラスウェイトの主人と連続して三人の老人の家で暮らすようになる。彼らの各々が彼を目的地へと一歩一歩導いてゆく。彼ら三人のうちで院長だけが終始一貫した性格づけがなされている。恩給受給者とイタリア風のブラスウェイトの主人の性格は、ホーソーンの作品における殆どの代父のように、善と悪の方向に性格が分化してゆく。

ネッドのイギリスに対する当初の見方ではそこは楽園に見えたが、数頁進む間に、蛇はいないものの猟師が人間という獲物を追う危険な領域であることが判明する。ひょっとすると自分の権利を剥奪するかもしれない人物の帰国を歓迎しない嫉妬深い屋敷の主人が、一族の地所をすべて手中に収めている。『グリムショウ博士の秘密』におけるイギリスを舞台とした節は、『祖先の足跡』と殆ど同じ始まり方をする。そこでは二人のアメリカ人エサレッジとミドルトンによる自分たちの出所の地についての探求に関する重要な事柄がそれぞれに明かされるのである。『祖先の足跡』の冒頭の段落は次のように締めくくられている。

最も幼く最も幸せだった頃も含めて、これほど心が弾み、熱意を抱き、それが血脈にみなぎり、手足を軽くしてくれることなど、彼の人生で一度もなかった。この心持ちゆえに、足下に踏みしめる美しい国は今までに纏ったことのないさらに豊かな美を与えられた。そしてこの国に自分の祖先の家があることを彼は望んだ。それはまるで楽園への道を見つけ、イヴが婚礼を挙げた木陰の痕跡、つまり人類発祥の地であり、人類の幸福と高度な能力が生み出す輝かしい可能性すべての発祥の地を、そこに何とかして辿ろうとしているかのようであった。（XII、三）

両作品において、昔の祖先の家は楽園として感じられている。なぜなら、それは人類が生まれた場所というよりむしろ放浪の孤児が生まれた場所すなわち、その放浪の孤児が戻りたいと願望している場所という意味ではあるが、長く失われたままになった起源だからである。人類の楽園への入口は、いったん楽園から出た者は誰も再び入ってこられないように、天使たちと炎の剣によって守られている。これら二つの物語に出てくる祖先の家は、自分の座を脅かそうとする強奪者を破滅させようと手はずを整えている嫉妬深い主人によって守られている。この原初の家は、孤児の母親、彼の生まれ出た場所を象徴している。それを警護するのは伝統という嫉妬深い父親である。「血塗られた足跡」は屋敷の敷居から外へ向かっているものであり、敷居の方に向かっているのではない。その家の息子が辿るべき適切な方向とは、母親から離反する方向である。再びそこに入ることは禁じられてもいるし、危険でもある。屋敷の近くで幸福感に浸って散策するエサレッジが撃たれる直前にホーソーンが語るように、「旅人が正しい方向に向かっていないという予感、すなわち我々の中にある感覚が存在する」（XII、一三二）のである。

巡礼者兼恩給受給者

銃で撃たれ傷ついたネッドは古びた救護院で目覚める。この施設はブラスウェイト一族の創始者が罪の償いとして、貧窮した年老いた一族の子孫の管理に託したものだった。まだ意識が朦朧としていたものの、古風な部屋の中でネッドは三百年前の様式の服を身に着けた威厳のある巡礼者の前で意識を回復する。言い換えれば、ネッドは父親らしい気遣いに満ちた過去の人物に優しく見守られて、過去へと目覚めるのである。彼らの交友におけるこの段階では、この老賢人的人物は服従を強制された状態にある傷ついた孤児の看護をする理想の父親を想わせる。彼は「父親のような優しさが混じっていないでもない、厳粛で印象的で権威のある声」（XII、一二四）で話し、痛みを和らげる薬を怪我人に与え、彼に休息を命じ、彼の眠りと夢の中にも存在するように思われる。恩給受給者は救護院の慈善の受益者ではあるけれども、慈悲深く、「思慮深く、思索的で、威厳があった」。この物語のいくつかの版では、時折老巡礼者と呼ばれるこの人物は、アメリカでは博士の家でネッドを教えていたオルコット似の家庭教師と同一人物である。晩年の著者によるプロットの再要約では、「エサレッジは自分の記憶からすっかり消えてしまうことの決してなかったその神聖な存在を漠然と認めている」（XII、一二三二）のである。

エサレッジにとって、死に瀕し、救護院で思いやりのある恩給受給者に介抱されてゆっくり回復したことは、彼自身の過去に生まれ変わったようなものである。しばらくの間恩給受給者は思いやりのある父親であり、救護院は保護してくれる母親なのである。

「弱くなりなさい。そしてそのぶん強くなりなさい」と老人は落ち着いた微笑みを浮かべて言った。「強さを誇るがゆえに我々が最善であったり、より強くなったりするのではない。新たに生まれ変わるには、再び小さな子供になり、子供が母親の腕に抱かれるように、神慮の腕に静かに包まれることに満足しなければならない。」

「私は母の世話がどんなものなのかまったく知りませんでした」と旅人は低い残念そうな口調で答えた……。「少年の頃から私は厳しい大人たちに混じって生きてきました――私は苦闘と厳しい競争の生活を送ってきました。このようにずっと過去に戻って、安全な避難所に自分がいるなんて満足です。」（Ⅻ、四五五）

作中には作者が思索する部分が多数あるが、そこでホーソーンは躍起になって自分が巡礼者兼恩給受給者像に極めて強く感じるものをプロットと性格描写の中に具体化しようとしている。その男は聖人然としているがどこか胡散臭く、慈悲深くはあるがどこか腹立たしくもある。ときどき彼はネッドの所有権の証書を保持していると述べられているが、結末で所有権を持っていたのは彼自身であることが分かる。ホーソーンは思索の過程で相反する性質が不可能なまでに混在する人物になってゆくのを、なんとか纏め上げようと努力するのだが、聖人のような性格を持つ人物を登場させるたびに、それは疑わしいか恐ろしいものへと二分化してゆくのである。

老いた恩給受給者の性格描写を子細に検討すると、文学上のモデルは誰なのかという問題がいかに複雑であるかが分かる。巡礼者としては、彼はスペンサーのガイアン卿が様々な誘惑の魔手を切り抜けてゆく際に随行した老いた案内人に似ている。創作メモの中でホーソーンはモデルとしてエマスンとオルコットを挙げているが、ネッドの少年期のあまりに温厚だった家庭教師として物語の初めに登場した恩給受給者のモデルは、まずオルコットだったであろう。エドワード・デイヴィッドスンは、老恩給受給者とジョージ・ブラッドフォードについての酷似した描写を並置して、恩給受給者のモデルとしてブラッドフォードを利用したという極めて説得力のある主張をしている。ブラッドフォードの描写は『英国日記』から採られたもので、両者の細かなことにこだわる几帳面さと過度の慎重さに対するホーソーンの憤りを表している。

ブラッドフォード氏には殉教者の血が二つの経路を通って流れている。そして私は彼に殉教者になるだけの中味があることは疑わない――がそれでも、彼は驚くほど考え方の狭い人である。彼は細かなことにこだわる几帳面さのために絶えず取るに足らない事柄で躓いてしまうし、ありとあらゆる些細なことが彼にはとても重要なことらしい。彼には強い意志が欠如しているのであり、そのために彼の行為は、原則によって決められない時には、みじめにも弱々しくぐらついてしまうのだ。……彼はいつも次に何を為すべきか不安なのであり、いつも自分が今為したことを後悔しているのである。(6)

この一節は確かに、恩給受給者の聖人然とした信心深い性格や、老人が庭仕事にあまりにも入念すぎることに対してエサレッジが突然激高する場面と、見事なまでによく符合する。もし聖人然とした様子と道義心の過剰が性格描写のすべてであるなら、デイヴィッドスンはエマスンとオルコットを少々加味したブラッドフォードがモデルであると主張していただろう。しかしデイヴィッドスンは、恩給受給者と結びついた意識も、ホーソーンが感じながらも具体化できない存在を描こうとしていたその複雑で腹立たしい自己抹消的な過程も、ともに説明してはいない。

創作メモにおけるブラッドフォードの人物描写は複雑ではあるが、冷静で客観的で洞察に富んでいて、苦闘しているような形跡は見当たらない。対照的に、彼と極めて類似した恩給受給者の性格的特性に対するエサレッジの反応は、殺意を伴うほど凶暴なものであるのに、その後には老人の善意に対して彼の性格的傾向である感謝の気持ちが湧くというものである。この複雑さのために小説の筋がモタつき、分かりにくくなるのであり、それは物語で機能を果たすものというより、筋違いな感情の噴出のように思われる。エサレッジと作者の両方の心を乱す恩給受給者のまさにその善意は、ブラッドフォードの背後にある紛れもない感情的混乱の源を指し示しているのである。

ホーソーンは苦悩を伴う一連の過程を通じて、精神的には感じるが、纏め上げることができない存在を伝えようと努めた。舞台がイギリスに移った節の冒頭で、巡礼者あるいは恩給受給者が賢明で親切で慈悲深い人物であることは既に見た通りであるが、殆どすぐに曖昧さが忍び込み、その曖昧さは物語全体を再要約する作者の長い思索の形を取ってすべてを覆い尽くしてしまう。

（エサレッジは）以前と同じように老恩給受給者に心を奪われてしまう。老人に関しては、エサレッジに強い印象を与える深く悲しみを含んだ優しさが特徴的に描かれねばならない。しかしそのことは、この老人が救護院の仲間たちの漠然とした疑惑と反感の対象であり、院長でさえこの影響を免れていないことを、示すことになるだろう。老人への感謝の気持ちにも拘らず、それはある程度エサレッジの気持ちでもあるのだ。

（XII、二〇五―二〇六）

彼の目立った特徴となるものは何か――それはただ良心であり、それに従って行動する身に染みついた習慣である……。恐らくその教訓とは、もし良心が勝手気ままに振る舞うようなことがあれば、これほど秩序を乱すものもなく――地上のありとあらゆるものをこれほど確実にひっくり返してしまうものもない、ということだろう。……あまりに大きな良心に備わる弱点は公正に明示されるべし――優柔不断と行動不能は良心に備わる弱点によるものに相違なく、何ひとつできず、ただ苦しむのみであることもまた然り。（XII、二〇七）

この取るに足りず弱々しいが、強く崇高で温和な殉教者である老人が、ブラスウェイト一族の本当の後継者であると、ここでホーソーンは心に決めている。突然彼は物語を再開し、老人が庭仕事をするのをエサレッジがじっと眺めている様子を語るが、庭仕事はホーソーンの知るところではジョージ・ブラッドフォードよりはるかに年上の人を連想させる行為である。ブラッドフォードの性質とされ、先に言及したような良心の過度の几帳面さは、園芸家としての老恩給受給者――不合理だが説得力のある結合――に対して今や適用されている。

（エサレッジは）彼が几帳面に気配りをして植物の世話をするのに強い印象を受けずにはいられなかった。そこには、どの植物もひいきすることなく、植物ひとつひとつに対してできる限りのことをして、そこに正しいことを厳密に行いたいと望む気持ち――公正の気持ちがあると彼には思われた。……その時彼はそれほど綿密だった。そしてひとつ仕事を終えて次のに取りかかろうとするまさにその時に、彼はしばしば何か小さなことがなおざりになっていることに気がつくか、あるいはそういう気がしてか、再び戻ってさらに数分間は同じ仕事をするのであった。彼はためらいの塊だった。これは病的で不健全な良心であり、あまりに綿密に生命を覗き込んで何物もこれで完了ということを許さないつまらない事に気をもむ専制君主だという印象をエサレッジは受けた。……彼が薔薇に注意を引かれすぎていた間なおざりにされていた百合があった。彼はすみれを足で踏んでいた。(XII、二〇八—二〇九)

それからエサレッジは、行動力は良心上の些細な事柄より重要だと述べて老人をいさめるが、その老園芸家のつつましやかな態度に恥じ入り、先を続けられなくなる。突然、登場人物も作者も説明することのできない理由によって、エサレッジは優しい慈善家に対して殺意を抱くほど激しく怒るのである。

しかし彼は自分の中に老人に対するある種の反感があってそれをどう抑えたらよいか分らず驚いた。老人が世の中のあらゆる人々の権利を妨げ、非常に有害で、そこに立って行動の可能性を締め出す非常にばかげた存在のように思えたのである。何としても――どうにかして――彼を踏みつけて邪魔にならないところに置くのが適切であるように思えた。人間の中の悪に対し必然的に我が身を対照させ、自己の存在そのものによってその悪をたしなめ、誤ったものは何も受け入れないというやり方で、この惨めな老人が自分のような人間にとって嫌悪すべき存在となってしまったその道程が何となく分かるような気がする、とエサレッジは考えた。彼を徹底的に敬愛するか、徹底的に憎むかのどちらかだ。彼はほっておいてはくれないのだから。エサレッジは感受性が強かったので、この影響をこの上なく強く感じた。というのも、まるで彼の内部で戦いが行われており、一方の……部隊は彼をねじ曲げこの老人の方へ引っ張って行こうとし、もう一方の部隊は彼をねじ曲げ老人から引き離そうとしているかのようだったからである。結局、この抗争の苦痛ゆえに、彼は逃げ出してこのひとりの奇妙な人間に二度と会わないことによって、それを終わりにしたいと感じた。エサレッジの中のある獣性が……この事態にどうしても耐えられずに、暴力によって――必要なら彼に血を流させることによって——何としても彼を片づけねばならないのだ……と、エサレッジは十分に想像することができた。

しかしこのような感情はほんの一時的なものだった。それは風のように彼の前を通り過ぎた。それから彼がまた老人を見ると、そこには彼の素朴さとこの世のものとも思えぬ様子が見られるのみだった。……その後エサレッジは自分でも説明のつかない心の動揺を抱えて立ち去るのであった。（XII、二一一—二一二）

デイヴィッドスンが推測するように、これは明らかに超越主義者たちに対する下手な風刺というだけの話では済まない部分である。(7) エマスン、オルコット、ブラッドフォードが多分にモデルとして関わっているであろうが、労を惜しまないゆっくりとした庭仕事の進め方から「世の中のあらゆる人々の権利を妨げること」へと繋げる突飛な推定は、風刺というより何かもっと根源的な感情によって動機づけられている。エサレッジ内部の戦いと殺意のこもった激怒は、紛れもなく、登場人物と作者がまだ折り合いをつけるに至っていないある父親像によって触発されているように思われるのである。

殺人を犯しかねない激しい怒りの不可解な噴出のほんの二、三頁後で、エサレッジは恩給受給者に対する初めの見方に戻る。「この場面や、今後のどの場面も、私が本当に慈善家と呼べるこのような尊敬すべき人物抜きに、思い描くことはできないだろう。私は様々な場面に初めから彼がいるのを想像する——当時はまだ若かったが、それらの場面とまったく同じ足取りで年齢を重ね衰えてゆき、今なお、善良で好意的な行為を必要とする人々に行っていると。」（XII、二一七）恩給受給者は再び善良で親切な人物であるだけでなく、彼は再び話者に一生涯ついて回るものであるように思われる父親的人物像でもある。グリムショウと同様に、彼はネッドがもっと理性的な時には善意があると描写されるが、善意は我々が辿ってきているような好意はあるが心を乱す一連の父親像へと彼を結びつける性質である。恩給受給者に対する両面価値的な感情を示している可能性のある多くの部分の中から、つい先程引用した言葉のすぐ後に続く部分を選んでみよう。この一節は作者の長い思索から採ったものであり、そこでホーソーンはさらにもう一度この厄介な人物の性格を規定しようとしている。

> 彼の全人生は資力においては取るに足らなかったであろうが、その精神においては高尚で雄大であった。……ある資産がどこへ行くにもついてまわるであろう。つまり血塗られた足跡である。何ということだ！彼はどこへ行こうと死や流血を招く運命なのだ。そしてこれは善意が、その周囲のものすべての心を乱すがゆえに、必然的に引き起こしてしまう闘争を象徴するだろう。……彼は何らかの隠れた災いを必然的になすにちがいない。それは計り知れない災いであり、血なまぐさい結果をもたらすが、彼のおだやかで立派な性質と両立する災いなのである。（Ⅻ、二二〇、傍点著者）

殆ど耐えがたいほどのこの矛盾した感情は、エサレッジが本当に親切で心安まるイギリス人である救護院院長の家に滞在するという短い幕間劇の間弱まる。ここでこのアメリカ人は好きなだけ観光し、体力と正気を取り戻し、祖先の家に乗り込むという最後の企てに備える。もはや夢うつつの状態を脱していたので、エサレッジは院長に自分の素性について語り、これまではっきりと表明してこなかった生得権を要求したいと告白し、博士から受けた恩義についてどうにか肯定的に伝えることができる。「私には祖先はいません。そもそも最初の一歩で、不可解な薄暗がりの中に私の起源は失われてしまったのです。私に分かるのはただ、親切な友人――彼の善意を要求するどんな権利も恐らく私にはなかったと思います――の助けがなかったら、私の人生は恐らく惨めで取るに足らない無知で愚かなものになっていたでしょう」(XII、一四九)とエサレッジは言うのである。これはホーソーンを教育した人物についての合理的な日常的見解と類似している。それは、大抵のホーソーンの伝記作家たちだけでなくエベ・ホーソーンや家族の他の者たちもみな描いたロバート・マニングの恩義についての見解である。グリムショウ博士の悪魔的な姿は、ネッドが夢のような状態にいて精神が意識の統制の外へさ迷い出てしまう時にのみ、彼に見えてくる。グリムショウと恩給受給者に対する両面価値的感情は、作者の冥想とエサレッジの思索に見られるが、エサレッジは好意的な言葉以外でどちらの恩人についても話すことは決してないのである。

## 入れ子式の箱

院長の歓待で一息ついた後、エサレッジは彼の全人生が彼に準備をさせてきた探求の最後の局面へと向かう。この孤児に対して祖先の家が持つ特別の意味は、ネッドがイギリスとそこにある家は自分の無意識の心の一部だということを暴いた時、すなわち作品の始めにある子供時代を描いた部分に既に存在していた。この作品の第一草稿のこの個所では博士はまだこの少年の頭に古い家についての妄想を植えつけてはいなかった。「血塗られた足跡」は連想によって生み出される時にのみ現れ出る危険な抑圧された観念のようなものである。

本当のことを言えばね、おじさん、そしてエルシー。乳母か母のどちらかが、私が赤ん坊の時にその話をしてくれました。さもなければそんな夢を見ただけかもしれません。しかし、イギリスのどこかに刻印されていて、いかなる雨も洗い流せないこの「血塗られた足跡」について考えごとをすることがあるのです。それがいつ起ったかとか、どこで起るのかは分りませんが。イギリスのことを考えると必ず心の目にそれが見えるのです。まるでイギリス全体がこの大きな「血塗られた足跡」が刻印されるに足る土地以外の何物でもないように思えるのです！（Ⅻ、一〇八）

博士の悪魔的な策略ではなく、これらの漠然とした暗示が、エルシーと恩給受給者二人の警告にも拘らず、いかなる危険を冒してもその家へ入ろうというネッドの情熱的決意を誘発する。たとえ死がそこへ入ることに対する代価としても、彼の存在の起源と再会するために支払うのならば、それは高すぎはしない。彼のアイデンティティーの最も切迫した要素は、自分の起源と具体的に結合することを要求する。母親なるものと父親なるものとが今や融合して一つの成就されない思慕となるのである。

私のあらゆる夢の中で、これまでの私のあらゆる望みの中で、今近づきつつあるらしい重大な局面をまさに期待してきた。夢見る少年時代にはまさしくこれを夢見た。君が私について何か知っていることがあるとすれば、それはこういうことだ。つまり、いかにしてこの私がはっきりした媒介者もなく、諸元素から混合して作られた物のいずれにも似ていない謎から突如として生まれ出て来たのか――少年時代は初めから終わりまでいかに孤独であったか、根なし草として育ったものの、いかに根というものを絶えず求め続けていたか――誰かと繋がっていたいと願いつつも――いかに何かと繋がっているという感じを抱くことがなかったかということだ。けれども、私が今あるこの転換期をずっと待ち望んでいた。たとえ次の私の一歩が死であるとしても、その道が私の血族との繋りの中で自分を確立する確証へとずっと導いてくれるように見えるのなら、それでも私はその死を受け入れるだろう。自分で自分の足場を作り、自分が自分の過去となることによって、私はこれまで絶えずこの願望を押し殺し、押さえつけ、根絶しようと努めてきたが、自分が何物にも属せず、空中を漂う生き物だという、この生来の恐怖を克服できないでいる。また同様に、これほどまでに何物にも繋がっていない人間の人生と運命には、それが良いにせよ悪いにせよ何らの現実性もないというこの感覚も克服できていない。私が自分との繋がりを主張できる手段となる墓石さえもないし、一盛りの遺骨もなく、一つまみの塵さえもない。当地で見つからなければ、そういうものはないのだ。（XII、二五七－二五八）

ネッドが失望したことには、一族の大邸宅の表玄関に到着してもそこには足跡が見られなかった。彼が撃たれた場所を通り過ぎる回り道をして初めて、彼は家族専用の入口、「ベランダの下にあり、古風な形をしていて、蔦に覆われ暖かく迎え入れてくれる、とても気持ちのよい入口」（XII、二八二）を見つけることになる。このベランダのある私的な入口はスペンサーの「至福の私室」に向かって開かれた第二の門に著しく類似しているが、こういう連想によりその私的な入口の持つ性的な象徴性が強化される。

こうして騎士は別の門のところに来たが、
これは門ではなく、門のようなもので、
大枝小枝が、絡みつく腕を大きく広げ、複雑で淫らに入り組んで、
見事に作り上げられている。

このように、入口は珍しい趣向をこらして作られており、
頭上には、葡萄のつるが抱くようにアーチをなし、
垂れ下がっている葡萄の房は、その甘美な酒を味わえと、
通る人みなを誘っているように見えた。

（『妖精の女王』Ⅱ、一二、五三・五四）

家族用の入口でネッドは最も幼い頃から彼の心に付きまとっていた表象を白い大理石の上に見つける。

なぜなら、それが血に似た赤い色の極めてはっきりと判読できる足跡――「血塗られた足跡」――だったからである。それは、敷石が柔らかいものであるかのように幾分めり込み、同時に少し上すべりし、そして血を吹き出させてしまったかのように見える足の痕跡であった。それがじっとりとして艶やかだったので、……あたかも今そこに押されたばかりのように見えた。……誰にも見られていないのは好都合だった――というのは、このアメリカ人はこの昔からの伝説的な驚異がいかに自分の想像力に影響を与えてきたかということを知られてしまったら、気恥ずかしく感じたであろうから。しかし、確かにそれは彼の心に存在する得体の知れぬ化け物、つまり人々と共に成長し大きくなってゆき、子供時代の夢や悪夢となり、成長してからは熱に浮かされて見る映像となる、その得体の知れぬ化け物や個人的な恐怖のいかなるものとも同じくらい古くからあるものなのであった。……

この足は家の中へ入ろうとしていたのではなく、家から出てゆくところだった。誰がどのような状況で刻印を残したにせよ、立ち去ってしまったのであり、もう戻らないにちがいない。エサレッジはその足跡に自分の足を重ねてみたい気持ちに駆られた……そして何らかの苦しみが、何らかの恐ろしい戦慄すべきことがここで起こり、この場所から消え去ることはないであろうという、奇妙で漠然としているが強い感じが彼に

はするのだった。このような物思いに耽っているうちに……ブラスウェイト卿が好奇心に満ちた目をまっすぐこちらへ向け、顔に微笑みを浮かべて、入口のガラス越しに自分を凝視しているのが見えた。(XII、二八二―二八三、傍点著者)

いかに純真な心の持ち主でも、禁じられた性的接近がここでほのめかされていることを見過ごすことはできないだろう。誘惑的で、ベランダがあり、蔦で覆われた私的な入口に、はるか昔の苦しい出来事による血の染みが付いていることは、確かに母親の生殖器を暗示している。「家の中へ入ろうとしていたのではなく、家から出てゆくところだった」足の跡に、人が見ていないのを幸いにエサレッジは自分自身の足を重ねるというこの人目をはばかる行為をやってみたいという気持ちに駆られる。しかし実際は、屋敷の主人によって、冷静に嘲笑的に、彼は凝視され続けているのである。主人と侵入者とのやりとりの言葉は上品ではあるが、その陰には脅迫が潜んでいる。エサレッジは、その染みはただ石が自然に変色したに過ぎないと信じると主張して、懐疑的な態度を装う。『『本当にそうお考えですか』と主人は答えた。『そうかもしれませんが、その場合、実際の事実の記録がなければ……私たちはそれを予言的なものと考えてもいいでしょう。この石が四角に切られ、磨き上げられ、この入口に置かれた時から、宿命の足跡が事実上ここに刻印されることになる前兆として。』』(XII、二八三)

それに続く出来事は、主人にとって、エサレッジの人目をはばかる一歩が致命的な誤りであり、死をもって処罰することのできる不法侵入だということを示している。イタリア風でローマ・カトリック教会的な主人は、ゴシック・ロマンス風悪漢であり、邪悪で懲罰的な父親のイメージそのものであり、最初の不法侵入の際にエサレッジを殺しそこなったので、とどめを刺す目的で彼を自分の蜘蛛の巣の中へおびき寄せたのである。主人の屋敷にもまた、グリムショウ博士の愛玩する蜘蛛と同種の大蜘蛛がいる。屋敷とその血塗られた入口が思い焦がれる母親を表している限り、その所有者は去勢する父親であり、彼は自分に取って代わることを望む息子による自分の領地への侵入に絶えず油断なく目を光らせているのである。

その屋敷へ入ろうという決意は近親相姦的願望を表しており、その願望はエサレッジにとって個人的なものだが、神話的なものでもある。

彼自身が――ブラスウェイト卿の言っていたように、もうひとつの姿で装ってはいるが――あの長く待ち望んでいた人だったのか？　こんなにも長い年月に亘って――広い世界のはるか遠くにまで――血の染みの付いた入口に近づいてゆくあの足音を私の耳に響かせていたのは彼だったのか？

そのようなことを考え、あるいは夢見て（考えと呼んで心地よいとは言えないので夢と呼んでおく）、エサレッジはその日を過ごした。陰気な影に包まれてはいたが、奇妙な快い日だった。彼は奇妙にもその屋敷に既に馴染んでいるような感じがした。まるで彼のあらゆる部分や特性がその家の奥まったところやすみずみにまですぐにぴったりとはまったかのようだった。（Ⅻ、一一八五）

主人の脅迫に妨げられることなく、エサレッジはこのような性的なものを連想させる空想に耽りながら奇妙な快い日を過ごす。ホーソーンは最終的には彼を主人に取って代らせはしないが、エサレッジは「血塗られた足跡」に自分の足を重ね、「彼のあらゆる部分や特性が（その屋敷の）奥まったところやすみずみにまですぐにぴったりとはまった」ことを知って、ある種のひそかな満足をこっそりと得たのである。彼の心にある私的な化け物には、円環的な完成を成し遂げることのできる部分がこれほどたくさんあるのだ。

エサレッジの近親相姦的願望は妹養子のエルシーにまでも及び、外見上は屋敷へ入ることの代案として彼は彼女に求婚する。その選択のどちらにも妹は強い嫌悪感を示してたじろぎ、自分と屋敷とイギリスから去るよう彼を促す。ネッドは言う

「私たちの間に潜むこのよそよそしさを追い払おう。人生を共に始め、互いの命の糸が早くにより合わされているので、今や別々に引き離せない二人のように出逢おう。」

「賢明ではありません……私たちが暗黙のうちに自分たち自身に課してきた抑制を破るなんて。この件についてはこれ以上話すのはやめましょう。……見知らぬ者同士として出逢い、そのまま別れるのが一番よいのです。」

「いや、だめだ」エサレッジは叫んだ。……「いろいろな状況が示してきたのは、神のご意志で私の運命と君の運命とのある関係が決定されているということなんだ。エルシー、君も私と同じように孤独なんだろ？」

「いいえ」彼女は答えた。「私には絆、縁、人生、義務があります！　私はそういう人生を生き、そういう義務を果たさねばなりません！　同じように、あなたにも義務と人生があります。私と同じように、義務を果たし、自分の人生を生きるのです。」

「知ってるかい、エルシー」彼は言った。「その人生がどこへ向かっているのか？」

「どこへ？」……

「向こうのあの玄関へさ！」彼は言った。

彼女は驚いて立ち上がり、激しく興奮し、彼の腕を両手で握り締めた。

「だめ、だめよ」彼女は悲鳴をあげんばかりだった。「あちらへ行ってはだめ！　敷居に血が付いているのですもの！　あちらへ行ってはだめ！　帰りなさい、帰りなさい、かつて私たちがお互いを知った馴染みの場所へ。ここでは恐ろしい災難があなたを待ち構えています。」

「じゃあ、いっしょに来ておくれ」彼は言った。「そうしたら私は目的を放棄するよ。」

「それはできません」エルシーは言った。

「それでは私もできないと言おう」エサレッジは言葉を返した。（XII、二六〇―二六一）

兄が祖先の大邸宅へ入ることと、妹養子である自分と結婚することは、エルシーには等しくおぞましいことのように思えるが、両方とも明らかにエサレッジの感情においては繋がっているのである。エルシーは近親相姦的な結婚の申込みが喚起する激しい不快感のすべてを示して応答し、作者でさえも、慎重に彼らが血の繋がった兄妹ではないと慎重に述べ、そのような結婚を描くことなく退くのである。

この緊張したやり取りの後エサレッジが見上げると、彼が「血塗られた足跡」に自分の足を重ねた時とちょうど同じように、ブラスウェイト卿がひそかに自分たちをずっと観察していたのに気づく。あるところでホーソーンは、ブラスウェイトにエルシーを恋するようにさせることによって、エサレッジとブラスウェイトの間に対抗意識を生み出すことさえ考える。この娘は物語においては殆ど役目を担っていないけれども、作者の思索にはひんぱんに現れ、そこでは彼女は、グリムショウ、恩給受給者（その娘として）、そして最後にはブラスウェイトと、順に関連づけられるのである。かくして彼女は、破壊的あるいは処罰的老人に関係づけられる危険な誘惑者としての若い女性というパターンを、ホーソーンの他のどんな女性登場人物よりも強く帯びることになる。この場合、ホーソーンはあまりに多くの老人を登場させるので、このお馴染みのパターンをプロットに統合することができないのである。

ひとつの、我々が首をかしげざるを得ないモチーフがこの作品を貫いている。大団円のところで金髪が詰まっていることが判明する宝の箱がそれである。物語のどこにもその箱の意義が説明されていないし、物語の筋とも何ら明確な関連もない。作者の思索のひとつにおいてのみ、その箱は意味を獲得している。「それは罪深い野心や、所有すべきでない——所有不可能な——ものに対する渇望という狂気を目覚めさせる。それは勝ち取るべき大いなる美女について語り、彼女は古い宝の箱の中に見出される。」(XII、二八七)金髪の詰まった宝の箱は、節制の騎士ガイアン卿に対する貪欲の最後の誘惑である、「マモンの洞窟」の最深部にある地下洞穴の部屋に隠された黄金の詰まった小箱の変形と思われる。所有すべきではない美しい女性を金髪に姿を変えさせていることは、ホーソーンがスペンサーの探求を変形した過程について何らかのことを語ってくれるだろう。そうすることで作家は、ガイアン卿への二つの誘惑——性的なものと物質的なもの（両方とも禁じられているが、性的なもののみが真にエサレッジを誘惑する）——を合成しているのである。金髪は増殖した誘惑の生命なき残骸なのである。

女性のふさふさした髪は、博士の妹を誘惑したために監禁された男の部屋、屋敷の地下奥深くの部屋にある宝の箱の中に発見される。それは屋敷の、そして恐らく作品の、最も内に秘められた秘密——最後の数頁においてのみ開く予定の、箱の中の箱である。それは『祖先の足跡』の中心となる黒檀の戸棚、すなわち、秘密の最奥部の部屋に僅かばかりの埃しかない祖先の屋敷の縮小模型によく似ている。その二つの宝の箱は不思議な巡り合わせで若いアメリカ人が所有する鍵でしか開かない。屋敷と、その中心にあって長く行方知れずだったその屋敷の息子が持つ鍵でしか開かない箱は、確かに近親相姦的な願望を象徴しているのである。

## 死の接吻

このロマンスでエサレッジがその屋敷にいっしょに住まうことになるブラスウェイト卿は、四番目に登場する年配の人物であり、ホーソーンは彼の性格描写にも苦労した。所有権の争われる地所の現在の所有者は率直に言えば悪漢であり、芝居がかり誇張して描写されているが、たとえそうであっても、彼の描写は相対的に明瞭なので、グリムショウや恩給受給者よりもロマンスにふさわしい人物である。ホーソーンはこの悪漢にぴったりの性格を設定しようと四頁ほど費やす。作家はそこで必死に取り組んでいるが、浮かれ騒ぎの観を呈してもおり、想像力によって悪漢の非道さに見合う犯罪をあちこち探し求める自分自身の方法さえも嘲りの対象にする。犯罪リストは非常に長く綿密なので、近親相姦を除いて殆どの罪を網羅している。ホーソーンがいかに性格描写に苦労したかを示す短い実例を見てみよう。

ブラスウェイト屋敷の主人は卑劣で放らつで恥ずべき男にしよう……。彼は（恐らく）エルシーに恋している。死に至る時まで、彼はこのアメリカ人があらゆる面で自分の邪魔をし破滅させるためにやってきたかのように感じねばならず、従って彼を憎み、できれば彼を殺してしまうのが上策だと考える……悪鬼、悪魔に魂を売った男、魔術師、毒気を吐く人物、サグ［訳者注・昔のインド北部の狂信的殺人教団］の一員、海賊、スリ……。もしここでうまく言い表せさえできれば、彼は関心の的になるであろう。……決してさもしくてはならないが、どれだけ邪悪であってもかまわない。……猿のような人物？　怪物のような人物？　わら人形？……邪悪にはちがいないが、彼と、貧しい者たちの聖人とは関係がなおあることにしよう。どんな？　どんな？　太陽崇拝者？　人食い？　食屍鬼？　吸血鬼？……彼は老博士の蜘蛛理論と関わりがある。……彼は毒入りのボローニャ・ソーセージを食わされたことがある。……彼には五年ごとに若い命が必要で……エルシーに目をつけたのだ。……とにかく彼はエルシーに対して恐ろしいたくらみを抱いていなければならない――恐ろしい、恐ろしい、恐ろしいたくらみを。（XII、二六四―二六五）

作者がこのように続けてゆくとともに自暴自棄と放縦さにも拍車がかかってゆく。ホーソーンはこの邪悪な人物を博士や恩給受給者に関係づけようと望んでいるが、それはある意味でこれら三人の人物が実はひとりの人物であり、エサレッジの心の様々な投影であり、この孤児と彼の本当の父親との間に立ちふさがる支配的人物の様々な幻影であることを示している。

最初の二人の代父は初めは善意に溢れているが、後に悪魔的で重圧を与える人物に変貌する。最後のひとりは紛れもない悪漢としてまず登場し、最後の瞬間に情け深い殺人者という究極的な両義性へと二分化する。しかしこの分裂は、エサレッジが屋敷の影響を受けて取り留めのない知覚をもはや意識的に抑制したり修正したりできなくなった後に、彼の心の中でのみ起こるのである。「大邸宅はそれ自体が現実という暗い色の経験のようなものだった。真実の光のもとで物事を見る視点。つまりその真実の世界は――その外側はすべて欺瞞である――それが夢のように見えた時があったとはいえ――ここでは絶対的な真理を持っていた。」(XII、二〇九)この倒錯した経験の影響を受けて、エサレッジはこの場所に捕らえられているのではないか――「蔦の巻ひげが彼を捕らえたように見え」――、そして人々に混じって再び活動的な生活を始めることが決してできないのではないかと恐れるようになる。エサレッジは自分がブラスウェイトと屋敷にますます支配されてゆくのに気づき、そこで朽ち果ててゆくのかと感じながら、自分がグリムショウ博士によってひそかに観察されいかにひどく支配されてきたかということを悟るのである。

彼は消え去った年月をずっと溯って老博士と共に過ごした時を回顧し、奇妙にも少年時代と同様に未だにあの謎めいた老人に支配されているかのように感じた。彼は老人の得体の知れない不可避の眼差しが自分の一挙手一投足に注がれているように、いやむしろ、ここに至るまでの一歩一歩を老人に導かれ、今なお自分の前をゆっくりと歩むおぼろげな姿の老人にずっと導かれているように感じるのだった。……それでこの暗くしてある部屋の中で、彼は起こるはずのものを待った。……この場所の魔力は確かに認められるものだった。それは、ずっと以前、まだ博士が生きていた時、彼が若い精神の急激なほとばしりによって免れた博士のあの昔の魔力でもあった。その魔力は、何年も潜伏して、それから突然に病的症状を起こすインフルエンザのように、今日まで貯えられていたのである。(XII、二九六)

精神的虚脱状態の原因と過程についてのこのように見事な分析をしてみても、それは治療の助けにはならないことが分かる。エサレッジは自分が囚われの身になりつつあることを知るが、この感覚は後に地下室で囚われの身となることで現実化することになる。しかし今は館の暗い廊下をさ迷い、自分の置かれた状況に脅えて、ただ支配という幻影が見えるのみである。

大きな心の動揺が彼にはあったが、その原因を辿ることはできなかった。それは彼の夢に影響し、老博士が絶えず夢の中を通り抜けてゆくように思えた。そして目が覚めると、自分がその老人と会話を交わしたばかりで、老人から——よく覚えているあの力を示す身振りで——何らかの命令を肝に銘じておくよう言われていたような感覚がしばしば伴っていた。……まるで呪文をかけられているみたいだった。逃げ出すことも休むこともできず、ただ不安な夢を見る他なかった。まるで得体の知れない誰かがそばにいるかのような、その誰かが背後から忍び寄ってきて、思わずこちらが後ろを振り向くとさっと姿を消してしまうかのような、そんな漠然とした恐れを彼は抱いていた。（XII、二九七－二九八）

これら過去の幻影は、屋敷の主人が自分を毒殺しようとするのではないか——ただし愛情を込めた誘惑的な方法で——、というエサレッジの疑惑が大きくなってゆく前触れである。その後に続くのは単に、「怠惰で物憂いこの古い大邸宅の中で思いのままに心を駆け巡らせ、その心が向かった先の薄暗い地下の洞穴まで辿り着いたエサレッジの夢見がちの想像」（XII、三〇一）に過ぎないと述べられている。屋敷の主人から危険を感じ取ってもなおエサレッジは、

ブラスウェイト氏が自分に対してどんな僅かな敵意も抱いてはいないと思った。恐らく、そのせいで事態がより恐ろしいものになったのかもしれない。しかし、個人的な悪意を感じていないのに利害のために毒を盛

る人たちにはしばしば見られることであるが、ことの性質が許す限り、情け深いやり方で毒を盛ることもあるのだ。恐らく犠牲者に対してある程度の愛情さえ抱いていて、人生最後の時間を甘美で愉快に過ごさせ、生の熱狂を二倍の楽しい興奮で締めくくり、死の杯を甘くほのかに風味づけし、彼らの何らかの定まった必要性から見てその命が邪魔になっている人の唇へとその杯を供するのである。(XII、二九九―三〇〇)

自ら疑惑を感じていたし、友人たちも警告していたし、主人も脅迫していたにも拘らず、エサレッジは接待役の主人に自分が彼に取って代わる可能性を告げ、主人自身は飲まない見慣れない葡萄酒の杯を二杯受ける。葡萄酒は少なくとも事態をひとつの結末に導き、彼が再び活動的な人生を送るのを妨げ、彼の運命と屋敷の運命とを結びつけるであろう。死はエサレッジがイギリスで探し求めてきた安寧のひとつの形であり、彼はあたかも自分が死に値する人間であるかのように行動する。確かに主人の手による死は、彼が引き寄せられたエロティックな終焉であるように思われる。

葡萄酒は、そこに向かってすべてが収斂してきていた真実を暴く夢幻状態というクライマックスを引き起こすのである。

それ(葡萄酒)は彼の心身の機能にまれに見る影響を及ぼしたように彼には思われた。諸機能が生き生きと活発になり、彼はあたかも希有な謎を今にも見抜くばかりであるかのような、例えば人の考えが常にたゆたい、常に戻ってくるような、そんな感じがしたのである。彼が長い間捜し求めてきたように思われる、何か奇妙で膨大な薄暗い神秘的な真実が、今まさに彼に明らかにされようとしているように思われた。……ドアが開かれ、ヴェールが引きはがされ、暗い襞で畏怖すべき壮観を見えなくしていた重々しく壮麗などん帳が巻き上げられるかのようだった。それはまるで墓場のへりにいるようなものだった。(XII、三〇七)

# 秘密の囚われ人

この二度目の死の谷への下降によって、ネッドの心は記憶のない幼年時代の最も早い時期へと遡行する。屋敷の奥深くにあって許された者以外には誰にも知られていない薄暗い幽閉のための部屋の中で、彼は不本意ながらも生き返る。以前一度死にかけて生き返った時と同じように、彼は幾世紀も前の衣装を身に着けた老人の眼前で目覚める。今ネッドの前にいるのは囚われ人である。彼は若い頃から老いるまで屋敷の奥深くにある秘密の部屋で生き延びてきたのであるが、目覚めたエサレッジがその姿を認めると今度は彼の方がすぐに死んでしまう。彼は何者なのか、なぜ監禁されていたのか、ということはその場では明かされない。それが明かされるのは、物語が終わった後で、作者がこのロマンス全体の筋を再検討して長々と行う思索においてである。その部分は「もう一度やり直してみよう」で始まる。

効率を考えて、ホーソーンがこの囚われ人についての構想を展開する文章をいくつか抜き出してみよう。付け加えておけば、この人物は筋とはまったく関係なく、生涯に亘って博士に遠くから魂を支配されているという意識がエサレッジにあらたに浮上してきたことを具現化する以外に、これといって明確な存在理由もない。博士は自分に代わってこの囚われ人を服従させる手先として、「絞首刑にされかかった人物」を使う。彼はこの男を処刑台から救い出して、精神を呪縛していたのである。今度はその手先が、薬や、この囚われ人を社会から孤立させる「精神への何らかの継続的な操作」を加えて、彼を奴隷化するのである。以下に描写されるこの捕虜は、自らを監禁する者でもあり、博士の囚われ人でもある。この点に関してホーソーンが後戻りしたり加筆したりしているのは、彼が肉体的な隷属より精神的な隷属を描写しようとしていたものの、そのような状況に対する責任をどこにもっていくか、まだ決めかねていたということの表れである。

（その手先は）彼の敵を監禁するのではなく、彼が自らを監禁するよう仕向ける。悲しいかな！　彼が古い屋敷の秘密の部屋に住んで、ときどき近所を徘徊するのは彼の同意があってのことにしよう。大いにありそうなことだ。……やり直し！　この紳士は何をしたのか？　彼はこの男の若い妻を誘惑したのか？　そういうのは気にいらない。彼の娘か、それとも妹か？　妹にすれば少しだけましになるがあまりよくない。……その罪は何か？　息子が代々ある年齢になると父親を殺す。あるいは父親が代々その後継者を殺すという不可能を成し遂げようとするのか？　［フロイトを予期させるこの印象的なエディプス的な陳述とその反転は、『ロウジャー・マルヴィンの埋葬』におけるサイラス射殺に光を当てるかもしれない。］これは正しい方向ではない。……彼は病的な衝動に駆られて隠遁し、気づいたら囚われの身であり、もう二度と社会に戻ることができない。結果として、隠遁というそのひとつの行為のために、彼は人生のあらゆる機会を放棄してしまった。博士はまず第一にそれを助長し、次に彼がそのあと世間へ戻るのを殆ど不可能にする。……まず第一に、彼を一週間引き籠もらせておくほど強い動機がなければならない。それから、彼に可能ならば、彼を外へ出す。奇妙な反感が――強い魅力と同様に――人間同士にはあるものだということを、この事実は示さねばならない。……極めてありふれたことなのだ――捕らえられ、しかも自ら囚われの身になってしまうというこの事実は。……さてどんな動機があり得るか。彼は博士の妹に恋をして彼女を誘惑しようとした。恐らく彼は彼女を誘惑し、彼女は死んだ。……この自ら囚われの身になった男の描写をするのにひとつ（章を）割かねばならない――彼はまだ若く、世に出るという目的を心に抱いてはいるが、その実行を一日一日と延期し続ける。……

その後のある時期でまた、……今やいくつか年を取った囚われ人を紹介しなければならない。監禁された年月の影響は大きくなっていなければならない。世間を恐れる気持ちは強くなってきているのだが、それでもときどき世間に戻りたいと激しく熱望する。……彼の来るべき老いの印や、使わないので不活発になった心身の機能も示すこと。……

思うに、彼の心はいかなる時でも博士で占められていなければならない——彼の何らかの印象が付きまとって離れないのである。……（この囚われ人は感じやすく、詩的で、想像力がある）血気や活力が欠けている。彼は本や書く道具を持っている。……

こういうことが脊椎のようにこのロマンスを貫いている。厳粛なものであろうと陽気なものであろうと、あらゆるものの中にそれへの言及があるべきなのである。（XII、三二四―三三一）

この混乱した思索に関して我々が確かに言えることはひとつである。それは、囚われ人が話の屋台骨のようにロマンス全体を貫いてはいない、ということである。彼は確かに深いところから現れ出る私的ロマンスの屋台骨かもしれないが、書かれたものとしての物語には殆ど登場しないのである。代名詞と先行名詞の混乱に読者は当惑したかもしれないが、この混乱はひとつには文の削除の結果に過ぎない。その混乱は主として、主犯とその手先、奴隷にする側とその被害者とが溶け合ってしまうような、人物の取り違えを、ホーソーン自身がしていたためである。いったい誰が囚われ人を隷属させたのか、ということに関するホーソーンのためらいがこの一節全体を貫いている。博士の妹の誘惑者に対して純粋にゴシック的な復讐をするということから、次第に捉えがたくなってゆく奴隷状態の形態へ、数滴の毒から何かそれよりずっと人を怒らせるもの——囚われ人が自らを隷属させること——

へと、ホーソーンは考えを移行し、それから再びやり直すということを何度も繰り返すのである。より年配の男による処罰は、この妹に対する誘惑によって幾分かは正当化されるが、事実この誘惑は抜粋部分が示すよりはるかにひんぱんに他で言及されている。この一節全体を通して以下のようなパターンが見られる。若者が年長の男の妹を誘惑するか破滅させるかしたために、秘密の部屋に隔離される。それから年長の男による処罰行為が緩和される。そのため処罰は自己監禁へと内面化してゆく。それから怒りに任せて自己非難を放棄し、年長の男による処罰によって受けた破壊的影響を再び主張する。

前掲の抜粋部分が示すよりもはるかにひんぱんに見られることなのであるが、若者の罪は一般化されてゆく。すなわち彼の罪は博士の妹を誘惑したという罪を離れて一般化され、博士かその手先がすべてを包み込む寛大な態度で囚われ人を隷属させた可能性が生じてくるのである。「心のあらゆる欲望」に迎合し、その手先は悪しき欲望を実行に移す。作者はこれらの悪しき欲望を具体的に述べることはできないが、部屋に閉じ込められた若者の姿は次第に「幽霊部屋」およびその後におけるホーソーン自身の独居生活の描写と似通ってくるので、そこには次のような伝記的意味合いが窺われる。すなわち、自己監禁する囚われ人は自分の代父の姉妹、つまりホーソーン自身の母親への「悪しき」欲望に対する深い罪意識に苦しんでいるのである。あまりにも個人的な次元で混乱をきたしたために、彼は誰が誰を何のために処罰しているのか定かではなくなっている。囚われ人自身の良心は博士の処罰したいという怒りと区別できなくなっているのである。

ホーソーンは、エサレッジが最後にこの囚われ人と対決しなければならないという意図をひんぱんに繰り返す。実際に物語内で確かに行われるこの対決は、囚われ人の本性が創作メモの中でのみ述べられているのだが、ホーソーンの個性の活発な面と内気な面との対峙であるように思われる。エサレッジが自分自身の過去へ深く回帰し、自分がいかに博士に呪縛されていたかを悟った後になって初めて、この対決は行われる。物語の結末直前にくるこの出会いの時、エサレッジはブラスウェイト卿に与えられた毒入りの葡萄酒を飲んで死にかけており、そして囚われ人は死んでいる。ネッド・エサレッジはこのロマンスで短い間に二度死にかけ、彼自身の一面でも作家の一面でもある囚われ人の死を目撃する。結末でネッドが死ぬかどうかは不明だが、彼は最後には死んだ囚われ人と共にいる。彼がいるのは「螺旋階段を降り切った建物の深く遠いはるか内部に思えるところ」(XII、三二一－三二二）で、目の前には決して所有されるべきでないものの象徴である金髪の詰まった宝の箱がある。彼は自分の探求を可能な限り進めたのである。

物語本体が終わり、九頁に亘る作者の思索が終了した時、突然語り口は短い一節だけ一人称に変わり、早い時期の囚われ人を描写する。彼は狭く重苦しく明かりのない古めかしい部屋で発見され、そこでこのロマンスのすべての表象がまた繰り返し登場する。スペンサーの「絶望の洞窟」にたとえられ、自殺の道具がいろいろと備えつけられたこの部屋には、囚われ人と彼の監視人がおり、古い宝の箱があり、蜘蛛の巣だらけである。この幻覚のような節は次のように始まる。

ひとつの部屋がある——というより、今から何年も前にも、また数年前にも、それはなお残っていた。私はその部屋のことを考えるたびに、私自身の意識の深奥、私の本性の深い洞窟へと入ってゆくように思える。それほどまでに、私はこの人生でかなり長い間、その部屋とその中にいる囚人に思いを馳せてきたのである。(XII、三三五―三三八)

その祖先の大邸宅の中奥深くにあるこの「幽霊部屋」は確かに作者自身の意識の部屋であった。そのため彼は、草稿の最後の文章で唐突に客観的姿勢を捨てて、一人称の形式へと逸脱するほどなのである。この意識の部屋で、語り手は自殺を企てている若い頃の秘密の囚われ人を発見する。第一草稿の最後の段落では、この地下に住む囚われ人の精神状態だけでなく、自分の呪縛状態を認識するようになった後のエサレッジの状況も、そして恐らく魔法使いに支配されたこの二人の犠牲者を創造した者の状況も、描かれているように思われる。

やがて、どんな衝動からか、どんな理由からかは分からないが、彼は突然激しい怒りと絶望に駆られて立ち上がった。まるで、自分はずっと何か奇妙で荒々しく惨めな運命に陥っていたのだという意識が、突然彼を襲ったかのようだった。蜘蛛の巣で手足を縛りつける邪悪な影響力、魔法使いの力に、自分がどれほど囚われてしまっていることか、という意識が。彼は地団駄を踏み、叫びかけたが、半ばでやめ、彼の叫びを抑え込み、かみ殺した。それから彼は毒を塗られた短剣をつかみ見つめた。首つり縄をつかんで首に回した。それは死をもたらす不吉な道具だ。だが彼はそれを再び置いた。(XII、三四一―三四二)

エサレッジと囚われ人の二人を「魔法使いの張った蜘蛛の巣」に拘束することによって、ホーソーンは蜘蛛の巣が究極的に持つ隠喩的価値を明らかにする。蜘蛛の巣は、人間の犠牲者の意志を麻痺させるほど誘惑的な、柔らかい絹のような罠なのである。そのような脆弱な束縛などいつでも引きちぎることができると考えて、彼は永遠にその束縛の中で休むのである。一八三七年、ホーソーンが十二年に及ぶ隠遁からちょうど脱し始めた頃、彼は自分が抱いている自己監禁という感覚についてロングフェロウに手紙を書いた。その手紙の言葉遣いは囚われ人の描写ほど熱っぽいものではないが、それでもその描写をどこか連想させるものがある。

　もし君が僕のことをフクロウの巣に住んでいるように思い描いていたとしたら、君は本当のことがはるかによく分かっていたことになるでしょう。というのも、僕の生活はよく似た陰鬱なもので、フクロウのように暗くなるまではめったに外へ出ることはありません。魔法か何かによって……僕は人生の主流から逸脱してしまい、もう二度と戻ることはできないのです。君と最後に会った時以来……僕は社会から引き篭もってしまいました。でもそんなことをするつもりは決してなかったし、自分がどんな生活を送るのか夢見たわけでもなかったのです。僕は自分自身の虜となり、自分を地下牢に監禁し、今やそこから出るための鍵を見つけることができないのです――もし扉が開かれたとしても、自分をそこから解放するなんて恐ろしくて殆どできないでしょう。……楽しみの次によいものは苦労であること、そして喜びや悲しみを分かち合わないことほど恐ろしい運命はこの世の中にはないこと、は請け合えます。この十年の間、僕は生きてきたのではなく、ただ生きることを夢見てきただけなのです。……僕の追憶の中には満足すべきものがまったくないなんて君には想像もできないでしょう。老後の宝となる楽しい思い出など、僕にはまったくないのです(8)。

晩年のロマンスや『グリムショウ博士の秘密』では特に作者が物語を制御しきれていないことを示すのに、念入りに証拠固めをする必要はない。彼は明らかに円環的な探求のロマンスを雛型にしたのであるが、彼自身の伝記的、心理的な関心事のために、この作品はそのようなロマンス様式から逸脱しているのである。彼の主人公は高貴な生まれを示す証拠を持つ典型的なロマンスの捨て児として当初登場する。しかしこれらの証拠は結果として幻影であることが判明する。なぜなら物語が展開してゆくうちに、ネッドは悪魔的策略の犠牲者、つまり彼の教育者にとっての復讐の道具となり、しかも真の相続人ではなくなるからである。結局のところ真の相続人は、地所や爵位という世俗的な虚栄に対して軽蔑しか抱かない老いた貧者のための聖人なのである。世の中の高貴な地位への復帰は、エサレッジには拒絶されていると同時に価値のないものにもなっている。背後に過去を持たないアメリカ人であるのもいいのならば、高貴な爵位を要求する根拠となる証拠を持っていても、それが特にこれといった救済になるわけではない。かくして民主的な作者は主人公の探求の目的を維持することができなくなる。それならば、この探求は、宗教的に認められた固定的価値によってではないにしても、固定的価値を持つ時代への懐旧の念によってなら、生気を与えられよう。しかしそのような固定したものに対して、ホーソーンはあまりに懐疑的であり、あまりに幻滅を感じていたし、既に手遅れであった。

エサレッジの探求は、喪失した母親と再会するための内的で精神的な衝動へと、そして真の父親を求めての不毛な探索へと転換する。ロマンスの主人公とは異なり、彼は真の父親を発見するのではなく、ただ絶えず変化し続ける一連の代父たちを発見するのみである。彼らはそれぞれ相違しているにも拘らず、実はみな最初の代父が変容した姿なのである。その人物たちは善とか悪とかいう固定した原型であり続けるのを拒む。彼らは自伝をロマンスに変装させている作家の心理的圧迫のもとで分裂し、型にはめることのできない複雑な存在になるのである。善意の暴君たち、人を激怒させる聖人たち、そしてあわれみ深い毒殺者たちという逆説的な人物たちは、心に描くことはできるし、さらに文学的な手法で処理さえし得るかもしれないが、彼らはロマンスの縫い目を引き裂いてしまう。そのことがよく分からぬまま、ホーソーンは内的探求を描く近代小説になると予想していた。もしホーソーンが自分を駆り立てている力に気づいていたのなら、ブラウニングが『チャイルド・ローランド暗黒の塔へ来りぬ』で行ったように、意識的なアイロニーを添えたロマンス的探求という雛型を利用して、近代の英雄の探求は荒れ地で終わることになるのかもしれないことを示すことができたであろう。しかしホーソーンはヴィクトリア朝文学の動向には歩調を合わせなかった。彼は伝統的な探求のロマンスを試みたのであるが、それは彼自身の経歴から見ても文学の歴史から見ても遅すぎた。また、彼が本当に書こうとしていたもの、すなわち私的で変装したファミリー・ロマンスを、彼が自由に操るにはまだあまりに時期尚早だったのである。

## 注

（1）この章の要約は、一九八一年十月の「ホーソーンの晩年」と題するコンコード会議において発表した。*Essex Institute Historical Collections* 118 (1982), 49-58 に掲載。*The Poetics of Enchantment,* pp.162-172 において、エドガー・A・ドライデンは、『グリムショウ博士の秘密』がホーソーン自身の根なし草状態の感覚と関連した挫折の探求ロマンスだと雄弁に語っている。しかし彼はこの物語を、あたかもまとまりのある作品であるかのように議論している。私がここで示しているのは、ホーソーンが草稿と断片を創作する過程で、心理的決定論というテーマを発見し、そしてその過程でもたらされた強力な素材のために物語が事実上完結しなくなってしまったということである。

（2） Stewart, *English Notebooks*, p. 92.

（3） ジェイムズ・T・フィールズ宛の手紙。日付は不明だが、リヴァプールでの領事職中に書かれたもの。フィールズによって、*Yesterdays with Authors*, p. 74 に引用されている。

（4） *Doctor Grimshawe's Secret*, ed. Edward H. Davidson (Cambridge, Mass.: Harvard University Press, 1954).

（5） センテナリ版第十二巻の *The American Claimant Manuscripts* には、*The Ancestral Footstep* も収録されている。この巻では、ジュリアン・ホーソーンが『グリムショウ博士の秘密』という題名で纏めた二つの主要な草稿を二部に分け、それぞれの草稿で最もひんぱんに博士に使用される名前に従って、それぞれ『エサレッジ』、『グリムショウ』と命名している。『エサレッジ』は両方の草稿で若い主人公に最も多く使われる名前（彼はまたレッドクリフとも呼ばれる）でもあるので、筆者はこれらの草稿版を、その代わりに「第一、第二草稿」と呼ぶこととする。

（6） Edward H. Davidson, *Hawthorne's Last Phase*（New Haven: Yale University Press, 1949）, p. 60. この引用は Stewart, *The English Notebooks*, pp. 75 -76 からのものである。

（7） Davidson edition of *Doctor Grimshawe's Secret*, p. 299, n. 22.

（8） George Parsons Lathrop, *A Study of Hawthorne*, pp.175-176 に引用されている。

# 訳者解説

本書『蜘蛛の呪縛――ホーソーンとその親族』は、グロリア・C・アーリッヒ（Gloria C. Erlich）著、*Family Themes and Hawthorne's Fiction: The Tenacious Web*（New Brunswick: Rutgers University Press, 1984）の全訳である。表題は直訳すれば「家族の主題とホーソーンの小説――しつこい蜘蛛の巣」であり、内容に即してこれ以上の表題はないが、副題も含めると少々長いので、原著の意味を伝える範囲で意訳した。

このアーリッヒの『蜘蛛の呪縛』は、未公開の第一次資料を駆使し、ホーソーンの青少年期における特殊な家族関係を再構築して、若き日の作家がそこで受けたトラウマ的体験とその永続的影響力を、代表的作品の数々に辿る心理的評伝である。これまでの通常の伝記とは異なり、専らホーソーンの人生の初期に焦点を当て、母方一族の中での窮屈な生活体験がいかに「しつこく」その後の文豪の全人生、文学を支配することになったかを検証する極めてユニークな業績と言える。

アメリカにおける本格的なホーソーン研究は、一九四〇年代から五〇年代にかけて、マシーセン（F. O. Matthiessen）やスチュワート（Randall Stewart）、それにワゴナー（Hyatt H. Waggoner）、フォーグル（Richard H. Fogle）、メイル（Roy R. Male）らによって築かれた（スチュワート言うところの）「ホーソーン批評の黄金時代（the Golden Age of Hawthorne criticism）」に源を発し、約半世紀に及ぶ展開を経て、新歴史主義やジェンダーが研究の主流を占める今日に至っている。この間実に様々な、夥しい数にのぼる研究が次々と世に問われてきたが、その中でインパクトの強烈さという点において断然光るものが二つあったように思われる。ひとつは六〇年代中頃に現れたクルーズ（F. C. Crews）の『父祖たちの罪――ホーソーンの心理的主題（*The Sins of the Fathers: Hawthorne's Psychological Themes*）』（1966）であり、いまひとつが八〇年代中頃に出たこのアーリッヒの『蜘蛛の呪縛』（1984）である。これらふたつの研究は、少々誇張して言うならば、従前のホーソーン研究に対し、一種コペルニクス的な転回を迫るものであった。

クルーズの書は、フロイトの精神分析を縦横に適用し、それまで専ら宗教的、道徳的に捉えられていたホーソーンの「罪」を、心理学における「強迫観念」の問題へと還元してみせることで、この作家から「罪」なるものを一掃し、ホーソーンを形而上的世界から形而下の世界へと引きずり下ろした書とも言えよう。このクルーズの手法には自ずと限界があり、一部には無理も目立ったが、ホーソーンの心理的リアリズムを大胆に解き明かし、その「抑圧された」想像力の本質への着目を促して、この作家をこれまで以上に親しみ易い存在にした功績は大きい。

またアーリッヒの『蜘蛛の呪縛』は、従来のホーソーン研究が、作家や作品への影響として、植民地時代初期にクエイカー迫害やセイラム魔女裁判で悪名を轟かせた父方の遠い先祖にばかり着目してきたことへの強い不満から出発している。ホーソーン文学への根元的影響は、むしろ逆に、母方のマニング一族（その先祖には大いなる恥辱の歴史も秘められている）が、その商業主義的家族規範によって、青少年期の作家の心に植えつけた両面価値的感情だとし、とりわけ叔父ロバート、つまり彼の

「代父」の強力な影響力と、それに対する作家の畏敬と反撥の混じった複雑な心理に着目すべきだとする。アーリッヒは、こうした事実を軽視したスチュワート、ターナー（Arlin Turner）、メロウ（James R. Mellow）らの「標準的」伝記を批判し、さらにはエディプス的心理を言いながら（ホーソーンにとって不在の）「父」ばかりを論じて、実在の「叔父（代父）」に着目しなかったクルーズをも舌鋒鋭く槍玉に上げている。

さて、そのアーリッヒの書『蜘蛛の呪縛』は、実際それまでの研究がなかなかうまく解明し得なかった疑問の数々をかなりの部分に亘って氷解させている。なるほどホーソーン文学は、短編といわず長編といわず、みなひとくせある「代父」的人物像が幅を利かせており、その存在感の前にうぶな青年が煩悶したり破滅したりする世界だと言えよう。そうした世界は『ロウジャー・マルヴィンの埋葬（"Roger Malvin's Burial"）』や『僕の親戚モリヌー少佐（"My Kinsman, Major Molineux"）』などに始まり、『ラパチニの娘（"Rappaccini's Daughter"）』や『美の芸術家（"The Artist of the Beautiful"）』などを経て、『緋文字（*The Scarlet Letter*）』や『七破風の家（*The House of the Seven Gables*）』などへと続き、さらには最晩年の未完小説『グリムショウ博士の秘密（*Doctor Grimshawe's Secret*）』にまでしっかりと続いている。若き日のマニング家での体験は、この作家の想像力に終生消えることのない影響力を及ぼしたのである。

発表以来十七年、このアーリッヒの研究はその輝きを失っていない。彼女が用いた資料の多くが一般にはアクセス不可能な特殊なもので、読者は容易に確認する手だてを持てないこと、推論に依存する部分が多いこと、叔父の影響力を強調する論述が度重なって少々「しつこい」ことなどは、本書のマイナス要因かもしれない。しかしそれにも拘らず、本書には着眼の見事さ、主題への強力な拘り、それに十分な説得力があり、いつしか読者は自分が、著者の張り巡らす蜘蛛の巣糸に絡め取られていることに気づかざるを得まい。特に、『グリムショウ博士の秘密』を扱った議論（第五章）は圧巻とも言え、これまで先行研究が乏しいだけに、ホーソーン研究への貴重な貢献であることは間違いない。

なお著者アーリッヒはプリンストン大学出身で、ニュージャージー州ラトガーズ大学のダグラス・カレッジ（Douglass College）やペンシルヴァニア州ディキンスン・カレッジ（Dickinson College）などで教鞭を取るかたわら、『ナサニエル・ホーソーン・ジャーナル（*Nathaniel Hawthorne Journal*）』、『ニューイングランド・クォータリー（*New England Quarterly*）』、『十九世紀小説（*Nineteenth-Century Fiction*）』、それに『アメリカン・ルネサンス研究（*Studies in the American Renaissance*）』など権威ある学術研究誌にホーソーンに関する優れた論文を多数寄稿してきている。

翻訳について一言すれば、これは当初丹羽、大場、中村の三人がそれぞれ持ち分を決めて始めたものだが、作業が進み、互いに原稿を交換するうち各人の担当区分はかなり不明確なものとなった。最終的な調整等は丹羽が行ったが、基本的には全体が三者の共同訳と言うのが適切であろう。微力は尽くしたものの、まだまだ不備な点が多々残っているかもしれない。大方のご教示、ご叱正を賜れば幸いである。

最後になったが、出版に際してひと方ならぬお世話に預かった開文社出版の安居洋一氏に厚く御礼申し上げたい。

平成十三年四月　訳者代表　丹羽隆昭

# 訳者紹介

丹《に》羽《わ》隆《たか》昭《あき》　一九四四年　愛知県生まれ
京都大学総合人間学部教授、京都大学大学院博士課程修了
主な著訳書：『恐怖の自画像――ホーソーンと「許されざる罪」』（英宝社）、『アメリカ文学史――付・主要作家作品概説』（共著・英宝社）、『英米文学用語辞典』（編訳、ＮＣＩ）、ルーシー・マドックス『リムーヴァルズ』（監訳・開文社出版）など。

大《おお》場《ば》厚《あつ》志《し》　一九五五年　愛知県生まれ
東海学園大学人文学部助教授、南山大学大学院博士課程修了
主な著訳書：『読みのパノラマ――英米文学論集』（共著・こびあん書房）、ルーシー・マドックス『リムーヴァルズ』（共訳・開文社出版）、「グロテスクな影のダンス――『ウェイクフィールド』の結末をめぐって――」（日本ナサニエル・ホーソーン協会『フォーラム』第七号）など。

中《なか》村《むら》栄《えい》造《ぞう》　一九五九年　岐阜県生まれ
名城大学理工学部助教授、南山大学大学院博士課程修了
主な著訳書：『読みのパノラマ――英米文学論集』（共著・こびあん書房）、ルーシー・マドックス『リムーヴァルズ』（共訳・開文社出版）、「『ヤング・グッドマン・ブラウン』、ファンタスマゴリア、そして想像力の問題」（日本ナサニエル・ホーソーン協会『フォーラム』第六号）など。

# 索　引

## あ行

『痣（"The Birthmark"）』 166
アニー・ホーヴェンデン　Annie Hovenden 『美の芸術家（"The Artist of the Beautiful"）』 99, 222, 232-33, 236
『アメリカ実用面白知識誌（*American Magazine of Useful and Entertaining Knowledge*）』 15, 145
『アメリカ人名辞典（*The Dictionary of American Biography*）』: ～中の叔父ロバート・マニング（Uncle Robert Manning）の記事　72
アリス・ドウン　Alice Doane 『アリス・ドウンの訴え（"Alice Doane's Appeal"）』 190
『アリス・ドウンの訴え（"Alice Doane's Appeal"）』 160-61, 189-91, 254

イーキン, ポール・ジョン　Paul John Eakin　56注1
依存　39, 48, 49, 64, 124-25, 129, 204
イーディス　Edith 『白衣の老嬢（"The White Old Maid"）』 161-62
イルブラヒム　Ilbrahim 『優しい少年（"The Gentle Boy"）』 132-36, 171
院長　Warden 『グリムショウ博士の秘密（*Doctor Grimshawe's Secret*）』 274, 275, 284, 285
隠遁, 引き籠もり：姉エベ（Ebe）と～ 118, 148-49, 153；ソファイア（Sophia）の神経衰弱と～ 169, 172；ネッド（Ned『グリムショウ博士の秘密（*Doctor Grimshawe's Secret*）』）と～ 266；ホーソーンと～ 136-42, 173, 266；ホーソーン夫人（Madame Hawthorne）と～ 114-18

『ウェイクフィールド（"Wakefield"）』 139-41
ウェスタヴェルト　Westervelt 『ブライズデイル・ロマンス（*The Blithedale Romance*）』 163-64
ウェルシュ, アレクサンダー　Alexander Welsh　139, 140
ウォルター・ブローム　Walter Brome 『アリス・ドウンの訴え（"Alice Doane's Appeal"）』 190
ウスター, ジョウゼフ　Joseph Worcester　76

『英国日記（*English Notebooks*）』 279
エイルマー　Aylmer 『痣（"The Birthmark"）』 166, 227
エディプス的欲望　166-67
エベ　Ebe　ホーソーン, エリザベス　Elizabeth Hawthorne（姉エベ Ebe）の項参照
エマスン, ラルフ・ウォルドー　Ralph Waldo Emerson　214, 215, 279, 283
エリクソン, エリク・H　Erik H. Erikson　5-6, 7-8注, 9, 55, 113, 138, 142注, 206, 208
エルシー　Elsie 『グリムショウ博士の秘密（*Doctor Grimshawe's Secret*）』 257, 259, 262, 263, 264, 286, 291, 292
園芸学　horticulture：巡礼者兼恩給

受給者の性格分析と～　281-83；『雪人形（"The Snow Image"）』の梨の木と～　230；ロバート・マニング（Robert Manning）と～　72-75；ロバート・マニングとピンチョン判事（Judge Pyncheon）の描写と～　238-40, 245

エンディコット総督　Governor Endicott　『メリーマウントの五月柱（"The Maypole of Merry-mount"）』　24, 26

オーウェン・ウォーランド　Owen Warland　『美の芸術家（"The Artist of the Beautiful"）』　232-37, 242

オサリヴァン，ジョン　John O'Sullivan　215

叔（伯）父的人物たち（実在及び文学上の）　20-24, 195-220；マニング家の叔（伯）父たちの名前の項も参照

男性同士の同衾：～に関するホーソーンの感情　204-10；ホーソーンと叔父ロバート・マニング（Uncle Robert Manning）と～　119, 127, 201 注, 204-10

オフィーリア　Ophelia　『ハムレット（*Hamlet*）』　167

オベロン　Oberon　『原稿の中の悪魔（"The Devil in Manuscript"）』　25

オールド船長　Auld, Captain, 194

オルコット，ブロンソン　Bronson Alcott, 214, 279, 283

恩給受給者　Pensioner　『グリムショウ博士の秘密（*Doctor Grimshawe's Secret*）』　275；～の善意に対する両面価値的《アンビヴァレントな》感情　277-85

## か行

ガイアン卿　Sir Guyon　『妖精の女王（*The Faerie Queene*）』　255-56, 278, 293

科学者たち　165-66；叔父ロバート・マニング（Uncle Robert Manning）の園芸学への興味と～　226-28；シンボル（象徴）としての～　252

過去と未来　258-61

学校教育　教育の項参照

『果実の本（*Book of Fruits*）』（ロバート・マニング Robert Manning 著）　73

鍛冶屋　224, 234

果樹栽培法　pomology　園芸学の項参照

家族集合体（構成）：～の重心としてのホーソーンの母親　108-18；パール（Pearl『緋文字（*The Scarlet Letter*）』）の父親探求と～　46-48；ホーソーンと～　48, 57 注 1, 64-65

家族と両親の分裂　132-36

寡婦暮らし　139, 140, 141, 163

カーライル，トーマス　Thomas Carlyle　147

感情生活の対立　119-20

監督官　Inspector　『税関（"The Custom-House"）』　38

ギベン博士　Doctor Gibben　『グリムショウ博士の秘密（*Doctor Grimshawe's Secret*）』　274

「基本的信頼」（母親の能力，エリクソン）　113, 206

キャサリン Catharine（イルブラヒム Ilbrahim の母親『優しい少年（"The Gentle Boy"）』）　132-36

ギャロウズ・ヒル　Gallows Hill　190
『旧牧師館の苔（*Mosses from an Old Manse*）』（1846）　16；～の分析　26-31；ホーソーンのエネルギーと～　35-36
教育：『グリムショウ博士の秘密（*Doctor Grimshawe's Secret*）』における～　264-65；ホーソーンの～　21, 75-76, 81-84, 86-87, 120, 122-24, 130, 137
兄弟殺し　190
『強迫観念の論理（"The Logic of Compulsion"）』（クルーズ Crews）　198
規律と浮かれ騒ぎの対立　24-26
「疑惑」：エリクソンのライフ・サイクル理論の～　208
近親相姦　228；『アリス・ドウンの訴え（"Alice Doane's Appeal"）』と～　160, 190；『グリムショウ博士の秘密（*Doctor Grimshawe's Secret*）』と～　290, 291, 292, 294；公衆の面前での恥辱と～　210；ニコラス・マニング（Nicholas Manning）と～　62-63；ホーソーンと姉エベ（Ebe）と～　155-59, 167
金髪の詰まった頑丈な箱　『グリムショウ博士の秘密（*Doctor Grimshawe's Secret*）』　293-94, 303

蜘蛛　252, 290
蜘蛛の巣　305；後見人の～に絡め取られる　261；死と～がびっしりと張った家　263；呪縛の象徴としての～　269-72
クリフォード Clifford　『七破風の家（*The House of the Seven Gables*）』　241-43
『グリムショウ博士の秘密（*Doctor Grimshawe's Secret*）』（未完のロマンス）：後見人像に対する両面価値的《アンビアレントな》感情と～　261-75；後見人に対する本当の感情と～　266-69；過去と未来の緊張と～　258-61；呪縛状態と～　254, 269-73；巡礼者兼恩給受給者の善意に対する両面価値的感情と～　277-85；精神的な自己呪縛と～　299-307；探求のテーマと自伝的要素と～　251-52, 260-61, 269, 305, 307；「血塗られた足跡」のシンボリズムと～　285-94；分化する代父像と～　275-76, 294-98；ホーソーンと後見人たちと～　202-04
クルーズ，フレデリック　Frederick Crews　114, 135, 198, 228-29, 249 注 9

結婚：『ウェイクフィールド（"Wakefield"）』における～　140-41；叔父ロバート・マニング（Uncle Robert Manning）の～　68, 90-91, 136；ホーソーンの～　150-52, 168-75；ホーソーンの結婚相手の選択　168-71
ケニヨン　Kenyon　『大理石の牧神（*The Marble Faun*）』　174
権威　131, 173, 202；父と～との同一化　37-38；～に関する混乱　183-84；（ホーソーンの子供時代の）～を表す多様な人物たち　65-66
原光景《プライマル・シーン》に関する考察　164-65
『原稿の中の悪魔（"The Devil in Manuscript"）』　25

後見人たち：相反する感情と～　202-03；叔父ロバート・マニング（Uncle

Robert Manning）と〜に対する感情 265-69；『旧牧師館の苔（*Mosses from an Old Manse*）』と〜26-28；巡礼者兼恩給受給者の善意に対する両面価値的《アンビヴァレントな》感情と〜 277-85；精神的な自己呪縛の主題と〜 299-307；〜に対する本当の気持ち 266-69；〜に対する両面価値的な感情 261-75；分身《ドッペルゲンガー》としての〜 19；「物語作家」（the Story Teller ）と〜 18-19, 220, 226；代父の項も参照
公衆の面前での暴露（公衆の面前での恥辱） 210-12, 218-19
公職 48-50
子殺し 198
『古典アメリカ文学の研究（*Studies in Classic American Literature*）』（D・H・ロレンス D. H. Lawrence） 208
子供たちの目から見たマニング家の生活 86-88
コール家 Cole family （姉エベ Ebe が下宿したマサチューセッツ州モントセラトの〜） 149
コンコード Concord 132, 153

## さ行

財政 finances 2, 91-94
サイラス・ボーン Cyrus Bourne 『ロウジャー・マルヴィンの埋葬（"Roger Malvin's Burial"）』 198, 200-1, 300
『三重の運命 （"The Threefold Destiny"）』 54-55, 141-42
サンドキスト，エリック・J Eric J. Sundquist 164-65, 177 注 33
サンプクッション牧師 Parson Thumpcushion 『物語作家（"The Story Teller"）』 17-18, 203, 220, 226

死：妹マリア・ルイーザ（Maria Louisa）の〜 112；エロティックな終焉としての〜 298-99；叔父ロバート・マニング （Uncle Robert Manning）の〜 75, 192, 195-96, 232；叔父サミュエル・マニング（Uncle Samuel Manning）の〜 21, 71；叔母マリア・ミリアム（Maria Miriam）の〜 68, 71, 95-96；確認されていない〜の恐怖 71；過去への再生と〜 277；『グリムショウ博士の秘密 （*Doctor Grimshawe's Secret*）』と蜘蛛の巣がびっしりと張った家のシンボリズムと〜 263；創作力と両親の〜 50；『大理石の牧神（*The Marble Faun*）』と〜 53-54；ティクナー（Ticknor）の〜 218；〜との接触が人生を拡大させる影響力 52-53；『七破風の家（*The House of the Seven Gables*）』と祖先の系譜と〜 237-48；〜へのホーソーンの恐怖 9, 11；ホーソーンの〜 22, 154；ホーソーンの父親の〜 13, 50, 64, 109, 114, 175, 181-94, 203, 219-20；ホーソーンの妻ソファイア（Sophia）の〜 154；ホーソーンの母親の〜 2-4, 13, 31-34, 50, 118, 149；本物と象徴的な形の〜 3；埋葬されていない死体と〜 189, 191, 193, 196-200；マニング家の祖父の〜 71, 72；マニング家の祖母の〜 136；ライフ・ストラクチャーと〜 6-8
シアーズ，フレデリック・C Frederick C. Sears 73

自意識　207, 208
シェイカー教団（徒）　209
ジェイクス，エリオット　Elliot Jaques　33
自己監禁　呪縛の項参照
自己に対する過小評価　16, 30-31, 85
自殺 304；～の幻想　162；部分的～　190
『死者の妻たち（“The Wives of the Dead”）』　184
『七人の風来坊（“The Seven Vagabonds”）』　22
『七破風の家（*The House of the Seven Gables*）』（1851）　5, 258；過去の重圧と～　192-93；～の分析　237-48；ホーソーンに内在する流動と定着の間の緊張関係と～　173-74
失敗, 失格　failure　11-12, 26
写真術　244
収税官　Collector　（『税関（“The Custom-House”）』）38, 40
銃による怪我　126-27, 201 注
執念深さ　147-48
呪縛　254, 269-72；自己（精神）の～　299-307
巡礼者兼恩給受給者　Palmer-Pensioner　恩給受給者の項参照
『少年少女向けのタングルウッド物語（*Tanglewood Tales for Girls and Boys*）』（1853）　5
『少年少女向けのワンダー・ブック（*A Wonder-Book for Girls and Boys*）』（1852）　5
ジョイス，ジェイムズ　James Joyce　255
ジョヴァンニ　Giovanni　『ラパチーニの娘（“Rappaccini's Daughter”）』　160, 222, 227
女性：家庭中心の女性登場人物としての～　173-74；作家としての～　147-48；ソファイア（Sophia）とホーソーンの～に対する印象　170-72；～に対する執念深さ　147
女性作家たち：～に関するホーソーン　147-48；女性の項も参照
女性像《アニマ》としてのソファイア（Sophia）　170
ジョンスン，サミュエル　Samuel Johnson　218-20
『人生の四季（*The Seasons of a Man's Life*）』（レヴィンソン Levinson）　5
シンプスン，クロード・M　Claude M. Simpson　256
シンボリズム（象徴化）：アメリカとイギリスの～　259；科学者の～　252；蜘蛛と蜘蛛の巣の～　252, 261, 263, 269-72, 290, 305；死と～　3, 263；植物の～　75, 226；政治の～　36；「血塗られた足跡（Bloody Footstep）」の主題の～　252, 274, 276, 285-94；蝶の～（アレゴリー）　234, 237；両親と子供たちの扱いと～　41-49

スチュアート，ランダル　Randall Stewart　114
ストウ，ハリエット・ビーチャー　Harriet Beecher Stowe　155-56
ストダード，ヘンリー　Henry Stoddard　120, 137, 138
『スペクテイター（*The Spectator*）』（ホーソーンと妹ルイーザによって発行された新聞）229
スペンサー，エドマンド　Edmund Spenser　252, 254, 255, 278, 287, 303

スミス，L・ニール　L. Neal Smith　256

『税関（“The Custom-House”）』（『緋文字（*The Scarlet Letter*）』の序文）　2, 18, 31, 37-38, 62；『旧牧師館の苔（*Mosses from an Old Manse*）』と〜　27；ホーソーン夫人の死と〜　34-5；両親と子供と〜　42-43

税関：ボストン（Boston）　15, 31；伯父ウィリアム・マニング（Uncle William Manning）と〜　93；セイラム（Salem）での失職（1849）　50；ホーソーンが〜での仕事を失った後のソファイア（Sophia）の内職　171

生産性，生成（エリクソン的な意味での）　39, 52

成人の発達　5-10，55；発達に関するエリクソンの理論の項も参照

性的経験：黒髪の女性たちと曖昧な〜　163-64

性的象徴　287-94

性に対する態度：『ハムレット（*Hamlet*）』とホーソーンの〜　166-67；ラパチニの実験と〜　228

セイラム　Salem　3, 4, 16, 36, 41, 43, 63, 66, 86, 87, 117；ホーソーンの「誕生の地」としての〜　3-4；レイモンド Raymond　（メイン州 Maine）と〜の間での生活の分裂　119-36

『セイラム年代記（*Annals of Salem*）』（フェルト Felt 著）　62, 161

ゼノビア　Zenobia　『ブライズデイル・ロマンス（*The Blithedale Romance*）』　163-64, 222-23

『セプティミアス・フェルトン（*Septimius Felton*）』　254, 256

創作活動と実利的な「実業家」の理想との対立　13-26, 97-101, 128, 229-37, 241-42；創作力の項も参照

創造力：語り手と『物語作家（“The Story Teller”）』と〜　17-20；実利性対〜　229-37；創造と破壊との対立　32-35；停滞と〜　39；出遅れたという意識と〜　12-13；〜とホーソーンの創作エネルギー　1-2, 5-7, 35；〜と両親の死　50-52；ライフ・ストラクチャーと〜　7-8；創作活動と実利的な「実業家」の理想との対立の項も参照

『相続権請求のアメリカ人・草稿集（*American Claimant Manuscripts*）』（センテナリ版第十二巻，『祖先の足跡（*Ancestral Footstep*）』及びグリムショウの草稿 Grimshawe manuscripts を含む）　308 注 5

『祖先の足跡（*The Ancestral Footstep*）』（未完のロマンス）　252, 275

## た

ダイキンク，エヴァート　Evert Duyckinck　30

ダイク，ジョン　John Dike　（叔母プリシラ・マニング Aunt Priscilla Manning の夫）　68, 84, 85, 92, 93

ダイク，プリシラ・マニング　Priscilla Manning Dike（叔母）　マンニング，プリシラ　Priscilla Manning（叔母，ジョン・ダイク John Dike 夫人）の項参照

代父　father-surrogate：『グリムショ

ウ博士の秘密（*Doctor Grimshawe's Secret*）』と分化した～たち 275-76, 294-98；～としての叔父ロバート・マニング（Uncle Robert Manning） 201-02
『大望の客（"The Ambitious Guest"）』 10-11
『大理石の牧神（*The Marble Faun*）』（1860） 171, 174, 252；～における禁じられた黒（髪）の女性たち 160；死と～ 53-54
男性性（男らしさ）masculinity 14, 40, 84, 99, 123-25, 183, 202, 214, 215, 264-65

父親殺し 190, 244
「血塗られた足跡（Bloody Footstep）」（伝説）252, 274, 276 ；～と『グリムショウ博士の秘密（*Doctor Grimshawe's Secret*）』におけるシンボリズムと～ 285-94
中年変遷期（ダニエル・J・レヴィンソン Daniel J. Levinson の理論） 32-33, 35, 38-39
蝶（～のアレゴリー） 234, 237

罪：ホーソーンの～意識 164

デイヴィッドスン，エドワード Edward Davidson 256, 279, 283
ディキンスン，エミリー Emily Dickinson 246注
ティクナー，ウィリアム・D William D. Ticknor 93, 146, 215, 216, 218
停滞と創造力 39
ディムズデイル Dimmesdale 『緋文字（*The Scarlet Letter*）』 45, 46, 211-12, 221, 254
ディングリー，スザンナ Susannah Dingley（後の叔父リチャード・マニング Uncle Richard Manning の妻） 68
転位の感覚 260-61；家庭の概念と～ 131-32；「路傍（The Wayside）」の所有と～ 22, 132
『伝記物語（*Biographical Stories for Children*）』（1863） 219

登場人物たちの名前 142-43 注
同性愛 homosexuality 204-06；叔父ロバート・マニング（Uncle Robert Manning）とホーソーン 204-06；メルヴィル（Melville）とホーソーンの関係と～ 224
ドーカス・マルヴィン Dorcas Malvin 『ロウジャー・マルヴィンの埋葬（"Roger Malvin's Burial"）』 198, 199, 221-22
時：過去と未来と～ 258-61；ホーソーンの～の感覚 40-42
ドナテロ Donatello 『大理石の牧神（*The Marble Faun*）』 222
トバイアス・ピアスン（Tobias Peason）と妻ドロシー（Dorothy）『優しい少年（"The Gentle Boy"）』 133-36
ドライデン，エドガー・A Edgar A. Dryden 308注1
囚われ人としてのネッド・エサレッジ（Ned Etherage）『グリムショウ博士の秘密（*Doctor Grimshawe's Secret*）』 296-97, 299-307
『トワイス・トールド・テイルズ（*Twice-told Tales*）』（1837） 15, 19,

323 索引

213

## な行

内面的な時刻表（大人の人生行路） 8-9, 12, 34, 235

『ナサニエル・ホーソーン ── 個人的思い出（*Personal Recollections of Nathaniel Hawthorne*）』（ブリッジ Bridge） 115

『懐かしの故国（*Our Old Home*）』（1863） 218, 219

人間の発達（発達段階） 206；発達に関するエリクソンの理論の項も参照

ネッド・エサレッジ Ned Etherege 『グリムショウ博士の秘密（*Doctor Grimshawe's Secret*）』：撃たれる～ 276, 277；～の子供時代を描く草稿 261-75；探求の主題と～ 253, 255-56；「血塗られた足跡（Bloody Footstep）」と～ 285-94；囚われ人としての～（呪縛の主題） 296-97, 299-307；放浪するアメリカ人としての～ 258-60；～の両面価値的《アンビヴァレントな》感情 284, 285

覗き趣味 voyeurism 164-65, 210-11, 214, 242, 289, 292

ノーマン，ジャン Jean Normand 114

## は行

バイロン卿，ジョージ・ゴードン Lord George Gordon Byron 155

『破棄された作品の断章（"Passages from a Relinquished Work"）』 17, 19

『白衣の老嬢（"The White Old Maid"）』 161-62

恥：～に関するエリクソンの理論 206-07；叔父ロバート（Uncle Robert）と～ 208；～における攻撃 210；他者による観察と～ 208；『緋文字（*The Scarlet Letter*）』と～ 210-12

発達に関するエリクソンの理論 55, 206

バーナム，アイザック Isaac Burnham 67

母親と息子の比喩的表現：『優しい少年（"The Gentle Boy"）』の分析 132-36

母親の欠如 262

母親の存在と父親の欠落 43

母方の家系 61-63

『ハムレット（*Hamlet*）』：『緋文字（*The Scarlet Letter*）』と～ 166-68

パール Pearl 『緋文字（*The Scarlet Letter*）』 133, 212；小説の結末と～ 51；父親の探求と～ 43-48；ホーソーンの子供時代との類似 46-48；～のモデルとしてのユーナ（Una） 54

パルフレイ，マーガレット・マニング Margaret Manning Palfray（近親相姦で告発されたマニング家の祖先） 62

ピアス，フランクリン（大統領） President Franklin Pierce 5, 93, 215, 216-18

『ピーター・パーレーの万国史（*Peter Parley's Universal History*）』（1837） 145

ピーター・ホーヴェンデン Peter

Hovenden 『美の芸術家（"The Artist of the Beautiful"）』 224, 232, 233, 234
『美の芸術家（"The Artist of the Beautiful"）』 232-37, 241-42
ピーボディー，エリザベス・パーマー Elizabeth Palmer Peabody（義姉） 97, 109, 114, 144, 151, 168-69
ピーボディー家 Peabody family 149
ピーボディー，ソファイア・アメリア Sophia Amelia Peabody ホーソーン，ソファイア・ピーボディー Sophia Peabody Hawthorne（妻）の項参照
秘密主義：家族間の手紙と～ 128, 130, 144；ホーソーンの姉エベ（Ebe）と～ 147
『緋文字（*The Scarlet Letter*）』（1850） 19, 27, 32, 54, 221；公衆の面前での恥辱と～ 210-12；死と和解と～ 50-52；～における『ハムレット（*Hamlet*）』への言及 166-67；パール（Pearl）の父親の探求と～ 44-48；ヘスター（Hester）とパールと～の結末 51-52；ホーソーンの作品生産力と～ 2-3；ホーソーン夫人（Madame Hawthorne）の死と～ 34-35
病弱：ソファイア（Sophia）と～ 168, 172；ホーソーンの母親と～ 110-11, 121；ユーナ（Una）のマラリアと～ 53-54
ヒルダ Hilda 『大理石の牧神（*The Marble Faun*）』 174
ピンチョン判事，ジャフリー Judge Jaffrey Pyncheon 『七破風の家（*The House of the Seven Gables*）』 225, 239-40, 241, 242, 245-46, 248；父親的人物像としての～ 238

ファミリー・ロマンス 307
『ファンショウ（*Fanshawe : A Tale*）』（1828） 10, 14, 15
フィービー Phoebe 『七破風の家（*The House of the Seven Gables*）』 173, 240, 241, 244, 248
フィールズ，ジェイムズ・T James T. Fields 121, 147, 215, 216, 253
フェイス・エジャートン Faith Egerton 『三重の運命（"The Threefold Destiny"）』 142
フェルト，ジョウゼフ・B Joseph B. Felt 『セイラム年代記（*Annals of Salem*）』 62, 161
『二人の寡婦（"The Two Widows"）』 184-89
フラー，マーガレット Margaret Fuller 214
『ブライズデイル・ロマンス（*The Blithedale Romance*）』（1852） 5；～の分析 222-26；ホーソーンの子供時代と～ 163-65
プライバシー 209-10
ブラウニング，ロバート Robert Browning 256, 307
ブラスウェイト（Brathwaite）の主人 『グリムショウ博士の秘密（*Doctor Grimshawe's Secret*）』 275, 289-90, 294, 295, 296, 297, 298
ブラッドフォード，ジョージ George Bradford 279-81, 283
ブランズウィック Brunswick （メイン州 Maine） 90

フランゾーサ，ジョン　John Franzosa　56 注 1

プリシラ　Priscilla　『ブライズデイル・ロマンス（*The Blithedale Romance*）』　163-64, 222

ブリッジ，ホレイショ　Horatio Bridge　15, 212-13；ホーソーン家の孤立した家族像と～　115；ホーソーンの自己不信と～　212-13；リヴァプール（Liverpool）領事職と～　217

ブルック・ファーム　Brook Farm（ユートピア共同体）　15, 100

フロイト，ジークムント　Sigmund Freud　9, 50

ベアトリーチェ　Beatrice　『ラパチニの娘（"Rappaccini's Daughter"）』　159-60, 222, 228

ベイム，ニナ　Nina Baym　19-20, 56 注, 114, 175 注 3, 179 注 58

ヘスター・プリン　Hester Prynne　『緋文字（*The Scarlet Letter*）』　41, 43, 132, 133, 162, 167, 188；公衆の面前での恥辱と～　210-11, 212；孤独な母親としての～　43；小説の結末と～　51-52；パール（Pearl）の父親探求と～　44-48

ヘプジバー　Hepzibah　『七破風の家（*The House of the Seven Gables*）』　243

ベリンガム知事　Governor Bellingham『緋文字（*The Scarlet Letter*）』　47

ボウドン大学　Bowdoin College　13, 84, 129-30, 137；教育の項も参照

ホーソーン，ウィリアム　William Hathorne（ホーソーンの祖先）　61, 62

ホーソーン，エリザベス　Elizabeth Hawthorne（姉エベ Ebe）　9, 82, 91, 167, 171, 188, 285；～の隠遁（引き籠もり）　115, 116, 148-49；叔父ロバート・マニング（Uncle Robert Manning）の文章と～　74；家族の正常さと～　114；～の感受性　98；近親相姦と～　155-59, 160-63, 167；セイラム（Salem）への帰還と～　119；ソファイア（Sophia, ホーソーンの妻）と～　151-55；～の伝記的スケッチ　144-58；母親の隠遁と～　118；母の母親としての流儀と～　112；ホーソーンの足の怪我と～　77；ホーソーンとの共同編集と～　145-46；ホーソーンの無批判な受容と～　107；マニング家の祖母と～　66-67；マニング家の雰囲気と～　87-89；レイモンド（Raymond, メイン州 Maine）と～　122, 129

ホーソーン，エリザベス・クラーク・マニング　Hawthorne, Elizabeth Clarke Manning（母親，ホーソーン夫人 Madame Hawthorne）　68-69, 85-87, 96, 126, 174；～の隠遁　114-17；家計と～　91；組合教会への参加　117；子供の教育と～　75；～の死　2-4, 13, 33-34, 50, 118, 149；～のために弟が家を建てる　80；～の伝記的なスケッチ　108-18；母親としての流儀　112-13；母親の役目の委任と～　65, 119-20, 135；ホーソーンが抱いた処女的なイメージと～　170；ホーソーンの結婚と～　151-52；ホーソーンの無批判な受容と～　107；

〜のマニング（Manning）家における立場　64；レイモンド（Raymond, メイン州 Maine）対セイラム（Salem）と〜　119-36
ホーソーン，ジュリアン Julian Hawthorne（息子）　117, 209, 214, 216, 256, 261；伯母エベ（Aunt Ebe, エリザベス・ホーソーン Elizabeth Hawthorne）と〜　151, 154, 158；ソファイア（Sophia）が置き換わる夢と〜　157-58；ホーソーンの隠遁と〜　138；ホーソーンの伝記と〜　147；ホーソーンの根無し草性と〜　131；ホーソーン夫人（Madame Hawthorne）の母親としての流儀と〜　114
ホーソーン，ジョン John Hathorne（ホーソーンの祖先）　63
ホーソーン，ソファイア・ピーボディ Sophia Peabody Hawthorne（妻）：夫への無批判の受容　107；〜の婚約と結婚　151-53, 168-73；〜の死　154；〜の神経衰弱的な引き籠もり　169, 172；ホーソーンを芸術家と見なすことと〜　100；ホーソーンとホーソーン夫人（Madame Hawthorne）の正常さと〜　114-15；ホーソーンの姉エベ（Ebe）と〜　150-51, 152-55；ホーソーンの隠遁と〜　138；ホーソーンの仕事量と〜　2；ホーソーン夫人の隠遁と〜　115-17
ホーソーン，ナサニエル　Nathaniel Hawthorne：足の怪我と〜　75-77；生きるという主題と〜　9-11；依存（癖）と〜　48, 49, 64, 124-25, 204；隠遁と〜　14, 136-42, 173, 266；エディプス的欲望と〜　116, 200-01, 228-29, 300；（実在および文学上の）叔父的人物たちと〜　195-220；男らしさ（男性性）と〜　13-14, 40, 84, 99-100, 124-25, 172, 183, 202, 214, 215, 264-65；家族構成と母親と〜　57 注 1, 108-18；家族構成と〜　48, 64-65, 205；家族の敬虔さと〜　90-91；家族の財政と〜　91-93；家族の無批判な〜の受け入れ　107；家庭と家族の分裂と〜　132-36；家父長的人物たちに振るわれる権威　37-38；感情生活の分裂と〜　119-20；旧牧師館と〜　26-31；規律と浮かれ騒ぎの対立と〜　24-26；『グリムショウ博士の秘密（*Doctor Grimshawe's Secret*）』における母親の喪失と〜　262-63；〜の芸術愛好的性質（芸術的創造力）とブルジョア的性質（「実業家」）の対立　13-14, 15-19, 20-21, 22-25, 31, 98-101, 128, 229-37, 241-42, 265-66；公衆の面前での暴露と〜　211, 212-14, 218-19；公職と〜　48-50；子供の目から見たマニング（Manning）家の生活と〜　85-89；財政と〜　2；自己と世界との絆（生成）を伝えることと〜　52；自己に対する過小評価　16, 30-31, 85；自己についての逆説的感覚と〜　266；実際的な人々への信頼　215-16；失敗（失格）の感覚と〜　12, 26-28；失敗の夢と〜　12；死と〜　2-3, 7, 9, 11, 50-54, 71, 184-90, 191-94, 195-201, 218, 263, 277, 298-99；死の感覚と〜　31-35；死の恐怖と〜　9, 11；自立願望と〜　128；創造エネルギーと〜　1-6；ソファイア（Sophia）が置き換わる夢と〜　156-58；父親の位置の強奪

166-67, 199-200；父親の帰還への恐怖と～ 273；父親の死と～ 50, 109, 113, 175, 181-94, 203, 219；父親の探求と～ 43-48；父と～の重ね合わせ 37；罪意識と～ 164, 165；停滞と創造力 39；転位の感覚と～ 131, 260；時の感覚と～ 40-41；内面的な時刻表と～ 8, 12-13, 34, 235；覗き趣味と～ 164-65, 210-11, 214, 242, 289, 292；母親の役割を譲渡する母 65, 117, 135, 174；母方の家系と～ 61-63；母の死と～ 2-5., 13, 31-35, 50, 118；人から裁かれることへの恐怖と～ 84-85, 212；マニング家とホーソーン家の混合 64-71；マニング家の教養と文学的性向と～ 93-101；友情と～ 215-17；ユーナ（Una）の病気と回復と～ 54；ライフ・ストラクチャーと～ 6-8；両親や子供たちの象徴的な扱いと～ 42-48；レイモンド（Raymond, メイン州 Maine）とセイラム（Salem）との間での生活の分裂 119-36；『グリムショウ博士の秘密（*Doctor Grimshawe's Secret*）』の項, 教育の項, マニング, ロバート Robert Manning（叔父）の項, ホーソーン家およびマニング家の各人員の名前の項も参照

ホーソーン, マニング Manning Hawthorne（ひ孫） 136

ホーソーン, マリア・ルイーザ Maria Louisa Hawthorne（妹ルイーザ Louisa） 88, 97, 120, 125, 148, 167, 195, 229；イーディス（Edith『白衣の老嬢（"The White Old Maid"）』）のモデルとしての～ 162；叔父ロバート・マニング（Uncle Robert Manning）との関係と～ 80-82, 83, 265；～の死 112；～のスケッチ 143-44；ソファイア（Sophia）（ホーソーンの妻）と～ 115, 152；ホーソーンの無批判な受容と～ 107；ホーソーン夫人（Madame Hawthorne）の母親としての流儀と～ 112

ホーソーン, ユーナ Una Hawthorne（娘） 116, 117, 232, 256；パール（Pearl『緋文字（*The Scarlet Letter*）』）のモデルとして 54；ホーソーン夫人（Madame Hawthorne）の死と～ 34；ホーソーン夫人の母親としての流儀と～ 113；マラリアと～ 53, 154

ホーソーン, ローズ Rose Hawthorne（娘） 150

ホーソーン船長, ナサニエル（父親） Captain Nathaniel Hathorne：エリザベス・クラーク・マニング（Elizabeth Clarke Manning）との結婚 109；～の帰還を巡る恐怖 273；～と自分との重ね合わせ 37；～の探求 43-48；ホーソーンと～の死 50, 64, 175, 181-94, 203, 219-20

『ホーソーンの作家経歴の形成（*The Shape of Hawthorne's Career*）』（ベイム Baym） 19

ホーソーン夫人 Madame Hawthorne ホーソーン, エリザベス・クラーク・マニング（母親, ホーソーン夫人）の項参照

『ホーソーンの生涯（"Lives of Hawthorne"）』（ウェルシュ Welsh） 142 注

ポートソウケン博士 Doctor Portsoaken『セプティミアス・フェ

ルトン（*Septimius Felton*）』 *254*
ホランド，ノーマン Norman Holland：～による「自己同一化《アイデンティティー》の主題」の定義 xxii-xxiii
ホリングズワース Hollingsworth『ブライズデイル・ロマンス（*The Blithedale Romance*）』 *163-64*；～の自己中心性と誘惑 *222-23*；メルヴィル（Melville）と～ *224-26*
ホールグレイヴ Holgrave『七破風の家（*The House of the Seven Gables*）』 *173, 193, 240-41, 243-44, 248*

## ま行

埋葬されていない死体 *189, 190, 191, 193, 196-201*；死の項も参照
マイルズ・カヴァデイル Miles Coverdale『ブライズデイル・ロマンス（*The Blithedale Romance*）』 *163-64, 165*
マーガレット Margaret『二人の寡婦（"The Two Widows"）』 *184-89*
『マクベス（*Macbeth*）』 *246*
マシュー・モール Matthew Maule『七破風の家（*The House of the Seven Gables*）』 *238, 243*
マニング，アンスティス Anstiss Manning *62*
マニング，ウィリアム William Manning（伯父） *69*；財政と～ *92-93*；～へのホーソーンの好意 *93*；～へのホーソーンの労働 *69, 97-98, 99*
マニング，サミュエル Samuel Manning（叔父） *23, 69-70, 123, 136, 209*；財政と～ *92*；～の死 *21, 70*；ホーソーンの～に対する親密さ *21, 69-70*
マニング，ジョン John Manning（1812年の戦争で行方不明となった叔父） *69, 70-71, 193-94, 272*
マニング，スザンナ・ディングリー Susannah Dingley Manning *68*
マニング，ニコラス Nicholas Manning（近親相姦で告発された祖先） *61-62, 161*
マニング，プリシラ Priscilla Manning（叔母，ジョン・ダイク John Dike夫人） *65, 82, 86*；兄ロバート（Robert）・マニングに関わる苛立ちと～ *75, 77*；～の教養があり文学的な性質 *95-97*；財政と～ *92*；ホーソーンの教育と～ *75-77*；マリア（Maria）の死に関する手紙と～ *95-96*
マニング，マリア・ミリアム Maria Miriam Manning（叔母） *67, 68, 71, 95-96*
マニング，ミリアム・ロード Miriam Lord Manning（祖母） *66-67, 86, 92, 273*；～の死 *136*
マニング，メアリー Mary Manning（伯母） *65, 66, 67-68, 69, 86-87, 126, 136, 144*；弟ロバート（Robert）と～ *77-78*；～の組合協会への参加 *117*；財政と～ *92*；～の宣教師的熱意（についてのホーソーンのからかい） *90-91*；ホーソーンの教育と～ *75, 77, 122-23*；ホーソーン夫人（Madame Hawthorne）とレイモンド（Raymond, メイン州Maine）と～ *121-22*；～の読み物の好み *95*；両親と～ *67-68*

マニング，リチャード　Richard Manning（祖父）66；～の死　71, 72

マニング，リチャード　Richard Manning（叔父）70, 71, 125；～の足の不自由　70, 79；エベ（Ebe, ホーソーンの姉エリザベス）と～　145；弟ロバート（Robert）に関わる苛立ちと～　77, 78-80；～の教養があり文学的な性質　93-95, 97；財政と～　91-92；宗教と事業と～　90, 91；本好きと～　70, 97；レイモンド（Raymond, メイン州 Maine）と～　70, 71, 80, 121

マニング，レベッカ Rebecca Manning（叔父ロバート・マニング Uncle Robert Manning の妻）80, 95

マニング，レベッカ Rebecca Manning（叔父ロバート・マニング Uncle Robert Manning の娘）73-74；～のホーソーン家が正常だとする見解　114

マニング，ロバート Robert Manning（叔父）26, 91, 92, 95, 97, 152, 189；一族の事業と～　71-73；園芸学（果樹栽培法）horticulture（pomology）と～　72-75, 97, 226, 227, 229, 238-39；～の感受性と商売上の眼力　20-21；～の結婚　68, 90-91, 136；後見人に対するホーソーンの両面価値的《アンビヴァレントな》感情と～　265, 266-72；～の死　75, 192, 195-96, 232-33；「実業家」のモデルとしての～　14；実用性対創造性と～　229-37；～の性格と個性　72-85, 204-05；同性愛の仮定と～　204-06；ピューリタン的人物像としての～　23；ホーソーンの～との同衾　119, 126-27, 201 注, 204, 208；ホーソーンと親の権威と～　65；ホーソーンと家族構成と～　48；ホーソーンの教育と～　82-85, 86, 122-24, 130；ホーソーンの精神的自己呪縛の概念と～　299-307；ホーソーンの善意ある恩人としての～　285；ホーソーンへの文学的および個人的影響　201-02, 221-29；レイモンド（Raymond, メイン州 Maine）におけるホーソーンの銃と～　125-27, 201 注

マニング（Manning）家（の人々）13；家の中におけるあら探しの雰囲気と～　86；～の家系　61-63；家族構成と～　48, 64-65, 108-18；～の感受性と文学へのあこがれ　93-101；～の敬虔さ　89-91；財政と～　91-93；～の中産階級的家庭生活　25；ホーソーン家の子供たちから見た～　85-89；ホーソーンへの影響　102-03 注 5

マニング（Manning）家の敬虔さ　89-91；ホーソーンの母親と～　111

魔法使い（魔術師）の支配　254, 304-05

マン，トマス　Thomas Mann　23

ミリアム　Miriam　『大理石の牧神（*The Marble Faun*）』　222

無欠の概念（エリクソン的な）　8 注

夢想　191

メアリー　Mary　『二人の寡婦（"The Two Widows"）』　184-89

『メリーマウントの五月柱（"The Maypole of Merrymount"）』　24-25, 26

メルヴィル，ハーマン　Herman

Melville 209, 215, 216, 224, 226
メロウ，ジェイムズ James Mellow 204, 249-50 注 10, 250 注 23

『物語作家（“The Story Teller”)』 220, 226；叔父たちの影響と～ 23；創造者と創造力と～ 17-19
紋章（ホーソーン家の） 107, 162, 167

## や行

『優しい少年（“The Gentle Boy”)』(1829) 171；家族と両親の分裂と～ 132-36

友情 215-16
『雪人形（*The Snow-Image*)』(1851) 5
『雪人形（“The Snow-Image”)』：芸術性対物質主義の葛藤と～ 229-31
輸入品検査官ピュー氏 Surveyor Pue 『税関（“The Custom-House”)』 31, 38, 40, 41, 42, 167 注
夢：ソファイアが置き換えられた～ 156-59；魂の本能的感知としての～ 209；繰り返す～ 11
ユーファム，チャールズ・W Charles W. Upham 238
ユング，カール・グスタフ Carl Gustav Jung 32

『良い園芸家（*Bon Jardinière*)』(姉エベ Ebe によって翻訳された園芸の本) 74
『妖精の女王（*The Faerie Queene*)』（スペンサー Spencer） 254；ガイアン卿 Sir Guyon の項も参照

## ら行

ライフ・ストラクチャー 6-8
『ラパチニの娘（“Rappaccini’s Daughter”)』 150, 160, 222；「植物の姦淫」と～ 166；植物のシンボリズムと～ 226-29；ロバート・マニング（Robert Manning）の果樹栽培の実験と～ 226-29
ラルフ・クランフィールド Ralph Cranfield 『三重の運命（“The Threefold Destiny”)』 55, 141-42

リヴァプール（Liverpool）の領事職（1853-1857） 53, 217, 252
リフトン，ロバート・ジェイ Robert Jay Lifton 9, 52
良心の過度の几帳面さ 281
リンゼイ氏 Mr. Lindsey 『雪人形（“The Snow-Image”)』 230, 231

ルイーザ Louisa ホーソーン，マリア・ルイーザ Maria Louisa Hawthorne（妹ルイーザ）の項参照
ルーベン・ボーン Reuben Bourne 『ロウジャー・マルヴィンの埋葬（“Roger Malvin’s Burial”)』 191-92, 196-201, 220, 222

レイズロップ，ジョージ・パーソンズ George Parsons Lathrop 114, 148
レイモンド Raymond（メイン州 Maine） 66, 83, 91-92；セイラム（Salem）と～の間での生活の分裂 119-36；～におけるリチャード（Richard）の追放人感情 70, 72, 80；～に関するプリシラ（Priscilla）の手紙 96-97；ホーソーンと～ 87,

107, 125-27；ホーソーン夫人 (Madame Hawthorne) と～ 75, 86, 109, 111, 117-18
レヴィンソン，ダニエル・J Daniel J. Levinson 5, 6, 7注, 13, 32, 39, 170
『歴史と伝記からの真実の物語 (*True Stories from History and Biography*)』 (1851) 5
レナード・ドウン Leonard Doane 『アリス・ドウンの訴え ("Alice Doane's Appeal")』 190
レノックス Lenox (マサチューセッツ州 Massachusetts) 153
錬金術 166, 227

ロウジャー・チリングワース Roger Chillingworth 『緋文字 (*The Scarlet Letter*)』 43, 45, 48, 165, 166, 168注, 211, 212, 221, 254
『ロウジャー・マルヴィンの埋葬 ("Roger Malvin's Burial")』 191, 196-201, 221-22, 245, 247, 300
ロギンズ，ヴァーノン Vernon Loggins 61-62
ロード，ハンナ Hannah Lord (祖母ミリアム・ロード・マニング Miriam Lord Manning の親戚) 273
ロバート・ダンフォース Robert Danforth 『美の芸術家 ("The Artist of the Beautiful")』 225, 233
「路傍 (The Wayside)」(コンコード Concord のホーソーンの家) 22, 132
ローマ Rome 53
ロレンス，D・H D. H. Lawrence 208
ロングフェロウ，ヘンリー・ワズワース Henry Wadsworth Longfellow 214, 215, 305

## わ行

ワーゲネヒト，エドワード Edward Wagenknecht 214
ワゴナー，ハイエット・H Hyatt H. Waggoner 191

蜘蛛の呪縛 ── ホーソーンとその親族 ── （検印廃止）

2001年9月20日　初版発行

| | |
|---|---|
| 訳者 | 丹羽隆昭 |
| | 大場厚志 |
| | 中村栄造 |
| 発行者 | 安居洋一 |
| 組版 | 前田印刷有限会社 |
| 印刷所 | 平河工業社 |
| 製本所 | 株式会社難波製本 |

〒160-0002 東京都新宿区坂町26

発行所　開文社出版株式会社

電話 03(3358)6288番・振替 00160-0-52864

ISBN4-87571-965-5 C3098